Best Time

白 马 时 光

~ My ~
sweetheart

我的心上人

夜蔓/著

百花洲文艺出版社

图书在版编目（CIP）数据

我的心上人 / 夜蔓著. —南昌：百花洲文艺出版社，2018.5
ISBN 978-7-5500-2813-5

Ⅰ.①我… Ⅱ.①夜… Ⅲ.①长篇小说—中国—当代 Ⅳ.①I247.5

中国版本图书馆 CIP 数据核字（2018）第 086808 号

我的心上人
WO DE XIN SHANG REN

夜蔓 著

出 版 人	姚雪雪
出 品 人	李国靖
特约监制	夏　童
责任编辑	游灵通　程　玥
特约策划	凉小小
特约编辑	凉小小
封面设计	小茜设计
版式设计	王雨晨
封面绘图	玉　米
出版发行	百花洲文艺出版社
社　　址	南昌市红谷滩世贸路 898 号博能中心Ⅰ期 A 座 20 楼
邮　　编	330038
经　　销	全国新华书店
印　　刷	北京嘉业印刷厂
开　　本	880mm×1230mm　1/32
印　　张	10.5
字　　数	210 千字
版　　次	2018 年 6 月第 1 版第 1 次印刷
书　　号	ISBN 978-7-5500-2813-5
定　　价	36.00 元

赣版权登字：05-2018-188
版权所有，侵权必究
发行电话　0791-86895108
网　　址　http://www.bhzwy.com
图书若有印装错误，影响阅读，可向承印厂联系调换。

目录
Contents

第一章	初出茅庐	001
第二章	初有改观	020
第三章	芳心暗许	052
第四章	英勇表白	081
第五章	温暖相依	119
第六章	命运相连	142

目录
Contents

第七章	**真相大白**	179
第八章	**互见家长**	228
第九章	**出走他国**	260
第十章	**一生之约**	309
番外	**许家宝贝**	327
后记		330

第一章
初出茅庐

六月，在连续多个三十六七度的高温天后，宁城终于迎来了一场大暴雨，气温骤然降了好几度，带来了丝丝凉意。

雨下了一天，到了傍晚，依旧没有停下的意思。天色暗沉得可怕，正值下班时间，大家都等在大厦门口，犹豫着到底走还是不走。

"看来这雨一时半会儿停不了。"

"等也不是办法。走吧，再不走就晚了。"

渐渐地有人等得不耐烦了，撑着伞冲进了雨里。

朝雨站在边上，伸手接着雨水，掌心沁凉。她出生那日天飘着细雨，爷爷为她取名朝雨。

朝，念cháo，有人会误听为cáo，而更多的人则叫她朝（zhāo）雨，他们以为她的名字出自那首诗：

渭城朝雨浥轻尘，客舍青青柳色新。劝君更尽一杯酒，西出阳关无故人。

其实不然。

二十分钟后，朝雨的车终于开到了雨花路。马路上的水已经淹没了车轮，雨砸在玻璃上，砰砰作响。前方设了警示标志，禁止通行，她停下车。

去年暴雨，雨花路段还发生过一起车祸，一死两伤。后来那边修了三个月的路，没想到今年一场暴雨，又淹水了。这已经是本月雨花路第二次发生积淹水。

朝雨百无聊赖地刷了一会儿微博，又看到某大学去年被淹的照片在网上疯传，如今那里成了汪洋大海。她不觉失笑，所以——论取名的重要性。

不长不久的等待后,她终于按捺不住,要下车看看。刚落地,水就淹到了她的小腿肚,走路很吃力。

七八个穿着橙色制服的男人在跑前跑后,一旁几个抽水泵正在紧张地工作。看来是地下水道堵了。这一处有几大住宅小区,要是不赶紧排水,明天可要遭殃了。朝雨又往前走了一些,打算拍几张照片,回去写材料用。这时候有个低沉有力的声音突然传来:"大家注意安全,加快速度。"

那声音又沉又硬,朝雨循声望过去,视线落在一个男人的背影上。男人拖着沉重的抽水带用力甩开:"是下水道堵了。徐逸和我下去,大熊你在上面接应,其他人继续。"字字清晰有力,沉着地布置任务。

雨淅淅沥沥地下个不停,夜色模糊,沉闷的空气里夹杂着浓郁的潮气。

朝雨盯着那个高大的背影,却每每只看到男人的侧脸。出于记者的职业敏感性,她又继续往前走去,这一次却被喝止了:"把她拖走。"男人的声音里透着几分不耐烦,眼底一片漆黑。

"是,许队。"

高瘦的男人蹚水而来:"这里危险,赶紧回去吧。"

朝雨怔忪,从实习开始,她去过比这还要危险的现场。

她表明身份:"我是晨报记者。这里的积水大概什么时候能好?"

"我们正在全力抢修。"

远处男人又喊了一声徐逸的名字,声音冷冽冻人。

"时间紧急,我去干活。"

隔着不远不近的距离,朝雨盯着他笔直的背脊,那个男人浑身散发着一股慑人的气势。

朝雨连连点头:"打扰。"

朝雨回到了车上,又等了一个小时,水位下去了四厘米。

每每下雨宁城都要被淹,是天灾还是人祸?

朝雨想到去年她刚实习那会儿,宁城遭遇了一场百年难遇的大暴雨。雨下了大半个月,城市多处路段被淹,甚至出现下"瀑布"的情景,有的小区一楼的住户家里都被淹了一半。月初,宁城下了一个月的雨,老问题随之而来。她感慨之余在微博上写了一篇文章——雨季淹水谁之责任?

"我们每年都在说防汛，路也在维修，为什么城市地下通道的问题每年都解决不了？所谓的城市水利规划，到底有没有落实到点？我们的相关部门又做了什么？"

相关部门是谁？不言而喻。

朝雨是宁大新闻专业毕业的，读书期间就申请了微博号，微博名"空山新雨"。她平时喜欢发布一些宁城资讯、吃喝玩乐，兼顾社会热点问题，目前有六十多万粉丝。

这篇文章发出去没多久，便得到了大量的转发、评论，引发了同城人的感慨与气愤。不少网民还跑到相关部门的公众微博号下面留言，一番唇枪舌剑。最后这条微博达到了五千多的转发量，也算是火了一把。结果第二天，因为这条微博，她一到办公室就被领导找去谈话。领导一番评论教育，让她立刻删除微博。然而这事并没有结束，朝雨还必须去水务局道歉。

夜，归于平静，雨渐渐小了，雨花路的地下水道终于畅通了，积水慢慢散去。

"许队，去喝一杯。"

许博衍抹一把脸上的水，扬了扬眉眼，卸下了刚刚的严肃："不了，我先回去。"

他脱了沾着泥水的制服，随手把衣服搭在肩头，里面的白色背心早已湿透，背心贴在身上，肌肉结实。

许博衍步履坚实地上了停在一旁的越野车，瞥了一眼右前方。是刚刚那个记者，车窗开着，音乐缓缓流泄而出。女孩子闭着眼，似乎睡着了。

许博衍走过去，轻轻敲了敲车窗。朝雨被惊醒，侧着脸望着他，双眼迷蒙："有什么事吗？"

许博衍开口："积水已经下去了，车可以开了。"撂下这句话，他转身便走。

朝雨辨别出这个声音正是刚刚那个队长发出的。她看着他的背影，轻轻说了一句："辛苦了。"

他的背影高大冷峻，也不知道有没有听到她说的话。

周三，朝雨去水务局道歉。

报社领导让她和防汛大队的许博衍好好聊聊。一则是为微博的事道歉，二则加深双方关系，方便日后合作。她查过许博衍的资料，他二十八岁，宁城人，水利系统青年专家。他在珞城生活了十来年，去年因参与珞城防汛有功被破格提拔。今年六月初回到宁城，现在水务局防汛大队任职。

非常漂亮的简历，只是不知道真人到底如何。

朝雨早早地到了水务局，在门口登记后进了大楼。

她先去了八楼，在走廊徘徊时，不确定是803还是813，幸好有人来了。

一个身材颀长的男人，穿着白T恤黑色休闲裤，尽管只是普通的休闲装，还是将他的身形衬得挺拔俊朗。是他，那晚她见到的那个人。她迎面走到他面前："不好意思，请问许博衍许队长的办公室是哪间？"

男人眉目深刻，五官满是英气。他停下脚步，目光落在她的身上，停顿了数秒。

走廊归于安静，空气中泛着淡淡的雨后青草味。

"你找他有事？"他的声音有些沙哑。

朝雨重重地点点头。眼前的男人比她高半个头，留着板寸头，小麦色的肌肤，整个人神采奕奕，一双单眼皮，眼睛看着她的时候有种说不出的味道。

朝雨扬起一抹无奈的笑容："我是晨报记者朝雨，找他有点事。"

男人指了指前方的走廊，抬脚往前走去。朝雨跟上他的步伐："他还没来吗？"男人抿着嘴角。

朝雨叹了一口气："我是来给他道歉的。"

"道歉？"男人重复着这两个字，扬起眉眼，视线再次落在朝雨脸上，那双黑白分明的眸底明显是不甘心。

"月初，我写了一篇文章……领导让我找他学习一下。"

他思索了一瞬，似是了然地应了一声，有什么从他的眸底蔓延开。这件事他前两天听说过，这年头敢写的记者都是正气凛然的，只是眼前这个眉眼温和的小姑娘看着乖巧得很。

"请问他一般几点到？"

他立在她面前，冲她微微一笑："我就是许博衍。"

朝雨哑然。

许博衍眼神笔直地望向她，眉目舒展开来。女孩子一副窘迫的样子，和刚刚喋喋不休的那副模样完全判若两人。

两人静默地看着对方。

朝雨迟疑了片刻，终于找回理智。她咬了一下嘴唇，声音弱了几分："许队……微博的事我很抱歉，我的本意并非找你们麻烦。"

"唔。"只给了她一个字，他便转身走了，步伐不紧不慢。

朝雨留在原地一会儿，接下来她该怎么办，厚着脸皮再去解释吗？昨晚她怎么就没认出是他呢！现在要怎么办？

眼见着许博衍进了813的办公室，朝雨琢磨着，他刚刚那个"唔"什么意思？是接受她的道歉了吗？

她艰难地来到办公室门口，门没关，他正在换衣服，光裸着上半身，胸肌、腹肌、马甲线……腰线劲窄，线条有力。朝雨立马捂住了眼睛，心脏瞬间扑通扑通地跳动着。那是练过才有的肌肉吧，结实有力，胸膛宽阔。

"看够了吗？"许博衍一边扣着纽扣，一边往她面前走，到她面前时已扣好了胸口最后一颗扣子。

朝雨眼睛不敢看他，小声嘀咕着："你怎么换衣服都不关门！"他的气息随着空气涌进她的鼻端，她闻到了淡淡的烟草味。

他眯着眼，眼神轻飘飘地落在她脸上："我怎么知道会有人在门口偷窥我。"

"你！"朝雨气呼呼地低下头，目光落在他脚上那双黑色运动鞋上，"我是来道歉的。"

许博衍睨了她一眼，说道："回去写一封道歉信，后天给我。明天我不在局里。"

朝雨瞪着他："道歉信？"

"你没听错，手写。"

朝雨咬牙。

他扬起眉眼，视线再次落在朝雨脸上，她那双黑白分明的眸子明显是不甘心。

他又问："你叫什么名字？"

朝雨心里很不满，却敢怒不敢言，咬牙报出自己的名字："朝雨。"

许博衍念了一遍："曹雨。"

一个小时后，朝雨回到了报社。

对面桌的宁珊一脸激动地来到她座位边上："你怎么没给我回信息啊？怎么样，见到本人了吗？人怎么样，是不是帅爆了？"

朝雨长吁了一口气，摇摇头："一张扑克脸。"

宁珊猜到她此行肯定不顺："被人冷冻了？"

比冷冻还可怕！许博衍这个人吧，怎么说好呢？明明一身正气，偏偏这正气里又隐约有着两分坏。

"他让我写封道歉信。"

宁珊一脸错愕，随即笑起来："不是吧？什么年代了还写道歉信？你不是在诓我吧？"

"我也希望这一切是假的。"

"看来你真把人给得罪了。许博衍是上面千方百计请回来的，水务局联合几个部门成立了特别行动队，他是空降的队长，是现在的大红人！"宁珊竖起大拇指。

朝雨心酸不已，她哪里知道自己一时愤慨写的文章会带来如此轩然大波，给自己惹来这样的麻烦。

"那你真准备写？"

朝雨眨眨眼："不写！我就不信，我不写他能来找我啊？"

"他找不找你我不知道，但主任肯定是要找你的。"宁珊指着主任的办公室，"高主任说你来了就去见他。"

朝雨翻翻眼皮。

宁珊点头："祝你好运。"

朝雨咬牙来到主任办公室。高主任一看到她，表情变了又变："回来了！"

朝雨："嗯。"

高主任："见到许博衍了？怎么说的？"

朝雨心虚："还行。"

高主任不禁摇摇头："以后做事三思而后行，不然会吃亏的。这次也是给你一个教训。"朝雨忙不迭地点头。

"让你去见许博衍，也是先让你们熟悉一下。上面决定下个月做一版汛期专刊，配合水务局做好宣传。"

"您的意思是,要找许博衍?"

"没有比他更合适的人了。小许是这方面的专家,水务局挖他回来可是费了不少劲。"

办公室开着空调,不知道是不是温度调得太低,朝雨感到阵阵发冷。

高主任提到许博衍,脸上带着含蓄的笑意:"小许这个人沉稳内敛,各方面条件都不错。我们就把他当主打明星,这个任务就交给你了。"

朝雨:"……"

这事就这样尘埃落定了,朝雨垂头丧气地走出来。

宁珊一直在观望情况,立马打探道:"主任说什么了?"

朝雨:"怎么办?许博衍不来找我,我得去找他了。"

宁珊扑哧笑了:"要不写封道歉信吧。小女子能屈能伸,不会吃亏的。"

朝雨:"士可杀不可辱!有没有更好的办法?"

宁珊努力地想了想,压着声音道:"要不你去送点礼吧?"

"送什么?"

"送钱最实在。"

真是馊主意!朝雨眉心直跳:"我怕被抓,到时候你只能去牢里见我了。"

午后,朝雨坐在办公桌前,面前摆着信纸、信封。阳光从窗外照进来,洒在她的肩头,留下一片金灿灿的光泽。她托着下巴,想着采访的事,心里一遍一遍地念着许博衍的名字,笔尖在纸上发出沙沙的声响。

许博衍……一共二十七画。

"博衍"出自《楚辞》,原句是:"音乐博衍无终极兮,焉乃逝以徘徊。"给他取名的人一定博学多才,然而,此名和他的人完全不是一个画风。

她重重地叹了一口气,从桌上拿下一本小册子,眸光瞬间闪了闪。不就是道歉吗?她的嘴角闪过一抹狡黠的笑容。忽然她又想到了那结实的肌肉,在清晨的空气里肆意散发着撩人的荷尔蒙。她的脸越来越热,心情复杂难言,最后拍拍脸。

第三天,朝雨还是硬着头皮去了水务局,这次门卫师傅直接放行。朝雨问了一句:"不要登记吗?"

师傅摆摆手:"你不就是前天来找许博衍那小子的姑娘吗?"朝雨心想,

师傅的记性真好。

办公室的门开着，里面传来几个男人说话的声音，她抬手象征性地敲了几下门。里面的人停止交谈，目光齐齐看向她，明显愣住了。

徐逸和大熊异口同声道："是你！"

朝雨微微一笑，握紧了手。不知道为什么，她有些紧张，掌心都沁出了汗："打扰了，我找许队有点工作上的事。"

许博衍坐在椅子上，勾着嘴角看着她，面容带着几分冷峻。

徐逸和大熊相互看了一眼："那个，你们聊。"出去的时候，两人善良地帮他们把门拉上了。

朝雨："……"谢谢你们的体贴！

她咽了咽口水："许队……"

许博衍："曹小姐是来送道歉信的？"

朝雨心虚地转开话题："许队，高主任让我过来和你谈谈专栏采访的事。"

在来的路上，她有过几个设想，她觉得许博衍让她写道歉信可能是随口一说，谁会那么无聊啊，而且距离那条微博已经过去半个月了。现在看来，他真的很无聊。

许博衍眯了眯眼，冷冷地回道："抱歉，我不接受任何采访。"

没有想到他这么直接，朝雨看着他的眸子："为什么？"

许博衍失笑，笑容短暂："没有为什么。"

"这是为了工作，不是针对你私人的采访。"

"这是你的工作，我的工作安排里没有这项。"

朝雨瞪大双眼——what？

她抿着唇角，双眸明亮："他们说你是水利专家，我们报刊这次的专栏就是为了普及防汛知识，如果大家能看到更专业的知识，不是一件好事吗？说不定因此还能救人。俗话说，救人一命胜造七级浮屠！"

许博衍一言不发，那双眸子深邃如井。

朝雨执拗地站在他面前，表情坚持，声音清和："微博的事我没有针对谁，当时只是一时感慨——如果我们的水利设施、排水设施能够完善，就不会有那些积淹水了，也不会有人因此丢了性命……你知道吗？去年夏天，有人因为暴雨丢了命。"

许博衍站起身，和她面对面站着，居高临下地看着她。她说话的时候嘴巴气鼓鼓的，语气里有些憋屈。

两人目光相撞。许博衍的面色依旧冷峻严肃，只是似乎还掺杂着细微的变化，眼底深处暗藏着几分笑意："我以为你是来送道歉信的。"道歉没有，意见倒是一大堆。

朝雨用力地咬牙，眼睛盯着他，坚定不退缩："许队，我一直很疑惑，为什么雨污工程不断，可是每年城市都会出现多处积淹水？我那条微博真的写错了吗？"

真是人小胆大！许博衍没有训斥，睨了她一眼，凉凉地说道："错不错不是用眼睛评论的。"他似笑非笑，眼神似乎有透着锐利，"你说呢？"

办公室关着门，朝雨有些呼吸困难，她下意识地退后一步，心脏跳动骤然加速。她不吭声，脸上却写着坚持。在一分钟的对峙中，她最终败下阵来。她慢吞吞地从包里翻出一个信封，用力捏着，最后双手郑重地奉上。

许博衍迟疑了几秒，扫了一眼，她的手指很白，十指纤细。他接过去，那是一个厚厚的牛皮纸复古信封，一角已经被她捏得皱皱巴巴。许博衍那张冷硬的面庞稍稍动容，没有答应，却也没有拒绝。

朝雨顺势说道："那你答应专访了吗？"

许博衍突然转身，朝雨以为他又要拒绝自己，紧张地往前一动，手腕正好不偏不倚地带倒了桌上那盆多肉植物。绿色的小植物顿时断成两截，只剩下光秃秃的杆。朝雨的手哆嗦了一下，她慌乱地捡起多肉，拿在手里，左右不是。这……怎么办啊？

许博衍双眸凝视着她，似在等她的说法，气氛微微尴尬。

"我听说，把多肉的叶子插在土里会长出新的多肉。你要不要试试？"

许博衍闲闲地看着她。

朝雨咽了咽口水："好像也不一定能活，下次我赔你一盆新的——这个叫什么？"

"这是我一个很重要的朋友送的。"

朝雨的手僵在空中动弹不得，一咬牙："那你要我赔多少钱？"

许博衍凉凉地回道："千金难买。"

朝雨拿着半截多肉，郁闷地离开了。

一分钟后，徐逸和大熊冲了进来，徐逸笑得贼兮兮的："许队，我看到小记者走了，你们吵架了？哟，殃及了多肉！"

许博衍顺势把花盆搁在窗台上，目光微微停驻了片刻。

大熊瞄到桌上的信封，刚准备伸手拿过来，却被许博衍先一步收走了。

大熊苦着脸："我们就是好奇嘛！这里面是情书？看这厚度，写了好几张纸啊！"

徐逸猜想："小记者来贿赂你了？"

许博衍看着两人，问道："防汛方案做好了？"

两人连连退后："我们明白，立马走人！回见！"

办公室又剩下许博衍一人。他静默片刻，慢慢打开信封，里面竟是一本宣传册——《如何提高城市雨污分流改造》。他的脸色登时一变，嘴角浮出一抹笑意——不错。让他多学习是吧？呵，他竟然被骗了，被一个小丫头耍了！

他的目光落在小册子上，册子正面用红笔画了两颗连在一起的爱心。许博衍怎么会不明白她的意思？她是在暗讽他要有爱心吧。他眯起了眼，眸光凛然。他随意翻了几页册子，这方案早就过时了。他扯了扯嘴角，搁下册子，里面突然飘出一张一百元纸币。许博衍拿在手中，凝思片刻，这是贿赂？

他摸出烟盒，点了一根烟，嘴角含着烟，陷入了凝思中。

抽完烟，许博衍来到局长办公室，周局看到他，脸上是藏不住的笑意："坐吧。这几天还习惯吗？"

他点头，直接开口："那个专访，我答应你。"

"你不去，我正头疼找谁呢。怎么又突然答应了？"

许博衍扯了扯嘴角："受人之托。"

周局诧异，哈哈大笑起来，拍拍他的肩："不知道是什么人？"

许博衍慢悠悠道："前些日子微博批我们工作不力的博主。"

周局笑容凝住了，尴尬地摇摇头："现在的孩子，言论太不负责啊！博衍，你要好好给她做做思想工作。"

许博衍抿了一下唇角："有机会的话。"

朝雨是哼着歌回去的——

把你的心，我的心，串一串

串一株幸运草，串一个同心圆
让所有期待未来的呼唤
趁青春做个伴
……

回到报社，朝雨刚坐下来，手机响了，是一个陌生的号码，第六感让她隐隐有些不好的预感。

她慢吞吞地接通："喂！"

"曹雨，是我，许博衍。"低沉有力的嗓音，是他。

朝雨咽了咽口水："许队，我不叫曹雨……"

许博衍默了几秒。

朝雨抿嘴一笑："许队，我姓朝，朝廷的朝，不是曹。"

所以先前她是故意不纠正他。许博衍挑了挑嘴角，开口道："朝雨——"他字正腔圆地念了一遍她的名字。朝雨肃然站直，定在那儿一动不动，像是被老师点名，意识都跟着他走了。

"我答应你的采访。"他已经平静了下来，语气里不带丝毫情绪。

朝雨啊了一声，许博衍声音是一贯的冷硬："下周我有时间。"

朝雨的声音满是窃喜："好。"小册子这么好使啊？那可是她专门搜集的资料。

许博衍幽幽地说道："朝记者，不知道那一百块钱是何用意？如果是想贿赂我，我必须要向组织反映一下。"

朝雨："什么一百块？"

许博衍轻笑："你在册子里夹了一百块钱。"

朝雨："……那是我不小心夹进去的。"

许博衍："是吗？"

朝雨："许队，你听我解释。"

许博衍："抱歉，我现在有个会要开。"电话被挂断了。

朝雨："……"

第二天，朝雨的右眼皮直跳。在楼下，她碰到买早饭的宁珊。

宁珊问："鸡肉卷买一送一，你要吗？"

朝雨睨了一眼鸡肉卷："都是打激素的鸡，你少吃一点。"

宁珊："……"真想把鸡肉卷扔她脸上。鸡肉卷得罪你了，你以前吃得不是挺开心的吗？

见她气色不好，宁珊问道："还在烦采访的事啊？后来你写了道歉信了？"

"我送了秘密武器。"

"什么啊？"

"雨污分流的小册子啊。"

"你真好意思啊，鲁班门前弄大斧。"

"可他答应我的采访了，可见小册子还是有用的。他一定是看了小册子，知道自己的不足了。"

两人一起进了大楼。

八点半，高主任气冲冲地来了，如同席卷而来的龙卷风："朝雨，到我办公室来！"

朝雨心头一颤，脸色瞬间一白。

"关门！"主任瞪着她，"你现在胆子是越来越大了啊，敢贿赂公务人员！"

朝雨咬着唇，身体僵硬。

主任重重地拍了一下桌面："你知不知道这么做是违法的？"

朝雨一脸惶恐："主任，我就送了一本小册了。"

主任："可是册子里夹了一百块！让你道个歉就那么困难？"

朝雨感到不可置信："他冤枉我！我没送一百块。"

"可现在的情况就是这样。现在这个情况有多严重，你知道吗？"高主任叹了一口气，"你真是让我大开眼界啊——许博衍就差你那一百块钱？在你眼里，他就那么穷吗？"

朝雨："……"

"你怎么想出的这个蠢主意？"

朝雨委屈不语。

主任冷笑一声："三千字检讨！另外留岗查看！"

朝雨拧着眉："主任，我真没放钱！我要贿赂他怎么可能就送一百块？"

主任摆摆手："朝雨，你现在不是在学校，你现在是一个社会人了。进入社会，你就得放下你学生的那套。想成为一名优秀的记者，你就得用心去看这个世界。"

朝雨怔然："我明白您的意思。"

"专刊的事，你要是不想做，让晓曦去。"

朝雨声音颤了颤："不，我可以的。"

主任望着她："向许博衍道歉。"

朝雨紧握着拳头："主任，我会让您知道真相的。"

"你先回去吧。"

朝雨站在那儿没有动，目光落在台历上："明天我想请假。"

主任点点头。

朝雨一脸歉意："让您担心了。"

她一走，高主任立马揉着掌心——疼啊，拍得太用劲了，手掌心火辣辣地疼。这个臭丫头真是不知天高地厚，年轻时不受点打击，以后还不知道会闹出什么事。对朝雨，高主任心里是又爱又恨。

朝雨气呼呼地出了办公室，在心里把许博衍里里外外骂了个遍。

宁珊内疚得要哭了："朝雨，对不起！我蠢、我笨、我无知！我不该给你出馊主意。"

朝雨揉揉她的卷毛："你也觉得我送钱了？"

宁珊呜呜呜地抱着她："朝雨，你要是被开除了，我也不干了。"

朝雨："……"怎么就没人相信她呢！

朝雨和宁珊两人去年一起到的报社，感情非比一般。朝雨的工作以社会新闻为主，宁珊比较轻松，哪里需要她，她就去哪里支援。

宁珊伤心了，自己的馊主意差点害好姐妹丢了工作："下回不能送钱了，就送点吃的。许博衍一个人在宁城，总不能老吃食堂和外卖。抓住他的胃，再攻下他的心。"

宁珊这是在将心比心。她是桂城人，大学毕业后就留在宁城。一个人背井离乡，她太了解这种心情了。

朝雨："……"抱歉，她只会煮泡面。

第二天，宁城的天气一片晴朗。朝雨开车出城，一个多小时后来到郊外墓园。

不是扫墓时节,山上一片冷清,来的人寥寥无几。她从后车厢拿出准备好的小雏菊,一步一步往山上走去。这条蜿蜒的水泥路,她走了十几年了。在东边第二排第六个墓碑前,她停下脚步,墓碑上贴着一个女人的照片,而碑前放着一束百合。百合很新鲜,看样子今天有人来过了。朝雨放下手中的花,深深鞠了三躬。

风徐徐吹动,山上青葱的松树枝随风摇曳,又一年的夏天到了。

"席阿姨,我来看您了。我很好,已经正式去报社工作了。表现还不错,领导和同事都挺喜欢我的。我会努力做一个好记者……"朝雨说着,笑了,"席阿姨,谢谢您。"

从山上下来,路过门口,朝雨稍稍停留片刻,给看园老大爷递了一条烟。

老大爷在这里守园二十年了,朝雨每年这天都来,老大爷认识她:"又来了啊。"

朝雨点点头:"平时麻烦你了。"

"都过去这么久了,小姑娘,凡事都要放开。"大爷在这里,每日各种事见多了,一脸平和。

朝雨望着远方,眼睛黑漆漆的,没有一点光:"我该回去了。"

空旷的停车场只有四五辆车,莫名地让人感到阵阵森寒。朝雨不由得加快脚步上了自己的车,系好安全带,启动车子。车子不知道怎么回事,打不着火了,朝雨试了几次都没有成功,只得下车找人寻求帮助。她挨个儿车看了,两辆车上都没人,只好向前方那辆越野车走去,能开越野车的人,技术一定不在话下。

车里隐约有人,朝雨抬手轻轻敲了敲车窗。数秒后,车窗摇下来,她要说的话突然卡在喉咙口,内心一片焦灼。许博衍迎着她的目光,微微皱了一下眉:"什么事?"朝雨尴尬得无处遁形,她怎么也没有想到会这么直接地对上许博衍那张脸。他的五官本就硬朗,现在更是冷得没有一丝表情。她艰难地咽了咽口水:"不好意思,我的车启动不了,能不能帮我看下?"

许博衍姿态随意地一手搭在方向盘上,沉默着,眉宇间有股压抑的情绪。

朝雨的脸热热的,她舔了舔嘴角,讪讪地一笑,转身就要回去。

许博衍眼角余光看着她渐渐远去的背影,指尖动了下。他打开车门,利落地下车，步伐坚实，径直走到她的车旁。

朝雨有些错愕，没想到他会帮自己，还以为……

许博衍打开车盖，细细查看了油箱和发动机，发现是电瓶短路。他接好电线："试一下。"

朝雨短暂失神："哦，好的。"

可惜车子还是无法启动，许博衍又低头一番检查。闷热的天，他的后背渐渐湿了。他今天穿着黑色T恤，一身肃穆。天很热，太阳刺眼，阳光下，汗珠渐渐顺着他的额角慢慢滑落，黑色短袖衬着他那结实的胳膊，露出明显的肌肉线条。

朝雨慢慢收回视线，这一刻的心情真是难以描述。

许博衍盖好车盖走过来，他的话很少："电瓶坏了。叫拖车吧。"

朝雨皱起眉，真是倒霉，一定是那晚进水的缘故。

许博衍的手上沾满了油，黑漆漆的。朝雨下意识地抽出一张湿纸巾，却又怕他拒绝，连忙塞到他的手里。许博衍随意擦了擦手，转身把纸巾扔进一旁的垃圾桶。隔了三米的距离，他的动作一气呵成。

朝雨望着他，内心挣扎，有些话始终没好意思说出来——要不要搭他的车走？

许博衍回到自己的车上，发动车子，越野车右转弯开了出去。

朝雨站在原地眼睁睁地看着车影越开越远。

车子开了数米，突然又倒退，慢慢靠近她。许博衍冷冽的声音传过来："上车。"

朝雨几乎没有犹豫，嗖地一下就上了他的车。那一刻，她对他充满了感激。不论先前他们有多大的恩怨情仇，这一刻，他如救世主一般帮了她。

朝雨很怕一个人待在这里。

车内一片安静，她侧过头，找回了自己的声音："谢谢。"

许博衍目不斜视，专注地开着车，没有回应她。

朝雨并不在意，心情一片轻松。她给拖车队打了电话，请他们过来救援。一切处理完，她松了一口气，放松下来。

车子开到高速，前方堵车。朝雨的肚子渐渐有了饥饿感，早上出门时她就吃了两片面包，这会儿已经中午了，回城估计要到下午一两点了。

朝雨饿得胃疼,她一手抵着肚子,分散注意力:"许队,你吃过饭了吗?"

许博衍睨了她一眼,极淡的一瞥。

朝雨咽了咽口水,声音紧张:"前面有个服务区,能不能拐个弯,我饿了……"她真的饿了,不然她不会提出来的。她环顾了一周,他的车上一点吃的都没有。

忽然,他扔给她一盒口香糖。

朝雨:"……"

二十分钟后,车子停在服务区。朝雨急匆匆地去买吃的,她看了一眼许博衍,问道:"许队,你要吃什么?我给你带点。"

许博衍从口袋里摸出烟盒,动作娴熟地点了一根烟:"不用。"

朝雨耸肩,抽烟也能管饱吗?

她去超市买了两根玉米、两个嘉兴大肉粽、两根烤肠、两瓶饮料,兴冲冲地结账时,手机突然黑屏了。

朝雨看着收银员:"稍等一下,我再开机。"刚刚明明还有百分之二十六的电量。

她试了开机,可是手机根本没反应。收银员望着她:"可以现金。"

她今天出门没有带钱包。昨天被冤枉之后,她气得把钱包扔抽屉里了。

朝雨只好回去找许博衍。许博衍正站在花坛边,一个人,背影孤寂,落寞的表情被缭绕的白烟遮掩着。朝雨驻足,半晌,她穿过那片光影,径直走到他的身边:"许队——"

许博衍抬眼看着她。小丫头今天也穿着黑色T恤、蓝色牛仔喇叭裤,像个大学生。他不疾不徐地又抽了一口,缓缓吐了一个烟圈。

朝雨问:"能借我一百块钱吗?"

许博衍嘴角溢出一抹漫不经心的笑意,声音含糊:"借?"

她点头:"回去就还你。"

许博衍嗓音微沉:"不用借,你贿赂我的一百块我还没给你。"

朝雨:"……"

那双黑色的眸子正研判地看着她,里面流露着鄙夷之色。朝雨突然明白了——他这是要秋后算账。

朝雨也不知道该怎么解释,那双眸子一片坦诚:"我真的没放一百块。

我知道,我现在再说什么你都不会相信的。"

许博衍熄灭了烟头,从钱夹里拿出一张一百元纸币递给她。朝雨硬着头皮收下,默默地去把刚刚买的东西拿回来,装了两个袋子,回来的时候把一个袋子递给许博衍:"喏。"

许博衍瞄了一眼,没接,转身上了车。

朝雨咬了一口粽子,糯米又软又香,她很快吃完了,洗了手才又上了车:"你不吃点东西吗?一会儿上大桥,大桥要是堵了的话,我们可能得到两点才能进城。"

他抿着嘴角,一言不发。

朝雨觉得他很奇怪,侧头打量着他。她伸手拿过另一个粽子:"你不吃的话我吃了啊。"她慢慢撕开粽叶,咬了一口,"咦,这是红枣馅的。"

他恍若未闻。

朝雨看了他一眼,许博衍好像有什么心事:"你也是来祭拜的?"

"我母亲。"

"咳咳……"朝雨没想到他会回答,被他的答案震惊到了,喉咙突然间噎住了,她用手抵着胸口。

"你怎么了?"许博衍连忙将车紧急靠边停下来。

朝雨眼里含着泪水:"噎住了。"

许博衍无暇顾及其他,赶紧下车走到另一边,扶着她下车。他一脸肃然地站在她的背后,动作利索地将她拉入怀中。

朝雨整个身体绷直,嘶哑地问道:"你……干吗?"

"别动!"她被他扣得死死的,他一手握着她的腰,另一手握拳抵在她的肋骨下缘与肚脐中间,一下一下向上推压着。

两人的身子贴得紧紧的,她能清楚感受到他火热的身躯。

在许博衍的推压下,朝雨终于吐出了那颗红枣。她无力地一手撑在车上,睫毛颤了又颤,尴尬得不想抬头。

许博衍松开她,黑眸看着她。

朝雨:"谢谢!你怎么懂这个?"

许博衍回道:"以前养过一条狗,有次它被骨头噎了,我就是这样帮它弄出骨头的。"

他说的是实话，可朝雨不这样认为。她鼓着腮帮子，转头时视线正好撞上他的，她一瞬间就弱了下来。刚刚他抱着她，那精壮的身躯、有力的怀抱……现在她的心脏还在剧烈跳动，不是因为劫后余生，而是面前这个男人。她的鼻尖似乎还能闻到汗水的味道，夹杂着他特有的气息，充斥着她浑身每个细胞。

　　她的眼睛在他的身上巡视几个来回，许博衍皱了皱眉："没事的话上车。"

　　她没事了，可喉咙管难受得很。

　　他的嗓音拂过她的耳边："走吧。"

　　车里一片安静，朝雨默默将此次事件取名——一个粽子引发的惨案。

　　车子终于开上了大桥，一路低速，又堵又慢。朝雨此刻的心情异常复杂，一直重复着各种小动作。

　　许博衍开了车窗，江风吹进来，空气中夹杂着江水的味道，一切都是那么熟悉。

　　她深深地吸了一口气，想打破尴尬的气氛："我爷爷奶奶家以前住江边，我小时候夏天都会去住一段时间。"她也没指望他会给自己反应，继续自说自话，"有一年夏天，江水上涨，家里的房子还给淹了。后来来了很多武警官兵。我那时候只有五六岁，我妈把我放在木盆里，我一点都不害怕，甚至觉得好玩。"她很少回忆童年时期的事，今天算是触景生情，才会对许博衍说这些。

　　"我小时候的梦想是成为一名水利工程师。"她笑着，眉眼弯成了月牙状，里面满满的憧憬，还有些失落。

　　"那为什么做记者？"他突然开口。

　　朝雨侧首："你终于说话了啊，我还以为你失声了。"

　　许博衍微微握紧了方向盘。

　　朝雨眨眨眼："因为我理科差啊，数理化永远在及格线徘徊。高二开学两个月，我爸看不下去我的成绩，实在没办法，就把我转到文科班了。"她没好意思说，她爸是教数学的。

　　许博衍冷着脸："幸好你理科不好。"

　　又损她呢！朝雨被他一噎，也不说话了。

　　世界终于安静了。

其间许博衍接了一个电话,声音低沉:"嗯,估计一个小时能到,我走石头路高架。你在石头路等我。"

他挂了电话,朝雨弱弱地说道:"那我在石头路下吧。"

许博衍抿了一下嘴唇:"嗯。"

四十分钟后,他们终于进了城。朝雨收拾包时,发现口红滚落到座位下了。她猫下身子去捡口红,眼睛看到一个蓝色小盒子,顺势捡起来:"你的东西掉了,喏!"她拿在面前看了一眼,登时脸色大变,用力地把盒子扔到车台上,"我在前面下车!"

车里放避孕套!现在她浑身难受,一刻都不想待了。

许博衍瞄了一眼那盒子,再看朝雨通红的双颊,轻扯了一下嘴角:"这里不能停车。"

朝雨如坐针毡,紧紧地抱着包,神色复杂地悄悄打量着他。车子开到石头路路口停下来,朝雨快速拉开车门,也不去看许博衍,只咬牙说了一句:"谢谢。"

许博衍嘴角闪过一抹戏谑的笑容:"下周我们要举行应急排水防汛演练,你过来吧。"

朝雨错愕不已。

"你不是要做防汛专版吗?"

朝雨掐着掌心,问道:"为什么?你不是觉得那一百块是我贿赂你的吗?"你不是很讨厌我吗?

许博衍看着她的眼睛,薄唇微动:"你叫朝雨,难道真想让我炒你鱿鱼?"他和小孩子计较些什么?

"是你自己听错了,我从来没有说过自己姓曹。"

许博衍眯着眼,她明知他叫错,却不纠正。他勾了一下嘴角:"朝记者,建议你以后出门带张名片。"

朝雨不甘示弱:"名片我没有,如果你想要,我可以写给你。"她说着拿出口红和面纸,快速地写下了自己的名字——朝雨,连汉语拼音都注上了。

转身走人!后会有期!

现在的男人,真够小气的。

第二章
初有改观

许博衍正看着那张纸出神,一个年轻的男子跳上车:"哥——刚刚那个女的谁啊?"

许博衍睨了他一眼,团起那张白纸,回道:"蹭车的。"

"你当我是三岁小孩啊,你会轻易让人蹭车?没事,弟弟我懂——二十八岁的男人都有需要。"他随手拿起那个小盒子,"下回我在车上多放几个,给你备用。"

许博衍嘴角微微一扬:"席哲,我看你又欠揍了。"

"你别这么对我笑,我瘆得慌!开车吧,爷爷奶奶等着你呢。"席哲又好奇地问了一遍,"刚刚那个女孩子远远看着挺可爱的啊,谁啊?"早知道他早点出门,就能看清人了。他哥的单身问题是他们家的一大问题,二十八岁的男人还没有对象,甚至连个女朋友都没有谈过,真是让人着急。

许博衍轻飘飘地说道:"看来你最近挺闲的。"

席哲笑容止住了:"纯属关心,纯属关心!哥,你专心开车,当我没说话。"欲盖弥彰!两人今天都是一身黑,明显就是约好的。今天是大姑的忌日,说不定哥今天是带着女朋友去见大姑了。

许博衍的妈妈是席哲的大姑,许博衍比席哲大五岁,两人自小一起长大,席哲小时候就是许博衍的跟屁虫。

到了席家,老太太拉着许博衍的手:"快过来,给我瞧瞧——又黑了不少。"

席哲连忙说道:"奶奶,这叫健康黑。帅爆了,多有男人味啊。"

"有男人味又怎么样啊?到现在不还没女朋友?"

席哲哈哈一笑:"快了,我今天看到他车上带着一个女孩子……"许博衍瞪了他一眼,眼神中含着警告。

老太太就知道有情况,不过她知道许博衍的脾气,闷葫芦一个,永远不会自己说的:"你舅妈今天买了很多杨梅,一会儿你们尝尝,可真甜啊!"

许博衍顺着老太太的脾气拿起一个尝了尝,杨梅汁水甘甜,他嫌手指被杨梅染了颜色,吃了两个便不动了。

老太太叹口气:"你妈妈最爱吃杨梅了。"客厅的气氛瞬间沉闷了,老太太的眼圈红了,眼泪吧嗒吧嗒地落下来。许博衍握住她的手,母亲去世那年他只有十三岁。周六,他在外面上跆拳道课,小舅匆匆赶到课堂把他送到医院。到了医院,就看到妈妈闭着眼安静地躺在床上,他拉着妈妈的手,再没反应。一眨眼,十五年过去了。母亲的忌日,也是家人的伤心日。

许博衍和席哲安慰着老人,总算把老人的情绪安抚好。老太太又念叨:"博衍啊,你搬回来住吧,一个人住宿舍总是不方便的。"

许博衍:"外婆,我又不是小孩,习惯了。"

老太太心疼不已,却又没办法:"那你有空常回来陪陪我们。"

许博衍:"好。我会的。"

晚上,席家人习惯性地聚在一起用餐,缅怀席溪。

席哲的父亲席瀚问道:"我听你们周局说,有人把你挂网上了?"

许博衍:"是一个误会。"

"现在是非常时期,平时工作也注意一点儿。"

"我知道,舅舅。"

席哲最怕他爸吃饭的时候还说这些官场的话,他举起杯子:"走一个!祝我哥早日升官发财。"

席父冷声斥责:"怎么说话呢!"

许博衍举起杯子,和席哲碰了碰。不一会儿,许博衍就和席哲喝了半瓶白酒,这酒后劲大,席哲感觉超好。

席父算是看明白了,他这缺心眼的傻儿子今天肯定把外甥给得罪了,知道他们不会过分,他也不管,随他们在家闹闹。

晚上,席哲喝得醉醺醺的,拉着许博衍絮絮叨叨地说着他创业的事——

他准备开家民宿，已经找好了地方："哥，周六我们同学聚会，到时候你和我一起去。"

正好席母给两人送了两杯水上来，听到他的话，笑道："你同学聚会，你带博衍去做什么？"

"我把我们班女生介绍给他啊，我们班有几个女生还单着呢。"

"你以前不是说你们班女生都是恐龙吗？"

许博衍："舅妈，您去休息吧，我看着他。"

席哲抱着许博衍的胳膊："哥，我肯定帮你介绍……"

许博衍扯开他的手，把他扔到床上："好好睡一觉。"

席哲呢喃："我们班有个女生叫朝雨……"

许博衍的动作一滞，念道："朝雨？"

"是啊，朝雨，我同学……"席哲卷着被子，慢慢进入了梦乡。

许博衍走到阳台上，从口袋里拿烟盒时，带出了那团纸。他展开纸，口红花了，她的名字也花了。他想到了白天的事，她靠在他的怀中，身体软软的，发丝泛着淡淡的香味。

他扯了扯嘴角，现在的小丫头脾气可真暴，得治！

朝雨身心疲惫地回到家中，有气无力地喊了一声："妈，我回来了。"

朝母从厨房出来："我刚下饺子呢，你再等会儿。"

"我不饿。"

朝母见她脸色有些不对劲，也没敢多问，揉了揉她的头发："是不是累了？"

朝雨抱着手臂趴在桌子上，浑身发冷。

朝母一下一下地揉着她的肩头："累了就去睡一会儿。"

"妈，我难受……"

"乖，睡会儿就好了。"

朝雨昏昏沉沉睡了一下午，傍晚，迷迷糊糊地听见动静。她爸朝老师从学校回来，夫妻两口在客厅说着话。朝雨揉揉眼睛来到客厅，打了一个哈欠："爸——"

朝老师点头："小雨，我前两天接到你同学的电话，你们班要举办同学聚会，喊你去参加。"

"同学聚会？怎么没和她联系，找了她爸？""谁给你打的电话？"

"那个刘易啊，考上清华的那个。"每年考上清华北大的学生，朝老师都记得。

"刘易？"朝雨认真想了想，"爸，你确定？我没记错的话，刘易是理科班的。"

"没错啊。"

"我就在那个班待了两个月，他们怎么会喊我？"

朝老师板着脸："你这孩子，人家拿你当同学，邀你去参加同学会，你话那么多！"

朝雨耸耸肩："我总觉得有些不可思议。这都高中毕业五年了，理科班肯定聚过了吧，怎么偏偏这次喊我？"

朝老师挺着背脊，微笑着："可能是看你爸我的面子吧。"

朝雨冷笑："爸，你不知道大家私下给你起的外号吗？哈哈哈……"

朝母也笑起来："也许是有人看中你闺女了。"

朝老师："不可能！"

朝雨："……我是您亲生的吗？"

朝母严肃道："吃饭！"

晚上，朝雨认真搜集了许博衍的资料。她诧异地发现，许博衍高中在一中就读，还是他那届的市理科状元。许博衍大学是在珞城读的，中部地区的名校，每年三月樱花盛开的地方。难怪他在珞城待了那么多年，乐不思蜀了吧？

这些年他发表了很多专业论文，每年都会推出防汛方案，获得过很多奖。去年雨季，珞城大水，当时的情况迫在眉睫，上级已经做好了放弃邻干县来保珞城的方案。在最后时刻，许博衍拿出方案，从珞城东湖开渠引水，而后珞城汛情好转。

当时记者采访他，他匆匆说了一句：谁也不想失去自己的家园，而我们能做的，是全力保住每个家园。

朝雨反反复复看着这句话。不得不说，她被戳中了。

她又仔细研究了那几天的天气情况,许博衍的方案实施后,珞城连着一个星期都没有再下雨。她扯了扯嘴角:"明明是天时地利,他的方案才成功的。"

再一想她今天在他车上捡到的东西,朝雨瞬间没有看他资料的欲望了。

唉!许博衍到底是一个什么样的人?

第二天到报社,朝雨便开始做防汛专栏。无论如何,她都要将这期专版做好。

办公室里一片安静,只有敲键盘的声响。突然间,她的手机铃声响了,熟悉的音乐莫名地让人感觉有些急躁。

电话一接通就传来宁珊急切的声音:"朝雨,你赶紧到先城路来。"

朝雨连忙起身拿东西:"怎么了?"

"有个孩子掉进下水道了。"

"有没有事?"

"情况还不明确,在等救险队。对了,许博衍也来了。"

"我马上过来。"

十分钟后,朝雨骑着电瓶车赶到先城路。现场已经被围了起来,这条路半边的路都被封锁了,只等消防队过来。

朝雨在人群中找到宁珊:"现在怎么样了?"

宁珊面露担忧:"是个五岁的小男孩,被卡住了两个小时,刚刚才被路人发现。"

那个洞口很小,成人根本无法下去。现在也听不到孩子的哭泣声,不知道下面情况怎么样了。

朝雨看向前方,是一个她熟悉的身影。

几个记者围着许博衍,许博衍的脸色越来越沉:"谁把记者叫来的?都给我走!你们要是能救人,留下!"他字字铿锵有力,气势慑人。

话落,一群人默默退后了好几步。许博衍那张冷冽逼人的脸,终于让记者却步,再也不敢靠近了。

朝雨下意识地咽了咽口水,还好自己刚刚没过去,不然肯定也会被他骂了。许博衍的脾气真的挺大的。

宁珊抓着朝雨的手："骂得好！那些记者也真是的，人还没有救上来，这会儿十扰他！"

朝雨的眼睛一直盯着他看着。

"找到电钻了！"一个声音激动地喊道。

许博衍和徐逸研究了几分钟，两人一直沉着脸。须臾，许博衍走到洞口，又测量了一下洞口的尺寸，拿着粉笔再画了几个点："开始。"

一个负责人阻止道："再等等，消防队还没有来。"

许博衍抬头，眸光冷冽，声音里透着一股怒意："前面堵车！你要等到什么时候？下面都是沼气，孩子多待一分钟就多一分危险！行动！"

"是，队长。"大熊拿着电钻开动。

"万一出事怎么办？上面要问起来谁承担责任？"这时候谁都怕担责任。

许博衍冷笑一声，那双眼没有一丝温度："我全权负责。"

气氛僵持着。

"你当你是谁！"

许博衍不再理会对方："徐逸，小心点，不要让石块掉下去砸到孩子。"

徐逸："许队，我申请下井。"

许博衍套上绳索，戴上了麻布手套："我下去，其他人在上面接应。"

电钻发出吱吱的声响，很快洞口被挖大了一圈。许博衍蹲下身子探身一看，沉声道："够了。"

大熊擦擦额角的汗珠，正色道："许队，注意安全。"

许博衍并不在意，眉心皱起，吩咐道："准备一块黑布。"孩子在暗处待久了，一会儿上来不能直接接触阳光。

"明白。"

许博衍戴上安全帽，开始下井。

朝雨握紧了手，开始不知所措地紧张起来。

这个洞有五六米深，墙壁上长满了青苔，没有攀援的东西，什么也抓不住，他顺着壁岩一点一点下滑。大熊拉着绳子："许队——"

许博衍喊道："继续放。"他的身子晃了晃，双脚尽量找到支撑点。

终于到了井底，潮湿、黑暗，稀薄的空气中满是恶臭。

照明灯下，许博衍看到了孩子。他伸手摸了下孩子的胸口，一片温热。

他舒了一口气,看来孩子是哭累了睡着了。

"醒醒!"他拍拍孩子的脸,上下检查着。孩子的额角破了一块皮,流了血,脸上的血液已经干涸了。大概是掉下来时冲劲太大,孩子的小腿卡在了铁丝网里。

"许队,情况怎么样?"

"孩子没有大碍,右腿卡在铁丝网里。我需要时间。"

上面的人听见动静,都舒了一口气。

"孩子还活着!"

朝雨紧张得喉咙发疼,掐着掌心站在那儿。

许博衍拿出事先准备好的老虎钳子开始断铁丝,这些铁丝长期被水侵蚀,锈迹斑斑。

小孩子醒了,害怕得哼哼唧唧地哭起来。

"别怕。"

"叔叔,你是来救我的吗?"

"嗯。"

"那我就不会死了。"

"再等一会儿。叔叔是超人,一会儿带你上去。"

"好。"

许博衍发现一根铁丝扎进了孩子的小腿里,他停顿了一下:"一会儿有点疼,男子汉是不会怕的,是不是?"

"我不怕疼。"

许博衍笑了一下:"好,上去之后,叔叔送你一件礼物。"他突然扯开了那根铁丝。

孩子尖叫了一声,却咬着牙:"痛!我不哭。"

许博衍将绳索套在孩子身上,用力扯了扯绳子,喊道:"可以拉了!"

"大家一起使劲拉!"

人一点一点靠近洞口,许博衍双臂托起孩子,对孩子说道:"闭上眼睛,一会儿有叔叔会接你上去。"他仰着头:"接着孩子!"

徐逸回应:"许队,准备好了。"

许博衍用力托起孩子,徐逸赶紧接过孩子,等孩子一上来,立马用黑色

T恤护住孩子的脸。

朝雨看着洞口，直到许博衍爬上来，她才舒了一口气。因为紧张，她的胸口又闷又疼。

许博衍摘了手套，立在人群中，上面的空气可真好！

大熊："许队，你的手肘流血了。"

许博衍不甚在意："孩子呢？"

"已经送到附近的医院救治。"

许博衍应了一声："找人赶紧把这个洞补上。"

人渐渐散了，朝雨还站在原地。宁珊推推她："你不去问问情况？又是一条新闻。"

朝雨眉眼抽了一下："和我有什么关系？"

"你们是熟人。"

朝雨深吸一口气："我和他可不熟。"说着，她还是默默地走了过去。

许博衍一个人站在台阶下，衣服已经完全湿透，贴在身上。他咕噜咕噜喝了大半瓶矿泉水，抬手随意擦了擦额角的汗。随后摸出烟盒，指尖微动，抽出了一支烟，却发现口袋里的打火机不见了。

朝雨踏上台阶，视线与他齐平："许队，打扰一下，方便说说下面的情况吗？"

许博衍的目光落到她身上，平静如波，开口："黑、臭。"

朝雨真是无言以对："……"

她握紧了掌心，掌心里藏着一个她刚刚捡到的打火机。半旧的打火机，有些年头了。她的大脑想了几秒，缓缓抬手，展开掌心。

许博衍半眯着眼，从她掌心里拿过打火机。她的手小小的，在阳光的照耀下，肌肤又白又软。

"谢谢。"他的声音有点沙哑。

朝雨站在他身旁，也不再说话。他拢着火苗，微微低头，点燃了烟。她看到他抽的烟牌子是黄鹤楼。

不多时，有人找回了窨井盖，可惜现在用不上了。

窨井盖是被附近一家收破烂的老汉偷了。许博衍目光落在窨井盖上，眸色深沉。他把一根烟抽完，就着剩下的水洗了一把脸。

大熊笑呵呵的:"许队,你今天太帅了。"见朝雨也在,他转头:"朝记者,你说是不是?"

朝雨咽了咽口水:"帅呆了!"阳光下,他的脸上沾着水珠,那张英俊的脸庞近在眼前,让她乍然失神。

许博衍斜了她一眼。

她说的实话啊,很 man!她还拍照片了,画面定格在许博衍把孩子托起的那刻。孩子知道自己获救了,咧着嘴角,露着一口小白牙。

大熊冲她眨眨眼:"朝记者,你这回好好把我们许队美化一下。"

朝雨很尴尬。

大熊扛着借来的电钻,郑重其事道:"朝记者,我们这支队伍是很特别的,尤其我们许队。"他颠了颠肩头的电钻:"从今天开始,谁敢说许队一个字不是,我第一个不答应,老子和他拼了!我去还电钻了。"

朝雨瑟缩了一下,她是不是被威胁了?

她拿眼偷偷看着许博衍:"我刚刚没拍到你的脸,所以这次不好帮你美化。"

许博衍扫了一眼她脚下的凉拖,从十个圆润白皙的脚趾头上一扫而过,他敛了敛目光:"朝记者,你是现场唯一一个穿着凉拖来采访的记者。"

"我是……"朝雨面红耳赤,连脚趾头都瑟缩了一下。她当时赶着来现场,根本无暇顾及穿着。可是现在再和他解释也是徒劳,反正他对她完全没有好印象。

"下周演习,请注意形象。"他一字一顿,没有情绪,却狠狠敲打着朝雨的耳膜。

一旁几个记者打量着两人,窃窃私语,似在质疑为什么许博衍独独接受朝雨的"采访"。

朝雨被他训得心里难受,心里涌出一股热气,一咬牙,冲他微微一笑,眸子一片清亮,声音略略提高:"亲爱的,你刚刚的表现太帅了!"又软又腻的声音,足以让一旁的人都听见。

许博衍眉心拧起,他肃着脸,一瞬不瞬地盯着她。她弯着的眉眼里满是狡黠,还有挑衅。

朝雨眨眨眼:"哎哟,博衍别老瞪着人家嘛!"比眼睛大小啊!你强我弱，你硬我软，谁怕谁啊！

许博衍的双手不自觉地握紧，他抿着嘴角，往前逼近，突然抓住她的手，那纤细的手腕他一手都圈不满："你再说一遍。"

朝雨动了动嘴巴，努力想要抽回手："你要干吗？"

许博衍眯着眼，黑眸散发着危险的气息，喉咙滚了一下，压着声音："你说呢？亲爱的！"

朝雨慌了，压着声音道："快松手。"

许博衍平静地望着她的眼睛，越来越贴近她。他是铁了心要给她一点教训。

朝雨发怔，难道他要趁势吻她？她另一只手连忙抵着他的胸口："我警告你啊！你亲了我就要你……好看！我曝光你！"

许博衍失笑。

朝雨赶紧扯开他的手，走为上策。她连忙退了两三步，稳下来后对他说道："人家先回去啦！你的伤口要记得上药啊！周末再约！拜拜！"她冲着他挥挥手，还给了一个飞吻。

许博衍站在原地，那张脸黑沉如墨。留下的几个记者盯着他，指指点点。他知道朝雨是故意的，故意让别的记者误会，以为他公私不分。

他看着她溜之大吉的背影，突然觉得，以她的脾气，怎么做了记者的？

大熊还了电钻过来时没看到朝雨，问道："许队，朝记者走了？"

许博衍表情复杂，嘴唇抿了抿，没说话。

大熊瞥了他一眼："许队，你热啊？脸红了。"

许博衍顿了一秒："晒的。"

大熊抬首看看已经藏进云朵里的太阳："很热吗？今天挺凉快的啊。"

朝雨走得浑身冒汗，她能深切地感受到自己心跳加速，心脏都快跳出来了。突然脚下一滑，她停下一看，夹脚的那根带子断了。她动动脚趾，夹脚凉拖断了前带，等于踩着一个鞋底，根本不能走了。

宁珊站在不远处，连忙跑过来："怎么了？"

朝雨苦恼："鞋带断了。"这鞋子是不是被许博衍诅咒了？许博衍看不上它，它就立马罢工了。

宁珊没忍住笑了出来："谁让你跑得那么快。那你就将就一下，穿着回单位吧。"

朝雨心疼，这鞋子是入夏刚买的，两根带子上缀满了白色的珍珠，她很喜欢。

"不就是一双鞋子吗？别心疼了，再买一双就是了。"

"我这个月奖金都扣光了，都怪那个许博衍！"

"怪他？"宁珊好奇。

"怪我自己，过来的时候怎么就不能换双鞋！我笨！"

宁珊挽着她的手："好啦，别气了，我请你吃多芒小丸子去。"

可是美食也不能弥补她受到的一万点伤害啊！

暮色降临，许博衍回到宿舍，路过药店，进去买了一些处理伤口的药。

他住的房子在市中心，二十世纪九十年代的老小区，两排六层小楼，屋外的墙壁经过多年风吹日晒，早已风化破损。不过这地方去哪儿都交通方便，他一个大男人也没那么多讲究。

许博衍拿着钥匙拾级而上，楼下的一只黑色流浪猫一路跟着他，直到六楼。他进门，小猫守在门口。

家里西晒，房间里又闷又热，他进来后赶紧开了空调，去洗手间冲了个澡出来，开始上药。

手肘擦破了一大块皮，那块颜色都成了青紫色，水沾上去，他才觉得有些疼。用酒精消毒后上了消炎药粉，伤口火辣辣的。

稍作休息后，许博衍去厨房下了一碗面条，简单的素面，配了鸡蛋和西红柿，边吃饭，边看新闻，他的生活确实乏味。

晚饭后，他收到席哲的来电。

"哥，周末没事吧？"

"有事。"

"除了工作，你能有什么事啊？周末休息一天，我带你见识一下年轻人的生活。"

"我对你无聊的生活不感兴趣。"

"别这样，哥！奶奶和我妈现在正张罗给你介绍对象……"席哲就不相信，他拿出撒手锏，他哥还不同意？

"我去参加你的同学会，合适吗？"许博衍嘲讽道。

"怎么就不适合了？我哥就是他们的哥。"

"说吧，什么事儿？"

席哲嘿嘿了两声："就是我一死党，他遇到点事儿，想找你帮个忙。"

"继续！"

"他开了一个厂，厂里的污水直接排到雨花河了，前段时间被勒令关厂。你认识的人多，帮个忙呗。"

"污水的问题只能自己解决，谁也帮不了他。"

"他们公司已经在改了。这不是听说你要负责雨花河的治理工作嘛！我哥们他是想知道自己能做什么，才能最大可能地减少污染。"

许博衍声音冷硬："席哲，你脑子拎清点！"

席哲发怵："我说的都是实话。"

许博衍的脸色不大好："后天再说。"

席哲激动地说道："我等你啊！据可靠消息，我妈这回挑了十个美女，不同行业的高才生。请做好准备！报告完毕！"

许博衍不禁摇摇头："行了，知道了。"

今天有人喊他"亲爱的"，晚上回来又听到这样的消息——嗯，他最近桃花运不错。

朝雨周末被朝妈催着去参加同学会。朝妈拿出一条白色连衣裙，V领A字收腰，催着她换上。

朝雨被迫换上："妈，要不要这么隆重啊？"朝妈眼光好，裙子清新雅致，正适合朝雨的风格。

"你换上上回买的凉鞋。"

朝雨嘻嘻一笑："又不是去相亲，穿那么淑女做什么。"

朝妈抿了抿嘴角："同学会，凑一对是一对。小雨，你也该谈朋友了。"

朝雨连忙告饶："妈，我得出门了，约着十点见的。"她拿着包，换上了一双板鞋赶紧出门。她最怕听她妈说这事，太可怕了。

室外阳光明媚，气温微高，不过有微风，空气没有那么闷热。

聚会的酒店在本地一家五星级酒店，看来这个本班的同学混得还不错。一进去，酒店大堂门口就摆着一个显眼的导向牌，上面写着——××届高三12班毕业五周年聚会。

朝雨顺着箭头找到包厢，推门进去，里面已经来了十六七个人，话音不断。大家看着她，微微笑着打着招呼，朝雨发现没一个她认识的。这个班她认识的人数得过来，同桌、班长、学习委员，还有体育委员。她当时体育课老是偷懒，没少找体育委员帮忙。不过因为后来转班，和他们也渐渐疏远了。

她有点儿后悔来了，她好像参加了一个假的同学聚会。这时候班长和几个穿着考究的男士从外面走进来，西装革履，头发梳得一丝不苟——这是来开会？朝雨坐在角落里打量了一眼，瞬间一愣。

班长透过人群也看到了朝雨，他大步走来，激动道："朝雨，你来了啊？我还担心你不来呢。"

朝雨笑笑："班长，好久不见啊。"

班长爽朗地笑着："是啊，我们都好几年没见了。"他回头喊道："席哲，朝雨来了！"

席哲——这个名字她可是一直印象深刻，朝雨嘴角一抽，席哲大步走来，嘴角噙着笑意："朝雨，没想到你来了，你一点都没变。"

朝雨黑白分明的眼睛望着他："席哲，你好啊！"他好像比以前更高了，五官长开了。唉，比以前更容易祸害女性了吧？

席哲冲她一笑："我特意让班长给你爸打的电话，真担心你不来。"

朝雨腹诽，她是不想来啊。

"就知道朝主任能说动你。"

朝雨唯有报以一笑。

席哲打量着她："听说你现在做了记者？娱乐记者？"

朝雨眼角抽了抽，胡吹道："体育记者。"

席哲难以置信："你当年不是喜欢吴彦祖、胡歌……桌子上贴满了贴画，怎么去做体育记者了？"

朝雨微微一笑："我后来喜欢中国跳水队。"

席哲思索一瞬："骗我啊。"

第二章 初有改观

朝雨弯着眉眼,一脸无害:"不好意思啊,我去一下洗手间。"

席哲叫住她:"等会儿!朝雨,有件事我想和你解释清楚,当年给你的那封信,不是我写的。"

朝雨的脚步刹那间定住了,那是她整个高中收到的唯一一封情书。

席哲清清嗓子,脸色微微尴尬:"其实今天叫你来,就想和你解释清楚——那封信是石嘉行写给你的。"

朝雨只觉得喉咙干涩,话语被卡住了。

"他一会儿也会来,他想和你谈谈。"

石嘉行啊……她有些印象,他们班当时的另一个不学习典范。这么多年都过去了,还谈什么?

席哲被误会了这么多年,他今天也是想解释清楚。朝雨转班最后一天,他受石嘉行之托做了信使。只是他送信时被人看到了,大家围在朝雨的座位上,目光炯炯地盯着信。结果朝雨还没有从洗手间回来,数学老师来了,收走了那封信。听说那封信后来转到朝雨她爸手里了。席哲很够义气地把这事扛了下来,怪他没办好差事。

朝雨第二天就转到文科班了。从那以后,他们在学校见面,朝雨看到他就和看空气似的。他也冤啊!那两年,再也没有女孩子向他表白了。他想追隔壁班女生,人家还嫌他不专一。朝雨成了他心中的一根刺——扎心刺。

朝雨对石嘉行没有一点想法。当时文科班女生私下也喜欢讨论那届男生,石嘉行是其中之一。她想了想,还是走吧。这哪是同学聚会啊,这明明是鸿门宴。

朝雨给班长发了条信息,说是突然接到单位电话有紧急任务,她得赶紧回去。借着上洗手间的机会,她悄悄走了。

走到大厅,朝雨突然看到休息区坐着一个人。她侧头看了几眼,那人正是许博衍。他怎么会在这里?朝雨看了好几眼,连忙转头往旋转大门走去。就在离门只有几米远的时候,一个略微熟悉的面孔映入眼帘。她定睛看了好几眼,认出了那个年轻的男子。她几乎是条件反射地赶紧跑到沙发那边藏了起来。

许博衍看到了她。

朝雨藏在沙发边,眼角余光一直注视着石嘉行。见他进去了,她才舒了一口气，起身准备离开，却对上了许博衍打量的目光。

她硬着头皮打招呼："许队，好巧啊。"

许博衍目光沉静："许队？"他挑眉，"我不是你亲爱的吗？"几次碰面，他还是第一次见她穿得这么淑女。

朝雨眼角颤抖，到底有几分心虚，还有一丝害臊，她定在那儿没说话，脸颊却浮起一抹浅浅的红晕。不知道是因为逆着光还是她此刻的低眉垂眼，从许博衍的角度看过去，面庞分外美好。

这时候她远远地看到席哲的身影，而他身后正是石嘉行："许队，我先走了。"

只是席哲的动作比她更快："哥！朝雨你也在啊！"他已经过来了，跟在席哲身后的石嘉行目光则锁定在朝雨身上。

四个人各有所思。

席哲好奇："朝雨，你怎么和我哥在一起？"

朝雨讷讷地回道："他是你哥啊？"

"是啊。我给你们介绍一下。"席哲清清嗓子，"我表哥，许博衍。这是我同学，朝雨、石嘉行。"

石嘉行伸出手："许队，你好。"

许博衍和他握了握手，又看向朝雨，眼神里闪着促狭。

石嘉行看向朝雨，微微一笑："好久不见。"

朝雨扯出一抹恰到好处的笑容。

石嘉行站到她身旁："进去聊吧。"

朝雨微笑："单位有点事，得赶紧回去。"

"周末也要加班？"

"是啊。进入雨季了，工作也多了。先走了啊，有时间再聊。"

话落，席哲一把抓住她："朝雨，你这样太不应该了！难得同学聚会，多少年没见了，今天你说什么都不能走。"

朝雨挣扎："席哲，我真有事。"

席哲嘻嘻一笑："工作是做不完的，吃个饭再走吧。"

石嘉行拧眉看着她，咽下接下来要说的话了。

朝雨看看他们："你松手，我跟你进去。"

席哲这个人还真是一贯的讨厌！朝雨恨得牙痒痒的，却只能忍着。

席哲冲她笑了笑："既然来了，今天就别想跑了。"

朝雨低声说道："席同学，你对当媒婆这么感兴趣？"

席哲脸一僵，随即又恢复了表情："我向来关心同学。"

朝雨默了一刻，问道："许博衍真的是你哥？"

席哲抬着眼皮看了她一眼："货真价实。"

朝雨哼了一声："你们真像。"

席哲笑着："那是！表兄弟总有相似的地方。"

"脾气也挺像的。"

席哲狐疑道："朝雨，我总觉得你在损我。你和我哥有仇啊？"

朝雨没说话。

席哲笑嘻嘻道："来来来，打牌去。"

于是在席哲的闹腾下，朝雨、许博衍还有班长凑成了一桌，四个人打牌，每局输了的人要接受惩罚。

朝雨抓完了牌，发现自己手里有一对王炸，眼睛瞬间一亮。

许博衍先出牌，打了一个单支，一圈下来，她只跑了一张小牌。

许博衍："三带一对。"

席哲接了，朝雨又没有牌接手。几圈下来，许博衍走完了最后一张，先赢了，剩下三人争夺二三名。结果胜利女神没有站在朝雨这一方，朝雨输得一败涂地。

输了的人要被打手心，也不知道谁这么无聊想到这个惩罚。朝雨乖乖伸出手，可怜兮兮地道："轻点啊，都是同学。"

班长笑，轻轻拍了三下。席哲也照顾她，轻轻拍了三下。最后剩下许博衍了，朝雨冲着他眨眨眼："许队！"许博衍轻轻嗯了一声，脸上没有什么表情。他用左手捏着她的指尖，右手啪啪啪三下打下去，不轻不重的力道，比刚刚那两个人重了许多。

朝雨掌心都麻了，她趴在桌上，不想玩了——许博衍是故意的！

席哲一看："哥，你怎么下手那么重？她是女的！"

许博衍幽幽道："战场无男女。"

朝雨："……"真狠！

朝雨总觉得自己的运气背，第一局大小王在手都能输，也是厉害了。

第二局开始。

这回许博衍出什么牌她都努力压住，最后许博衍第一个赢了，她却剩了一手乱七八糟的牌。

许博衍弯了弯嘴角："我先洗牌。"

朝雨已经打不下去了。

席哲尴尬地轻轻拍了她两下："朝雨，你数学不好，怎么连打牌技术都这么差？"

班长也出完了牌，朝雨又是最后一名。大家都看着许博衍。

朝雨伸出手，这回也不求饶了，反正许博衍也不会放过她。她紧张地绷着脸，手不由自主地往回抽。

许博衍抓着她的手，右手悬在空中。

席哲突然喊道："等一下。"

朝雨松了一口气，算他有良心。

"哥，要不算了吧？"

许博衍看看他，没有说话。

席哲继续说道："要不朝雨你答应我哥一件事，哥你就免了这三下打。"

许博衍拿眼看她："我没有事情需要她做。"

朝雨突然觉得，席哲的脑袋是不是被驴踢了？她咽了咽口水："打吧。"宁愿挨打，也不要欠他。她伸出手，惨兮兮地看着他，打吧！

许博衍望着她，沉默几秒："算了。"

真的不打了？朝雨呼了一口气，还算他有点绅士风度。

这局打完，朝雨再也不肯玩了。席哲拉住她："我刚帮你解围，你就走？"

朝雨微微一笑："你是猪吗？我答应你哥一件事？万一他让我杀人放火我也要去吗？"

"怎么可能？我是在帮你。你看我哥最后也没打你啊。"

朝雨不想和他聊下去了："我去洗手间。"

席哲："你能不能换个理由？"

朝雨没理会他，径直走了。等她从洗手间出来，就看到许博衍站在走廊尽头。走廊光线昏暗，光线将他的背影拉得修长。

她轻轻走着，走近了。许博衍听见声响转过身，表情波澜不惊。他右手夹着烟，烟雾轻舞，左手插在裤兜里。

朝雨目光落在他的手上，刚刚他抓住她的手，灼热的触感似乎还残留在她的掌心。他的手指修长、骨节分明，手上的皮肤也是小麦色的，上面还有几道结痂的小伤口——是那天救孩子划伤的吧？

阳光透过窗户照进来，洒在他的周遭，一片璀璨。他随意地吸了一口气，那样子让朝雨有些挪不开眼。

朝雨深吸了一口气，结果却吸了一大口烟。她仔细辨别着味道："这是黄鹤楼？"

许博衍眯着眼看了她一眼，说："你怎么知道？"

"上回看你抽过。"

他拧灭了烟头，说："你刚刚那样吸气，吸的都是二手烟。二手烟伤害更大，下回别这么傻了。"

朝雨："……"

他往回走，朝雨跟在他身后问道："抽烟本身对身体也不好啊，你还抽？"

许博衍侧眸看过来："那你也该听过，抽烟可以适当地缓解压力。"

朝雨："……"

午餐分了两桌，朝雨不动声色地看着大家落座，她可不想和许博衍他们坐一桌。等他们坐下，她赶紧向另一桌走去。席哲热情地喊道："朝雨，你和我们一桌，那桌人太多了，挤得慌。"

她不嫌挤的。

另一桌的人立马附和："就是啊，朝雨你就和席哲坐一起吧。"

大家都知道当年情书的事，有意无意还想撮合两人。等朝雨回头时，这一桌就剩两个空位，一个在石嘉行旁边，一个在许博衍旁边。对她来说，坐谁的旁边都是煎熬。既然要选择，她默默地走到许博衍身旁，坐了下来。石嘉行的目光看过来，随后一桌人的目光悉数落在她身上。朝雨只作未知。反正接下来，她只要闷头吃饭就好。

共同举杯之后，气氛也热闹起来。朝雨用眼角余光打量着许博衍，他话不多，对别人的敬酒喝得豪气。

席哲压着声音："朝雨你老看我哥做什么？"

朝雨心一阵慌乱："你哥酒量真好，我羡慕。"

席哲："那是！这是遗传我姑父。"

今天来的人中许博衍年纪最大，这会儿大家都来给他敬酒，不知不觉他面前的小酒瓶都喝光了。好在这些人酒量也不怎么样，压根儿拼不过许博衍，一圈下来，也没人再自不量力了。

许博衍没怎么动筷子，可能刚刚喝急了，他的眉心蹙着。朝雨悄悄看了一眼，随手把面前一杯水放到他面前。许博衍扫了一眼，没说话。

席哲对她说道："朝雨，你怎么对我哥这么好？"

朝雨："……顺手。"

话落，许博衍已经端起了杯子。喝了两口，他的眉头皱得更深了——真甜到心里了！

饭后，大家各自散步。席哲开车送许博衍回去，他仍没有忘记朝雨，嘱咐石嘉行："嘉行，你送一下朝雨吧？"

"不用那么麻烦了，我自己回去。你们也路上小心。"

许博衍扫了她一眼："朝记者，明天上午九点，北站演习。"

朝雨肃然："我知道，我不会迟到的。"没想到他喝了酒还记得提醒她。

许博衍应了一声。

看着他们离去，朝雨也准备离开。今天一直话不多的石嘉行开口道："我的车在停车场。"

朝雨犹豫了一下，说道："不用麻烦了，我坐车回去就好。"

石嘉行看着她："席哲都和你说了？"

朝雨点点头。

石嘉行默了几秒："那件事我很抱歉，当时给你造成困扰了。"

"都过去了，你也别记在心上，年轻的时候总会做些冲动的事。"

"朝雨，我那不是冲动，这么多年，我的心意都没有变过。"

朝雨望着他："对不起，石嘉行，我暂时没有想过这些事。"

"我明白。"他笑着，笑容坦然，"以后有时间再聚。"

"好。"

朝雨从酒店出来之后给宁珊打了电话，想约她下午逛街。

宁珊："你的同学会这么快就结束了？"

朝雨："……"

宁珊会心一笑。

朝雨："你下午有没有时间啊？"

宁珊："我和老秦约好了，要不你过来和我们一起看电影吧？"

朝雨："我要是过去，你们家老秦可得发疯了——大瓦数的灯泡多亮眼！我自己去逛吧，就买双鞋。"

朝雨去商场又买了双凉拖，依旧是夹脚的。夏天她钟爱夹脚凉拖，穿着方便，当然外出工作就不会穿。那天是个意外，却偏偏被许博衍抓住了。

凉拖带子上还有朵鸡蛋花，做得很精致。

店员见她试得好，推荐道："这款凉拖我们家今年卖得特别好，还有同款男士的。"

"男士？"

店员拿过来："这款鞋底软，两侧带子都是羊皮，不磨脚。你可以给你男朋友带一双，两双一起买还可以打八折。"

男朋友在哪里？

朝雨扫了几眼，买男士的拖鞋，送给她爸还是她哥？

"美女，要吗？"

"呃，要吧。"朝雨舌头打卷了。

店员一脸笑意："我去给你开票，前面右转手付钱。男士的要多大码的？"

朝雨："……43码。"她哥可以穿的。

当晚回到家，朝雨就开始准备第二天的装备——运动鞋、牛仔裤、长袖T恤……总之，明天她要许博衍知道她是一名专业的记者。

席哲送许博衍回去，一路无话。他有些郁闷，几次欲开口，最后都生生地咽了下去。车子开到小区路口时，席哲终于没忍住问了一句："哥，你和朝雨怎么认识的？"

许博衍闭着眼，没说话。

"那会儿我看到你们在走廊谈话。"他哥什么性格他又不是不知道，能和朝雨"有说有笑",肯定有猫腻。

许博衍眉峰微动,含糊地说道:"她是采访我的记者。"

席哲钝钝地问道:"你答应采访了?"

许博衍漫不经心地应了一声。

"你是不是看上朝雨了啊?难怪我给你介绍我们班别的女生你都不搭理我。"

许博衍冷冷地扫了他一眼:"滚!"

席哲感觉自己闻到了一股说不清的味道。

半夜时,朝雨突然想起来一件事,于是给许博衍发了一条信息——

许队,明天我是直接去你们局和你一起,还是去北站?

十分钟,许博衍回复——到我这儿来。

朝雨:好!她顺带附了两个字——晚安。

许博衍坐在客厅沙发上,大脑涨得疼。半夜,席哲醒来上厕所看到他坐在客厅,打了个哈欠:"哥,你怎么还没有睡?"

许博衍:"被吵醒了。"被手机信息声吵醒了。

许博衍这些年来一贯睡得少,但是只要休息时间够了,第二天精神就会很好。

席哲揉了揉眼睛:"你现在还常常失眠吗?"

"还好,你快去睡吧。"

席哲走到房门口,停了下来:"哥,你也早点睡。"

演习对于许博衍来说,早已习以为常。珞城是沿江城市,每年夏天除了酷暑,还要严防洪涝灾害。毕业后参加工作的这些年,许博衍每年都在一线,从参与到指挥,上百场演习都有。去年他立了二等功,谁都以为他将成为水务系统最年轻的局长。可偏偏,许博衍选择了回宁城。上级找他几次恳谈,知道留不住他,最后潇洒地放人。

他说,他该回去了。他该回家了。

回到宁城后,上面的意思是让他去工程管理处,可以充分发挥他的专业特长。他却提了一个要求——成立一支特别行动队,他想继续待在一线。

一线最是辛苦。许博衍毅然决然地选择了这条任重的路。

第二章 初有改观

第二天，朝雨五点钟就爬了起来，梳洗、涂防晒霜，全副武装。出门时，太阳已经冉冉升起，东边一片火橙橙的颜色，可以预感到今天滚滚的热度。

七点钟，朝雨骑着电瓶车到达水务局。她如常来到813，只有徐逸在。

徐逸没想到她会来这么早："许队去楼下吃早饭了，你坐会儿吧。"

朝雨有些不好意思："我来得太早了。"

徐逸客气道："没事，我们八点一刻出发。"

朝雨坐在一旁的椅子上，打量着许博衍的办公室。上一次她带着怒意而来，所有的注意力都在许博衍身上，其他的都没注意。许博衍的桌上只放着一台台式电脑、一个铁艺笔筒、几本摞在一起的书，简单又整洁。

她的目光落在桌上的一个玩具盒上。那是悠悠球，和他们小时候玩的那种不一样，现在的悠悠球外形设计漂亮了很多。她不禁有个想法，难道许博衍私下喜欢玩悠悠球？

她收回目光，看着徐逸："要不我出去转转吧。"

徐逸摆手："不用。许队估计一会儿就回来，你坐一会儿。我先下去吃饭。"

朝雨心想，他们就这么放心把她独自留在办公室里，就不怕她窃取机密吗？

徐逸来到食堂，走到许博衍那桌，笑着说道："许队，朝雨来了，在我们办公室等你呢。"

大熊惊讶："朝记者很敬业嘛。"

许博衍正在吃炒饭，应了一声。徐逸和大熊相视一眼，两人满眼笑意。

许博衍吃完最后一口饭，朝大熊他们道："我先上去。"他起身往回走，走到门口，突然折了回去，走到打饭窗口打包了两个肉包子、一瓶酸奶。等他回到办公室时，朝雨正坐在一旁的椅子上一边刷微博一边低头啃着刚刚没有吃完的蛋糕。南方F省正值暴雨，四处淹水。她看到一条微博，配图是环卫工人背着孩子们过马路。朝雨泪点低，一看到这类的新闻，眼泪就哗哗地掉。

听见脚步声，她赶紧抬首，目光与他的在空中相接。她一时错愕："许队，早啊。"她拼命眨眼，想藏起眼泪。

许博衍看着她一双雾蒙蒙的眸子，点了下头，手伸出去又缩了回来，顿了一下，从她面前走到座位上，把打包带回来的包子搁在桌上。

朝雨看到包子："许队，我来早了，打扰你吃早饭了，不好意思啊。"他连早饭都打包回来了。

许博衍垂眸，沉声回道："包子是大熊的。"

朝雨舒了一口气，见他脸上有明显的倦色，她突然开口问道："许队，昨晚没休息好？"那会儿给他发信息都快深夜十二点了，难道他还没睡？

许博衍抬手随意地揉了揉眉心。他这个年纪正值体力强盛时期，他平时又注意锻炼，特殊时期熬上一两宿都没有问题，只是今天的脸色有些差而已。

他轻轻应了一声："嗯。"

朝雨以为他紧张，宽慰他："你别太紧张，演习平常心就好。再说了，你是专家，你要是紧张，别人怎么办啊？放心好了，别人肯定比你更紧张。"

许博衍："……"头脑简单的人，活得也简单。他敛了敛神色，"今天演习时注意安全，不要乱跑。"

朝雨直点头："你放心好了。"

最不放心的就是她了。许博衍想了想，又交代了一句："会有领导过来。"

朝雨在心里翻了一白眼，嘀咕了一句："我又不是三岁孩子。"

许博衍嗤笑："你对我们成见颇深，我怕你见到我们直接领导会控制不住自己。"

朝雨："……"

一阵短暂的沉默。

许博衍突然长臂一伸，抽了一张面巾纸递给她。

朝雨不解："给我？"

"朝雨记者，一会儿采访，注意形象——你的嘴角有蛋糕。"他的声音低沉沙哑。

朝雨连忙擦擦嘴角，唯有强颜欢笑："谢谢。"

八点一刻，所有参加演习的同志在楼下集中，分组上车。

这也是许博衍这支特别行动组第一次亮相。当初许博衍和九名队员一起商量，最终队名定为——WIN队。

WIN，翻译成中文，赢。每一次任务，他们都必须赢。

他们换上了橙色制服，整装待发。

朝雨和其他报社的记者坐在一辆车上，她的目光一直注视着窗外，下意识地寻找着许博衍的踪影，却始终不得。

车子一路顺利开到北站附近的小岔河，大家一一下车。

当天模拟的抢险情况是突然发生高强度降雨，城区河水倒灌，道路出现积淹水，必须立即强排。这次演习，宁城从四大主城区抽出了四支精英抢险队，加上 WIN，一共五支队伍对垒。

各路记者们、摄像师们都翘首以盼，长枪短炮准备着。

朝雨心里莫名地有些紧张。

九点整，演习正式开始。指挥员一声令下："降雨过大，河水倒灌，道路出现大面积积水，立即启动应急排水！行动！"

场上，五支抢险队立刻行动，移动泵车开始启动，所有人都凝神望着。

"我记得去年的冠军被秦武大队拿走了，今年他们也势在必得。"

"不一定。今年有新鲜血液加入，可能会不一样。"

"许博衍刚来，队伍太新了，这才多久？需要时间磨合的。"

"不到最后都是说不准的，比赛瞬息万变。"

"你们觉得哪支队伍能赢？"

朝雨默默地听着，谁能赢？许博衍的队伍能赢吗？

五队抢险人员扛起沙包争分夺秒地往前。沙包沉重，而他们得肩负着几十斤的重量前行。

朝雨看到了大熊，看到了徐逸。WIN 速度一路领先。可就在这时候，WIN 队的一名队员李晓峰突然摔倒，以巨大的冲力栽倒在地。

许博衍上前："有没有事？"

李晓峰撑起来："没事。"

许博衍："继续，加快速度！"阳光刺眼，他眯着眼，额角的汗珠滚滚而下，在光线的折射下，像晶莹的露珠。

就因为这短暂的几秒，其他两队陆续追了上来，秦武支队暂时领先。

"看来 WIN 队无法改写历史了。"

朝雨掐着掌心："不一定。"

WIN 队最后一个上场的是许博衍，也许还不一定。

许博衍右肩扛着沙袋往前冲去,他的额角满是汗水,拼命地奔跑着,像一头狮子。真正抢险救援时,容不得出一点失误,每一秒都至关重要。

终于,秦武支队以二分二秒的时间搭建好了围堰,而 WIN 队以二分五秒获得了第二名。

许博衍报之一笑——他输了。

当天各项演习结束,朝雨抓紧时间在现场写好新闻简讯,还需要找到许博衍做一个简单的采访。她拨通许博衍的手机,河边的信号很弱,朝雨拿着手机四处走动,可惜他的电话一直无人接听。

她只有漫无目的地找寻着。

另一边,比赛结束后,许博衍召集队员开会。WIN 队队员们站成一排,个个表情严肃。对这次演习,他们充满了期待,每天下班后都投入了大量的训练时间,希望能赢得这次比赛。李晓峰更是伤心,那张黝黑的脸上满是懊恼:"队长,对不起……今天是我的失误。"

大熊:"队长,晓峰第一次参加比赛。"

许博衍看了他们一眼:"李晓峰留下,其他人自由活动。"

李晓峰今年才二十岁,刚从消防大队抽调过来。

"队长……"

许博衍拍拍他的胳膊:"有没有事?"

李晓峰摇摇头。

"演习失误,丢了冠军没事,还有下次、下下次。可是真正到了前线,我们可能就没有第二次机会了。"

"我知道。"

许博衍紧抿着唇角,好一会儿才开口:"明天开始,提高训练强度,每天加练一个小时。"

"是!"

许博衍摆摆手:"今天早点回去休息。"

李晓峰:"队长,你不再批我几句?"

许博衍抬起眼皮:"快滚!你们这一个个欠骂吗?让医生看看你的腿,好了之后,立马给我训练去。"

李晓峰连忙遁走了。

第二章 初有改观

朝雨猫着身子站在车子背面，她真的是不小心听见了他们的谈话，此刻她的内心百转千回。

许博衍看到地上长长的影子，轻咳一声："出来！"

朝雨磨磨叽叽地走出来："许队，你在这儿啊，有几个记者在找你呢。"他还穿着橙色制服，笔直地站在那儿，挺拔的身形像棵白杨树，结实健硕。朝雨第一次发现有人能把橙色穿得如此好看。

许博衍看了她一眼："前面有车，一会儿送你们回去。"

"等一下！许队，关于今天的比赛，我有一个问题。"她望着他，一眼不眨，目光执着。

许博衍下意识地摸了摸口袋，他忘了，今天换了衣服，没带烟："什么问题？"

"你在乎这次演习的输赢吗？"

许博衍侧目看着她，嘴角微微抽了一下："朝雨，你这是在戳我的心。"他开着玩笑。

朝雨却一脸正色，又问了一遍："那你在乎吗？"

许博衍抿了一下嘴角，声音悠长："我在乎。"他在乎每一次，不论是演习还是现场，他都要赢。不是赢得比赛，不是赢得荣誉，而是赢得时间。他们在和时间赛跑，只有这样，才能救助更多的人。

朝雨傻傻地站在那儿，一动不动。她迎视着他的双眼，那里如同深海里的灯塔，闪烁着温暖的光源。朝雨毫无抵抗力地被他的眼神给勾走了。

许博衍没有再给她机会："现在我要问你一个问题。"

"好。"

真是傻！许博衍笑笑："看了演习，现在对我们的工作改观了吗？"

朝雨皱起了眉，认真地想了一分钟，说："对你改观了。"

许博衍的嘴角扬了扬，总结了一句："看来你之前很讨厌我。"

朝雨没有想到他会这么说，脸色涨红了："才没有！"说这话时，她的底气都有些不足——之前，是有一点点讨厌他……

许博衍唇边扬起一抹意味不明的笑容。

朝雨眨巴一下眼："之前不是和你不熟嘛。"她的表现有那么明显吗？

阳光下，两人相互看着对方，远处的柳树上，知了在拼命地嘶吼着。

朝雨一时间窘迫难言，敛了敛神色才说道："许队，你可能对我有误会，我不是你想的那样！"

"我想的是什么样？"

朝雨咬了咬唇，脸色微红："反正不好就是了。"

许博衍抬手摸了摸眉骨，眼角暗藏着几分笑意，不动声色地道："你知道就好。"

朝雨："……"

她鼓起脸，心里有几分郁闷。能不能给她一点面子，他们现在也算是"熟了"吧？再说了，她是个女生啊，他就不能稍稍委婉绅士一点儿？

许博衍眼角余光突然看到前方一个身影，眉心蹙了一下："我还有点事。"大步离去前，他又回头叮嘱道："送你们回去的车还在早晨停车的地方。"

朝雨点头，看着他离去的背影，目光一直追随着。

许博衍走到对面，一个中年男人迎着他走来，用力拍拍他的肩："今天表现真棒。"

许博衍和他紧握着双手，喊了一声："佟叔。"

佟叔一脸动容："又黑了啊！"他满脸关切，"你爸在车上等你。"佟叔给许父开了十几年的车，和许家人关系亲厚。

许博衍了然："我去一趟。"早在一周前，他就知道父亲要出席这次演习，也知道这次碰面免不了。

许博衍走到停车场，目光落在那辆熟悉的轿车上，轻轻敲了敲后座的车窗。

车窗缓缓打开。

"爸——"他沉声喊道。

许剑峰坐在车上，侧首望着他，脸色沉郁："上车。"

许博衍一手撑在车门上："不了，一会儿还有事。"

许剑峰浓黑的眉毛皱紧，脸色严肃，明显在压抑着怒意："你是不打算见我，也不打算回家了？"

许博衍满目漆黑："最近手里的事情比较多。"

许剑峰冷着脸："既然回来了，就搬回家住，房间你肖姨已经帮你收拾好了。"

许博衍脸色寡淡，没什么表情："我住宿舍自在。"

许剑峰五十多岁的年纪，从参加工作至今经历了大大小小许多棘手的难事大事，此刻，他却发现他对工作能泰然处之，偏偏对这个儿子越来越无能为力。

他克制着自己的情绪："博衍，你做事能不能稍稍考虑一下我们的感受？"

许博衍不再是十几岁的少年，做事向来果断，下定决心的事从不回头，也不会后悔。他面露疲惫，捏了捏眉心："爸，我累了一天，也该回去了。"

父子两人又一次会面，简单的几句话就结束了。许剑峰脸色难看到了极点。刚刚他在现场，相熟的老朋友纷纷夸赞博衍，他心里高兴，可高兴之余又失落，儿子离他越来越远了。

下午四点，许博衍回到单位，去公共浴室匆匆冲了个澡，换了身衣服。大熊饿得前胸贴后背，拿起桌上的酸奶就喝，没几口就喝光了。他可惜地说道："这包子估计馊了——许队，你早上咋不提醒我一声，我也带盒酸奶上来。"

许博衍擦着水珠，看了一眼那两个包子，目光顿了一下："我出去一趟。"他拿起悠悠球盒子。

大熊微微诧异，还是第一次见他早走呢。他每天来得早走得晚，典型的单身汉生活。现在这是什么情况？"许队，这是有好消息了？"

徐逸这人善于观察，笑道："你反应怎么这么慢，都把我们许队的心意给喝了。"

"什么心意？"

"酸奶。"

"我去！给谁的？"

徐逸耸耸肩："呆。"

大熊慢了几拍："你说谁——这是给朝记者的？真的假的？这速度忒快了！"

徐逸笑道："咱许队心善，对谁不是关心。"

大熊抓抓头发："也是。许队这个人对谁都好。不过，朝记者不是和许队不对盘的吗?"

"欢喜冤家,没听过吗?"人和人之间关系千变万化,谁说得准。

朝雨跟着大巴车回来后,又折回水务局取电瓶车。车子在阳光下晒了一天,车座滚烫滚烫的。她推车出来时,眼睛不由得看向大门。正巧许博衍下楼,行色匆匆。

朝雨喊了一声:"许队!"声音清脆,夹杂着些许愉悦。

他穿着白衬衫,袖子挽到小臂中间,乌黑的短发上还沾着些微水珠。和上午的样子截然不同,此刻的他没有了狠劲,多了沉稳温和,朝雨觉得都挺好看的。

许博衍偏过头看了她一眼:"才回来?"

朝雨不好意思地指了指自己的车:"我忘了它。你要出去?"他手里拿着那个炫酷的悠悠球礼盒,这是要去看小朋友?

"嗯,看个小朋友。"

朝雨转念一想:"不会是你儿子吧?"

许博衍眼角抽了几下:"上回受伤的那个孩子。"

朝雨恍然。两人边走边说着话,她的眼角余光不由得看向他手中的盒子:"许队,你会玩悠悠球吗?"悠悠球玩得好也是一门技艺。前段时间她还看到一则新闻,95后学霸在全国悠悠球大赛中获得第一名,为了练习玩坏过上百个悠悠球。

许博衍默了片刻:"小时候玩过。"

朝雨脸色微微一僵,声音平静:"我小时候也玩过,可惜玩得不好。"

两人沿着路边往前走,梧桐树叶茂密,挡住了大片的阳光,这条路一片凉爽。

走了一站路,许博衍说道:"好了,我走这条路。"

朝雨应了一声:"我能和你一起去吗?"

许博衍默了一下,他好像不能拒绝她的心意。

小家伙见到许博衍异常兴奋:"哥哥!你真的来看我了?"他已经完全把许博衍当成偶像了。

孩子的妈妈一脸感激:"谢谢你!太谢谢你!那天我都没有机会感谢

你！小迪这两天一直念着你。"

许博衍把礼物递给小迪，揉了揉他的脑袋。

小迪眨巴着眼睛，礼貌地问道："谢谢哥哥！是悠悠球啊。我能打开吗？"

"这已经是你的了。"许博衍说道。

小迪拿出悠悠球，皱了下眉："可是我不会玩呢。"

许博衍拿过球，慢条斯理地将线绕好："看着。"他倏地往下扔了下球，"每次不能完全把线放完。"他的手上上下下轻轻浮动，球听话地来来回回。

朝雨怔怔地看着，许博衍技术纯熟，应该是个中高手。

小迪拍起手掌："哥哥你好棒！我也试试。"

"等你的伤好了慢慢练习，以后也会很厉害。"

朝雨瞥了他一眼，这人挺会哄孩子的嘛！

小迪腿上的伤还没有好，他笑嘻嘻地把悠悠球递给朝雨："姐姐，给你玩会儿。"

朝雨连连摇手："我也不会。"

小迪殷切地看着她，眼含期待。

"那我试试看。"朝雨硬着头皮拿过悠悠球，将球往下一扔，球没有转起来，线却打结了。她尴尬地笑了笑："我从小就玩不好这个。"说着把球放到床上。

小迪天真地说道："没关系，可以让哥哥教教你。"

小迪妈妈也笑，她看着两人，觉得两人般配得很。

许博衍拿过球，重新绕好线，递给她："慢慢来。"

朝雨看了一下许博衍，摇摇头："算了。"

"我教你——小迪也跟着学。"他走到她的身侧，嗓音低沉，"抱歉。"他的右手握住她的右手，灼热的触感从他的掌心传到她的肌肤上，慢慢到达她的心上。

朝雨感觉眼前瞬间烟花齐放，一阵阵轰鸣声在大脑中盘旋。这么近的距离，她彻底僵住了，心脏骤然加快了跳动的频率。

"手部肌肉放松，别紧张，你多试几次，找到力道就能找到感觉。"许博衍眼神专注。

他的气息满满地围绕着她，朝雨有片刻失神。

许博衍见她一动不动，平静地提醒道："朝记者，专心！"

　　朝雨抿唇侧首看着他，他握着她的手，她的掌心都已经冒了一层汗，如何叫她专心得下来？

　　"哦，好。这样吗？"

　　"嗯，你再试试。"他抽回手。

　　"好。"她往前用力地一扔，球直直地向前，根本收不回来。

　　许博衍皱了一下眉："朝记者，你的手太僵硬了。"

　　她无辜地抬首，她的错喽！

　　许博衍侧首看着她，叹了一口气："果然缺乏运动细胞，平时要加强锻炼。"

　　朝雨心里苦："……"她最不喜欢运动了。宁珊说得找私教盯着她，才能坚持。

　　朝雨嘀咕了一句："你陪我锻炼啊！"

　　许博衍看着她气鼓鼓的表情，倒是没想到她会说出这句话。再仔细回味她的话，许博衍笑了。他陪的话，她可能更不想锻炼了。就她这样的小身板还有意志力，能坚持几天？他慢悠悠地问了一句："你确定？"

　　朝雨怔住了。她怎么感觉，许博衍的这个眼神有些危险啊……

　　朝雨确实懒，被他直接说了出来，脸热热的。朝雨也明白，他怎么可能陪她锻炼？她昂着的小下巴慢慢低下来："我开玩笑的。"

　　小迪妈妈说道："朝小姐，我表妹是程序员，每日对着电脑，平时不活动，前阵子查出了肩周炎。其实许队说得对，女孩子平时多锻炼，对身体好。"

　　朝雨点头："我会注意的。"记者这行是高危行业之一，宁珊说，早死率高。

　　两人看完小迪，又一起回去。朝雨沉默着一言不发，大概是被许博衍打击的。她是身体僵硬，小时候班级活动，凡是女生跳舞都不会有她。

　　许博衍瞥了她一眼，忽然开口："朝记者……"

　　他这么叫她一次，朝雨的头皮就麻了一次。

　　"如果你真需要人陪练的话……"

　　"不用，不用！我平时会在小区里跑跑步的，不麻烦你了。"

他笑笑。

朝雨望着他:"许队,你和席哲还是有点不一样的。"

"哪里不一样?"

"席哲那个人就像一只骄傲的孔雀。"

不得不说,朝雨点评得很到位。许博衍话语不紧不慢:"你和席哲很熟?"

"才不熟呢!"一想到席哲帮石嘉行递情书,她霎时止住了话,"读书的时候,席哲很受女孩子欢迎,人缘很好。"

许博衍失笑,他怎么会不知道,那家伙没少在他面前臭屁。

朝雨的目光停留在他的笑容上。

许博衍:"还有什么事?"

朝雨舔舔嘴角:"是不是每次救完人,你都会去看他们啊?"

许博衍沉默了一会儿,轻声回道:"看情况。那天在井下,我答应过小迪会来看他。"

朝雨喟叹,这是个重承诺的男人。

夏天的傍晚,酷热依旧不减。西边一束阳光透过梧桐叶洒下来,正好照在他的脸上,他的表情有些朦胧。而他的眼神似乎在任何时候都透着坚定,那双眸子似是带着让人信服的力量。

朝雨转开脸,咧嘴一笑。那他刚刚教她玩悠悠球也只是哄小迪高兴了?她低着头,一步一步地往前走着。

他的手臂突然挡在她面前,低沉有力的声音在她耳边响起:"朝雨,看路。"

朝雨抬首,原来前面是红灯了。

十字路口,他们也该分别了。

第三章
芳心暗许

朝雨回到家,浑身的力气似乎都要被抽光了。她躺在沙发上,睁着眼睛看着客厅的吊灯想了很久,起身给朝妈打了一个电话。

朝妈正在打麻将,好久才接:"小雨,什么事?"

"妈,我那个悠悠球还在吗?"

朝妈一时间愣在那儿。

"妈——"

"在,我给收着呢。"

"那我周末回家。"

"是遇到什么事了吗?"朝妈微微紧张,不然怎么她突然问起了悠悠球?

"没事。我先挂了。祝您今天大杀三方。"她有一个悠悠球,已经十几年了。

挂了电话,她闭上眼休息,大脑不停地闪过今天演习的一些片段。那些队员们扛沙袋的情景历历在目,汗如雨下,负重而行,其实挺不容易的。

夜深人静,朝雨坐在电脑前。

上次那条微博她一直没有删,现在删与不删都已经没有意义了。

她从今天拍的照片里找了一张,许博衍和李晓峰并肩前行的那张。她打了一行字:哪有什么岁月静好,只是有人在为你负重前行。感谢这个夏天为我们保驾护航的最可爱的人。发完这条微博,她的心也渐渐归于平静。

不一会儿陆陆续续有人转发、评论、点赞。一张真实的照片,点燃了粉丝们的热情。

漫漫人生路:我去!太帅了!

一桶爆米花：虽然城市排水系统真的有待提高，不过感谢这些奋战在一线的哥哥们！

小丸子：扎心了【心】

……

朝雨刷着评论，还有人夸许博衍长得帅，满屏的荷尔蒙，身材超棒。

晚上，朝雨做了一个梦。梦到玩悠悠球，一伸一缩，球在她手里好像活了一样。再一转眼，许博衍不知道什么时候站在她身旁，他抱着双臂，脸色严肃："肩膀放松！不要分心！朝雨你太僵硬了！"

他一说话，球就不听话了，再也回不来了。

朝雨被气醒了，脑袋昏昏沉沉的。薄薄的窗帘透出来刺眼的光，她睁开眼，嗷地叫了一声："许博衍！你这个浑蛋！"

早晨，到了办公室，宁珊笑嘻嘻道："朝记者，昨天接受思想教育了啊！微博为他说话了嘛。"

朝雨抬起眼皮："实话实说。"

"是吗？没有一点点偏心？"

朝雨坚定地点点头。

"那明明是秦武支队得了冠军，你放第二名的照片，有嫌疑哦。"

朝雨笑着："我不是将功赎罪嘛。"

宁珊压着声音："哦——这样啊。"

朝雨应了一声，突然皱起眉："宁珊，我有个问题要咨询你，如果有个男人突然拉着你的手，你说这个男人怎么样？"

"一，他是色狼；二，他对你有意思。"

"不是我。"朝雨掩饰着。

宁珊盯着她的眼睛："许博衍昨天拉你的手了？"

朝雨："……"

"怎么不说话了？"

朝雨详详细细地把事情的经过告诉了宁珊。宁珊认真分析道："许博衍习惯性帮助别人，我总觉得他抓你的手也只是下意识的行为，明白吗？"

朝雨托着下巴，呢喃道："是啊。"

宁珊拍拍她的肩头："如果你对他有意思，可以主动些。"

朝雨吓了一跳："我对他可没意思！我们才认识多久？就见过几次面。他比我大五岁啊，两个代沟了！而且他太喜欢管人了。"

宁珊笑笑，眼神藐视："男女之间的好感不是以认识的时间长短来定的。有的人日久生情，你别忘了，还有一见钟情呢。"

朝雨幻想了一下她和许博衍一见钟情的画面。

她："……"

另一边，许博衍也看到了那条微博。

大熊在办公室里，一字一顿铿锵有力地念了一遍："还是队长厉害！朝记者这段话，还有这配图真是好极了！我要给她点赞！"

朝雨的拍照技术确实不错。那张照片抓住了他和晓峰的表情，照片给人的感觉就很燃。

大熊翻着评论："队长，一大堆迷妹向你扑来！你看看……"

许博衍默了默，郑重地问道："迷妹是什么意思？"

大熊扑哧一声笑了，清了清嗓子："就是女性粉丝。"

许博衍摸了摸眉骨，眉心皱了皱。他有些不习惯这样的光明正大的"表扬"。

上午高主任去洗手间时特意在朝雨桌前停了一下："这两天表现不错，继续努力！多发发昨天那样的微博。"

朝雨："……"看来她惹下的事已经雨过天晴了。

"专刊好好做，别再给我出岔子了。"主任不放心地又交代了一遍。

朝雨默默地叹了一口气，主任这人，典型的给一颗红枣打一巴掌。

汛期专栏她还差点东西，改天还得去找许博衍。

傍晚快下班的时候，朝雨突然接到一个电话。一开始她以为是广告电话，冷冰冰地接通了。

"朝雨，我是席哲。"

"……"她的声音更冷了，"什么事？"

"老同学，下周三我生日，想请你来聚聚。"

朝雨看着角落的空调，冷气袭来，她不想去："怎么又要聚？"

"你这话说得太伤感情了。"

"下周啊,我可能没时间。"

席哲暗骂了一声:"你太不给我面子了。同学一场,我过生日你都不来。"

朝雨吃软不吃硬:"好。我答应你。那个,你哥……他去吗?"

席哲顿了顿:"我本来不想叫他的,你要是想见他,我帮你叫他。"

谁想见他了?你才想见他呢!"我就随便问问。"

席哲:"我就随便说说。"

朝雨:"……"

席哲:"那下周三见,到时候我把地址发给你。"

"我可以带家属吗?"

席哲短暂性的沉默后,回复她:"女的可以。谁啊?别告诉我你有男朋友了?"

朝雨听着他不相信的口气,哼了一声。

席哲挂了电话,立马给许博衍打了一个电话:"哥——"

"什么事?"

席哲心凉了,是他亲哥吗?"下周三我生日,那天晚上别安排活动。"

许博衍默了默:"没时间。"

"你怎么和朝雨一模一样的口气!"

许博衍沉了片刻,声音凛冽,含着警告:"你少把朝雨往你那个圈子拉!"

席哲不明白,他这个圈子怎么了?都是一群青春洋溢的少年,总比许博衍那种整天除了工作就是工作的闷葫芦好吧?朝雨是他同学啊,他邀请朝雨来他的生日聚会有什么不对吗?

席哲郁闷极了。他请朝雨也是本着同学情,怎么说当初他们之间也传过"绯闻"。他哥和朝雨不就是工作上的关系吗,他管那么多干什么?

席哲觉得莫名其妙,心里还有一分委屈,他对着手机暗骂了一句:你大爷的!老子以后再也不喊你了,再找你我就是你孙子!

下班后,许博衍没急着回去,留在办公室写河道整治方案。

整栋楼的人除了门卫师傅几乎都走光了,办公室的灯开着。他坐在那儿,嘴上叼着烟,十指在键盘上敲敲打打。想问题的时候,他习惯性地皱眉,表情深沉。

气象部门今天发布了下周的天气情况，又一场大雨即将来临，很多问题也会随之而来。

他习惯性地敲了两下桌面，这周六他要去一趟雨花河。

手机突然响了一下，小小的声响打破了这一刻的宁静。许博衍拿过来一看，是朝雨的信息。

朝雨：许队，我刚刚把专刊几个版面的内容整理了一下。你什么时候有时间，我送过去给你过目一下。

许博衍眉眼挑了一下："过目"都用上了，她还真是斟词酌句啊！

他不喜欢发信息，但还是耐着性子回了一条：周六我要去雨花河，你要是有时间可以过来。

宁城人最关心的就是雨花河的治理问题，这是写材料的干货。

朝雨很快回了过来：好！几点？在哪里见面？

许博衍拧了一下眉，回了两个字：待定。

朝雨：好。

许博衍放下手机，深深地吸了最后一口烟，将烟头拧灭，关了电脑。

下楼的时候，师傅和他打招呼："小许，今天又这么晚啊？"

许博衍递了一根烟，师傅接过夹在耳朵上："你那个小女朋友这两天没来吗？"

许博衍挑眉："谁？"

师傅调小了广播："小记者啊。"

"她不是我女朋友。"

师傅笑着："哈哈，这样啊。"

许博衍摸摸鼻子："我先去吃饭。"

在珞城的时候，单位领导也没少给他介绍对象，他都没答应，说以后要回家。那时，有个女领导特别欣赏他，一心想撮合他和她的女儿。那个女孩子各方面都很好，可后来他还是拒绝了。这么多年，许博衍也就单着过来了。

朝雨握着手机，等了几分钟见许博衍再也没有回复信息，便上了微博。她又收到了几十条私信，有几条表白的，剩下的都是在骂她。

自从上次她发了那条微博，就莫名地来了一些人来嘲她，其中不乏一些恶毒的言语，诅咒她被淹死……

朝雨气得发抖，火爆脾气上来，直接拉黑了几个网友。后来又有新的微博号来骂她，她总觉得是被她拉黑的人又注册新号来骂她了。

她翻了几条新的私信，空山暴雨发来的：但愿你被淹死时，没人去救你。

这一句直接扎进了朝雨的心窝。她怔怔地看着屏幕，脸色煞白煞白的，指尖都在颤抖，浑身冒着冷汗。

她来来回回地打了一行字，最后还是删除了。骂回去又有什么意思？如果她会被淹死，早在多年前她就被淹死了。她的命是捡来的。为此，朝妈每逢初一都会去天鸣寺烧香，每年新春还会捐一笔香油钱，替女儿祈福。

朝雨怕水。大学时，她的游泳课挂科。为此，朝爸特意去找了校方开具了证明，朝雨才能顺利毕业。

朝雨到底还是被微博私信影响了，一夜梦魇。

一连几日，几个黑子私信不断，执着地骂她。她索性不再登录微博了。

又一天早上，大熊在办公室嘀咕："朝记者最近都不更新微博了？这两天都没有再推荐好吃的小店了。"

徐逸："你就知道吃！"

"你没吃啊？上次去吃长鱼面，你不是吃得挺欢的吗？"

徐逸一时没法反击，不得不说，朝雨推荐的那些店东西真是不错，就是藏得深，轻易找不到。

大熊念叨着："朝记者不是遇到什么事了吧？以前她平均每天一条微博，这都两天没发了。"

徐逸看向前方，大熊顺着他的目光看过去。许博衍埋着头，似乎没有听到他们的对话。

徐逸冲着大熊眨眨眼，大熊清清嗓子："许队，朝记者最近怎么不更新微博了？"

许博衍慢慢抬首，动了动嘴角："应该是被骂的。"

"被谁骂了？"

许博衍："微博评论。"

大熊连忙去翻评论，果然，骂人的微博都被点赞了："这……这……许队，你怎么知道的？"

许博衍凉凉地说道："眼睛看的。"

大熊翻了翻白眼，突然震惊道："你什么时候有微博了？"

"你给我解释迷妹那天。"

大熊："……"

许博衍起身："这是雨花河治理的初步方案，你们拿去看看，下周一给我反馈意见。"

徐逸抽着嘴角："队长，我们平时是单身狗，周末你让我们做加班狗，你忍心吗？"

许博衍："加班只找单身狗。"他扯了扯嘴角，"我上楼去找领导汇报工作。"

许博衍拿着方案去找周局。周局快速地翻看了一下，嘴角弯起一抹笑意："速度真是够快的。"

许博衍这两天把全市近几年水利工程的运行管理和安全管理报告都整理出来了一份。

周局说道："雨花河防汛一直是市里的头疼问题，投入了那么多人力和财力，至今才完成百分之二十。这回交由你负责，我才能安心。那些不干事的，整天就是拖。河两岸不住他们的家人，就不知道汛期有多危险。"

许博衍眼角动了动："下回再有事，直接让他们去一线待着。"

"哈哈哈，你小子狠！"周局叹了口气，"我不想给你压力，但是这是整个城市的命脉。弄不好，不是我的乌纱，而是要我们所有人的命。我们得对老百姓负责。"

所有人的命……

"您放心，我只知道我的责任是什么，我要做什么，其他什么人和我没关系。"

周局欣慰地点点头："有什么问题尽管来找我。"

许博衍点点头。

"对了，那天见到你爸了吗？"

许博衍不咸不淡地应了一声："见着了。"

"老许是工作狂，其实这一点你和他挺像的。博衍，你爸也是奔六的人了，体谅一下他。"

许博衍表情不变。

周局拍拍他的肩头："你们是父子，不是仇人。"

许博衍扯了扯嘴角："他找您了？"

"就他那个臭脾气，也不会找我说什么。"

许博衍默了一下："周叔，我都习惯了。"

"博衍，听我的话，过去的事放下吧，你妈妈不会愿意看到你们父子现在这样。你妈那么善良，她的选择，我相信她不会后悔的。"

许博衍呼了一口气："我知道。"

"那你先回去忙吧。"周局知道劝不了这个臭小子，这驴脾气和他爸一模一样。这么多年，这父子俩的心结什么时候能解开？"对了，周六你一个人去雨花河？"

"还有报社记者。"

周局想了想："是上回那个小记者？"

"是的。"

周局有些印象了："那天演习，你和她在河边说话来着，我看到了。"小丫头挺活泼的，长得也可爱。他的嘴角浮着笑意，"去吧。博衍，你啊，也该谈恋爱结婚了。"

许博衍没把周局的话放心上。

朝雨，太小了。

朝雨坐了一上午，腰酸背痛。她在考虑许博衍的建议，可能真得报个健身房，一周去两次就好。

"宁珊，你上回去的那家健身房怎么样？"

"你说的是湖北路那家？早关门了。我办了一千块钱的卡，就去过一次。"她咬牙切齿，"怎么？你要去健身房？"

朝雨点点头："想去啊。"

"你这么懒，钱也是白花。"

"夏天了，要不我们去报游泳班啊，减肥塑形。"宁珊的眼睛扫了一眼朝雨，"塑形哦！"

朝雨眼前恍惚了一下："以前就学不会游泳，这辈子估计都学不会了。"她眨眨眼，"我才不需要塑形呢。"

两人去年冬天一起去汗蒸，她就见识过宁珊傲人的身材。可怜她妈妈在高中时每日给她喂猪蹄，终于把她喂成了B。和宁珊的C相比，真是相形见绌。

"这周末要不要一起去看电影？"

"最近有什么好电影？《战狼2》？"

朝雨犹豫了一下："周末要加班。"

"加什么班？"

"专刊啊。我和许博衍约好去雨花河。"

"臭气熏天的，约会也不选个好地方。"

朝雨强调："是工作。"

"可真敬业啊。"宁珊和她开着玩笑。她知道朝雨对工作也是拼了命的。朝雨是真正爱记者这行，而不是为了混一碗饭。

这年头，能做自己喜欢的工作，也是一种运气。能坚持自己的梦想，更是运气。

可朝雨已经等了两天，许博衍还没有给她消息，待定什么时候定啊？

周五晚上，许博衍回到家时已经是晚上九点，给朝雨发了信息：明天八点，路口站。简洁得不能再简洁的短信。

朝雨仔细看了两遍，给他打了一个电话。电话接通，传来他微微沙哑带着鼻音的声音："喂——"

"是我，朝雨——"

"我知道，什么事？"

"许队，你感冒了？"

许博衍低咳了一声："明天有问题？"

"有。"朝雨握紧掌心，声音软软的，"我的车还没有拿回来……能不能搭你的便车？"

许博衍顿了几秒："你住哪儿？"

"佳苑小区。"

"明天早上八点我去接你。"

朝雨笑嘻嘻地回道："那就麻烦你了。晚安啦，许队。"

声音如同风铃，清脆悦耳，撞击着他的耳膜。窗外，灯光辉煌，夏至已至，酷热中带着一丝清凉。

宁城的夜，一片安宁。

佳苑小区位于城南，宁城房价还趋于平缓时期，朝妈一口气在这个小区两栋楼里分别买了两套房子，一套给朝晖，一套给朝雨。她各付了一半的首付，剩下的就让兄妹俩工作后自己还，也是想给他们一点压力。

这一点，朝雨一直觉得她妈妈是个很有眼光的人。

朝妈总是说："我这辈子眼光最好的一次，就是看上了你爸。"

朝雨："……"

第二天早晨，朝雨七点半就出门了。她穿着牛仔短裤、黄色T恤，脚上穿着小白鞋，加上背着双肩包，看着就像学生。

小区门口有很多小吃店，烧饼、包子应有尽有。朝雨也不知道许博衍的喜好，就买了包子和豆浆。多等了五分钟，那辆熟悉的越野车终于出现了。他摇下车窗，眼睛望着她，朗声说道："上车。"

朝雨大步走过去："许队，迟到五分钟哦。"

他应了一声："路上出了一起车祸。"

朝雨可没有怪他，连忙上了车，系好安全带："你吃过早饭了吗？我买了肉包子，还有豆浆。"说着便塞了两个包子给他。

她低着头咬了一口，吃东西的时候，她的眉眼都眯着，似乎很好吃。

见他不动，她咽下口中食物："这家包子很好吃的，包子叔每天自己揉面，肉馅都是自己调的。他家包子每天限量卖的，我排了二十分钟才买到四个。"平常她能吃三个，今天特意给他两个，"你不吃的话给我。"

许博衍失笑，捧着包子咬了一口，皮软肉鲜，确实还不错。她期待地看着他，他点点头："还行。"

朝雨一脸悦色："不错吧？我在微博推荐过这家店，来吃过的人都给我点赞了。"

许博衍几口就解决了包子，问道："你怎么发现这些店的？"

"我在宁城生活了二十三年了，知道得可多了。"她一脸小得意。

许博衍的嘴角扬了下，侧脸看着她。她穿着短裤，露出一双白净的腿。

这双腿捂了一个冬天更白了，白得有点恍人。这么一对比，许博衍真是够黑的。

见他在看自己，朝雨晃晃脚："新买的运动鞋。"

许博衍应了一声："这么白的鞋不怕脏吗？"

大概男人和女人看实物的重点永远不一样："可是好看啊。"

好看没看出来，许博衍只觉得很白。

许博衍启动车，路上，他又问了一句："你的车怎么样了？"

朝雨回道："4S店让我下周去拿车。其实我的车是去年进水，后来送去修，今年已经出了两次这种情况了。"

"怎么进水了？"

"去年宁城大雨啊。车当时停在地下车库，我人又不在家，等我回来的时候就淹了。"这种天灾谁也没办法。车子去修过，但是受伤严重，再也恢复不到当初了。

"去年的雨确实很大。"

"我有同学在珞城，当时发了照片，珞城好像也挺严重的。"

许博衍点头："很严重。"几个县城都差点要转移了。

朝雨重重地叹了一口气："希望今年不要再像去年那样了。"

许博衍轻扯了一下嘴角："希望吧。"

朝雨神色恍惚了一下，她想到他去年在珞城的事。先前她觉得他是占了天时地利的便宜，现在想来是她的认知出了错。

一个小时后，两人到达雨花河。烈日炎炎，走了一会儿，两人被晒得额角冒出细密的汗珠。朝雨庆幸今天穿着短裤，不然要热化了。再看许博衍穿着浅咖色的休闲裤，他也不嫌热，还是说夏天他就这么过的？

许博衍回头，见她在看他："前面就到了。"

"哦。"

越走越近，一股恶臭随风飘来。河水完全不见清澈，河面上漂浮着各种各样的垃圾，在阳光的折射下，水面泛起了五颜六色的光点。朝雨屏住呼吸："前两年不是说花了几千万在整治了吗，怎么还这么差？"简直可怕到了极点。

许博衍指了指不远处的那一大片工厂，朝雨若有所思："环保部门不管吗？"

许博衍扯了扯嘴角："往前走吧。"

河岸边杂草丛生，蚊虫不断。走了一截路，朝雨两条腿上不知道被叮了多少个包。这里的蚊子特别厉害，被叮的包没一会儿就肿起来了，还特别痒。许博衍走在前头，背脊笔挺，裤脚上也沾了不少草屑。

两人走了两个多小时，许博衍将附近的排水口都记录了下来。

朝雨安安静静地在一旁看着。他神色专注，薄唇紧抿着，眉峰凌厉，双目有神，拿着相机拍照的样子真是赏心悦目。那双手修长有力，骨节分明，最重要的是……那双手曾握住自己的手，掌心温热有力，带着细微的茧子。他认真地看着周围的情况，而她认真地看着他。

他拍了很多照片，发现几个排水口堆满了生活垃圾。随即把照片传给徐逸，给他打了电话："下周一和这个区负责人联系一下，让下面安排人，尽快把排水口的垃圾清理干净。"

徐逸问道："许队，怎么不叫我一起去？"

朝雨从后面跟上来，喊了一声："许队，我刚刚看到河边有一头死猪！"

徐逸听见了声音："是朝记者啊？哦！我懂了，先挂了，不打扰你们了。"

许博衍回头，看到朝雨眉心紧蹙。

朝雨没想到这一片这么可怕，她小时候在河边，附近的阿姨还在河里洗衣服呢。那时候水还很清，夏天他们还可以钓鱼钓虾。

许博衍凉凉地说了一句："这猪在这里还好。"

"什么意思？"

许博衍笑了笑："没被人拖走啊，你说要是被做成吃的……"

朝雨心里一阵恶心："别！快别说了！"

许博衍刚想笑，笑容却凝滞了："朝雨，你先别动。"

朝雨呢喃了一句："怎么了——"

"别动！"许博衍转身看了看四周，捡起一旁的木棍。

朝雨僵住了，钝钝地问道："怎么了？是不是有……东西？"

"有一条蛇在你左脚边……"

那是一条灰色的蛇，大概一米多长，就在朝雨的脚边三十厘米的距离，缓缓爬行。许博衍拿着木棍，眼疾手快地朝着蛇身用力一打，蛇受到惊吓，瞬间游走了。朝雨一身冷汗，原本红扑扑的脸色一瞬间白了。

许博衍云淡风轻地说道："没事了。"

朝雨眼泪都要蹦出来了:"吓死我了。"她双腿发软,已经没有一丝力气。

许博衍默了两秒,默默伸出右手。她那害怕的表情可怜兮兮的,就像他门口那只猫。

朝雨抓着他的手臂。她的手软软的,掌心满是汗,看来被吓得不轻。他低声问:"你还好吗?"

朝雨抽抽鼻子:"没事。"

他那清俊的容颜漾起一抹笑意:"还有你怕的啊?"

朝雨不想和他斗嘴了。好一会儿,她终于缓了过来。

两人原路返回。

许博衍站在香樟树下抽着烟。他一手插在兜里,倚在树干上,身姿卓绝,神色难得慵懒。朝雨在车上喝了大半瓶水下车,来到他身旁,捡了片叶子拿在手里把玩着。她低着头,树叶被她撕成一条一条的:"刚刚谢谢你。"

他抿着嘴角没说话,只是看着她。她微垂着脸,头发挡住半张脸,看不清表情。阳光透过树叶,稀疏地洒落下来,这一刻让他有些恍惚。恍惚地想到那日在墓园,她一路低头,时不时地抹着泪,明明很伤心,却强忍着。再后来,她的车启动不了,她失措地求助,他一直看在眼底。当她终于敲响了他那扇玻璃,他心头突然升起一股说不出的情绪。许博衍扔了烟头,踩灭了,抬首看着远方的天空。蓝天白云,没有暴雨,没有雾霾,这天气真好!

朝雨坐在台阶上,数了数腿上的包,竟然有十二个。许博衍眸光恰好落在她的腿上,看着红红的蚊子包,他顿了一下:"去吃饭吧?"

"不回去吗?"

许博衍敛了敛神色,迈开了腿:"我饿了。"

朝雨脸上挂着笑意:"听你的。"

两人去了附近一家餐厅。坐下没多久,许博衍起身:"你先点菜。我去买包烟。"

朝雨问道:"那你要吃什么?"

"随便点。"他对吃的没有太多要求。

许博衍出了门,右拐去了一家药店。不一会儿,他回来了,直接把东西搁她面前。

朝雨还没反应过来,错愕了几秒才问道:"给我买的?"她打开袋子,竟是药膏还有花露水。

许博衍唔了一声:"以后再出来记得穿裤子。"

朝雨嘴角抽了抽:"我这是裤子啊,牛仔短裤也是裤子啊!"

许博衍面上不动声色:"强词夺理。"

她笑着:"谢谢你的药膏啊。"

朝雨涂完药膏,去洗手,默默地看了一眼自己的两条腿,真是可怕。等她回来的时候,许博衍正在接电话,声音低沉,似有不悦:"我在外面。我不是几岁孩子,我的事我自己会处理的。"他的唇角抿成一条薄线,脸色也沉了几分。

这是她第一次见他脸上出现烦躁困扰的表情。他向来严肃,不过不会让人觉得难以亲近。和他几次相处,朝雨也知道他人很热心。

幸好,这时候店家开始上菜了。她默默地走进去。

两人默默地吃着饭。

朝雨点了四菜一汤。绿油油的菜叶汤吃在嘴里有些苦涩,舌头发麻。许博衍只喝了一口汤,就不动了。

朝雨瞧见了,笑嘻嘻道:"许队,这是菊花脑,清热解毒,这个天气喝最好了。你多喝几口就能适应这个味道了。"

许博衍对蔬菜没有什么研究,只认识常见的菜:"这是什么菜?"

"算是野菜吧。这几年突然就火了,家家都吃,饭店也是。"她心里暗想,连菊花脑都不知道,他一定是假的宁城人。

许博衍知道她对吃最在行,问了一句:"你怎么会做社会新闻版?"

朝雨敛了敛神色:"以前看过间丘露薇的《采访手记》,写她在阿富汗战斗的经历。我希望有朝一日,能像她一样。"尽自己的力量,做些有意义的事,这样才对得起活下来的这条命。

许博衍看到她那双眸子里闪烁着希冀与坚持,透着执着的力量。他的眸底微微闪过几分惊讶,没再说什么,端着菜汤喝了几口,真难喝。

朝雨咯咯地笑起来:"你要是喝不惯别勉强自己啊。我好朋友在宁城待了五年,依旧适应不了这个味儿。"

许博衍也不是娇气的人,上前线的时候三餐不定,啃着馒头就着白水,还不是过来了?他默默地喝了一碗汤,到最后,确实不觉得太苦了。

朝雨吃饱了放下筷子，心里万分感慨。没想到一开始她那么讨厌他，现在竟然能和他心平气和地坐在一起吃饭说话，真是神奇的事！

吃完饭，两人回去。

上车后，朝雨把之前准备的资料从包里拿出来："我打算做一个友情告知，这是我在网上搜集的资料，还请专家过目。"

许博衍细细一看，十条友情告知，很细致。看得出来，她认真筹划了。他扬扬眉："缺一个电话。"

朝雨想了想："那放谁的电话？你们办公室的，还是你们大队的？"

许博衍想了想："都放吧。"

朝雨弯起嘴角："好嘞！"

许博衍侧头，目光与她对视着，他忽而一笑。

车里正放着轻柔的音乐，也不知道是谁唱的。朝雨突然觉得，五岁还是有代沟的。比如，许博衍听的歌她都没有听过。她侧身，想和他说说话："许队，干你们这行辛苦吗？"

不苦是假的。他坦然地说道："苦。尤其在基层。"

朝雨脸色一凛。

许博衍平静道："你看过《我们的挑战》吗？"

"我知道。你也会看综艺节目？"

许博衍失笑："我为什么不看？"

朝雨嘀咕了一句："我以为你每天就是看材料研究呢。"

"那档节目有一期，两位明星去了一个泵站，和工作人员一起清淤。我们日常很多生活垃圾顺着污水漂流堆积，日积月累，地下水道的排水口就被堵住了。垃圾不腐，难以清理，因为在地下，机器也无法工作，只能靠人力。而地下水道空气稀薄，人根本无法待久。朝雨——"他突然叫了她名字。

朝雨只觉得神经突然被拧了一下，他的声音很轻，可是每一个字似有千斤沉。

"有时候并不是上面不作为，而是力不从心。一方面在做，另一方面在毁。夏天积淹水，责任并不完全在有关部门。当然，我们也有责任，我们没有及时完善。"他的目光平静，没有责怪，没有嘲讽。

朝雨的脸登时火辣辣的，心脏也扑通扑通地跳动着，眼睛涩得厉害。她慢慢低下了头，手指捏紧。"对不起……"讷讷的声音传到他的耳边。

对不起，她错了。她羞愧不已，还有心疼。

许博衍开了窗，一阵热风吹进来。良久，他轻轻嗯了一声，说道："不知者无罪。"

朝雨："……"

我们总喜欢站在自己的角度看问题，觉得自己看到的、自己的认知是对的，甚至还死不悔改，拒不认错，自以为是正义的使者，其实有时候不过是在扮演着搅屎棍的角色。

朝雨深吸一口气："下回你们再出任务，我跟你们一起去。可以做直播，效果肯定会很好。"

"直播？"

"手机直播，现在很火。还有人直播吃饭、直播睡觉。"

"有人看？"

"当然有！"

许博衍突然笑了下："你也可以直播吃饭。"

"啊！"

"你吃饭的样子很好看，看着就有食欲。"

朝雨："……"他这是在说她是吃货吗？

不知不觉进了城，朝雨下车前问了一句："许队，你住哪儿？"

许博衍说了地址，朝雨眼前瞬间一亮："我好朋友宁珊也住那儿！那边有家串串，每天都有很多人排队，我上次和宁珊排了两个小时才吃到。"

许博衍笑了，眼带戏谑。说到吃，她的眼睛都发亮了。她不好意思地抓抓头发，声音小了下来："你们那边有很多美食店。"

车子停在路边，朝雨看着他："许队，今天谢谢你啊——你的药，还有你的提点。"

许博衍没说什么话。小丫头冲动是冲动，不过性子还算乖巧，孺子可教也。

"那再见了。"

他点点头。

许博衍回了一趟家,他已经两年没回去了。进门的时候,大姨开的门,眼底满是惊讶,嘴唇张张合合:"博衍——你回来了啊!"

"大姨——"他给了她一个拥抱。大姨是席家的远房亲戚,母亲去世后,席家请她来照顾他们父子,这一来就是十来年。

大姨眼泪都要掉下来了:"你这孩子,回来多久了,也不回家看看!"

许博衍和她感情亲厚,解释道:"雨季事情有点多。"

"工作再忙也要回来啊,至少回家吃顿饭吧。"

两人边说话边走进来。

大姨说道:"你爸在书房,你阿姨在陪肖珈复习。"肖珈是他的继母肖韵的侄女,两人以前见过一两次。大姨压着声音,"肖珈下学期升高三,那孩子玩心太重,你阿姨抓得紧。"

许博衍失笑,现在的孩子和他们那时候不一样。

许剑峰知道儿子回来,从书房出来,脸色好了很多:"回来了。"

许博衍叫了一声:"爸——"

大姨连忙去拿水果:"来,多吃一点儿。我看着怎么黑了那么多,博衍上高中那会儿多白啊!"

许剑峰却说:"男人黑点好。"

楼上传来一阵脚步声,肖韵和肖珈下了楼。

肖韵三十出头的年纪遇见了许剑峰,和许剑峰结婚后,两人没有再要孩子,因而肖韵对这个侄女很上心。她和许博衍相处的时间不多,但她也在尽自己的责任。

"博衍回来了啊?珈珈叫人啊!"

肖珈黑着脸,抿唇不说话,情绪很明显:"叫什么?叔叔?"

听了这话,连好脾气的肖韵这会儿都想揍人了。

许剑峰开口道:"学习的事也不急在这一时,珈珈,以后有问题可以问问你博衍哥哥。"

肖珈这才看向许博衍,趁着大人不注意,朝他做了一个鬼脸。

许博衍笑了笑,这模样倒是让他想起了朝雨。

肖韵说道:"你们先聊,我去厨房看看。"

肖珈也开口:"我去看会儿书。"她想暑假出去玩,可是小姑和爸爸妈妈都不同意。离去前,她悄悄打量了几眼许博衍,黑大哥长这么帅了。她老听他们说,他学习好,现在更是了不起。哼!

父子俩在客厅说着话。

"工作就是再忙,也要照顾好自己。"

"我知道。"

"什么时候有时间,我们一起去看看你妈妈。"

"前些日子我刚去过。"

许剑锋一阵沉默,干干地搓了搓手:"博衍,你妈妈……"

"爸,在家就不要再提妈妈的事了。"已故的人,就留在心里慢慢念想吧。何况,他已经有了妻子。

"肖韵不是小心眼的人,她也很钦佩你妈妈。"

许博衍勾了勾嘴角,脸色淡漠,不再说话。许剑峰叹了一口气,咽下了很多话。

晚饭后,许博衍回了自己的卧室。房间收拾得干干净净,他躺在床上,闻着熟悉的洗衣液味道,依稀还是母亲惯用的牌子。

什么都没有变,可是人不在了。

一旁的手机响了起来,他拿起来一看,是朝雨发来的短信。

朝雨:许队,我的检讨书写好了,这次是真心诚意的。

她绞尽脑汁,拉下脸皮,终于给他发了这条信息。发完后,朝雨紧张地握着手机。她不断地安慰自己,小女子要能屈能伸。

许博衍看着信息,嘴角浮起笑意,心底一处软软的。愣了几秒,他登录微博,翻开她的微博。

空山新雨更新了一条微博"城市的美好,是因为他们的付出。从前不知道,此后,共同约定:不乱扔垃圾。"配图正是他推荐的那期节目里的一张截图:几个穿着橙色制服的队员在黑暗的地下,只用双手在清淤。

许博衍想了想,默默地点了一个赞。

朝雨这个年纪,初入职场,对工作充满了热情。这一次,她和许博衍磨合得好,让她从心底燃起了一股力量,整个人充满了活力,像打了鸡血一样。办公室的同事都问她,是不是谈恋爱了?

是啊，这个年纪也该谈恋爱了啊。宁珊和她一般大，在大学就开始恋爱，决定和老秦明年结婚了。而朝雨的感情史依旧是一片空白。

她把友情告知的联系号码加上去之后，让宁珊再帮她参谋参谋。宁珊看过，说道："你最近打了鸡血了啊？"

朝雨低头看着材料："七月中旬得交稿，时间紧张。"她想把这件事做好，或许，有人看到能受益呢？所以她格外认真。

宁珊凑过来："到底是爱情的力量还是……"

朝雨抬头翻了翻白眼："无聊。"

"你和许博衍处了几次，没啥感觉吗？"

"许博衍那个人呢，和他接触久了就会发现他面冷心热，做朋友可以，做男朋友不行。"

宁珊笑："凡事别说那么肯定，万一打脸了可不好看了。"

朝雨轻轻一笑："不会的，许博衍不是我喜欢的类型啊。"

宁珊嗷了一声。朝雨不想和她耍嘴皮子："周三有空吗？"

"什么事？"

"我高中一同学生日，陪我去吧。"

"不去。"

"陪我吧。我和他说了带朋友去的。"

宁珊拗不过她，答应陪她去。

朝雨把席哲和许博衍的关系告诉她，宁珊惊讶："你和许队真是有缘啊，他表弟和你是同学呢，你们完全可以亲上加亲。"

朝雨："……"

到了周三下午，许博衍刚开完会就接到席哲的电话："哥，我一会儿来接你。"

许博衍拧了拧眉："小哲，你皮痒了？"

席哲呵呵一笑："十五分钟后我就到单位大楼了。"

许博衍放下手机，无奈地关了电脑，对徐逸说道："今晚值班帮忙顶一下。"

徐逸诧异："许队，你要约会？"

"表弟生日。"

徐逸一脸惋惜。许博衍瞧着他那副表情:"你小子想什么呢?"

"想工作,也想女人啊。我妈催了,让我今年一定带个媳妇回去。许队,你家里人不催你吗?"他可比他们大好几岁呢。

"催!"

"那你怎么办?"

"不听。"他关上门换衣服。

徐逸盯着他光裸的背脊,不由得眯起了眼睛。男人也会羡慕男人的身材,他们许队的身材精悍、肌肉结实,这副身材真是让人羡慕。他的后腰上有一道十厘米长的疤痕,以前倒是没注意过。不是新疤,应该有些时间了。

许博衍换好T恤后扫了他一眼:"看什么!"

徐逸竖起大拇指:"许队,身材真棒。"

"一边去!我走了。"他拿起手机,就这样出门。

不一会儿,席哲开着他的车来了。他又换了一辆跑车,真够嚣张的,看来真是皮痒欠抽了。车后座上还有一对情侣,亲切地喊了他一声:"大哥。"

许博衍坐在副驾上,问道:"这车什么时候换的?"

"上周,怎么样,酷吧?你要不要试试?"

"你爸知道?"

席哲脸黑了:"我给我自己买的礼物不行啊!"

许博衍失笑:"行啊。你翅膀硬了,想怎么样都行。"

席哲:"……暂时先别告诉家里。"

许博衍嘴角一扬,还用他说吗?

席哲的二十三岁生日宴,是在石嘉行的别墅庆祝的。别墅大,什么都有,人多,做什么都方便。

席哲今天穿得也是人模狗样,打着领结,头发都用发蜡打理了:"人都来了吧?"

石嘉行开口道:"朝雨还没来。"

"她啊,大记者太忙了,说是晚点到。"

许博衍拧一下眉。小哲性格执着,不达目的不罢休。以朝雨的性格肯定不想来,不过还是被他磨得来了。

天色渐渐黑下来。院外有汽车的声响。过了几分钟，门口传来一阵喧哗声。

许博衍坐在一旁的长椅上，指尖的烟头一闪一闪。他慢悠悠地吸着烟。从他的角度正好看到她。

她穿着一身黑色连体裤，整个人都淹没在暮色中。

席哲听见动静出来，和石嘉行相视一眼，一脸得意："我说了吧，朝雨会来的。"

石嘉行搭着他的肩，笑着："你赢了，回头我微信转账。"

两人去迎接老同学。朝雨笑嘻嘻地递上礼物："席哲，生日快乐。"

"人来了就行，买什么礼物啊！"

"礼轻情意深。这是我同事，宁珊。"

"欢迎欢迎。"席哲眨眨眼，"我可真怕你带个男士来。"

朝雨瞪了他一眼："你先看看礼物，合不合——适。"合不合脚。

席哲慢悠悠地打开袋子，见是鞋盒，他诧异了一下，打开一看果然是鞋子——一双夹脚凉拖。

众人觉得这夹脚拖鞋实在和席哲的风格不符合，一群吃瓜群众戏谑道："这是最新款吧？时尚！席总，你不试试？不要辜负朝雨的心意。"

滚你丫的！

席哲被迫换上了夹脚凉拖，43码正是他的码，朝雨真是有心了："你怎么知道我的鞋码？"

朝雨总不能说实话吧："碰运气猜的。"

"这礼物真别致。"

"我也不知道送什么好。记得那会儿开学，你穿着夹脚拖鞋到班上，走路总发出吧唧的声响。有一回你上课睡觉，你同桌把你拖鞋抽走了，后来你们抢鞋子，鞋子砸到黑板上，正好老师在布置作业……我们都笑死了。"

在场的人都笑了，除了席哲。那以后，席哲再也不穿夹脚凉拖来学校了，丢人！席哲把凉拖收起来，从朝雨身边经过时，咬牙说道："你是来拆我台的吧？"

朝雨眼里闪着狡黠："我哪儿敢啊！"她回头看到一直坐在那儿的许博衍，对宁珊说道："我一会儿来找你。"

宁珊点头："去吧，我也逛逛，这里真漂亮。"

朝雨走到许博衍身边，清脆地喊了一声："许队，你也来了啊。"

许博衍抬首看着她，她的背后是一片灿烂的星空，而此刻她弯弯的眉眼丝毫不比繁星逊色。他拧灭烟头，问道："车子修好了？"

"修好了，不过店家说，下回再坏就修不了了。"

许博衍应了一声。

凉风浮动，空气中带着淡淡的栀子花香。树多，蚊子也多，许博衍的胳膊上趴着两只黑蚊子。

朝雨眯着眼："别动！"她指了指他的胳膊，"有两只！"

许博衍瞄了一眼，抬手一拍，两只蚊子瞬间阵亡了。

朝雨根本来不及出手，她笑眯眯的："你怎么打得这么准？我都是手还在靠近，蚊子就飞了。"

"打蚊子就是要快。"他起身看了她一眼，今天倒是乖，没再穿短裤来了，"进去吧。"留在这里就是喂蚊子。

朝雨边走边和他说着专栏的事："你给我的材料我都看完了，拎了一些重点出来。还有，我有个小小的要求。"她期待地看着他。

"说！"

"能不能说点你的事啊？比如你这些年的经历啊，你的爱好、你的照片……"

"我的爱好？"他挑眉，"和防汛有关系吗？"

"这个我随便问问而已。"朝雨顿了一下，"你有什么爱好？"

许博衍："……"他脚步微微一顿。

朝雨："怎么了？"

许博衍眯了眯眼："你以前也会利用工作这样打探别人的隐私？"

朝雨被他看得心头怦怦直跳："我是看人的。"大家肯定对你比较好奇。

许博衍嘴角挑了一下："哦，你问过几个人？"

朝雨："……没有，你是第一个。"

他笑而不语。

朝雨有说有笑地和许博衍走进来，远处，席哲和石嘉行面面相觑。石嘉行问了一句："朝雨和你哥很熟？"

席哲也是充满了疑惑："我哥是她的采访对象。"

"什么采访？"

"防汛的吧，他们报社要做防汛专版。"

石嘉行若有所思。

席哲手肘碰了他一下："吃醋了？"

石嘉行笑了一下："只是有点好奇。"

"我说你啊，总不能在一棵树上吊死啊。"

"至少让我试试吧，追不追得上再说。"

席哲抖了抖："你他妈中邪了啊。"

朝雨和宁珊开心地吃着点心。宁珊喝着果酒，说道："后面还有个大游泳池。天天住这里多幸福啊。"

朝雨回了一句："行啊。那不给你 WiFi，你住几天试试。"

宁珊："……"

对面的许博衍听到，抬眼看了一眼朝雨。小丫头有时候说话真的能把人气死。

朝雨对他笑笑，问道："许队，你没 WiFi 能活吗？"

许博衍慢条斯理地放下筷子："可以。"他曾经参加过训练，一个月没碰手机，他觉得无所谓。

宁珊直言："那你女朋友怎么联系你？"

朝雨忍着笑意，许博衍也被问住了。两个女生都盯着他看，他硬着头皮说道："训练是这样要求的。"

明显他答非所问，朝雨也不再问下去。不过再一想，他女朋友以后可咋办？没有网，和男朋友失联了。

吃过晚饭，宁珊想多玩一会儿："难得出来一次，再玩会儿啊。"

朝雨应了她，自己去别墅转着玩了。泳池边一片安宁，池水印着月光，闪闪发亮。她本能地离得远远的。别墅里灯火辉煌，她四下看看，脱了鞋子，走在雨花石铺的小路上。走了一圈，突然看到前方一个身影，细细一看，原来是石嘉行。朝雨下意识地想避开，想了想，她这么做不是心虚吗？于是顺着路走过去。

石嘉行看着她："你怎么不在里面玩？"

朝雨摇摇头："我不会打牌。你呢？"

石嘉行心想，我出来看你的。可终究没说。

朝雨动动脚趾，鞋子还丢在另一头呢。算了，回头去拿吧。这会儿她沿着泳池走着，心里忽上忽下的，生怕发生什么。

可往往你越担心什么，就真的会发生什么。

朝雨也不知道，席哲突然会出来，几个人手里拿着蛋糕追着他跑，要糊他的脸。席哲朝她冲过来的时候，朝雨根本来不及反应，就被一股巨大的力量撞进了泳池里。

水漫过她的头顶，淹没了她的身体。她只看见一团黑色，水声入耳，大脑混沌不堪。那种恐惧再一次袭来。

宁珊惊叫："朝雨不会游泳！"

话落，许博衍扑通一声跳下泳池，一把托起她的身子，喊了一声她的名字："朝雨！"

朝雨迷迷糊糊中感觉自己掉进了一个黑洞，胸口被什么东西压着，鼻子也被堵住了，空气似乎都被抽光了，她有一种快要死的感觉。她好像听见了一个温柔的声音，有人抱着她，紧紧地抱着她，在她耳边说道："别怕！"

是谁的声音？

许博衍把她抱上岸来，两人浑身湿漉漉的，头上还在滴水。他探了探她的心跳，一切正常。许博衍拍了拍她的脸颊，确定她没有呛水，又喊了两声："朝雨——朝雨——"人就是没醒。

席哲站在那儿，一脸后悔的表情。刚刚那一幕发生得太快了，他的大脑都没有反应过来。他咽了咽口水："这泳池不深啊！对吧嘉行？"

石嘉行拧着眉，没答他的话。他想上前，可是许博衍一直守在朝雨身边，那里已经没有他的位置了。就在刚刚他准备下水的时候，许博衍突然冲出来，速度快得谁都没有发现是他。

宁珊抓着朝雨冰凉的手，声音颤抖："许队，朝雨怎么还不醒啊？"

心跳频率一切正常，许博衍也不明白，他的脸色暗沉，想了想，说道："别动她，放平。"他跪在一侧，双手按压着她的胸口，连按了十下。

席哲这会儿反应过来了："那赶紧人工呼吸啊！她肯定是呛到水了，人工呼吸！"

宁珊也连连点头:"对,人工呼吸。"

席哲扯着嗓子道:"你们谁给她人工呼吸?"

众人沉默。

席哲咬了咬牙:"你们不来,我来!"他大步走上前,"哥,让我来。"

许博衍头也没有抬,右手一扇,力量又狠又重,直接把他拍走,厉声道:"你能不能给我安静点!"

席哲的手臂上霎时出现一个红印,疼死了!他愣住了。他有多久没见过他哥发火的样子了?小时候,他哥是他们院子里的孩子王,谁都听他的。七八岁的席哲被隔壁大院的孩子欺负,负伤哭着跑回家,许博衍二话没说,第二天就把欺负他的人狠狠揍了一顿。

许博衍发起火来,样子很吓人,泳池边瞬间鸦雀无声。

许博衍咬着后槽牙,脸沉沉的,目光落在朝雨脸上,此刻她安静得好像昏睡了一般。他想到了她说话时盛气凌人的样子,一双眸子滴溜溜转着。

他抹了一把脸,脸上分不清是汗水还是池水,随后一手托着她的脑袋,右手掐在她的人中,用力一掐。

"啊!痛啊!谁掐我!"朝雨号叫起来,睁开眼,气呼呼的。目光对上他,她立马闭上嘴巴。

他抿了一下唇角:"醒了。"声音低沉。

众人瞬间松了一口气,宁珊又哭又笑:"朝雨,你没事吧?吓死我了!"

朝雨神色有点儿恍惚,微微摇摇头。

"你怎么回事啊?"

她勾了勾嘴角:"吓晕了。"

许博衍若有所思地看着她,似在分辨她的话。他的目光一直悄悄落在她的身上,她的脸色惨白如纸,真是被吓坏了!

朝雨抬手揉着胸口,嘴里嘟囔着:"好痛。"

宁珊一脸紧张:"哪里痛?"

"胸口疼,好像被人打了——哎哟,一动就疼。谁打我的胸了?"

宁珊:"……"

席哲:"……"

石嘉行绷着脸,目光冷冷地看着许博衍。

许博衍动动嘴角:"小哲,找件衣服给她换上。"

席哲浑身僵住:"是!"

朝雨的大脑晕晕乎乎的,身子还在发抖。席哲小心翼翼地跟在她身边:"朝雨,这事我很抱歉。"

她笑笑:"你又不是故意的,也怪我没注意。"

席哲打量着她:"你刚真是吓晕了?"

朝雨轻轻应了一声。

席哲微微惊讶,玩笑道:"我还是第一次见到有人掉进泳池晕死过去,而不是淹死。"

朝雨的心狠狠一怔,脸色猛地一变:"席哲,你嘴巴怎么那么毒!"她气得直接把毛巾扔他脸上,"你这头蠢猪!"

席哲今晚第二次被骂,难道大家都忘了今天是他生日吗?"你脑子进水了啊!"他简直难以置信,朝雨骂他是蠢猪?

石嘉行找了一套男士T恤和大短裤给她,朝雨将就着换上。衣服大了几号,她只好在腰间打了一个蝴蝶结,样子有几分滑稽。

朝雨气呼呼地出来:"宁珊,我们走吧。"

石嘉行劝道:"明早再回去吧,你刚刚受惊,怎么开车?"

"我没事!宁珊你先上车。"

石嘉行突然拉住她的手:"朝雨,你先冷静一下,席哲和你开玩笑的。"

朝雨甩开他的手,正色道:"有些玩笑是不能开的。"

谁也不知道朝雨为什么突然发这么大的火。

"石嘉行,我没事。我只是累了,我想回家。"越说她的声音越抖,情绪也快绷不住了。

"我送她们。"许博衍从后面走过来,一字一字说道,声音沉而有力,"我正好回去。"

石嘉行心里堵得难受,怎么什么时候都有这个男人的事啊?早知道上回就不让席哲介绍他们认识了,他好像招来了一匹狼。

朝雨现在烦,就想离开:"许队,就麻烦你开车了。"说着把钥匙抛给他。

许博衍瞄了一眼她身上穿着的男士T恤,宽宽松松的,稍有动作就露出了大半个肩头,那衣服好像随时要掉下来。他眯了眯眼睛:"走吧。"

车子行驶在夜色中，朝雨和宁珊默默坐在后面，朝雨闭着眼，大脑发胀。

宁珊握了握她的手："手怎么这么凉？"

朝雨回了一句："放心，我没事，睡一觉就好了。"

宁珊还是有几分担心："那我晚上陪你。"

月光轻柔，夏夜安宁。很快就到了她家小区，车子开了进去，许博衍找了空位停好车。宁珊先上楼了，朝雨解了安全带，对他说道："许队，你开我的车回去吧。今晚谢谢你。"

许博衍回道："小哲说的话你不要放在心上。"

"我知道，他那人没心没肺的，我也是吓到了。"

窗外的路灯发出淡淡的光泽，些微光线映在她白皙的脸上，给她增了几分活力。许博衍第一次发现，朝雨的眉毛很好看，很自然，不浓不淡，带着几分英气。

朝雨起身时突然扫了他一眼，目光被他脖子上那块玉片吸引住了。她僵住，一眨不眨地盯着他幽深的眸子，失神问道："我知道了，是你压我胸的？"

许博衍看了她一眼，光线昏暗，他五点二的视力能清清楚楚看到朝雨气鼓鼓的脸。他嗯了一声，话语有些艰涩："我按的，情况特殊。"

朝雨握紧了手，难怪胸那么疼，他力气那么大。

朝雨有种暴走的冲动。虽然她晕了，但是她也是有感觉的，他的手明明碰到了她的胸。夏天原本就穿得少，她的衣服还是完全湿的……

朝雨越想脸越烫，嘀咕了一句："许队，你……你就当做了一个梦。"

许博衍老脸一红，出现一抹可疑的红晕，只是她没有看到。

朝雨尴尬不已："我上去了。"她说完就上了楼。

许博衍坐在车上，摸出一根烟。他的手夹着烟，搭在车窗上，烟灰随风飘落。他有一搭没一搭地抽上一口，神色被夜色掩埋，眼角却依稀可见一抹哀伤。

第二天早上，朝雨有些发烧，宁珊帮她请了一天假。朝雨睡了半天，到了傍晚症状更严重了。

石嘉行给她发来信息，到傍晚她才看到，回复他：不用担心，一切都挺好的。

第三章 芳心暗许

她吃了药又睡了一觉。这一觉睡得沉,她还做了一个梦,梦到自己又掉进水里了,那种濒临死亡的恐惧感再次压迫着她。幸好,手机音乐响起来,解救了她。

她拿起电话,没看就接通了:"喂——"声音沙哑,如同老鸭嗓子。

许博衍默了一下:"是我——"

朝雨清清嗓子,嗯了一声。

"感冒了?"

"嗯,有点。"

"我在你家楼下,车停在东边银杏树下了。"

"辛苦了。钥匙搁我家信箱就行,901。"她无力地说。

许博衍应了一声:"那好。"

朝雨一脸迷茫——她刚刚在梦里梦到他,所以他就出现了?要不要这么神啊!

半个小时后,门上传来几下声响,好像是在敲她家的门。

朝雨揉了揉胸口,咳嗽加上之前被压,她直觉自己受了严重的内伤,胸骨疼得厉害。

打开门,一个扎着马尾的小丫头站在门口。

"姐姐,你好,这是你的药!"小丫头十来岁,长得很可爱。

朝雨一脸诧异:"小妹妹,你是不是走错门了啊?"这年头外卖可以送货上门,药也可以送货上门了吗?

"一单元901,没错。姐姐你姓朝吗?是王朝的朝,不是曹操的曹。"小丫头一本正经地说道。

朝雨突然间发蒙了,心头一阵乱跳。她接过药打开一看,有几盒感冒药,两瓶京都念慈庵,还有两盒金嗓子喉宝:"是不是一个高高的大哥哥让你送来的?"

"是啊。哥哥在我家药店买完药,给了我十块钱,让我送过来的。好啦,我要回家了。"小丫头按了电梯,进去前,她突然又说了一句,"姐姐,哥哥提醒你多喝水。"

朝雨盈盈一笑:"知道。谢谢了。"心里甜得要冒泡了,面冷心热的人啊!

朝雨拿起手机,准备给许博衍打个电话。可是要说什么呢?她在客厅来来回回走了几圈,终于拨通了他的号码,掌心都冒汗了。

音乐响了十来秒就接通了:"许队,是我——"心都快蹦到嗓子眼儿了。

"嗯。"他在走路,她听见了风声,还有他的呼吸声。

"我拿到药了。"朝雨咬着唇角,"谢谢你。下回再请你到我家坐坐。"今天她不是不想招待他,只是不方便。

许博衍脚步平稳,问道:"嗓子好些了吗?"听着声音还是很沙哑。

"好多了。"朝雨违心地说道,又幽幽开口,"就是胸口疼。"

许博衍停下脚步,望着远处,视线越过电视台大楼,望着宁城最高的大厦。他今天穿着黑T恤,浅色裤子,走在太阳底下,还是被晒得恍惚。

许博衍用舌头舔了一下干涩的嘴唇,硬着头皮说道:"过几天就不疼了。"他的力气自己知道,当时是急了,力气难免大了些。

一时之间两人都沉默了。

许博衍喘了一口气:"我先挂了。你好好休息。"

"好。"朝雨捏着手机,听着那边挂断了电话,她终于找到了呼吸的频率。

许博衍为什么给她买药啊,难道是对她有点儿意思?

朝雨纠结了。没有谈过恋爱的人,一颗心上蹿下跳。

她盘腿坐在沙发上,仔细地看着那袋药。唔,她从小最讨厌喝念慈庵,喝一口嗓子都给糊上了。

最终,她乖乖地喝了三顿。

第四章
英勇表白

第二天上班，徐逸一上午都默不作声，偶尔翻翻手机，明显有些心不在焉。在他第三次拿起手机时，大熊悄悄走到他身后："看什么呢？"

徐逸连忙藏起手机："没什么。"

"看美女？"大熊促狭地说道。

徐逸回道："看新闻。"

"你当我傻啊！"

徐逸可不想现在就告诉他自己相亲的事，就随便翻了几张美女照片糊弄他。

"卧槽，就知道你今天有鬼。"大熊评价道，"这个太瘦了。"

徐逸翻了翻白眼。

大熊嘿嘿一笑："没手感。我就不信你不喜欢胸大的。哪个男人不喜欢？许队，你说呢？"

许博衍停下手中的工作，一阵沉默。其实昨晚一阵混乱，他是有感觉的。手压在朝雨胸口时，那软软的触感他很清晰，还真不大。

"许队？"

许博衍端起桌上的水杯喝了一口水，拧了拧眉："你们又没事做了？"

"许队，你别整天想着工作啊。"现在大家熟了，也放开了。私下里，他们把许博衍当大哥，说话也不顾忌。

许博衍嘴角微微动了动，似笑非笑——得，他还就不喜欢丰满的。

大熊和徐逸看到他的表情，也揣测不出他的想法，两人哄闹："队长，你是不是看上哪个姑娘了啊？"

许博衍抿着唇角。

大熊："16楼的张宁？"

徐逸："还是陈大姐的侄女？"

许博衍望着他们，唇角的弧度上扬："我看你们最近挺闲的啊，要不今晚去练练？"

徐逸连连摆手："队长，咱还是养精蓄锐吧。"

许博衍起身，指了指楼上，他要上去汇报工作。

大熊中肯地说道："许队最喜欢的是工作啊！"

周局给许博衍倒了一壶茶，茶水的蒸气氤氲袅袅，带着清新的香气："明前的茶，尝尝味道。"

许博衍的外公喜欢喝茶，耳濡目染，他对茶也有些了解。他慢慢品着，入口苦涩，慢慢有了一股甘甜。

周局笑笑："雨花河被堵的排水口怎么样了？"

"泵站已经清理好了，不过也只是一时的。附近的垃圾不分类，照样往河里扔。"

周局叹了一口气："这事急不来。先熬过七八月，下半年，我们重点处理雨花河的事。"

许博衍点点头。

"还有啊，报社那边的防汛专刊怎么样了？"

"差不多了。"

"你多把把关。"

"您不相信报社？"

"一朝被蛇咬，十年怕井绳。现在的记者胆子大，什么都敢写。但是也好，总要有质疑声啊，要不然个别人胆子肥得整天瞎干。"

许博衍笑笑。朝雨也只是对工作的事胆子大，执着得很。

"对了，还有个事。防汛部门准备和我们合搞一期培训班。"

许博衍敛目："什么培训班？"

"全市各行业挑了一些志愿者，针对防汛工作的培训。我们决定让你过去授课。"

"什么时候？"

"不出意外的话，下个月十五号开班。这是初步安排，你先看看计划。"

许博衍快速扫了一眼，培训班在宁大举办，连头带尾五天时间。

周局清清嗓子："我特意点了几家单位要参加培训。"

"哪几家？"

"几家报社。回头你好好给他们上上课，普及一下我们水务局的工作。"

许博衍笑了笑："明白。"又打趣道，"您费心了。"

朝雨今天去上班，带了一包金嗓子喉宝，整间办公室都散发着金嗓子喉宝的味道，清清凉凉的。

上午例会，高主任布置下个月的工作："最近大家都比较忙，要休年假的，大家尽量调一下时间。"

大家都沉默了。

高主任拍拍桌面："今年气象部门说雨水多，市防汛办要开一期防汛培训班，我们报社有一个名额，这次晓曦去吧。"

宁珊悄悄写了纸条，递给朝雨——【好事全是她，培训班多爽啊，变相休假一周。】

朝雨把玩着纸，最后把纸折成了一颗爱心。

散会后，宁珊和朝雨嘻嘻哈哈地说着话，朝雨抠了一颗喉糖。宁珊说了一句："你这一上午吃了好几颗了。喉糖也不是这么吃的，它不是奶糖！"

朝雨哑着嗓子说道："不吃不行。"

"你的情况有点严重，去医院看看吧。胸还疼吧？"

说到这个朝雨就有点激动："那晚怎么不是你帮我压的？"

"我也想啊，可我力气小。再说了，许队有经验。"

朝雨嘀咕了一句："可他是男的。"

"救人时哪里分什么男女啊？你生孩子的时候，遇到男医生，你难道不生啊？"

朝雨气得翻白眼。

"再说了，当时那么紧张，你躺着都平了，他摸不到什么的。"

朝雨咬着牙："……你还说！"

"哟，脸真红了！朝雨同志啊，现在可怎么办呢？摸也摸了，抱也抱了，要不你就以身相许吧。"

"去去去！你赶紧和你家老秦结婚吧。"

宁珊脸色忽然一顿，笑容也收了。

朝雨紧张地问道："怎么了？"

"原来是说明年结婚的，可现在他妈妈好像不同意。"

"你们谈几年了，现在不同意？早干吗去了！"

宁珊落寞地一笑："年底老秦还不决定，我也没有必要再坚持了。"

朝雨怅然，如果真要分手，受伤的也是宁珊。宁珊一个人背井离乡，如果不是老秦，留在这里做什么？

两人都陷在思绪中，后面有人在叫朝雨的名字。朝雨回头，见是程晓曦。

"朝雨，你那边还有防汛相关材料吗？我想看看，提前准备一下。"

"有啊，我一会儿拿给你。"

"谢啦，那我先过去了，待会儿来找你。"

朝雨回到座位上，把程晓曦要的资料整理好。她突然看到之前整理的许博衍的资料，里面夹了一张从百度上下载的照片，分辨率不高，她犹豫着要不要删掉。

"这是许博衍吧？"

朝雨回头："你也认识他？"

程晓曦温婉一笑："听说他会去这次培训班。"

"他也去培训？"

程晓曦点头："他当然是给我们上课！"

朝雨一愣，把U盘给她："资料都在这里。我还有事，去打个电话。"

她匆匆来到走廊，连忙拨通了许博衍的手机，电话迟迟才接通。

"朝雨？"

"许队，你是不是要去培训班上课？"

"是的。"许博衍诧异，"怎么了？"

"我们报社没安排我去。"她心里突然有些小失落。

"回头我把上课的东西拷一份给你。"

朝雨应了一声。

"感冒怎么样了?"

"吃了药好了很多。"朝雨幽幽地叹一口气,"可惜这次我不能去听你的课了。"

许博衍失笑:"你什么时候对我这么尊重了?"

屁!这不叫尊重!这叫……爱慕!是爱慕!懂吗?

朝雨哑着声音,咿咿呀呀:"主任叫我,改天我请你吃饭,谢谢你给我买药。"

喜欢一个人是什么样的感觉?见不着的时候想,见着了又不知所措,一颗心蠢蠢欲动。

朝雨落寞地回到办公桌前,心里想着怎么就一个名额呢?想了半天,她决定去问主任能不能让她去。

宁珊见她心不在焉,问道:"怎么了?"

"我在想能不能去培训班。"

"你想去?"

"去学习一下嘛。"

"我看你是醉翁之意不在酒。"

朝雨嘀咕了一句:"有那么明显吗?"

下班前,朝雨厚着脸皮去找了高主任:"主任,培训班还有多的名额吗?"

高主任看看她:"我记得,去年年底有培训班,你当时不想去的。"

"那是去年的事了。"一般来说,培训班都挺无趣的,请来的老师上课讲的东西都挺冠冕堂皇的。

"这回想去了?"

朝雨忙不迭地点头。

"这次上面就给了一个名额。下回吧,有机会首先让你去。"

朝雨咬牙:"主任,我去旁听也行啊。"

高主任狐疑地看着她:"你直接说吧,又打什么主意?"

朝雨心一抖:"没有。我就是单纯地想去听听课。"

高主任眯了眯眼,索性直言:"我实话和你说,本来我是考虑让你去的,上头也提了,多给年轻记者一些机会。可我想啊,这回去上课的老师都是系统内的,你要是当场和人叫板,我估摸着我也要提前退休了。"

朝雨嘴角一抽:"主任你就这么看我的啊?"

高主任笑笑。这丫头能干、肯干、不怕吃苦,去年冬天,陵县山体滑坡,零下七八度,她最先赶到现场,第一时间发布消息,才引来了各方的关注。"朝雨,你得给我个理由吧。"

朝雨咬咬唇角:"您不是让我好好采访许博衍的吗?听说他这次也是授课老师。"

高主任点点头:"不错。"

"专栏我还需要一些材料,所以我想去。主任,拜托拜托!"

高主任若有所思,摆摆手:"你先回去吧。把嗓子养好。"

朝雨嘻嘻一笑:"遵命。"

朝雨等了两天,第一天高主任没有给她答复,第二天高主任又外出开会,她内心觉得这次肯定没戏了。

晚上,朝妈来看她,朝雨在书房写稿子。朝妈拿起她放在书桌上的材料看了看,一眼就看到许博衍的照片了:"哟,这谁啊?"她细细一读,"小伙子挺厉害的啊!"

朝雨含糊地说了一句:"水务局的。"便继续在电脑上噼噼啪啪地敲着键盘。

"生病了就好好休息,别整天对着电脑。"朝妈把药和水递给她,"赶紧把药吃了。"

朝雨连忙吞了药:"妈,我哥什么时候回来?"

"说是七月十号回来。"

"回宁大吗?"

"是啊,和宁大签了协议了。"

朝雨嬉笑:"咱家又出了一个老师。"

朝妈叹口气:"你当初不听我的话,去做个小学老师多好啊,每年三个月的假期。非要做记者,每天忙得和狗一样。你看看这腿,坑坑洼洼的,和月球表面一样,还能看吗?"

朝雨连忙避开自己的腿。上回被河边的蚊子咬了,后来就留了一串红点,她现在都不敢穿短裤了。

朝妈拿着药膏在她腿上糊了一层："你看看你哪里还有女孩子的样子，就你这样，哪天能找到男朋友。"

朝雨一头黑线："妈，我还小呢。"

朝妈在她腿上拍了一巴掌："和你哥一样，让我不省心。你们班同学聚会，就没有单着的男生？"

朝雨连连翻着白眼："妈，我在写稿子，明天早上就要交。您先去休息。"

朝妈气得牙痒痒，走到门口又停下来："我记得你读高中的时候你们班有个叫席哲的，他当时好像给你写过一封信啊。"

朝雨："……妈，八百年前的事了。大哥都二十八了，你赶紧先让他给我找个嫂子。"

"你也赶紧给我找个女婿！"

朝雨："……"

晚上十一点多，朝雨躺在床上，翻来覆去睡不着。看来高主任不会让她去培训班了。她摸出手机，想了想，给许博衍发了一条信息：许队，明天请你吃饭。

发完，朝雨深深地呼了一口气，忐忑不安地等待着。

等了半个小时，朝雨收到许博衍的回复只有四个字：明天有事。

就这四个字，她就这样被拒绝了！朝雨不甘心，咬着被子一角。

第二天中午，许博衍突然收到一份外卖。外卖小哥送来一份珞城的地方小吃热干面，还有一份王老吉。

许博衍拧了拧眉："谁点的？"

外卖小哥："不是你点的吗？请给我们一个五星好评，谢谢。"

许博衍："……"

热干面、王老吉，还有一条曼妥思薄荷糖，很熟悉的味道。许博衍依稀猜到了是谁。他拿起手机，走到走廊，拨通了朝雨的电话："你叫的外卖？"

朝雨嘻嘻一笑："你收到了？"

许博衍靠在窗口应了一声，漫不经心地看着窗外。一大片绿茵茵的梧桐叶，看在眼底莫名地舒适。

"这家热干面的老板是地地道道的珞城人，大家都说味道很正宗。我没吃过珞城的热干面,不好评价,你尝尝味道好不好?"

许博衍默了几秒:"曼妥思呢?"

"你送我喉糖,我送你薄荷糖啊。许队,礼尚往来。"

许博衍失笑,他一字一顿:"朝雨,你想贿赂我。"

有这么明显吗?

"说吧,到底有什么事?"

她努力抑住内心的波动:"没有!我请你吃饭你不来,我就给你叫外卖。专栏快结束了,我想以后可能也没机会一起吃饭吧?"

她默默地等着,心里祈祷着他能稍稍心软。

许博衍嘴角微微一扬,喉咙滚了滚:"那就谢谢了。"

朝雨:"……我想去培训班,能不能帮帮我?"

真是够狡黠!

许博衍回到办公室,大熊和徐逸站在他办公桌前,两人像狼一样盯着外卖。

大熊和徐逸异口同声:"许队,爱心外卖!"

许博衍嘴角微挑,漫不经心地应了一声:"中午我不去食堂了。"到底不能浪费食物。

大熊瞅着他:"许队,能透露一下是谁送的吗?"

许博衍敛了敛神色:"外卖小哥。"

大熊和徐逸下楼,两人藏不住话,一会儿大家就都知道有人给他们许队送外卖了。原来,许博衍都有追求者了。

许博衍吃光了热干面,又吃了一颗曼妥思。很多年没有再尝过这款薄荷糖的味道了,冰冰凉凉的,依稀带着童年的回忆。那天看到她在车上吃这个牌子的糖,他还很惊讶。那时候他玩悠悠球时总喜欢嘴里含一颗曼妥思。薄荷糖的味道不甜,却一直留在他的心中。

那时候,母亲陪在一旁。

许博衍侧着身,阳光被遮阳板挡去了,逆着光线,他嘴角的笑容微微模糊。刚刚他在电话里怎么回复她的:抱歉,我没有那个权力。那头呼吸声明显变了,估计要气炸了吧?

朝雨不光生气，还很挫败。那抹清润低沉的嗓音很好听，可惜了，为什么说的话那么不好听。她想去上个培训班怎么就这么难？

高主任明显就是避着她，许博衍也直接把她给拒绝了。明知道，他不是那种能走后门的人。

程晓曦走过来："朝雨，听说你也想去培训班？"

朝雨眨眨眼："是啊。"

程晓曦站在一旁："你要是去了，我们也有个伴了。"

朝雨叹口气："不过大概我是去不了了，名额有限。"

"也不一定啊。"

下班的时候，朝雨给许博衍打了电话——因为公事。明天上午稿子要全部发给印刷厂了，但是防汛专刊缺一张他的照片："许队，你找一张你的照片发我邮箱？"

半响，他那边都没有回复。

"要是没有照片，我也可以给你拍一张。"朝雨迟疑地又喊了一声，"许队？"她的声音软糯，听在耳中甚是动听。

许博衍应了一声："我在听。"他的唇角泛起一丝隐约的弧度，"我没有照片。"

"那我过来现场给你拍吧。"朝雨藏着小激动。

"好。"挂了电话，他想摸烟，才想起来烟抽光了。停了一会儿，他拿了颗曼妥思放嘴里，一片清凉。

照片确实很急，朝雨倒是没有作假。她打车匆匆赶到大楼时，已经过了下班时间。许博衍在办公室等她，办公室的门没有关。他坐在椅子上，长腿屈伸，低着头好像在看书。细碎的阳光从窗外射进来，洒下了一层光辉。

朝雨眼前恍惚了一下，她拿出手机，关了静音，悄悄拍下照片。拍完后，她收起手机，走进去轻轻叫了一声："许队——"

许博衍慢慢抬头，嘴角微微动了一下："来了。"

朝雨走到他的跟前，眼角余光扫了一眼，他正在看的正是她上次送他的小册子。她登时脸一热："你怎么在看这个啊？"

许博衍勾了勾嘴角，眼底藏着些许笑意："你送给我的，我不看看？"

朝雨很想夺过来。她捏紧了手，窘迫地看着他，清亮的眸子里满是他的影子："这是我上大学时买的。"

许博衍起身，走到一旁的书橱前负手而立，声音清洌："难怪了，错误百出。"

朝雨不可置信地瞪大眼睛："不是吧？这是专家写的。"

他从书柜上拿下几本书："你要是感兴趣，这几本书拿回去看看。"

朝雨接过来翻了几页："多谢许老师指导。"话音清脆。

许博衍望着她："培训班可以不用去了。"

朝雨的脸垮下来，不掩失望之色："那我们拍照吧。"

许博衍却不紧不慢地拿出了一张两寸照片："用这张吧。"

朝雨认真一看："这是什么时候的？你读大学的？许队，虽然是上报，也不用拿着年轻时候的照片啊，我们要实事求是！"

许博衍眉心拢了拢："这是一年前的我。"

大部分人的证件照都照得又老又丑，许博衍却是个例外。朝雨仔细辨别："摄影师给你P图了吧？"她仰着头认真地看着他的脸。棱角分明，鼻子挺拔，一双英气的单眼皮的眼睛。

她专注地看着，突然诚实地说道："你的眼睛很好看。"

许博衍硬着头皮，低咳了一声："这张照片能用吗？"

朝雨舔了舔嘴唇："不好。有点年轻，不够稳重。"

许博衍："……"

"我给你拍吧，包君满意！你坐在办公桌前就可以了，就拍一张。"

许博衍听着她的安排："许队，头抬一点点，眼睛看着书就行，脸稍微侧一点。"

要求真多！许博衍眉心快速皱了一下。

朝雨瞧见了，她走过去，伸出手，慢慢捧着他的下巴："往右一点。"

许博衍下巴绷紧。她指尖的余温还残留在他的脸上，他下意识地抿了一下唇角，藏起了波动的情绪。

朝雨不着痕迹地搓了一下手，后知后觉——她刚刚摸了他的下巴……

回到原位，她咽了咽口水："许队，你不要绷得那么紧啊。"

许博衍咬了咬牙，慢慢放松下来："快点。"

"你是不是热了？"

"没有。"

"我看你的脸有点红。"她扫了一眼，空调二十七度，"要是热的话，空调可以打低一点。"

"朝雨！"

朝雨终于拍了几张，她一一翻过照片，还是很满意的："你看，还不错吧？"

许博衍扫了一眼，男人对照片不是太在意，拍下来是他就行。

朝雨看了看时间，都七点多了，她把书装到包里，也该回去了。

许博衍关了门和灯，和她一起下楼。朝雨今天穿着方根的高跟鞋，走路发出一阵轻响。

"热干面好吃吗？"

"还不错。"

她嘻嘻一笑："那我可以在微博推荐了。"

"我是你的试验品？"

她侧首："因为你在珞城吃过正宗的，你最有发言权。"

时间安静地走过，十字路口的东边那条路又围了起来，机械声响不断。路崎岖不平，满是泥泞。

她问："是在做雨污分流？"

他回："是的。"

她默了片刻，才开口："不容易，水务局的大门口都要重新做雨污分流，你们上班也不方便了。"

许博衍停下脚步。

她咦了一声："怎么了？"

许博衍睨了她一眼："好好看路，地上都是石子。"

"知道。"许博衍真的太喜欢管人了。她看着地上长长的影子，突然沉浸在迷离之中，心底泛着微微的甜蜜。朝雨心里哼唧一声，抬脚迈着步子，眼角余光在他身上游移。

唉，交完这张照片，这次的工作也结束了，她和他之间也再无交集了。

这么想着，朝雨莫名地有些泄气，脚下不自觉地加快了速度，却被拉住了。

　　许博衍抓住她的手臂，她回身迎着他的眸光。

　　他说："前面封路。"声音沉沉。

　　朝雨哦了一声，目光慢慢下移，看到他抓着她的手，掌心发出灼热的温度。

　　他慢慢松开，手摸到口袋，下意识地要拿烟，却摸到了那条没有吃完的曼妥思。

　　朝雨看见他的动作，知道他又想抽烟了。她欲言又止，嘴角动了又动，最后说了一句："你少抽点烟吧，想抽的时候，吃一颗曼妥思。"

　　许博衍低声笑了，沉声说道："所以送我曼妥思是想让我戒烟，嗯？"

　　她赶紧说道："我回家了。再见了。"走了十来步，她回头冲着他喊道，"曼妥思会化的，别放口袋里。"她挥挥手，笑意妍妍。

　　他看着那抹身影钻入了人群，很快消失在他的视野之中。

　　许博衍摸了摸鼻子，从他开始抽烟，这么多年了，还是第一次有人劝他少抽烟。他摸了摸下巴，又想到了她刚刚捧着他的脸的动作。

　　真是一本正经地吃他豆腐！可恶的坏东西！

　　过了几个消停的日子，朝雨渐渐有了思想准备，她是去不了培训班了，她也接受了这个结果。

　　这期报纸的防汛专刊，意外地火爆。

　　上午晨会，高主任连着表扬了她三次，朝雨赧然。她心底明白，要谢谢他。她在会议本上画着，不由得想到了第一次他们见面的情景。

　　他对她说的一句话：把她拖走。

　　拖走……朝雨扑哧一声笑。

　　宁珊拍了她一下："笑什么呢！主任让你去找他。"

　　"还有什么事？"

　　"估计给你额外奖励。老高今天眉毛就没下来过，笑了一早上了。"

　　朝雨知道，这次专栏，上面的领导都很关注，做得好大家都松了一口气。不知道许博衍看了没有。

　　高主任见到朝雨一脸和颜悦色："找我什么事？"这丫头会给他惹事，却也是真正能做事的。

朝雨笑："主任，您是不是要给我额外发奖金啊？"

高主任瞪了她一眼："你不出乱子，上次的奖金能扣吗？"

朝雨抽了抽嘴角。

"这回做得不错。"他笑，"总算让水务局那边对我们改观了。我和周局联系，他还特意表扬了你。上回你不是说想去培训班吗？"

朝雨眼前倏地一亮。

"去吧。"

"主任，这是真的？"

"周局亲自批的。"

朝雨转了转思绪，难道是许博衍帮的忙？

高主任继续说道："许博衍那张照片，谁拍的？"

"我啊。挺不错的吧？"

高主任笑："是不错。他们办公室的电话都被打爆了，还都是女性打来的。"

朝雨："……"

"我估摸着，这次专刊，他的照片起了三分之一的作用。"

朝雨当初也犹豫过用不用那张照片，她也知道如果用那张照片肯定会提高吸引力。本着对工作负责的精神，她用了。

"好了，你去忙吧。"

朝雨笑着从主任办公室出来，想了想，决定主动关心一下许大队长！

她拿出电话，拨通了固定电话，结果打了两次才接通。

"你好——"大熊的声音透着无力，这两天，他接电话接到手软。

她清清嗓子："你好，我找许博衍，许队长。"

"不好意思，许队长不在这间办公室，你打错了。"

朝雨忍着笑意："等一下，我有几个问题想咨询一下。"

"什么问题？"

"许队长有女朋友吗？"

大熊："……有了！同志，这是我们办公室的电话，如果涉及私事，请不要再打这个号码了。"

电话挂了，朝雨笑得肚子疼，她忍不住还是拨通了他的手机。电话没几秒就通了。

"许队——"她的声音满是喜悦,"嘻嘻,你看专刊了吗?反响很好呢。"

许博衍:"你很高兴。"

"你不高兴?"

许博衍听出了她语气中的戏谑:"朝雨!"

"那张照片我给你看过啊,不怪我,谁让你长得好看呢。"照片只拍了他一个侧脸,就引来了这么多的关注。要是放他的正脸,还得了啊?

许博衍很头疼,早上周局还打趣说,下回让他拍一个宣传海报。朝雨不是故意的,可是她早就预计到这个效果了吧?

"说不定这次还能帮你找个女朋友呢!"

许博衍哑然失笑,那他可要好好谢谢她。

"许队,有个消息要告诉你。"

"嗯——"他好像也被她的心情影响了。

"我可以去培训班了。"她乐得话语里满是激动。

其实早在昨天他就知道了。

朝雨叹了一口气:"你怎么都不说话啊?"

许博衍幽声道:"我的课,禁止拍照。"

挂了电话,他的嘴角不自觉地浮起一抹笑意。她现在心满意足了吧?

大熊狐疑地看着他:"队长,刚刚那个电话的声音有点耳熟?"

许博衍看着他,等着他的话。

"我觉得是朝记者啊。她问你有没有女朋友,"大熊开始推理,"她这是趁乱打听你的消息啊。"

许博衍失笑,这确实是她会做出来的事。

大熊后知后觉:"队长,我觉得这个朝记者有问题!"

许博衍挑眉:"什么问题?"

大熊清清嗓子:"我觉得她想追你。"

许博衍默了片刻,唔了一声。他活了二十八年,朝雨那点心思他要是看不出来,是不是白活了?

不一会儿,朝雨要去培训班的消息就传开了。

宁珊拿她打趣:"原来让你参加培训班就是额外的奖励啊?"

朝雨抿着嘴角："我还以为没戏了。"

宁珊眨眨眼："你和许队长现在又成了师生关系,朝雨同志请好好把握。"

朝雨一本正经道："定不辜负党和人民的期望,好好学习,天天向上!"

话落,程晓曦走来："朝雨,我刚听说下周你也要去培训班了,到时候我们可以住一起。"

宁珊克制住自己的情绪,就差当场翻白眼了："我去忙,你们聊。"

朝雨捋了捋头发："我还什么都没有准备呢。"

"不巧,下周有雨,记得带伞。"

"我们运气这么好?"

程晓曦点头："是啊,一周都有雨。"

朝雨嗷了一声,心里却想着,下雨不怕,反正有他啊。她兴奋了一晚上,比她去大学报到那个晚上还要开心。下班回家后,她便开始收拾行李,挑了几件衣服,顺便把夹脚凉拖也带着了,下雨天正好可以穿。

周日上午,她又去采购了一些零食。出发前,她想了想,给许博衍发了一条信息:友情提醒,下周有雨,请带上雨具。

此时,许博衍已经到了学校。校方负责人李楠和他年纪相仿,李楠带着他参观了上课的教室。学校已经放假,大部分学生都回家了。

"许队长,您是这次的班主任,到时候需要选一个班长,配合你工作。"

许博衍问道："这几天吃饭都在食堂?"

"是的。学校北苑食堂。"

许博衍的手机响了一下,他一看是朝雨的信息。他快速扫了一眼,嘴角浮起若有若无的笑意。

如果朝念zhāo的话,那么她就是朝雨(招雨)。她来了,雨来了。

许博衍收起手机,对李楠说道："好的,有事我再和你联系。"

培训班在宁大新校区举办,从市区过去路上要一个小时。朝雨到的时候,已经有学员来了。

她在前台办好入住信息,问了一句："请问一下,许博衍来了吗?"

前台对许博衍印象很深："来了。"

"那他住哪间房?"

"608。"

朝雨看了一眼自己的房卡，618，靠得很近嘛！

"谢谢。"

进了房，程晓曦已经收拾好东西了，正坐在窗边的沙发上，似乎在等着她。

"朝雨，我刚给你发信息呢。"

朝雨放下箱子："你怎么来得这么早？"

"周末在家没事，就早点过来了。对了，我刚看了名单，这次有好几个大学生志愿者。"程晓曦望着她，"许博衍是我们的班主任。"

"班主任？"

"培训班是他们单位举办的，就让他兼班主任了，实践课也是他负责。"

"实践课？我们还有训练？"

程晓曦点头："是的。"

"以他的个性，不知道有几个人能毕业呢。"

程晓曦也笑了："你不喜欢他？他看着是有点严肃。"

"不是喜不喜欢，就觉得他那个人比较认真，人还是不错的。"

程晓曦眯了眯眼："是吗？你和他好像很熟。"

"也只是工作上接触了几次。我先收拾行李。"

程晓曦比她大一岁，她们之间关系不是很亲密。她听过大家在私下议论过程晓曦，办公室就那么多人，很多事大家都心知肚明。比如为什么去年的先进个人独独给了程晓曦，这次来培训又是第一个让她来。

朝雨从不在乎这些，当然她也不傻。

晚饭时间，大家都去餐厅用餐，朝雨在食堂看见了许博衍，许博衍和几个老师坐在一桌。

朝雨端着餐盘默默地去选菜。

许博衍也看到她了。吃完饭，几位老师先行离开，他默声走到水果区。

朝雨低着头正在夹番茄，一抬头发现他正站在她身边，她一愣："你吃完了？"

许博衍打量着她，她穿着及膝连衣裙，脚下又是夹脚凉拖，露出细白的小腿，小腿上被蚊子叮咬的包还没有好，留下一片红点。他的目光稍稍停在那双凉拖上，几乎一眼就认出了这双夹脚凉拖和她上次送给席哲的是同一款。一模一样的男女鞋,不是情侣款是什么?

朝雨见他没说话,漫不经心地又夹了一片西瓜。许博衍丢了一句:"晚上七点半开会。"

朝雨没反应过来:"开什么会?"

"班会。"他抬手看看时间,"现在六点半,你还有一个小时,不要迟到!"说完,他跟她擦肩而过。

朝雨整个人都是蒙的——所以他来找她,只是为了通知她晚上开会?

七点十分,朝雨和程晓曦来到会议室,两人坐在第二排。

学员陆陆续续地到了,会议室顿时热闹起来。许博衍七点二十进来,他站在讲台上,身形挺拔,目光轻扫了一下下面坐着的学员。所有人的目光都集中在他身上,声音渐渐小了。

"晓曦……"朝雨一回头,就看到程晓曦望着许博衍的眼神,赶紧把话咽了下去。

许博衍敛了敛表情:"我自我介绍一下——水务局许博衍,是你们这期的班主任。课程表以及各个学员的信息都已经发给你们了,这五天有问题可以联系我或者李老师。"

"许队,我们都知道您。"

"我们看了报纸。"

"你本人比报纸上还要帅!"

……

朝雨呵呵一笑。

许博衍脸色未变:"今晚开会,是让大家选一位班长。"

程晓曦碰了碰朝雨的胳膊:"你要不要试试?"

朝雨回道:"算了,我不适合。"

程晓曦笑了笑,没说什么。

倒是有学员说道:"许队,要不你选个,你看谁合你的眼缘就选她/他。"

许博衍扬声问道:"有没有人愿意的?"

还真没人举手……朝雨暗暗一笑,转动眸子时,目光恰好看到许博衍投来的眼神。她的心咯噔一下,慢慢缩了缩身子,想把自己藏好。

许博衍拿着花名册，动了动嘴角："那就名单上第一个人做班长吧。朝雨——"

朝雨："……"

"你来做班长。负责每天点名以及和各科老师还有——我联系。"

朝雨："……"

许博衍又说了培训班的一些注意事项，半个小时后会议结束。朝雨默默留在了最后。

程晓曦望着她："你放心，到时候有什么事我帮你。"

朝雨笑笑："我想和许队聊一聊。"

"要不要我在外面等你？"

"不用，我一会儿想去走走。"宁大是她的母校，她在这里生活了四年。

程晓曦走了，偌大的会议室只剩下她和他。

许博衍依旧站在那儿，头顶的吊灯发出细碎的光，他的表情忽明忽暗。

朝雨起身，一步一步走过去，与他隔了两步距离。两人四目相对。

她说："许队，为什么要我做班长啊，是不是我合你的眼缘？"

许博衍安静地睨着她，她倒是好意思说。他一手抄在口袋里，幽幽道："我与别人不熟。"

朝雨仰着头，迎着他的目光："那你的意思是你和我很熟喽？"

许博衍微怔了一下，眯了眯眼，勾起唇："我不是你亲爱的吗？"他微微垂眸，就那么看着她。

朝雨的心扑通扑通地跳着，窗外蛙鸣虫叫，让这寂静的夜晚多了几分欢乐。

许博衍嘴角微微一动，说道："回去吧。"

她的大脑一直处在空白之中，良久才应了一声："嗯。"

两人回到宿舍楼，上了电梯，他按了6。

朝雨盯着跳动的数字，有人上来，有人出去。到了六楼，电梯里只剩下他和她。

叮的一声，电梯门开了。他迈着步子走出去，而她还在原地，不知道在想什么。

终于，她伸出了手，抓住了他衣角。

许博衍停下脚步，便听见她小小的声音："那你是想做我亲爱的吗？"

许博衍回头，眼见着电梯门要关上了，他连忙把她拉出来，她扑进了他的怀里。她的手堂而皇之地摸在他的胸肌上，饱满、结实，还很有安全感。

朝雨的手一时之间僵住了，指腹似有电流在窜动。

许博衍的脸色一点一点沉下来，板着脸："你在想什么？电梯要关门了不知道吗？手不要了？"他拿下她的手，往后退却两步，与她隔开距离。

朝雨低下头，缄默不语。她刚刚只是怕他走了，再也不回头了。她是什么时候对他动心的呢？是在席哲过生日的那个晚上吧，他从泳池里把她捞上来。

宁珊说，她要好好谢谢许博衍。她问，怎么谢呢？宁珊开着玩笑，以身相许啊！

其实，她已芳心暗许了。这么多年，她从来不知道喜欢一个人是什么感觉。原来，很甜。

许博衍见她低眉垂眸，一脸的委屈，他的脸色稍稍缓和了一下。过了几秒，他又开口，语气里带着几分肃然："你是来上课的。"

朝雨慢慢抬头，正视着他："我也是来确定心意的。"在这之前，她还不确定。就在刚刚，他点她的名字，那一刻，她的心好像被什么狠狠捏了一下。她终于明白，这就是心动。

她吸了吸鼻子："你放心好了，我会好好学习的，不会——不会给你丢脸。"

许博衍的手垂在身侧，他从来没有遇到过这样的境遇，被一个小姑娘直接表白。他下意识地摸了摸口袋。朝雨机灵地从书包里拿出了曼妥思，递给他："喏，走廊禁烟，你忍忍吧。"

许博衍哭笑不得地撇了撇嘴角："朝雨，你太小了。你知道我多大了吗？"他静静地看着她，眼底的平静让朝雨慢慢失落。

朝雨在心里给了他一个大白眼："我都大学毕业了。"

许博衍直接说道："我比你大五岁。"

"我知道啊，你也不小了。"

许博衍干咳一声："我的意思是，你的年纪和席哲相仿，同龄人会有更多的话题。"

朝雨咬了咬唇："我又不喜欢席哲，你提他做什么——许博衍你是不是在心虚啊？"不然怎么话这么多？她弯着眉眼，就这么瞅着他。

许博衍看着她，小丫头眼底满是执着。他选的不是班长，好像给自己招来了一只披着羊皮的狐狸。

这时候，电梯门打开，有人出来。几个人异口同声地喊道："许队——"

大家看到他俩，在心里暗暗喟叹，幸好没有做班长，不然这五天铁定没自由了。

许博衍点点头，敛了敛神色，说道："明天有雨，大家出门时记得带伞。"

"知道，许队，那我们就先回房了。"

被这样一打断，朝雨泄了气，她偏了偏头，不再看眼前这个"老男人"："我也回去了。"

许博衍点头应允，他又说了一句："年纪轻轻的，不要想太多。"

朝雨脚步一顿，回了他一句："不想太多，我就当一辈子的单身狗了！"

朝雨气呼呼地回到房间，程晓曦正在敷面膜，问道："这么早就回来了？"

朝雨应了一声，心情有几分失落。

程晓曦揭了面膜："朝雨，问你一件事？"

"什么？"

"你和许队熟吗？"

"不熟。"她不想说话，"我先去洗澡。"

程晓曦咽了咽口水，失神地看着她的身影。

晚上，朝雨和宁珊微信，她一五一十地把今晚发生的事告诉了宁珊，宁珊一点诧异都没有。

宁珊：游泳池那晚之后，我就发现了，每次提到许博衍，你的眼神就变了。

朝雨：……

宁珊：朝雨同志【佩服】

朝雨：那我接下来要怎么办呢？他好像对我一点也不感兴趣啊。

宁珊：据我观察，许博衍这个人就属于闷骚类型的，静观其变。别忘了，你还有一个军师啊！

朝雨：谁？

宁珊：席哲！就说你一个朋友看上他哥了，托你打探打探。

朝雨：宁珊，你太聪明。爱你【心】

宁珊：【加油】

晚上十点，朝雨给席哲打了电话。席哲那端不知道在忙什么，一直没人接电话。她打了两个电话都没有人接，最后只得算了。

程晓曦问道："你怎么了？遇到什么事了？"

"给我一个同学打电话，他没接。"

"男同学？"

她笑笑："高中同学。"

程晓曦侧目望着她："你男朋友？"

"不是啊……"她刚想解释，手机响起来。

席哲声音沙哑："朝雨你找我？我刚刚在忙没听到。"

"这么晚，你还在工作？"

"是啊，我和嘉行在东郊搞了一个民宿，这两天这边装修，我这儿忙得和狗一样。"

朝雨有几分惊讶，在她印象里，席哲就是一个吃喝玩乐的公子哥，没想到他会做民宿。

"你给我打电话有什么事啊？"

朝雨稍稍酝酿了一下："是这样的，我有个朋友对你哥……"

"看上我哥了？"席哲拔高了声音。

"她托我问一下你哥的情况。"她支支吾吾地说道。

"谁啊？"席哲大咧咧地问道。

"你不认识，你就说说你哥吧。"

"真不知道你朋友什么眼光，我哥又冷又硬，她是看上他哪点了？"

朝雨回道："情人眼里出西施。"

席哲走到阳台上，眺望着远处的星空，缓缓说道："其实我哥去珞城读大学后，我和他之间的联系就少了。我哥性子闷，但是以前不是这样的。我大姑，就是我哥他妈妈去世后，他就不怎么说话。"

朝雨哑然："他妈妈去世了？"

"是啊，我大姑去世好些年了。那时候我哥还在读初中。"

朝雨的喉咙一片酸涩："怎么回事？"

"意外。后来我姑父再婚，我哥更沉默了。"

朝雨已经脑补了一部男主被后妈虐待的戏码，心底满满都是对许博衍的心疼。

"我哥就是闷一点,其实人还挺好的。"

"他很有责任感。"

席哲嘀咕了一句:"那是。他为了工作可以不要命的。"

朝雨沉默了。

"对了,我哥好像去参加什么培训班了。"

"我也来了。"

席哲唏嘘一声:"朝雨,上回你做的那期专刊,我奶奶看到了,夸你呢。说是把我哥拍得真好看。我听说好像很多女孩子因为那张照片看上我哥了,还给我哥打电话。他要是今年能找到女朋友,我奶奶说要谢谢你。"

朝雨现在才明白,自己办了一件蠢事:"时间不早了,你也早点休息吧。"

"哟,知道关心我了,不骂我是蠢猪了?"

朝雨咬牙:"拜拜。"这人真是欠骂。

半夜下雨了,雨声打在玻璃上,嘭嘭作响。第二天天亮,天灰蒙蒙的一片,只有绵绵不断的雨水,这雨也不知道什么时候停。

吃过早饭,大家三三两两地往教室走。宿舍楼离教室要走二十分钟的路,不下雨走走倒是无所谓,现在下雨了,这一路走来有些艰难。等到了教室,很多人身上的衣服都湿了一大片。

程晓曦拿着纸巾擦着裙子,她蹙着好看的眉眼,抱怨道:"再这么下下去也不是办法。"

"班长,能否和许队反应,包一辆车接送我们上下课?"

"是啊是啊,班长你和许队说一下,钱我们自己出。"

朝雨想想也有道理,她给许博衍发了信息,把同学们的要求发给他。

许博衍直接给她打了电话:"车的事我不同意。"

朝雨不明白:"为什么?"

"十五分钟的路都走不了,他们还来上什么培训班。"

"可是天气特殊,雨太大了。"

许博衍沉默了几秒:"防汛的时候,就是下刀子都得咬牙坚持。这点雨就开始喊了,那趁早回家。"

朝雨舔了舔干涩的嘴角，脸上一热，一时间羞愧难言："我知道了。"

许博衍指间夹着烟，烟头明明灭灭，他蹙着眉心翻着新闻。电视台已经发布了暴雨橙色预警，局地伴有雷暴大风等强对流天气，最大小时雨强三十至五十毫米，局地可超过八十毫米。

一场大雨即将而至，一场战斗时刻准备着。

往常这时候，他都在队里二十四小时随时待命。每个人都有属于他自己的命运，每份职业都有它的职责，任重道远。可惜这时候，他不在局里。刚刚他也和徐逸通了电话，现在多个地方出现积淹水了，上面已经发布了紧急防御措施。

许博衍烦躁地抽了一口烟。

上午的课程结束后，雨还在下着。许博衍走上讲台，直接说道："班长上午和我联系过了，说是需要车接送。"

大家面面相觑，沉默不言。

"怎么没人说话，你们不是有意见的吗？"他挺拔地站在那儿，目光冷冽，"班长，你说。"

朝雨咬着唇角站起来。

"要叫车接送？你当你们还是幼儿园的小朋友？"教室里除了他的声音，安静得只剩下了呼吸声，"如果这点困难都克服不了，现在可以趁早离开。"他的手指着大门，"这次培训班不是来玩的，是为了防汛时刻准备着。"他一字一顿，铿锵有力。

朝雨知道他是对他们失望了。

众人一言不发。

"班长。"许博衍看过来，"统计一下名单，想走的趁早走。"

朝雨："……"果然班长不是好当的。

程晓曦突然起身："许队，大家也只是说说，您不要当真。"

许博衍目光从她身上扫过，抿了抿唇角。

"是啊，许队，大家只是说着玩的，这点困难我们还是可以坚持的。"说话的人正是宁大一名学生，他憨憨一笑，"能被选中参加培训，我已经做好了准备。"

"许队,我们不会做逃兵的。"

……

他三言两语就把所有人镇住了,激起了每个人心里深处的火焰。他的身上有一种力量,让人莫名地信任他、敬重他。

雨依旧在下。宁大附近好几处路段的积水都淹到脚踝了。

朝雨接完宁珊的电话,心沉了沉。市区的雨也不小,小雅书城那里的情况最糟糕,山上的泥水涌下来,书城受灾惨重,几万本书被泥水淹没,书城收藏的一些珍贵字画都没有幸免。

抢险大队已经过去了。

宁珊临危受命,负责这次报道。刚刚她在电话里说,泥水没过脚面,行走都困难。抢险队员现在只能靠双手清理排水口的淤泥。

朝雨站在走廊边,伸手接着雨,不一会儿掌心就聚满了水。

许博衍含着烟出来,远远地就看到她。他吸了口烟,烟头星火闪闪一亮,他走到她身边。

"你说这雨什么时候能停?"

许博衍拧了拧眉。

"有时候我真的很讨厌雨天。"她回头,"我听说市区情况挺严重的,你——会不会想回去?"

许博衍望着远方,目光幽深:"哪里都一样,这里的情况也好不到哪里去。"

朝雨才不信,她刚想说话,却打了一个响亮的喷嚏——今天的天气也骤降了七八度。

许博衍拧了一下眉,这个天气还穿短袖、中裤、夹脚凉拖。

朝雨揉揉鼻尖,看到他嫌弃的目光:"下雨啊,穿拖鞋方便。"

许博衍脱下自己的衬衫,里面还有一件短袖,他把衬衫扔给她:"披上。"

朝雨恍然,慢慢地她的嘴角咧开了:"谢谢啊。"

许博衍撑着伞,走进雨里。

朝雨连忙套上他的衬衫,瞬间温暖了许多。她把头缩进衬衫里,一路小跑着钻进了他的伞下。

许博衍:"……"

她说:"我的伞太小了。"

他还能说什么？

当天晚上，朝雨却突然感冒了，喷嚏不断，鼻涕不断。可她这回偏偏没有带感冒药。

程晓曦有些担忧："我帮你去问问有没有人带感冒药的？"

"我多喝一点水就好了。"她裹在被子里，身上发冷，"不用管我。"

到了半夜时，朝雨开始发烧，呼吸困难。

程晓曦发现她有些不对劲，最后只好给许博衍打了电话："许队，我是程晓曦，朝雨她发烧了。"

"我马上过来。"

许博衍挂了电话，快速穿上衣服，很快来到618。

程晓曦给他开了门，他的动作很快，不到三分钟就来了："她怎样了？"

"我刚刚摸了摸她的额头，很烫，和她说话，人也没意识。"

许博衍走到床沿，喊了两声："朝雨——"

朝雨没有反应。他伸手探着她额角的温度，一片滚烫："我送她去医院。"

程晓曦咬牙："可外面还在下雨，道路积水，车子也不能开。"

许博衍沉声道："我背她。你先帮她穿上外套，我在门外等你。"

程晓曦深吸一口气："好。"

等一切忙好，许博衍再次回来，床沿摆着她的拖鞋。

"朝雨有没有别的鞋？"

"这双是她的。"

许博衍接过来，蹲下身子，给她套上了一双运动鞋。

程晓曦眸色深沉："我陪你们一起。"

"你先休息吧，我一个人过去没有问题。"

"可是……"

"外面的路不好走，我现在也不能分心。"

"那好吧。"

许博衍一路蹚水到了医院。朝雨发烧到四十度，医生给她挂了两瓶水。半夜没有床位，只能坐在椅子上。

朝雨这会儿神志清醒了，脸色潮红。

许博衍去洗手间洗了把脸，顺便把脚上的泥巴洗干净了才回来。

朝雨安静地坐在那儿，一张小脸低垂着。许博衍大咧咧地坐在一旁："没有床位了，将就一下。"

"嗯。"朝雨不敢动，因为她发现她没有穿内衣。

许博衍侧首看了她一眼："还难受？"

她摇摇头，目光落在他的脚上。他的一双运动鞋全湿了，上面还沾着泥点："我给你拖后腿了。"

许博衍应了一声："我没有想到我自己选的班长身体素质这么弱。"

朝雨："……"

许博衍咂咂嘴："明天烧还不退，你就回去吧。"

朝雨一脸震惊："回去？我不同意。"

"必须服从命令。"

"我不是你的手下。"

"你现在是我的学员。"

"我不走！坚决不走！"

两人争执着，值班护士拿眼看过来："喊什么呢？安静一点儿。"

朝雨弱下声音："我明天就能好，你别让我走！我要是这样被打发回去，很丢人啊。还有——"她的声音越来越含糊不清，"我想和你在一起啊。"

两个小时之后，朝雨的水挂完了。护士给她拔了针，她按压着棉球。她一直以为自己是小强呢，真没想到自己这回弱爆了，让他背着她在雨夜走了四十分钟。其实，她心疼。

许博衍看了她一眼，见她脸色暗黄，精神恹恹的。

朝雨打了个哈欠，又困又累。她看了看时间，凌晨三点了。她侧首看了一眼许博衍："要回去吗？"

许博衍抬首望了望夜空："走吧。"

外面还在下着雨，淅淅沥沥的。

她说："不好打车。"

他抿了抿嘴角："嗯。"

朝雨踢了一下脚下："要不我们别回去了，回去还要走一个小时。隔壁有家旅店，我们住一晚。"她看着他的双脚，"你的鞋子也湿了。"

两人来到隔壁旅店，条件很一般，是居民的自建楼改造的旅馆。男老板在前台打着瞌睡，大厅里的电视还在放着午夜电视剧。

许博衍敲了敲桌面："要两间房。"

男老板醒来："没房间了，下雨天房间都淋湿了，现在就楼上一间大床房。"

朝雨问："楼下呢？"

"淹了，不能住人。"老板把钥匙拿出来搁在桌上，"一百五十元一晚，一百元押金。"

许博衍递了三百块给他："再送一床被子上来。"

他拿过钥匙，领着朝雨上楼。

打开那扇门，空气中夹杂着一股霉味迎面而来。房间不大，摆着一张一米八的大床、一张书桌，还有一个洗澡间。朝雨皱了皱眉，捂着鼻子咳了几下。

许博衍四下看看。

老板送来了被子："被子在这儿，这两天下雨，你们将就点，没办法。"

朝雨问道："有吹风机吗？"

"在床头柜的抽屉里。"

老板带上了门。

许博衍靠在床沿："休息吧。"

朝雨摇摇头："我不困，你睡吧。"她坐在一旁的凳子上。

许博衍脱了鞋子，换上那双蓝色男士拖鞋。

朝雨盯着他的裤子："你要不要把裤子脱了。"说完她才觉得不妥，"我的意思是，你的裤子也湿了，脱了吹一下。"

许博衍眨眨眼："我穿着也能用吹风机。"

朝雨："……"她真是糊涂了。

许博衍扯了扯嘴角："过来睡觉。"他指了指被子，"睡吧。我不困。"知道她现在很累，他也不再多说什么。

她摇摇头，坚持道："你也睡。"

许博衍拧了拧眉，她的脾气他也知道，犟得很。如果他不睡，她肯定心里过意不去。他索性掀开被子："我睡这边。"

朝雨没有想过发展这么快，她掐着手指，心里腹诽，关系还没确定，这么快就同床共枕了。

许博衍脱了外套，里面是一件白色背心。朝雨不由得瞪大了眼睛，目光在他身上游移。她暗暗舔了舔嘴角。

许博衍抬头便见她怔怔地站在那儿，挑了挑眉："看够了没？"

朝雨脸一红。

许博衍突然朝她走过去，站在她面前："有贼心没贼胆。"

朝雨咽了咽口水："什么？"

"你不是想摸我吗？"

朝雨后退了一步："没有。"

许博衍靠近她："是吗？你刚刚在路上一直亲我的脖子。"

朝雨："……我那会儿没有意识。"

许博衍慢慢靠近她，朝雨一点一点避开，她快要透不过气来了："许博衍，许队长，许老师——"

"再叫？"许博衍眯了眯眼。

朝雨一紧张，双手连忙抓住了他的背心。那单薄的背心被她揪在掌心，她反应过来，连忙松开手。

许博衍笑了一声，抬手越过她的肩头，拉开玻璃窗："太闷了，开点窗透气。"

朝雨："……真是可恶。"

许博衍躺到大床上。这床有些年头了，人一躺上去就吱吱作响。

朝雨磨磨叽叽地脱了鞋子，钻进自己的被子。她一动不动地闭着眼睛，听着他的呼吸声。

困意渐渐袭来，朝雨还记得叮嘱："许队，你记得定闹钟。明天早上我们早点回去。"

许博衍扯了扯被子，应了一声。

窗外的雨渐渐小了，伴着雨声，许博衍浅眠。

朝雨因为生病睡得沉，半夜的时候，她慢慢挪动，双手双脚都搁在了许博衍的身上，嘴巴贴在他的后背上。许博衍先前睡了一个小时，这会儿清醒得很。朝雨像抱着娃娃一样紧抱着他，一条腿搁在他的腿上。

许博衍微微转身，想推开她。只是他一动，她就顺势钻进了他的怀里。

这样的姿态，他根本动弹不得。

嗯，奸样的，把他当人肉垫了吗？他的身体本就热，这会儿两人靠得近，鼻尖充斥着淡淡的芳香，是她头上洗发水的味道，很好闻。他更热了。

渐渐地他身上的热气源源不断地往下涌去，慢慢地硬起来。

真是会磨人！

一觉睡到天微微亮，朝雨想动身子时，发现自己趴在一个软软的东西上。她慢慢睁开眼，惊讶得差点大叫。她连忙起身，轻轻下床。朝雨知道自己的睡相不好，可没想到自己昨晚会把他给扑了。

许博衍还在睡。她小心翼翼地蹭到他那边看了看桌上的表，才五点多钟。

朝雨蹲在床边盯着他看了一会儿，目光又移到他的胸肌上。她伸出手指，轻轻戳了一下，连忙缩回手。

起身准备去洗脸时，朝雨看到他的鞋子，那双鞋还没有干。她拿起他的鞋还有吹风机，躲进了卫生间。

许博衍早已醒了。吹风机嗡嗡作响，他又不是猪，怎么可能听不见？

朝雨吹干了他的鞋才出来，见他还没醒，嘟囔了一句：睡得像头猪。幸好没指望你，不然今天铁定迟到。

"许博衍——"她叫着他的名字，"太阳晒屁股了。"

许博衍起身睁开眼。

朝雨尴尬地笑笑："我先下楼看看。"

他穿好衣物，换上鞋子。鞋子干了，穿在脚上，带着一股温热，很舒服。

两人赶回宿舍大楼，程晓曦一脸担忧："朝雨，你怎么样了？烧退了吗？"

"好多了。让你担心了。"

"没事就好。辛苦许队了。"程晓曦温和地对着许博衍说话。

许博衍点点头，把药袋递给朝雨："一天一片。"

朝雨心想，是不是所有的男人都喜欢程晓曦这种温婉知性的女生啊？

一大早，李楠也匆匆赶过来，出现在教师队伍里，只是他的脸色有些不好。

许博衍过来，李楠赶紧和他商量："这两天的降雨量太大，我总有点担心。隔壁D大已经一片汪洋了，现在有的学生在捞鱼。"

许博衍沉思片刻："早上我回来，宁大出去的主干道也淹了。"

"是啊。天气预报说，后面几天都是大雨。你看怎么办？"

　　"今天课程结束，培训班暂停。联系车，下午的课程结束后送他们回去。"

　　李楠松了一口气，他真怕这位坚持原则要继续培训班："好。我去联系车。"

　　许博衍点头："我留下。我和上面联系过了，大学城这里先排水。"学校里还有学生，雨再这么下下去，怕是要出事。

　　李楠："幸好这时候学校放假了。好了，我先去安排车子。"

　　今天上午正好是许博衍的课，他正在和大家分享遇到大暴雨时要注意哪些事项："去年我在珞城，连着十天大暴雨，当时东湖部分路段因为强降雨导致严重积水，水位已经到成人腰部位置，有个孩子因为不慎落水……"他的声音顿了一下。

　　朝雨坐在座位上，手脚一片冰凉。她突然出声发问："后来呢？那个孩子怎么样了？"

　　"执勤的协警以及周围的人都没有注意到，等到发现把孩子拖上岸，孩子已经没有了心跳。"

　　大家都沉默了，为那条逝去的小生命感到惋惜。

　　许博衍咽了咽口水："当时我正在路的另一端抢修被堵的地下水道。"他总在想，如果当时他能更快一点，地下水道通了，积水下去，那个孩子是不是就不会死了？

　　朝雨浑身冰冷，目光沉沉地看着前方。

　　许博衍紧了紧拳头："所以，今天我想提醒在座的各位，遇到强降雨，尤其是积水路段。首先你们得会游泳，其次就是要看清路况，附近的窨井盖是一大隐患，一旦发现问题，切勿单独行动。"

　　众人神色凛然。

　　这时候李楠匆匆跑进教室，神色慌张："许队，前方路段塌方，大楼倾斜。校方刚刚发布消息，立即撤离。"

　　许博衍神色一沉："大家先冷静，李老师已经安排好车了，你们跟他先走。本次培训班到此结束。今后有机会，我会和上面提议再办一期。"

　　"许队，我们不走，我们要留下来。"

"抢险队已经赶来了。"

"我们留下来,不会给你们添麻烦!许队,请相信我们。"

许博衍沉思数秒:"女同志撤离,男同志留下。"

大家井然有序地下楼,朝雨留在了最后,她依旧沉浸在刚刚那个故事中。她走到他的面前,开口道:"许队,我不走。"

许博衍拧着眉:"我现在没有时间和你说话,你立马上车。"

朝雨弯着嘴角,笑容妍妍。

冬天时郊县某地塌方,她第一时间赶过去,在路上接到朝妈的电话:"小雨,别去了。危险!"

宁城去年大雨,长江周边危情告急,很多单位自发招募志愿者去支援,表弟第一时间报名了。后来小姑哭着喊着,不让表弟去。表弟血气方刚,还是去了。

家人的关爱总是自私的,他们第一想到的是自己的家人,谁也不想自己的亲人身涉险境,如同此刻。

朝雨舔了舔唇角:"你留下,我留下。"

许博衍冷冷地扫过她,看到她眼底的坚持,他知道他说服不了她。

朝雨抓住他的手:"我是一名记者,这是我的职责。"

许博衍嘴角动了动:"保护好自己。"

他懂她,不是吗?

雨势一直没有减小,宁大附近几条主干路积水越来越深。谁也没有想到,这一场雨会演变成这样的情势。

许博衍把裤脚卷到了膝盖处,望着前方的水悠悠的道路,目光深沉。

朝雨举着伞走到他的身旁,挡住了雨滴。她说:"前方道路塌方,车子不好过来。"

许博衍收回目光,淡淡地说道:"附近的消防大队已经开始处理几个被堵的排水口。"

朝雨咬咬牙:"你想说什么?"

"你是班长,你要代替我把学员安全地送回去。"

朝雨的心被揪了一下,她紧紧地掐着手,内心震动着。

她想留下来，想要帮助他。可是她留下来又能帮他做什么呢？她深深地吸了一口气："好。"

许博衍牵起了嘴角，抬手摸了摸她的额角，一缕湿漉漉的发丝贴在那儿："到底是我选出的班长，知道服从我的命令。"

朝雨吸了口气："那你得好好表扬我。"

"想要什么奖品？"他的眸子里浮着一抹隐隐的光泽。

"等我想好了再告诉你。"她眨了眨眼，眼底闪着狡黠，"放心，绝不会让你做违背原则的事。"

他轻轻应了一声："快上车吧。"

"许队！"那边有人在叫他，他该走了。许博衍走了几步，回头深深地看了她一眼，再次强调："注意安全。"

朝雨在想，每每到这时候，他到底要说多少遍这样的话？

她站在台阶上，远远地看着他。她想听他说话，一千遍都不会厌烦。

她从后面看着他，那个背影修长挺拔，她扬声喊道："许博衍，你也要注意安全！"

消防大队的队长伸出手："你好，宁则区消防大队钟逸。"

许博衍："你好，水务局防汛大队许博衍。"

钟逸三十多岁，防汛经验丰富："天水河水位已经到了警戒线，得防着河水倒灌！下游有一个村。"

天水河是长江一条支流，随着暴雨，水位线不断上涨，现在已经超出警戒水位一点三米。

许博衍问道："沙袋有多少？"

"昨晚调来了一千袋。"

许博衍沉思片刻："把体育馆的砖头搬过来，砌一条路。把人先转移走，确保人员安全。"

钟逸看了他一眼，点点头。

远处，抢险队员紧急用砖头砌起了一条路，大家顺着走过去。培训班的学员们留在最后，尽量让在校的学生先走。

朝雨拍了几张照片，录了一段视频。她想了想，编辑了一段话，连着视频一起发上微博。

空山新雨：风里雨里，因为你们，我们不怕。加油！友情提醒：宁则路雨量过大，积水严重，请大家尽量避开出行。

"朝雨，走吧。"程晓曦在前方喊道。

朝雨把这条微博发送出去后，赶紧跟了过去。砖路狭窄，七八米的一截路，三个抢险队员零散地分布在一旁扶着他们，避免大家摔倒。朝雨摇摇晃晃地走着，一个趔趄，整个人往水里栽去。突然间她的手被抓住了，温热、有力。她站好，惊诧地看到了他。

许博衍穿着橙黄色工作服，浑身湿透，蹚水而来："扶着我的手。"他的声音低沉喑哑，字字铿锵有力。他抓着她的手，一路把她送到对面的马路上。没有时间告别，没有时间多说一句话。他已经转身蹚水去了对面。

朝雨眼前一热，一行泪含在眼眶里，没有落下。你是否有过这样的感觉，当你握住他的手的那一刻，想要和他走完一生？

她有过，很强烈。

回去的路上，大家都缄默着，大巴车上异常冷清。

朝雨闭着嘴巴一言不发，只能默默祈求着这场雨快点停下。

程晓曦给她递了一瓶水："你的身体怎么样了？"

朝雨回头："好多了。"挂水效果来得快，烧已经退下了，只是精神还没有完全恢复。

"真是没想到，培训班会这么快结束。"

朝雨面露疲惫："以后还有机会的。"

"我挺喜欢许队的，虽然看着面冷，可是能感觉到他是个非常有责任感的人。如果以后有机会我还要来参加这样的培训班。"

朝雨抿抿嘴角，幽幽道："希望以后每年这时候都不要再下这么大的雨了。"他们二十四小时待命，但希望他们永远只是待命。

培训班的女学员们顺利回到了市区，大家各自回家。朝雨站在路边的梧桐树下，目送大家离去。

程晓曦一直陪着她："你怎么走？"

朝雨说道："我回报社。"

程晓曦一愣，说实话，她现在又累又倦，只想休息："我和你一起回去。"

朝雨想说什么，最后也只是说道："好。"

回到报社，大家都在忙碌，全城多地主干道积水。高主任看到他们回来，连忙安排两人干活："朝雨，你赶紧组稿，微信、微博的新闻稿都交给你，辛苦一下。晓曦，现在你统计一下受灾群众反馈来的信息。"

"好！"

朝雨先去做微信公众号，组稿、排版，编辑好之后赶紧发布。接下来她又开始忙微博。剪切好宁珊发来的视频，便传上微博。

宁珊赤着脚站在泥水里，手上和脸上都沾着泥水。平时她最爱干净了，真是为难她了。远处是忙碌的抢险队员的身影。

橙黄色让她不由得想到许博衍，不知道宁大那边情况怎么样了？

此时宁则路那边也是一片忙碌。附近的居民常把垃圾往排水口倒，导致排水口严重拥堵。培训班十几个学员徒手清理被拥堵的排水口。

"许队——"培训班的一个学生跑过来，"那边吵起来了，我劝不住。"

"怎么回事？"许博衍扔了手套赶过去。

培训班的一位男同志和附近居民吵了起来，吵着吵着双方开始动手了，幸好被人拉住。

许博衍过来时，学员气得不轻，扯着嗓子喊着："你们这些人真是自作自受！没有垃圾桶吗？如果不是你们，现在需要浪费大家的时间吗？"

围观的居民被骂了，气得脸红脖子粗："这地下水道堵关我们什么事？是上面偷工减料。"

男学员三十来岁，撸起袖子就想揍那个居民："我帮你们做什么？我是脑子坏了，帮你们这帮暴民！"

许博衍朗声道："吵什么！"他迈着步子走过去，目光坚毅而压人："道歉！"他说了两个字。

居民笑起来，以为许博衍在帮自己，有些得意："就会欺负我们老百姓，你领导都在批你了吧！"

"许队！我没有错。"

"你看看，你们这些人哪有一点为人民服务的精神。我要投诉！"

许博衍勾了勾嘴角，眸光微凛："我让你道歉！"他脸色一寒，字字有力，"生活垃圾是你们自己倒的，排水口堵起来是你们的责任。你们一是损害公共设施,二是没有证据诽谤政府机构,诽谤罪情节严重的处三年以下有期徒刑、拘役、管制或者剥夺政治权利。"

居民慌了:"你唬谁啊!"

许博衍原本就不想管这些事,他眯了眯眼,话锋一转:"今天在这里抢险的,很多人都是自愿来的。"他抬手拍拍刚刚那位男学员,"原本他们上午就可以走的,是他们自愿留下来。"

他抓起了学员的手,那双手上满是泥巴,还有鲜红的伤口:"你给我看清楚了,这些伤口是怎么来的!"他的眼神前所未有的凌厉,带着一股慑人的力量。

居民的气势彻底蔫了。大家都看在眼底,这一天,这些人在雨中忙忙碌碌的,咬牙撑着。

许博衍说完又看向那位学员,眸色突然一变:"你现在是谁?"

学员蒙了:"我——"

"你现在是一名战士,你在抢险,你现在的任务是抢险。"

"许队,对不起!"

"别和我说这三个字!"

男学员咬咬牙:"大叔,对不起。"

那位大叔讪讪的。

许博衍吼道:"立马行动!谁再嚷嚷,都给我滚!"

大家算是看明白了,这位许大队长是个厉害的人物。

傍晚,暮色渐渐来临。忙碌的人终于稍作休息,大家坐在水泥地上,闭目养神。许博衍坐在一旁倒塌的大树上,他从口袋里掏出了烟盒,打火机受了潮气,怎么也打不着火。他含着烟,目光望着远处。

钟逸凑过来:"我这儿有打火机。"

许博衍转头:"不抽了。"那个坏东西不是希望他少抽点吗?

钟逸收回打火机:"你今天和老百姓怼,就不怕他们投诉你吗?这些人不讲理的。"

许博衍勾了勾嘴角:"投诉就投诉吧。"他站起身,"今夜水会下去。"

钟逸微微怅然:"你很像我认识的一个人。他和你一样,拼命!"

许博衍侧首。

"我以前的领导,你应该知道,许剑锋。"

许博衍咂了一下嘴角,怎么能不知道,他老子。

晚上九点,报社办公室的灯还亮着。大家自觉留下来加班,前方稍有情况,他们就要第一时间将消息发布出去。

宁珊泡了两杯咖啡,端给朝雨一杯:"有点困了。"

朝雨拍拍脸颊:"宁则路那边情况怎么样了?有消息吗?"

宁珊打趣:"真是身在曹营心在汉。"

朝雨坦然笑笑:"雨好像小了。"

宁珊嗯了一声:"已经下了几天了,该停了。"

朝雨舔舔嘴角:"我去打个电话。"

她来到走廊上,低头看看屏幕,拨通了他的号码。熟悉而漫长的音乐声响起,电话一直没有人接,她有些烦躁。

晚上,朝雨和宁珊睡在办公室。宁珊睡在睡椅上,缓缓说道:"我走在泥水里,根本不敢想脚下是什么东西。我也不知道自己是怎么坚持过来的。看着抢险队员、消防官兵在拼命,我的洁癖好像也被治好了。"她在泥水里站了两个多小时,直播有五十万的点击量。直播期间,很多民众都自发地去书城帮忙。

朝雨握过宁珊的手,因为泡水时间太长,她的手掌起了一层白皮。

宁珊扯了扯嘴角:"我都不敢看了。"

朝雨咽了咽口水,刚想说话,她的手机响了。她飞快地放下宁珊的手:"我去接个电话。"

宁珊:"……重色轻友。"

是许博衍打来的电话。铃声只响了两秒她就接通了,一时间不知道该说什么。

"朝雨——"周围很安静,许博衍的声音不大。

"宁则路那边情况怎么样?"她终于找回自己的声音。

"雨暂时停了,水在慢慢下去。"已经没事了。

朝雨呼出一口气,傻傻地笑起来——真是一个好消息。

许博衍低着头,边走边打电话。这一下午他都没碰手机,拿起来一看,好几个电话:他外婆打来的,席哲打来的,还有她。

他问道,"身体好了吗!"

"好多了。"她的声音略略提高。

他继续往前走。夜凉如水,风声入耳,蛙鸣不断。

"许博衍——"她说。

他的脚步一顿。

"怎么办?我想你了。"很想很想。

手机贴着脸颊,她的耳边一片滚烫。想你了。她有很多话想和他说,可是到了嘴边就剩下这句话。

心扑通扑通地跳动着,有点紧张,有点期待。

许博衍嘴角微微一扬。

朝雨咬了一下唇角:"你在听吗?"

他含糊地说了一句:"我的心在听。"

朝雨蒙了,短暂地失去了思考能力,耳朵里一阵嗡鸣,似乎没有听清他刚刚说的话:"你在说什么?"

许博衍抬眼望着远处的灯光,慢慢开口:"你听——"他举起手机。

朝雨屏息聆听,一秒、两秒、三秒……

许博衍拿回手机。

朝雨:"听什么?"

许博衍扯出一抹笑:"是雨的声音。"雨的声音,还有你的声音。

朝雨眉眼扬起来:"许队长,是不是下雨天你就会想起我啊。"她得意扬扬的语调传到他的耳边。

"朝雨——"话落,手机没了声响,已自动关机。

朝雨喂了两声,也猜到了,他今天那么忙,手机肯定是没电了。算了,等他回来再说。

许博衍继续往前走,钟逸在前面等他,他走过去。

钟逸回头,瞅了他一眼:"女朋友?"

许博衍笑了笑。

"是那天那个姑娘?做什么的?"

"记者。"

"不错,和你的职业很配。"

他依旧含着笑意。他也没有想到,回到宁城会有这样的意外。一个让人欢喜的意外。

两人并肩在河岸边走了十几分钟,河水泛着清幽的光泽,河面随风漾起了层层水纹。

没发现问题,钟逸呼了一口气:"太好了。"

许博衍点点头:"只要不再下雨,明天情况应该会好转。"

"是啊,希望今晚别再下雨了。"

"走吧,去坐一会儿。"

这一条路上的路灯光线灰暗,河岸两边坐着上百名官兵,大家相互靠着。很累,可谁也睡不着。

许博衍和钟逸坐在边上。许博衍从口袋里拿出烟盒,抛出一根烟。钟逸顺手一接,借着光他扫了一眼:"黄鹤楼。"

"在珞城抽习惯了。"许博衍低着头,手拢着打火机点着烟。暗夜中,烟头的光闪闪灭灭。他吸了一口烟,白烟冉冉升起。

钟逸嘴里含着烟,从口袋里拿出手机,翻着照片,铁血男儿难得一见地温柔。

许博衍看了一眼,照片上是个四五岁的小姑娘:"你女儿?"

钟逸笑着:"五岁了。幼儿园刚放假,我和我老婆没时间照顾她,放她爷爷奶奶那儿了。"

许博衍眯了眯眼,小姑娘像爸爸,浓眉大眼。

钟逸问道:"你呢,年纪也到了,你准备什么时候结婚?"

许博衍的脸庞被白烟挡住,神色看不清。他说:"如果没有时间和精力照顾家人,结婚有什么意义?"

钟逸一愣,随即笑笑:"兄弟,时间是挤出来的。我和我老婆都忙,就像这种情况,我们一周根本见不了几次面,可我们依旧很相爱。"

许博衍目光沉了沉。

"等你结婚就知道了,两个相爱的人在一起,比什么都重要,再多的困难都能克服。"

许博衍的眼中似有着复杂难言的情绪,随即他怅然一笑。

第五章
温暖相依

夜越来越沉。

这一晚,许多人都没有睡着。

许剑锋在书房里来来回回地走着,肖韵端着杯温水进来:"你别太担心了,博衍也不是没有经历过这种情况,你要相信他。"

许剑锋重重地拍了拍桌面:"混账东西,手机关机,一个电话都不给家里打。在他眼里是不是当我死了!"

"好了,你顺顺气,也别发火了。怎么年纪大了,反而越来越冲动了。"肖韵轻柔地说道。

许剑峰喝了一口水,呼了一口气:"我给老周打个电话。"

肖韵笑笑。这个男人就是嘴硬心软,有时候让人恨得牙痒痒的。当初她向他表白心意,有很长一段时间,他都刻意避着她。后来她生了一场大病,他才终于肯来见她。

她一直记得那个清晨,空气濡湿。他来到医院,坐在她的床沿,握着她的手:"肖韵,你怎么就不能好好照顾自己呢?我已经四十多岁了,我不再年轻了,你完全可以找一个更好的人……"

"如果你今天来是想和我说这些,你可以走了。这些你不用告诉我,我都知道。你丧偶有一子。"

"肖韵……"

肖韵是室内设计师。许剑峰当初装修房子,朋友推荐了肖韵,就这样两人相遇了。肖韵三十出头的年纪,单身未婚,追求她的人很多,谁也没想到她却爱上了许剑峰。许剑峰看着她那张瘦巴巴的脸,终于没有再狠下心。

后来，两人在一起，一直等到许博衍高考结束才举办了一个简单的婚礼，只有双方亲友到场。结婚的时候，肖韵自己提出来的，不要孩子。为此，许剑峰心里一直觉得亏欠她。

这两年，他退居二线后工作不再繁忙，才有更多的精力回归家庭，肖韵也开始慢慢放下工作。许剑峰倒是支持她继续工作，她却说："我一直等你退休呢，现在终于可以名正言顺地偷懒了。"

起初，两人刚结婚时，肖家的亲戚都反对。肖韵就是大龄剩女，也没有必要找个大她十四岁的男人，何况这个男人还有个十八岁的大儿子。他们怕肖韵嫁过去受气。可谁想，许博衍偷偷改了大学志愿，填报了珞城。

那以后，肖韵和许博衍其实没有太多相处时间，不过她既然决定嫁给许剑峰，就做好了与许博衍相处的心理准备。她会对他好，与他成为朋友。

不一会儿，许剑峰打完电话回来，脸色明显好了很多。

肖韵问："博衍怎么样？"

许剑峰扬扬眉毛："在宁则那边。"

肖韵这两天都在看新闻，新闻里播报的全是水灾，她知道宁则那边水灾严重："没事吧？"

"本来是让他去参加培训的，结果遇到大雨，他就留在那儿帮忙了。那边情况也稳定下来了，后天应该能回来。"许剑峰想了想，"后天我叫他回来吃饭。"

肖韵点点头："博衍向来稳重，不会有事的。还有啊，你有什么事就该告诉他。"

许剑锋握着她的手："他翅膀硬了，我管不住他了。"

"告诉他，你很关心他、很爱他。你不说，他怎么会知道？剑峰，和博衍好好谈谈。"

"行了。我知道。"

肖韵抿着嘴角："不要等到后悔时才想弥补，那时候就迟了。"

一连多日的大雨天，终于迎来了久违的阳光。河道边的官兵们贪恋地看着，嘴角不由得露出灿烂的笑容。

许博衍一宿没睡，此刻他正站在堤岸边，仔细观察着。

钟逸走到他身旁："怎么了？有什么发现？"

许博衍回道："我担心出现管涌。"

"我也差点疏忽了，派人时刻观察。"

又等了半天，还好没有出现管涌，水位慢慢下降，众人悬着的心终于放下来。这一场战斗终于快要结束了。

夕阳的余晖洒满了水面，水和光交汇着，波光粼粼。许博衍站在堤岸上，轻轻吁了一口气，嘴角微微扬起一抹弧度。他从堤岸上下来，几个年轻人迎着他走来，嚷道："许队，有人在找你，是个美女哦！"

他笑笑，两天一夜处下来，大家好像是相交多年的朋友一般。他以为他们在开玩笑。这时候谁会来找他？坏东西吗？她肯定忙得无暇分身。

许博衍边走边解了外衣，衣服上的泥已经干了，结成了一块一块的。走到楼下，他远远地看到一抹身影站在门口的橘子树旁，纤细柔和，一双眼睛闪烁着，盈盈地望着他。许博衍咽了一下口水，径直走过去："怎么过来了？"

朝雨挑眉："我要是说我是专程来看你的，你信吗？"

许博衍直视着她的脸庞，重重回道："信。"

朝雨耸耸肩："可惜啊，许大队长，让你失望了，我是实地考察来的。"

许博衍轻笑了一声，不急不慢地说道："要不要我陪你实地考察？"

朝雨清脆地说道："如果不打扰你工作的话……"

他说："我先上去换身衣服。"

朝雨犹豫了一秒："我——陪你。"她跟在他身旁，一直说着话，好像这样才是真实的，"那天回去的时候，大家都说舍不得你，还想来上你的课。我们商量好了，回去就打申请，要求周末补课。"

许博衍唔了一声："我想暂时没机会了。"

"以后总会有机会的。"

他笑笑："这两天没睡觉？"

朝雨揉揉眼睛："睡了，就是睡得不踏实。还有……担心你这里。"

朝雨跟着他进了房，她顿了一下，默默地关上了门。

许博衍把脏衣服随手一抛扔在桌上："你先坐一会儿，我去冲个澡。"他拿了一套干净的衣服去洗手间，她还是跟在他的身后。

他只好停下来："朝雨，我要脱衣服了。"他挑眉，"你确定要跟着我？"

朝雨咬咬牙，沉默了几秒，眨眨眼说道："我就想看看你啊，感觉在做梦一样。"

许博衍抬手摸了摸她的额头："傻丫头，我很好。"他刚要抽回手，却被她反握住了。

朝雨看着那双手，指甲缝里都是泥，掌心里起了一层皮。她的眼睛被刺得难受。她吸吸鼻子，说道："昨晚我和宁珊在办公室睡的。我怕看新闻，怕看照片……可我又很想知道你们这里的情况，所以我来了。"

许博衍看着小姑娘红红的眼睛，慢吞吞地吐了一口字："傻。"不是傻子是什么？

她抓着他的手："都泡成这样了？你的脚怎么样了？我看到新闻，有的官兵脚上皮都泡肿了。"

"过两天就好。"他没那么娇气。

朝雨想到了什么："手还是不要沾水了。"

许博衍扯出一抹笑："那我怎么洗澡？"

朝雨的脸登时就涨红了："你可以戴个橡胶手套啊。"

许博衍转身，不搭理她了。

浴室的水哗哗作响，朝雨握着手机紧张地坐在床沿。真是有贼心没贼胆。她握着拳头用力地捶了一下床，席梦思床垫很有弹性，大床震了震。

她瞥了一眼，突然看到了一旁摆放着……男士内裤，黑色的男士内裤！

朝雨："……"她的眼睛都不知道往哪儿放了。其实她家有两位男同志，她也见惯了朝爸和朝晖的内裤，偏偏看到许博衍的内裤会脸红心跳。唔，他是不是忘了拿内裤了？那么她要不要帮他送过去？去还是不去？还是说他一会儿要光着身子走出来？不是不是，他应该会裹着浴巾出来的。

朝雨咽了咽口水，慢慢伸出手指，食指挑起了那条内裤，起身往浴室走去，准备把内裤挂在门把上，这样他洗完澡就能看见了。

朝雨蹑手蹑脚地来到浴室门口，刚要把内裤挂上去。就在这时，门开了。

许博衍裸着上身，下面裹着白色浴巾，笔直地站在门口，水珠顺着他结实的肌肉慢慢下滑。

朝雨的嘴巴张成O型，她朝着他下身瞄了一眼，连忙移开视线。

"我——"她局促地站在那儿。

许博衍愣了一下,眉心微微一拧,瞄了一眼她手中的小东西,眼角抽了一下,含笑看着她。朝雨脸上冒着热气,脸红得快爆了,她下意识地转身要走。

"朝雨——"许博衍声音沙哑,带着一股诱惑。他伸手抓住了她的手,"跑什么?"

朝雨特别喜欢《月光宝盒》里紫霞仙子说的那句话:我的意中人是个盖世英雄,我知道有一天他会身披金甲圣衣,脚踏七彩祥云,在一个万众瞩目的场合来娶我。

而今,她的心上人就在她的面前。她不是一个善于隐藏自己感情的人,喜欢就是喜欢。从确定自己的心意后,她在许博衍面前就再也没有一点掩饰。从心底深处,她希望许博衍也能喜欢她。

现在许博衍拉着她的手,目光定定地看着她,她紧张害羞,手足无措:"你是不是没穿……"

他眼底藏着笑意,反问:"不是在你手里吗?"

"那——那你赶快穿上,不要着凉。"朝雨顺嘴说道。

许博衍还是第一次听说不穿上小内裤会着凉的说法。他嘴角微微一扬,慢慢靠近她。

朝雨又是紧张又是期待,心扑通扑通地跳着,也不知道他能不能听见这声音。此刻她是不是应该闭上眼睛,噘起嘴巴,等待着英雄的吻?

许博衍的脸离她三四厘米时停下来:"我先睡一个小时,等会儿陪你出去。"不能再逗她了,再逗下去,自己也要引火自焚了。

朝雨如梦初醒:"啊?"

"你好像在期待什么?"

"没有!我什么也没有期待,你想多了。"唔,刚刚她是以为他会吻她的。

"唔,那我去睡了。"他越过她,走到床沿,扯开了身上的浴巾。

朝雨瞪大了眼睛,原来他身上是穿着内裤的,露着结实的两条大长腿,在她面前晃来晃去。她连忙避开眼:"我先去工作。"心都跳到嗓子眼儿了!她连喝了半瓶水才压下去。

许博衍确实困了,这几天精神紧绷,他都没有怎么合眼,躺下没多久,便入睡了。

朝雨在一旁写稿。这几天由于情况紧急,微信公众号每天都要更新。其实她早在到了宁则之后就去了现场，照片都已拍好，还采访了参加救援的几个消防官兵。等采访完之后，她才向他们打听他在哪儿。

宁则这次受水灾影响比较严重，不过幸好是在暑期，大多数学生都放假回家了，没有人员伤亡。

朝雨翻着照片，每一张照片都很好，看着让人很感动。官兵和志愿者们席地而坐，喝着矿泉水，吃着干粮。要说谁是最可爱的人，他们当之无愧。

我们所享受的安乐，是一部分人拼命守卫换来的。

她在键盘上敲敲打打，绞尽脑汁编辑着最后一段内容。平时半个小时就能搞定的事，今天她足足做了一个小时。唉！被男色所惑，严重影响她今天的效率。

许博衍睡了一个多小时，醒来的时候，见她正坐在窗口的沙发边上。他坐起来，换上衣服，赤脚走过来："在写什么？"

"领导交代的任务。"

许博衍扫了一眼她写的内容，图文并茂，内容丰富。他眯了眯眼："看来也不需要再去考察了。"

朝雨吐吐舌头："怕耽误你工作，我来的时候自己先去了。我还有一点就好，等我一下。"

"不急，你先忙。"他去洗脸。

暮色降下去，灯火在黑夜中点亮。

朝雨终于把新闻稿发了出去，她伸了一个懒腰，总觉得这几天好像有几年那么漫长。

许博衍望了她一眼："好了？"

她点点头："让你等久了。"

他起身："走吧，去吃晚饭——想吃什么？"

朝雨摸了摸肚子，这几顿几乎都没有吃东西，这会儿精神放松下来，才真真切切感觉到饿。

许博衍带着她去了附近一家馄饨店。灯火阑珊处，小巷里难得还有一家店在营业。

朝雨在这里生活了四年，都不知道什么时候这里开了馄饨店。小店不起眼，空间狭小，店里摆着三五张折叠桌，墙上两边挂着电风扇。

许博衍找了位置，两人坐下来。不一会儿，老板端来两碗馄饨。

碗里冒着热腾腾的白汽，汤上漂着些葱花。她尝了一口馄饨，肉馅不油腻，又鲜又嫩，味道不错。

朝雨抬头，看着对面的他："你怎么发现这家店的？我在这里四年竟然都不知道。"

许博衍："来之前听大熊说的，也是这两年才开的。可惜一直下雨，没时间过来。"

朝雨喝着汤，慢慢消化着他的话。半晌，她愣愣地问道："那你之前准备带我过来吗？"

许博衍笑了笑："现在不是带你过来了吗？"

朝雨扯了扯嘴角："那不一样。"她盯着他，逼着他说答案。

许博衍幽幽地说道："准备看你表现的。"

朝雨切了一声，不过心里还是甜甜的。看来他是把她放心上的。

回去的路上，许博衍接到许剑峰打来的电话。许剑峰语气比平时好了很多，问他："什么时候回来？"

许博衍："明天。"

许剑峰："那晚上回家吃饭。"

许博衍默了片刻："不一定能回去，有些事还没有处理完。"

许剑峰语气一变："博衍，你就忙得连吃顿饭的时间都没有？"

许博衍抬首望着远处："爸，你以前不也是这样吗？"他妈妈把饭热了一遍又一遍，总等不到他回来。

"博衍！"明明是想见他，怎么说着说着又吵起来了？

"爸，我还有事，先挂了。"许博衍神色微沉，陷在回忆里。小时候他很骄傲自己的父亲是一名军人。别的孩子学习、游戏都有爸爸陪，他永远只能是妈妈陪伴。无论是开家长会还是他生病，都只有他妈妈的身影。妈妈总是安慰他——爸爸是英雄，他要保护这座城的人。博衍，我们要支持爸爸。

后来，母亲意外身亡，他连母亲最后一面都没有来见。他一直不知道，母亲和父亲结婚这些年，到底幸不幸福？而这个答案，他这一生都不会知道了。

朝雨明显地感觉到了他的情绪变化，她想到了席哲说的话，他和他的父亲关系紧张。

许博衍侧首:"明天大家都要走,今晚他们在河边举行篝火晚会。想去吗?"

朝雨忙不迭地点头。

"走吧。"他走在前头,背影嵌在了夜色中。

朝雨看着他,有种落寞的悲伤。

两人来到河岸边,空地上已经围成了一个大圈圈,中间点着火把,火焰熊熊燃烧着。大家拍着手,唱着歌,一片热闹。

几个学生冲他们挥挥手:"许队、班长,这儿——"

朝雨笑嘻嘻地过去。培训班的男学员这次也很给力,一直坚持到最后。

"班长,你怎么又回来了?"

"报社安排的。"

"哦,我们还以为你是专程来看许队呢!"

朝雨:"……"有这么明显吗?

歌声阵阵,这会儿大家唱的是屠洪刚的《精忠报国》,很应景的一首歌。

朝雨五音不全,这歌也能哼上几句——

马蹄南去　人北望

人北望　草青黄　尘飞扬

我愿守土复开疆

堂堂中国要让四方

来贺

……

这时候她的手机响起来,她一看竟是席哲打来的:"喂——"

"朝雨,你还在宁大吗?"

"在啊。"

"我哥也在?"

"在。怎么了?"

"我奶奶她老人家担心,让我过来看看。"其实是席家人觉得他无所事事,让他过来帮忙的。席哲自然不好意思说。他看着导航,"我到了再给你打电话。"

第五章 温暖相依

挂了电话,朝雨去找许博衍。找了一圈,才在大柳树下找到他。他靠在那儿,指间夹着烟,烟火闪闪灭灭。他那双眸子藏在缥缈的烟雾后,看不清情绪。

朝雨深深地陷在那儿。许博衍此刻似乎不开心,他好像心里一直藏着事儿。

朝雨轻轻走过去,许博衍的目光扫过来。

她问:"你怎么一个人跑这里来了?我找你老半天了。"她捏着手里的矿泉水瓶,吱吱作响。

许博衍回她:"抽根烟。"这些年,他一直在自我放逐,除了工作什么都漠不关心。他和许剑峰相互冷暴力。他觉得他这一辈子都会孤家寡人一个了。

朝雨的眼里一片澄净,含着喜悦。她的身上永远带着阳光,满满的活力与热情。和她在一起,你都会不自觉地受到影响,心情也会畅快起来。

直到那晚,他背着她去医院,她趴在他的肩头,他才知道原来自己肩头的担子这么重啊。

是什么时候上了心?他不自知。可是发现自己的心意时,他也吓了一跳,却无意外。

河边的柳树随风晃动,光影晃动。幸好远处人声不断,不然真怪吓人的。

朝雨歪着头:"明天回去吗?"

他应了一声。

朝雨叹了一口气:"可惜了。"

"什么?"他没有听清。

可惜这次培训班了,不然他们可以多几天相处的时间呢。

她回头凝视着他,他唇角含着烟。那一瞬间,她似大脑不受控制一般,伸出手从他的唇边抽走了烟。

她喃喃地说道:"吸烟有害健康。"

借着不甚清晰的光线,她打量着他:利落的板寸头,高挺的鼻梁,微抿的唇角……

朝雨一点一点贴近他的唇角,缓缓开口:"你说过,我把她们安全送回去有奖励的。"她眨眨眼,眸光深深浅浅,双手搭在他的肩头,四目相视。

许博衍看着她："你想要什么奖励？"

朝雨笑了，嘴唇直接贴上了他的。

亲吻是什么样的感觉？

朝雨说不清楚这种感觉，只是心跳加速，意识好像不受控制了。他的嘴唇凉凉的，带着淡淡的烟味，对她来说并不难闻。朝雨不知道下一步该怎么做，只是贴着他的唇。她睁着眼望着他，隔得近，她似乎在他的眼底看到了从未见过的神色，不再是冷静，有什么在跳动着。她刚要退开，他的手突然环住了她的腰，声音低沉喑哑："笨蛋！眼睛闭上，嘴巴张开！"另一只手托着她的后脑勺，他低下头，嘴唇含着她的。软软的，像小时候吃的一种软糖，让他情不自禁，让他毫不餍足。

朝雨悄悄回应着他，她慢慢松开嘴巴，瞬间他的舌头和她的触碰在一起了。刹那间，她的身上好像有电流在窜动。她用力地揪住他的衣衫。

许博衍深深地吻着她，强硬而不失温柔。

……

他慢慢松开她，等着她呼吸平稳。

朝雨没敢看他，她知道自己这时候脸色一定红得滴血。

他扯出个笑："这个奖励可满意？"

她点点头。

"满意了？"

她又点点头。

许博衍握着她的手，突然在她耳边说道："坏东西，你想把我逼疯吗？"

朝雨抬起头眨眨眼，不解地看着他。

许博衍叹了一口气，将她抱在怀里。他二十八岁了，血气方刚的年纪，对自己喜欢的姑娘动情了。

朝雨揪着他的衣角，红着脸说道："席哲说，你一直都是单身狗。"

小时候和爸妈一起看电视剧，每每看到男女主角亲吻的戏码，她不是要吃东西，就是去上洗手间。十岁的时候，朝晖告诉她，电视剧里的接吻都是假的，是借位拍出来的，她信了。

后来，有一次，她和她爸妈一起看电视剧又遇到亲吻的镜头，她脸不红气不喘地看着，当男×号伸出舌头亲吻女×号时，她僵住了，一旁的朝爸忙道:"小雨,回避。"她立马跑了,可是她听到了爸妈之间的谈话。

朝爸:"小女孩早熟啊。"

朝妈:"没事,等她上高中多注意一点。"

朝雨在心里骂了一千遍——朝晖是坏蛋。

再后来她上了高中,周围有人谈恋爱了,可是没人敢找她。因为朝爸是年级主任啊,专做学生思想工作,谁敢招惹朝雨?除了"蠢猪"席哲。误打误撞的一封情书,冥冥之中,好像拉近了两人的关系。即使这么多年他们不曾联系,见面了也不觉得陌生。

朝雨抓了抓他的掌心:"吸了满嘴的二手烟。许队长,你能不能少抽点烟啊?"

许博衍笑了,突然有一种前所未有的安心。

远处的一个高大身影站在暗处,一脸蒙圈的状态。我的天,扎心了!他揉了揉眼睛——没错,前面那两人是他哥和朝雨。席哲大脑飞快地运转着,这是什么时候的事?

朝雨说的她的朋友不是别人就是她自己吧?还有,他哥那座千年冰山融化了。席哲觉得自己受到了深深的伤害,被自己的哥哥欺骗,被自己的同学欺骗。他愤愤地咬着牙,又突然想到了石嘉行。他才是最可怜的人,暗恋失败就算了,现在还被他哥撬了墙角。

席哲默默地躲在那儿,犹豫着回不回去。

皎洁的月光下,朝雨和许博衍并排坐在岸边。

朝雨握着他的手,他的手比她的大很多,能满满地包住她的。他的掌心有厚厚的茧子。她玩心一起,在他掌心写着字,一笔一画,是她的名字。

"朝雨,cháo这个姓氏比较少,很多人和你一样,最初都听成曹。他们都以为我的名字出自那句诗——渭城朝雨浥轻尘。"她歪过头,"你的名字是谁取的?"

许博衍抿了抿嘴角:"我妈。她是中学音乐老师。"

朝雨轻轻念道:"音乐博衍无终极兮——你妈妈一定读过很多古诗。"

他笑笑。是的,他妈中文系毕业,却做了音乐老师。

朝雨突然想到了席哲:"席哲刚刚给我打了电话,说是一会儿过来。"

"什么时候?"

朝雨拿出手机一看:"四十分钟前。我问问他到哪里了。"她拨通了他的电话,音乐铃声响起,就在他们不远的身后。

许博衍听见了,他回头,沉声吐了两个字:"出来。"

话落,就看到席哲慢悠悠地朝他们走来:"哥、朝雨,找了老半天终于找到你们了。"

还能更假吗?

朝雨:"……"

许博衍皱了皱眉:"你怎么来了?"

席哲明白,他哥现在肯定很嫌弃他。他就是一个超大瓦的电灯泡,闪闪发光:"奶奶不放心你,让我过来看看你帮你的忙。"说完,他别有深意地看了一眼朝雨,"要不我回去吧?你好像也不用我帮忙。"

许博衍看着他:"太晚了,明天一起走。"

席哲咧嘴一笑:"那我就留下了。"

许博衍侧首:"回去吧。"

朝雨点头。

席哲走到朝雨身边:"朝雨,我那个民宿,回头你帮我在微博上宣传一下吧。"

朝雨问答:"有照片吗?"

"放心。文艺范的,你肯定喜欢。有时间你带着男朋友过去住,我给你打五折。"

朝雨嘀咕一句:"你敢收我男朋友的钱啊?"

"你说什么?"席哲没听清楚。

朝雨回道:"我说等周末有时间过去看看。"

三人回到酒店,席哲和朝雨一人开了一间房,一个在许博衍对面,一个在许博衍隔壁。

席哲先回房:"哥,我去收拾一下再来找你。"

朝雨捏着门卡站在门口:"我也休息了。晚安。"

许博衍目光落在她的唇角上,那里被咬破了一小块。他抬手,指尖轻轻抚了抚她的嘴角。

朝雨不明地看着他,许博衍扯了一抹笑:"我又想让你吸二手烟了。"

朝雨瞪了他一眼，转身进了房间。

许博衍立在门口，看着她的身影，微微走了一下神。他摸摸鼻子，原来自己还真会欺负人。

没过一会儿，席哲就来了。他大咧咧地往沙发上一坐，目光在房间里打转，左看右看，最后落在了圆桌上的电脑上。

他心里憋不住话："哥，你和朝雨怎么回事？"

许博衍喝着矿泉水："你不是看到了，还问什么。"

席哲激动地站起来："天黑，我没看清，就看到你们抱一起。"

许博衍直接将矿泉水瓶砸向他。

"我又不是故意偷看的。"席哲皱了皱眉，"你是认真的？"

许博衍木着脸。

席哲烦躁地抓了抓头发："朝雨怎么就看上你了呢？嘉行喜欢朝雨好多年了，他比你有钱，比你年轻。"

许博衍扫了他一眼："话说完了？说完就滚。"

"哥！"席哲突然一本正经，"你以前说过，你不想结婚的，你说婚姻要对对方负责。"

许博衍觉得后槽牙疼了一下："你的记性真好。"

席哲摸不准他的想法，其实他哥能找个女朋友，他挺开心的。如果今天这个姑娘不是朝雨，他肯定很轻易地就接受了。朝雨毕竟是当初他帮别人递过情书的人，他好哥们儿喜欢的女孩子。现在同学变嫂子，好尴尬。

"我是认真的。"许博衍的脸色比任何时候都要郑重。

这两日，他的心都扑在防汛上，零星的休息时间，他总会想到她，心软得一塌糊涂。原以为这辈子，自己都不会触及爱情呢。

席哲喃喃道："哦，那有时间你赶紧带朝雨回趟家。我妈和奶奶都张罗着给你介绍呢，听说大姑父也是。"

许博衍不甚在意："随他们的便。"

席哲沉默了片刻，走到门边上："哥，你刚刚亲得真用力。"他一手抓着门把，"啊，老当益壮啊！"说完，他连忙跑了出去。

第二天，席哲和朝雨相遇，两人各自尴尬。许博衍倒是和没事人似的开口道:"我坐朝雨的车。"

席哲翻了翻白眼:"你不说我也没打算邀你坐我的车。"他看了眼朝雨:"那个,我哥就拜托你照顾了。"

朝雨脸热:"你放心好了。"

席哲:"……"所以,他来这趟做什么,当爱情见证者?

朝雨这一来一回,人和人的关系如此变化,让她突然想到了那天在墓园相遇的情景,她厚着脸皮搭他的车。那天,他是去拜祭谁?是不是他的妈妈?

朝雨陷入沉默,连许博衍同她说话都没有听见。

"朝雨——"

"什么?你说什么?"

"你这样走神开车,我可不想和你做一对亡命鸳鸯。"

朝雨眼角抽了抽,遂问道:"你这次怎么没开车?"

许博衍默了片刻:"那车是席哲的,我回来之后一直开他的车。"

朝雨愣了片刻,才反应过来他说的"那车"是什么意思。他在解释避孕套和他没关系是吗?

朝雨咬牙:"原来是席哲啊,他真是太放——放肆了。"她差点说成"放荡"。

许博衍笑笑。席哲从初中开始就有女孩子喜欢,高中时他破天荒地没有谈女朋友,一进大学开始自我放飞,这几年谈了几个女友。这一点,他这个做哥哥的自愧不如。老太太总是感叹,让席哲匀一点给他,兄弟俩中和一下就好了。

许博衍问道:"你脸红什么?"

朝雨支支吾吾道:"小时候我哥在爸妈的床头柜里发现套套,他和我说是气球,我就把一盒东西拿出来吹气球了。"

"后来呢?"

"爸爸妈妈回来后说我淘气,让我站阳台。等上了高中我才知道那东西的用途。再后来……"朝妈在她进入大学后,亲自给她讲解过那东西的用途。她出生在一个保守的家庭,可是父母用他们的方式来保护她。朝雨嗷呜一声:"我看新闻里人家的哥哥都是宠妹狂魔,怎么到我就遇到了一个坑妹狂魔呢?"

"你哥叫什么名字？"

"你猜？"

"朝阳？"

她摇摇头："朝晖，日军晖。他出生时正值傍晚，斜晖满天。"

"你是超生的？"

朝雨点点头："我是一个意外。听说他们也是用了套套，还是有了我。"

许博衍笑着评价道："你从小很顽强。"

朝雨撇着嘴角："你在挖苦我吧？"

许博衍看得出来，朝雨的家人对她很宠爱，才养成了她纯真的性情。

回到市区后，朝雨把他送回家。她的眼里满是恋恋不舍，可是她已经几天没有回家了："那我回去啦，许队长，晚上不要太想我。"

许博衍点点头，他今天必须去看看老太太："等我电话。"

晚上，他去见老太太。老太太见到外孙，悬着的心也踏实了："这两天住家里，好好休息。"

"我没事，就是没睡好。"

"小哲说你谈了一个女朋友，是真的吗？"

许博衍知道席哲那小子嘴不严，他笑着应道："是的。"

老太太急切地问道："多大了啊？做什么的？"

"二十三了，在报社工作。"

"比你小五岁呢。"老太太有些担心了，这两人会不会有代沟啊？

"外婆，您放心，我是认真的。"年纪小有年纪小的好处，反正有他照顾着。

老太太舒了一口气，她是知道这孩子的品性："有照片吗？"

许博衍摇摇头。和她几次见面都是出任务，根本没有机会拍照。

"有时间的话带她到家里来玩。"

"知道。"

"小姑娘年纪小，你啊多照顾点儿。"

"外婆，你这还没见到人呢。"

老太太笑："我还不是相信你的眼光嘛！"

许博衍:"你要是见到她肯定喜欢。"

老太太微微笑着,双眸眯着,眼底泛着喜悦。窗外蝉鸣嘶叫,这个夏天,他们家终于要迎来新的成员了。

"博衍,你爸爸前几天和我联系过。"

"他找您什么事?"许博衍的语气淡淡的。

"你这孩子,他始终是你爸爸。你妈妈当初要嫁给你爸爸,我就告诉她,嫁给一个心怀天下的人,她会很辛苦。从他们结婚到她去世,她从来没有在我面前说过一次苦。我知道她过得不容易——博衍,你妈妈很爱你爸爸。"

许博衍沉默着,他知道母亲深爱父亲。因为爱,才会包容。可是父亲又做了什么?工作是他的责任,难道家庭就不是他的责任了吗?

老太太拍拍他的手:"傻孩子,父子之间哪有什么仇什么怨的?你是他唯一的孩子。"

"外婆,让您操心了。"

"和你爸好好谈谈。"老太太感慨道,"肖韵是个明理的人,她比你妈妈运气好,遇到的是四十多岁的剑锋,她有福。"

许博衍皱了皱眉,不再多说什么。

朝雨回到家,就看到门口的男士皮鞋:"朝晖——"她惊喜地大声叫道。

朝晖从厨房出来,给了她一个拥抱。他打量着她,嘴里打趣着:"我们的工作狂回来了。"

兄妹俩一年多没见了,一时间心情都非常激动。

朝雨抱怨着:"怎么迟了这么多天才回来啊?"

"有点事要处理,多留了几天。你呢?这几天可好?"

朝雨抿抿唇角:"过程是辛苦了点,不过总算雨过天晴。"她细细说着这几天发生的事,"以前在电视里也只是看看而已,等到了现场,才知道有多可怕、那些战士有多不容易。水火无情,这话真的不假。"

朝晖心里一阵感慨,妹妹长大了,性子也沉稳了许多。他抬手揉着她的发丝,一脸的宠溺,目光落在她的嘴角:"嘴角怎么破了?"

朝雨:"……不小心磕破了。"

朝晖:"吃完饭涂点药膏。"

朝雨："……嗯，好。"

晚上，朝爸和朝妈做了一桌菜，在朝爸的鼓动下，四个人都喝了点白酒。

朝妈喝醉了，抓着朝晖的手念叨："小晖，你今年二十八了，妈妈希望你能事业和婚姻两把抓。妈妈已经做好了做奶奶的准备，请你加快速度。"

朝雨偷着乐。每次妈妈喝醉就喜欢叫大哥的小名，以前没觉得有什么，后来随着《喜羊羊和灰太狼》的热播，他大哥越来越不能接受别人叫他"小晖"，她偶尔也会恶作剧地叫他一声"小灰"。

"妈，今年我会解决的。"他平平淡淡的一句话，让餐桌的气氛瞬间凝滞住了。

一家三口人异口同声："真的？"

朝晖："……"

晚饭后，朝雨去书房找朝晖。他正在收拾行李，抬眼看着她，眸色温柔："还没睡？"

朝雨坐在一旁的椅子上，一眨不眨地看着他："哥哥，今年过年的时候，我遇到陈念姐了。"

朝晖正弯着腰，身形顿了顿。

"她回来好像是要卖她家老房子。"

朝晖轻轻应了一声。

朝雨咬咬牙："哥哥，你怎么不问她过得好不好？"

朝晖直起身子，反问道："她会过得不好吗？"

朝雨一愣："可是她好像真的不是很好。我和她要了电话号码，你要不要……"

"不用了。小雨，陈念的事以后都别管了。"朝晖话语坚决。

朝雨不明白，为什么哥哥和陈念突然就分手了。其实当初她脑补过，是不是她哥对陈念始乱终弃。只是上次见到陈念之后，她觉得始乱终弃的人应该是陈念。她那么潇洒，而她哥一直郁郁寡欢才会去美国留学吧，一走就是六年。

又一个周末，许博衍回了一趟家。事先他已经和许剑峰联系过，许剑峰心里还是挺高兴的，也嘱咐肖韵准备了几个许博衍爱吃的菜。

这回许剑峰估计是听了肖韵的劝，也放下了平日的领导姿态，就像一个普通的父亲一般同许博衍聊天："我听说这次宁则你做得不错，工作要紧，不过你也得给家里报个平安。"

"时间太紧张，忘了。"

许剑峰噎住："晓曦都和我说了。"

许博衍表情一愣："程晓曦？"

"是啊。你还记得她吗？你们小时候一起玩过的。"

许博衍微微拧眉。

"前两天遇到她，听她说的。那丫头变化挺大的，真是女大十八变。对了，知道你回来，我也邀她今天到家里来玩。"许剑峰欲言又止。

不一会儿，程晓曦来了："许叔，给您和肖姨带了一些茶。"

"你这孩子，下回别带了，人来就好了。"

"应该的。"

许剑峰笑吟吟的："博衍，晓曦来了。"

许博衍向程晓曦礼貌地点点头。

许剑峰道："你们也认识了，来坐着说说话。"

程晓曦面上带着微笑，喊了一声："许队，你好。"

许剑峰一听这个称呼就皱眉："你们小时候一起玩过，又不是在单位，叫名字就好了。"

程晓曦打量着他。

许剑锋说道："你们也好多年没见过了吧？"

程晓曦点头："嗯，十几年了。许大哥和小时候都不像了，当初我差点没认出来。"小时候，她和许博衍还一起拍过照片，家里至今还留着那张照片。

许博衍现在算是明白他父亲的意思了，他的心底竟是源源不断的失望。

肖韵和大姨忙完了来到客厅，两人看到程晓曦，也都心照不宣。大姨一直希望许博衍早点成家立业，生个孩子，到时候她过去帮忙带。

程晓曦性格温婉，也颇有长辈缘。她说着宁则遭遇洪水的事，目光时不时地看着许博衍："多亏许大哥当机立断。"

许剑峰喝了一口茶："晓曦也不错，我看到你们报社发的新闻，写得不错。"

许博衍拿出烟盒，刚妥点烟，许剑峰皱了皱眉："女士在场，你就别抽了。"

大姨转着话题："博衍，给晓曦削个苹果。"

苹果就在他的面前，许博衍看了一眼，红通通的颜色很诱人。

程晓曦说道："不用了，我不吃苹果。许大哥你去忙吧，我和叔叔阿姨说会儿话。"

许博衍起身："我去走廊抽根烟，你们先聊。"朝雨要是知道他今天被相亲了，肯定要气炸了。

许剑峰眉头一皱，肖韵连忙拉住他，又转开话题："晓曦，吃西瓜。"

肖韵和程晓曦一起去上烹饪班做点心，两人关系还算熟悉。所以，许剑峰提出给许博衍介绍对象时，她第一个想到的就是程晓曦。后来她把这个想法告诉许剑峰，许剑峰也赞同。儿子二十八了，连个对象都没有，他也着急。无论是年龄还是家世，两人都极度相配。只是看看许博衍这个态度，肖韵心里有了想法，怕是这次她又多事了。

阳台上种满了各种不知品种的花花草草，木架上一片绿意，生机勃勃。许博衍靠在阳台上，手里夹着烟，面前的窗开了一半，热风徐徐吹进来，烟雾袅袅。

许博衍低着头吸了一口烟，目光隐隐烁烁。母亲在世的时候，许剑峰还没有身居高位，那时候他们一家三口住着九十多平方米的房子，空间有限，家里没有书房，倒是弄了一间琴房——他妈妈弹得一手好钢琴。

据说，当年许剑峰和席溪相遇也是在朋友的婚宴上。席溪为新娘弹了一首《梦中的婚礼》，而许剑峰对她一见钟情。什么天长地久，都他妈狗屁！

"许大哥——"程晓曦轻轻走来。

许博衍回头看了她一眼，目光淡然，拧灭了烟。

程晓曦打量着那些花草，感叹道："阿姨养了这么多花啊！这是月季吧？"她笑笑，"你还记得我们小时候的事吗？我在小区里玩，看到你们家院子里有很多漂亮的花，就站在那儿不肯走，当时可想要花了。"一眨眼都过了这么多年，他们都长大了，"那会儿你就站在那儿盯着我。我颤巍巍地伸出手，你却突然喊了一声——不许摘！我没摘到花，手还被刺扎了几下。"

许博衍眯起了眼睛，童年的记忆他还是有印象的。

后来，她委屈地哭了。席溪听见哭声从屋里出来，连忙安慰她："阿姨看看手指，没事了。我让哥哥给你摘，你喜欢哪朵？"

那时候许博衍十岁，看到小妹妹哭了，他有点儿难为情。那是爸爸为妈妈种的花，妈妈那么喜欢，他自然要看护好，可到底他还是摘了一朵红色玫瑰给了程晓曦。

程晓曦破涕为笑："谢谢阿姨，谢谢小哥哥。"

席溪喜欢女孩儿，自己家一个儿子，弟弟家又是儿子。看到漂亮的程晓曦，她的脸上满是欢喜："你爸爸妈妈呢？"

程晓曦指了指后面一栋房子："我家住在302。"

席溪了然，是新搬来的程东一家。

那天，席溪带着俩孩子在院子里拍了几张照片，她一手拉着一个孩子的手，一脸的幸福。

程晓曦冲着他眨眨眼："许大哥，你是不是把我忘了？"

许博衍摸了一下下巴："抱歉，先前是没有想起来。"尘封多年的回忆，他怎么也没有把程晓曦和当年那个小女孩对上号。

程晓曦耸耸肩："我就知道。"这几年，她也听过他的消息，知道他高考考得很好，后来去了珞城读大学，又留在了珞城。她以为他不会回来了，没想到，他却突然回来了。

她的眼底有藏不住的喜悦："那张照片我一直收着呢。"

许博衍目光沉寂了几分，可惜他家里已经没有了。

程晓曦从他的表情也看出了什么，许家的事她都知道："回头我冲洗一份给你。"

"谢谢！"

客厅里的人看到两人在阳台说话的情景，相视一笑。肖韵也暗暗舒了一口气。

许剑峰看在眼底，宽慰道："你别想太多，我们也是为他着想，博衍会明白的。"

大姨也是这样的想法，她是席家的亲戚，在许家也是为了照顾许博衍。后来许博衍去珞城，她原本打算回老家的，许剑峰把她劝住了。这些年，许家人早就把她当自家人了。

大姨对肖韵说不上什么感觉,最初她为席溪感到惋惜与不值。最美的年纪嫁给了许剑峰,可许剑峰呢,一直忙着工作,对家庭对她对孩子根本就没有付出时间。可肖韵倒是好啊,总觉得她捡了个大便宜!

人啊,这辈子活着就看命。

晚饭后,许博衍要走。许剑峰想留他在家住一晚,却始终没有说出口:"博衍,换个地方住吧?"他就这么个儿子,到底舍不得他日子过得那么糙。

许博衍挑眉看了他一眼,神色凌厉,两父子性子真是如出一辙:"爸,今天这样的事我希望这是最后一次。我妈从来没有插手您的事,我希望您对我也是如此。我把晓曦当妹妹,你们别再有什么想法。"他把话说绝了。

"博衍——"

许博衍目光微凉,嘴角浮出一丝嘲讽的笑意。今天他没有翻脸,那是看在妈妈和老太太的面子上:"我先回去了。"

许博衍下了楼,程晓曦在路边等着他:"许博衍——"她清脆地叫着他名字。

许博衍皱了皱眉。

"许大哥,你要走?"

许博衍点了下头,按了车锁,车的前灯亮了:"嗯,你也早点回家。"

程晓曦脸上闪过一丝失落,她呼了一口气:"你别生气。我是知道你今天会回来,许叔叔的意思我也明白。我就是想来看看你,没什么别的意思。"

许博衍舔了舔干涩的唇角:"回去吧。"说完他转身上了车。

程晓曦依旧站在原地,直到他的车完完全全消失在夜色中。早知道,当初她就主动申请防汛专栏的事了。

朝晖回家后,朝妈就开始忙碌起来。晚上,朝妈拉着一双儿女陪着她去逛超市,买了一大包东西,再沿路返回。朝晖和朝雨做了一晚上的保镖和苦力,敢怒不敢言。

回来的路上,朝妈坚持要走她平时跳广场舞的地儿。

朝雨有种不好的预感,朝她哥挤挤眼:"想想办法,咱们赶快回去吧。"

朝晖苦笑:"忍着。"

朝妈的朋友看到两兄妹，上下打量着，问题一个接着一个。

A阿姨："这是朝晖啊，我都认不出来了，越来越帅了。"

B阿姨："这回不走了吧？在哪儿工作啊？"

C阿姨："有对象了吗？没有啊！这么好的条件，放心放心，我帮你留意着。"

……

朝妈似乎酝酿了许久，话匣子打开来："这孩子之前一心扑在学业上，我都担心他不会和女孩子相处。"

众阿姨会意："放心吧，朝晖这么优秀，你别急嘛。"

朝妈："能不急吗？我这小女儿也单着呢。这俩熊孩子，真是让我操碎了心！"

朝雨："……"她才不是熊孩子呢。

幸好，许博衍的一通电话解救了她。

手机一响，她连忙腾出手接起电话："喂，宁珊啊，什么？情况严重吗？好，我马上回家开电脑。你别急！"

许博衍："……"

朝雨放下手机："妈，单位突然有篇重要的新闻稿要发，我得赶紧回去了。你让哥陪着你。"说完一溜烟跑了。

朝妈抽了抽嘴角："小雨还不懂事，平时工作太忙了。"

众阿姨："你也别急，二十三岁，还小呢。"

朝晖暗暗一笑，他怎么看不出他妹妹拙劣的演技，刚刚明明是个男人给她打的电话。哟，嘴唇被磕破了，骗谁啊？

朝雨回到家后，赶紧给许博衍回了电话："喂——"

许博衍幽幽说道："不解释一下？"

"我妈在广场上让人给我介绍对象呢。"

许博衍笑了，同病相怜啊："有合适的吗？"

朝雨嘀咕了一句："再合适也没你合适啊。"

许博衍："……"他低咳了一声。

"喂，你下回能轻点吗？我爸妈还有我哥都在问我嘴巴怎么了。"

许博衍清清嗓子："你怎么说的？"

"撞的。"

"下回会注意的。"

朝雨哼了一声:"下回我咬你。"

许博衍咬牙回道:"行,给你咬,咯得牙疼别怪我。"

朝雨听见他那边的声音:"你在开车?"他应了一声。朝雨一板一眼地训道:"开车就不要接电话。我先挂了,你专心开车,谁的电话都别接。"

那一刻,许博衍冰凉的心突然暖了,就像春天里慢慢融化的冰。

第六章
命运相连

周一上班。朝雨神采奕奕，宁珊的脸色却很不好，眼下一片青色。朝雨小声问道："你今天怎么了？"

宁珊欲言又止："老秦和我提分手了。"

朝雨一口咖啡含在嘴里，差点喷了："你说什么？"

宁珊叹了一口气："周六，他妈妈到我家来，说了很多话，问我爸妈现在怎么样了，我弟弟学习怎么样。到最后，她憋不住了，终于说出来，意思是我和秦州家庭差距太大。我一个外地人，农民家庭，门不当户不对。"

朝雨重重地搁杯子："老秦呢？他怎么说？"

"他妈妈走后，我给他打了电话。我们吵了一架。你知道的，他听他妈的话。"

朝雨搂着她的肩头："真是浑蛋！你跟他几年了，现在要结婚了提分手，这家人还有良心吗？"

宁珊目光空空的："我不知道该怎么办。我累了，太累了。"这两年她小心翼翼地维护这段感情，其实早已疲惫。靠着感情背井离乡，都走了这么多年，其实回头看看，她都觉得惊讶。这是她吗？

"宁珊，人生的路还很长，无论你做什么决定我都支持你。"朝雨讷讷地说道。

宁珊默了许久，双手捂住脸，最后又松开，慢悠悠地开口："我想分手。"一段感情到了如此市侩算计的地步，也没有存在的意义了，她和老秦再深的情谊都被磨光了。

到底是老秦不够爱她。

朝雨狠狠地咬牙:"我支持你。不过也不能轻易放过那个负心汉。"

宁珊笑了,笑容惨淡:"他妈来的时候,我真想揍他一顿。"

朝雨恶狠狠地说道:"我帮你。"

宁珊突然间觉得有点解气:"老秦六点下班,我们五点去他公司约他谈谈。"

"可光我们俩还不行……"

"找混混?"

朝雨摇摇头:"我找我同学帮忙,他以前在我们高中挺厉害的。我先给他打个电话。"

朝雨找的是席哲,席哲听她说了原委,下巴都要掉了:"你怎么不找我哥?"

朝雨怎么没想过?可是许博衍肯定不会同意:"席哲,我们是同学,这种事肯定是找自己人帮忙。"

自己人?席哲抚着额角,嘴角抽了抽,朝雨你脸皮怎么这么厚?

"看在自己人的分儿上,我帮你。"

"行,事成我请客。"

"那谁就是上次我生日你带来的那个姑娘?"席哲有点印象,身材顶好的一姑娘。

"是啊。宁珊这回真是被欺负得惨了。"

"行了,我知道了。一会儿见。"席哲挂了电话,寻思着要不要和许博衍通报一下。再一想算了,自己真是没事找事。

席哲总觉得自己被朝雨的一句自己人给忽悠了,他为什么要答应她去打人?可现在要是临阵退缩,也怪没面子的。

五点钟后,他来到信合大厦,见到了朝雨和宁珊,两人吃了秤砣铁了心要打负心汉。朝雨递了根半米长的木棍给他,叮嘱道:"老秦比较强壮,到时候我们就出其不意。"

席哲觉得自己被鄙视了,他撇了撇嘴角:"我用不着。"

宁珊有些不好意思:"席先生,谢谢你。"她的眼睛红红的,明显是哭过了。

席哲暗暗一想,自己分手的几个女朋友没有一个来揍自己的,也算走运了。

宁珊看了看时间:"现在五点十分,老秦他们公司六点半下班,我给他打电话,约他下来。你们准备好。"

席哲问:"你确定他会下来?"

宁珊:"老秦好面子,如果他不下来,我就说要去公司找他。"

朝雨看着宁珊:"你想好了,这一打,你和他之间真的再无回转了。"作为朋友,她不希望宁珊被欺负,可又不想帮她做决定。

宁珊扯出一抹冷漠的笑容:"在他妈一遍遍对我说我家穷困,说我是'侉子'时,我和他就没有希望了。"

席哲一愣:"侉子"这话是他们这儿的方言,满满的轻蔑。他摸摸鼻子,说不出什么滋味。没想到这个年代,还有人这么市侩。

朝雨握紧她的手:"那打电话吧。"

宁珊握着手机,手却在颤抖。朝雨拿过手机:"我来吧。"她拨通了老秦的号码:"老秦,是我。"

老秦诧异:"朝雨?"

朝雨破口大骂:"老秦,你还是不是人?有你们家这么欺负宁珊的吗……"

老秦头疼:"我会和宁珊解释清楚的。"

"解释?你怎么解释?你妈妈都已经上门让她和你分手了!"

"你把手机给宁珊,我和她说。"

"你想和她说话,好啊,我们就在你楼下,你下来!"

老秦沉默了几秒:"好,我现在就下来。"

朝雨挂了电话,那两人都看着她,她的手都在发抖:"他马上下来。"

席哲有点儿担心他哥了,朝雨这性子真是容不得一点沙子。他要提醒他哥,保重。

十分钟后,老秦下楼。老秦这个人外表阳光,人长得不是俊美型的,但是特别会照顾人。当初追宁珊时,就是因为这点,宁珊才会答应和他在一起。

他走过来,看着宁珊:"去咖啡厅说吧。"

宁珊的嘴角露出一抹嘲讽的笑意:"我们还有什么说的?秦州,我今天来见你就是要告诉你,我们完了。祝福你妈找到合她心意的儿媳妇,我配不上你们秦家。"说完,她抬手狠狠地抽了他一个大耳刮子。

"你发什么疯!"老秦吼道。

宁珊第一次吼他:"你妈的素质是被狗吃了!我当你妈是长辈,我不好动手,可是现在我还你。"

朝雨一把拉开宁珊,把她护在身后,朝着席哲挤挤眼。席哲二话没说动手了。他一把揪住老秦的衣领:"小爷今天是开眼了,欺负女人是吧?"

秦州忍了他几拳,嘴角被打出血了。他怒视着他们:"宁珊!我真是瞎了眼了,和你在一起这么多年。"

宁珊喉咙一哽:"我才是瞎了眼看上你!你压根儿就没有想过和我结婚,你背着我去相亲,你是人吗?"

朝雨蒙了,她万万没想到还有这事。席哲一脸的鄙视,打人的力道越发加重。

老秦一把扯住席哲的手:"好啊,你们想打架是吧,我奉陪!"

席哲的手被擒住了,他开始动腿。几下连环踢,秦州只得松手。朝雨拿着木棍在一旁挥着,伺机在老秦的后背狠狠抽了几下。秦州吃痛,心也冷到极点。他再也不忍了,拳头朝着席哲招呼过去,他平日原本就健身,运动细胞强,又用足了力气,狠狠地朝着席哲的小腹踢了一下。

这一下力道又狠又准,席哲只觉得五脏六腑都震动了,痛得无法动弹。

秦州不好动手打女人,怒气通通撒在了席哲身上。席哲连挨了几拳头,痛得趴在地上。

宁珊上前拉着秦州的手:"别打了,别打了——"

秦州把她推搡开:"你们找的这是什么人!"

席哲无力还手,现在他觉得脸也丢到家了。

他们这边闹得动静大了,有人报了警。巡逻警察冲过来,一把抓住了秦州:"都住手!"

秦州摸了一下嘴角的血:"警察同志,他们先动手的。"

朝雨瞬间放下木棍:"我们在打渣男。"

宁珊扶着席哲:"你有没有事?伤到哪儿了?"

席哲浑身痛,咬牙撑着:"我没事。宁珊,你放心,我会帮你报仇的。"

这时候宁珊哪还有心思报仇啊,她死死地瞪着秦州。秦州啐了一口:"妈的,今天我是倒了霉了。"

警察将四人带回派出所录了口供，了解事情经过，还是把宁珊他们几个教育了一顿。

宁珊抹着泪："警察同志，我朋友只是帮我出气。"

警察给她递了张纸巾："出气也不能动手打人。要是把人打残了，你们有没有想过后果？"

"我知道，以后都不会了。"她后悔了，一时意气用事，自己何必掉价和这种人再牵扯不清，还连累了朝雨和席哲。

老秦的爸妈接到电话赶到派出所来，看到宁珊，上来就要打她，幸好被警察拦住了。

秦母大骂："你这个小贱人！"

警察一声冷斥："这里是警局！"

秦母被拉回去，指着她："我要带秦州去验伤！小贱人你等着，我要告你们！"

秦州拉了拉他妈的手："妈，算了。"

"她都找人打你了，不能算了！你看看你当初不听我的话，你找的什么鬼啊！"

宁珊的脸色倏地一白，身子晃了一晃。

在场的人都不由得皱了皱眉，现在都看明白事情始末了。

朝雨登时站起来："阿姨，你骂谁是鬼？"

秦母一脸怒意："关你什么事？"

朝雨一动不动，冷冷地盯着她："在你眼里你儿子是宝，也就是宁珊瞎了眼爱上了他。你以为他算什么？靠着父母的关系找了一份月收入五千的工作，了不起啊？宁珊是外地人怎么了？她凭自己双手双脚工作，靠你家了吗？你呢？这些年你收了宁珊多少东西？你有骨气，今天都交出来！"

秦母昂着头："谁稀罕她的东西啊，我缺她那点东西啊！"

朝雨冷笑："那你把你脖子上的链子摘下来！"那是今年秦母生日时宁珊攒了两个月的工资给她买的一条金链子。

"你！"

"摘吧！你不是不稀罕吗？"朝雨凉凉地说道，"警察都在呢，说话算话。我想想啊，去年宁珊好像还给你买了一个玉镯，也花了大几千呢。前年……"

秦州板着脸："够了，朝雨，你给我住口！"

朝雨一脸嘲讽："秦州，你摸摸你的心，宁珊哪点对不起你？"

秦州看向宁珊："你非要弄得大家都那么难堪吗？"

宁珊咬着唇角，他妈妈对她说那么难听的话，他就没有想过她会难堪吗？她撇开眼，没说话。

秦州惨淡地笑了一声："好！妈，给她。"

秦母摘了项链，嘴上依旧骂骂咧咧的。随后，他们先走了。

席哲、朝雨、宁珊三人一言不发地坐在那儿，等着人过来保释。

席哲催朝雨："你叫你爸妈过来吧？"

朝雨摇摇头："我爸爸是老师，他要是知道我被抓到局子里来，我就完蛋了。"

席哲捂着脸上的伤口："那找谁啊？我爸要是知道我被抓，我这一年都没好日子过了。"

朝雨心里也是愧疚："对不起，席哲，这次是我们拖累你了。"

席哲撇了撇嘴角，没答话。怎么说呢？都怪他轻敌了。

时间一分一秒地过去，再没人来，他们就要在警察局过夜了。

席哲郁闷啊，他慢悠悠地开口："朝雨，我想到一个人。"

"谁？"朝雨期待地看着他。

"你男朋友啊。"席哲心想着，我这是为了朝雨被抓，他哥肯定不会拿他怎样。

朝雨摇摇头："我会被批的，席哲。"

"你和他撒娇啊！我哥不会怎么样的。再说今天我们不是没错吗？见义勇为，除暴安良啊！"

朝雨："……一时冲动的暴力。"

宁珊一脸蒙相："朝雨，你和许队长？你们？我的天！什么时候的事？"

朝雨不好意思地抓抓头发："我还没来得及和你说。"

宁珊真心为她高兴："许队长那个人一身正气，真好！恭喜你们了！"

席哲睨着朝雨："打吧，不然我们三个就在这里过夜了。"

朝雨硬着头皮，拨通了许博衍的电话："你休息了？"

"没。怎么了？"

朝雨支支吾吾："没事，就问问你在做什么。"

那边席哲和宁珊一脸焦急："说啊，说啊！说我们在派出所呢！"

许博衍："你边上有人。"

朝雨："嗯，我同事。"

许博衍听她声音不对劲："出了什么事？"

朝雨："遇到了点麻烦。"

许博衍拧了拧眉："在哪儿？"

朝雨舔舔嘴角："××路62号，××派出所。打人，被警察抓了，席哲也在。"

许博衍不禁摇摇头，他深吸一口气："我这就过去。"

许博衍过来之后真是被惊到了。三个人端端正正地坐在那儿，席哲脸上挂了彩，朝雨低着脑袋，蔫蔫的。许博衍这辈子都没有想过，有朝一日，自己有机会到派出所来领人。

办好手续，那两人并排走在后面，比任何时候都要乖巧听话。

宁珊和他解释了一下："许队，你别怪他们，他们这次都是为了我。"

许博衍点点头："你自己当心。如果有什么事，让朝雨给我打电话。"秦母刁钻，如果咽不下这口气，肯定会找宁珊的麻烦。

"谢谢。"宁珊心底感动，她回头，"那我先回去了。"

席哲叫道："别啊，咱一起走！"

宁珊明白他的意思，他这是不想面对许博衍吧？她点点头。

那两人都走了，朝雨不得不面对许博衍。许博衍站在前方，看着她，也不催她。

朝雨深吸一口气，小步走到他身边。她抬头看看夜空："今晚的月亮真圆啊。"

许博衍板着脸，沉声道："给你一分钟时间。"

朝雨咽了咽口水，赶紧将事情始末解释了一遍："事情就是这样的。"

许博衍挑了挑眉："你们厉害啊！你怎么不叫我呢？我的身手可比席哲好多了。"

朝雨没有辨别出他话语的真意："我想找你的，可怕你训我，不同意。"

"倒是没有完全糊涂。"他不轻不重地说了一句。

朝雨一路惴惴不安，她讨好地拉了拉他的手，轻轻晃了两下："你别总是绷着脸啊。"

许博衍回头，目光定在她的脸上，轻叹一口气。刚刚进来看到她的身影，有一瞬，他的心跳突然停了一下。

"你自己说，你有没有错？"

朝雨咬咬牙："错——了一半。"

许博衍嘴角抽了一下，幸好她没大言不惭地说自己没错。

"你不知道秦州他妈妈有多讨厌，我从来没有见过那么可恶的人！宁珊这几年对她那么好，把她当自己的妈妈一样了，她怎么能说出那么过分的话？"朝雨越说越激动。

许博衍清清嗓子。

朝雨蓦地闭上了嘴巴："领导，我错了。要不我写三千字检讨？"

许博衍哑然失笑："打人都被抓了，你觉得是三千字检讨能解决的吗？你是记者，你要知道，这件事如果秦家抓着不放，你们要面对什么？"

朝雨喉咙一哽："可我先是一个个体啊！难道因为我是记者，我就不能有自己的感情宣泄？我就不能表达自己的立场发表自己的意见吗？"

百年梧桐树下，灯火辉煌，她的脸上写满了不解还有委屈。最后她慢慢地垂下了脑袋，瓮声瓮气地说道："我明白你的意思。"

许博衍往前一步，伸出手刚想把她拥到怀里，可还是狠狠心："你说我该怎么罚你？"

朝雨猛地抬首："还要罚我？早知道叫我爸过来了。"

许博衍气得牙痒痒的："手伸出来。"

朝雨眨眨眼："你要打我手板心啊？"

"十下！让你长长记性。"许博衍左手捏着她的指端，右手连着打了十下。十下，一下不落。她的掌心一瞬间就红了，她抬眼望着他，无声的眼神里，是满满的委屈。

许博衍抿抿嘴角："下次若是再鲁莽，决不轻饶。"

上了车，她侧着脸，一言不发地看着窗外。车窗开着，带着热气的风吹进来，吹乱了她的发丝。

他关了窗："饿不饿？"

朝雨鼓着腮帮子："不饿,气饱了。"

"哦。"许博衍应了一声。

朝雨转过身来："我肯定找了一个假的男朋友!人家男朋友这会儿一定会帮女朋友胖揍别人,你倒好,你还打我!"

"打疼了?"他问:"我看看。"

朝雨伸出右手:"都红了。"

许博衍握着她的手,细细一看,坏东西虚张声势,他打的时候可没用大力。他扯了扯嘴角,突然低着头,在她的掌心落下一吻。温热的气息拂在她的掌心,带着酥酥麻麻的触感。

他抬首,与她四目相视:"还疼吗?"

一吻换十个手板心,值不值呢?朝雨平时挺机敏的,遇到许博衍就开始犯糊涂了。俗话说,女人是要哄的。果然,许博衍一个吻就把她哄好了。

许博衍再三重申,下次再遇到这样的事,绝对不能再冲动、意气用事。朝雨也连连表示不会了,她扯了扯他的手臂:"那你也别生气了。"

许博衍抿着嘴角,笑而不语。

她继续试探:"席哲也是好心,你别怪他。"

他沉下脸:"自身难保,还有空关心别人!你怎么不去找个身强力壮的做打手?"

她小声嘟囔:"我也没有想到席哲那么不禁打。"

许博衍哭笑不得。小哲也是糊涂,被打成那样,八成不会回家了。

"我这两天看看有什么合适的健身班,给你报个名,你顺便学一下游泳。"

朝雨的脸色瞬间就僵了:"我不想学游泳。"

许博衍倒是想到了,见她的态度这么坚决,他劝道:"学一下总是好的。"

朝雨抿着唇角,还是摇摇头。

许博衍抬首,声音柔了几分:"怕水?"他揉揉她的脑袋。

朝雨咬着牙,脸色深沉。

许博衍知道有些女孩子胆小怕水,他吁了一口气,打趣道:"朝雨,怎么那么怕水?"

朝雨望着前方,眼眸黑漆漆的一片。她有些透不过气来,喃喃低语道:

"小时候,我掉进水里,差点淹死了。"

许博衍短暂地愣怔,随即宽慰她:"都过去了。那这样,我陪你,直到你学会。万一以后我不在你身边,你也能自救。"

朝雨用力咬咬牙,终于妥协:"好。"是啊,如果她学会了游泳,她不再怕水,那么今后遇到大雨天,她就不会再拖累别人了。

许博衍启动车子:"想吃什么?"

忙了一晚上,朝雨饿得也没有什么食欲,突然有点怀念宁大老校区附近那家鸭血粉丝:"鸭血粉丝。"她报了地址。

九点光景,校园附近一片安宁。两人坐在室外的餐桌上,周围是零零散散的学生。

朝雨低着头吃得满头大汗:"好久没过来了。这家店开了三十年了,鸭子都是老板在郊外养殖的。过年过节很多人都会慕名来买。"她又要了两个茶叶蛋,剥了一个给他,"以前我和同学来这里考试,经常来这里吃饭。这条街上都是小吃店。"

许博衍可以想见,她应该是把周围好吃的店都尝遍了。

朝雨打开微博,把今晚的鸭血粉丝和茶叶蛋的照片发上去,顺便爆了地址。

许博衍看了一眼:"为什么不做美食编辑?"

朝雨眨眨眼:"等我三十五岁之后再考虑,年轻的时候我想多出去跑跑。新闻记者虽然辛苦,不过心里的那种满足感不一样。"

"跑多远?"

她默了片刻,没打算瞒着他:"其实今年初很想去 A 国(在非洲)。"

许博衍脸色一愣,瞬间肃然。

朝雨笑笑:"做记者的情怀吧,每个人心中都有一个英雄情结。不过暂时不想去了。"她歪着头看着他,"因为遇见你了。"以后有机会的话,她还是想去。

许博衍没有发表他的意见——如果她要去,他会尊重她的决定。

吃过晚饭,许博衍送她回家。朝雨下车时,他又嘱咐道:"宁珊的事,让她多加小心,怕是秦家不会轻易放手。"

"我知道,我会转告宁珊的。你也早些回去休息吧。"这些日子他也累得够呛,今晚又为她们的事奔波,他真的太辛苦了。

许博衍微微牵了牵嘴角:"上去吧。"

朝雨定在那儿:"你先走。"

许博衍启动车子,转弯离去。她站在原地,看着车子消失在夜色中。

不知不觉,这份爱情像酒一般越来越沉。

"朝记者大晚上也去采访,现在也有护花使者了。"不远处传来一个熟悉的声音。

朝雨定睛一看,朝晖站在对面的槐树下,身影在暗夜中不易发现。她撇撇嘴角,喊了一声:"哥——"

朝晖缓缓走来,直接问道:"谁啊?"

"我叫的……快车。"

"现在快车都开四五十万的越野车了,赚那点钱都不够车保养的。"

朝雨:"……过日子都不容易。"

朝晖腹诽,他的小妹妹长大了,撒谎都不脸红。

"女孩子要注意安全,不要轻信甜言蜜语。"

朝雨:"……哥,我不会的。"

兄妹俩各自回房间,朝雨洗完澡敷着面膜打开电脑刷新闻。她给宁珊发了信息,不过宁珊没有回她。她又给席哲发了一条信息,关心一下席哲的伤势。

【今天的事谢谢你了,改天请你吃饭。你哥那里警报应该解除了。抱拳!】

结果席哲也没有回她。

此时,席哲正在宁珊租住的房子里。宁珊看着他脸上的伤痕:"你先坐一下,我去给你倒杯水。"

席哲打量着她的家,一室一厅的房子,一眼就望到头,不过布置得倒是精致。桌上摆放着一个相框,照片里宁珊穿着少数民族服饰,头上的银饰一闪一闪的,一张脸上满是笑容。

宁珊拧了条毛巾回到客厅:"我这里没有冰袋,你拿毛巾敷一敷。"

席哲接过,问道:"你是少数民族?"

"苗族。"

席哲看着她的面庞:"看着不像啊,你老家哪儿的?"

她笑着:"贺州那边。以后过年你要是有时间可以去贺州玩,我请你吃螺蛳粉。"

"那东西味道好像不是很好闻。"

宁珊扯出一抹笑:"没吃过的人都这么说,不过吃过的人都赞不绝口。朝雨第一次吃的时候也受不了那个味道,现在特别爱吃。"

席哲嘴角一动,疼得他龇牙咧嘴,心里暗骂,秦州那家伙下手太重了。

宁珊拧着眉:"要不要去医院?"

席哲觉得自己受到了侮辱:"没事,过两天就好。"

"那你去我床上休息吧。"

"我睡床,你睡哪儿?别那么麻烦了,我没那么讲究。"他拍拍沙发,"我就睡沙发好了。"

"这怎么可以!你今天因为我才受伤的。"

席哲二话没说,已经躺在沙发上了。

宁珊局促地站在那儿:"我还有工作没做完。"

"你去忙吧。"

宁珊对着电脑,心神恍惚,大脑中不断回想着这些年发生的事。她和老秦怎么就走到今天的地步了?真心付出的感情,断然放下,任谁都不能瞬间走出来。她呼了一口气,擦擦眼睛,开始整理稿子。

不一会儿,她听见席哲均匀的呼吸声。她合上笔记本,拿了一条薄毯替他盖上。

席哲早上醒来的时候,就看到宁珊趴在桌上睡着了。他轻轻拍拍她的肩头:"宁珊——"

宁珊睁开眼:"你醒啦?"

席哲一身衣服皱巴巴的,脸上的青紫更深了:"我回去了。时间还早,你去床上睡一会儿。我看你脸色不好,休息一天吧。"

"你要回家?"

他摇摇头:"这个样子回家就是讨骂的,回我朋友那儿。"其实想想,他该学习他哥,自己在外面住着多潇洒。

"那个……谢谢你。"

"没多大的事,要是他家再来找你麻烦,给我打电话。"

宁珊一愣:"谢谢。"

早上,宁珊向主任请了一天假,没去上班。同事好奇地问朝雨:"宁珊怎么了?"

朝雨回道:"生病了。"

"这一年了,我可从来没见她请过假,钢铁侠也要倒下了。"

朝雨苦笑了一下,看来老秦对她的影响还是挺大的。这一年,她就是高烧都没有请过假,这回是真的被伤了。

朝雨起身去隔壁打印室,正好在走廊上遇到高主任。高主任把她叫住:"朝雨,你等下。"

"主任,什么事?"

"你们那个学习班啊,有意思,几个学员给上面打报告说是还要再补办一期,点名还要许博衍回来当班主任。"

朝雨:"那成吗?"

"许博衍现在忙着雨花河重点治理工作,他那里走不开。"

朝雨大脑一转:"主任,雨花河的治理这回我们报社谁负责?"

高主任沉思片刻:"这要看领导安排。"

朝雨浅笑:"我之前和许队一起去察看过雨花河,这次我想继续负责治理工作的相关报道。"

高主任面露尴尬。早在前两天,他收到的消息是,程晓曦负责这次报道。

"我们再商量,有消息我再通知你。先去忙吧。"

朝雨顿时来了精神:"那就谢谢领导了。"

等她忙完回到办公室,几个人正围在程晓曦的办公桌前:"晓曦,你小时候真可爱。"

程晓曦笑着:"我现在不可爱吗?"

"不是那个意思,现在啊更漂亮了——这是你哥哥?"

程晓曦默了片刻:"是邻居哥哥。"

"青梅竹马啊!这邻居哥哥长得俊气,现在做什么?"

程晓曦:"他……"

第六章 命运相连

朝雨拿着打印材料走过来："晓曦，上次培训班让我们每个人写一份总结，周五发到这个邮箱。"

"好的，谢谢。"程晓曦望着她。

朝雨勾勾嘴角："你们在看什么呢？"她的眼角余光慢慢落在了程晓曦手中的那张照片上。

一个美丽的妇人带着两个漂亮的孩子，站在盛开的花前，画面温暖。

朝雨好奇："这是你？"

"我小时候的照片。"

朝雨目光落在照片中的那个男生身上，男孩子的五官像极了许博衍："能给我看看吗？"

晓曦把照片递给她。朝雨认真地看着，眉毛、眼睛、嘴巴，一模一样。再三确认后，她才开口说道："晓曦，你认识许博衍啊？"

程晓曦莞尔一笑："小时候见过，不是特别熟。"

朝雨问道："这位阿姨是谁？"谁都没有发现，她的声音在微微发颤。

程晓曦默了一下："是他妈妈。"

朝雨大脑瞬间空了几秒。她仔细看着许博衍的妈妈，那么温婉。许博衍脸型像她，嘴巴也像。

"许队很像他妈妈……"她的话没有说下去。

程晓曦呼了一口气，语气里满是惋惜："嗯，他是像阿姨，可惜阿姨红颜薄命吧。"

朝雨怔怔地听着。

"阿姨是音乐老师，钢琴弹得可好了。我家搬过去后，常听到她弹琴。许大哥也会弹钢琴的。"

"他也会？"

"是啊。许大哥小时候经常参加学校的文艺表演。"

朝雨犹豫地问道："你们很熟？"

程晓曦坦然道："以前我们两家住前后楼。"

"那他小时候是什么样的？"

程晓曦摇摇头："他各方面都好，是我们的学习楷模。其实说来，他变化挺大的，可能阿姨意外去世对他影响挺大的。"十几岁失去母亲，对他的打击挺大的吧？

"他妈妈怎么那么年轻就去世了？"

程晓曦缓缓说道："救人却把自己的命搭进去了。"

朝雨的掌心冒出了密密的汗水，她慢慢放下照片，双眸失神。

"听说好像是为了救一个小孩子。"

"小孩子啊——"朝雨重重地重复，"他妈妈姓席吧……"

"你怎么知道？"程晓曦说道，"席溪。"

朝雨勾了勾嘴角："席哲是我高中同学。"

程晓曦点头："我去楼下洗照片。"

"洗照片？"朝雨恍然清醒。

"周末我去他家做客，当时和他提到照片的事。他家几次搬家照片都找不到了，我答应他洗好给他。"

朝雨蒙了，喉咙哽得说不出话来。许博衍这个坏蛋，怎么一个字都没有和她提过！她握紧了手，细细回忆程晓曦刚刚的话语和表情，晓曦她是喜欢许博衍吧？

快下班时，朝雨突然接到宁珊的求救电话："朝雨，你快来帮帮我！老秦他妈带着亲戚堵在我家门口。"

"你先报警，我马上过去。宁珊，别开门。"朝雨边走边给许博衍打电话。

许博衍正在办公室和大熊他们研究雨花河治理方案，手机铃声响起的瞬间打破了他们的讨论。手机被他随意摆在桌上，因而，大家都看到了他的来电显示——朝雨。所有人面面相觑。

许博衍轻咳一声："我接个电话。"

大熊："是朝记者啊！"

徐逸："朝记者肯定是想采访我们许队了。"

许博衍扫了两人一眼，眉眼轻扬，走出办公室。

接通电话，朝雨的声音传到他的耳边："宁珊出事了，老秦他妈带了一帮子人去了她家。"

"你现在在哪儿？"

"我正赶过去。"

"报警了吗？"

"嗯。"

"你让宁珊不要出来。"

"我和她说了。"

"你过去后，在楼下等着，等我过来。"

"可我担心……"

"秦家不敢怎么样，真要打人不会搞出这么大声势。先别慌，你先别上去，秦母看到你，我怕会刺激她。"许博衍呼了一口气，"等我。"

最后两个字莫名地让她的心突然踏实了："好，我等你过来。"

二十分钟后，许博衍如约赶来，远远地就看到朝雨在马路边上焦急地走来走去。

"朝雨——"两人好像早已相识多年了，他如此习惯地叫着她的名字。

朝雨回头，眉心紧蹙："警察还没有来。"

许博衍握着她的手，她的掌心满是冷汗："我们上去看看。"

"嗯。是不是打扰你工作了？"

"没事。"

两人上楼，楼梯上聚满了人。

秦母骂骂咧咧的声音从四楼传下来，话语极其不入耳。左右邻居也出来看热闹，指指点点。

朝雨握紧了拳头，肺都要气炸了。人善被人欺，果不其然！这些年宁珊对秦母多好啊，秦家一家人真是狼心狗肺！

秦母看到两人，瞬间把目光落在她身上："朝雨，你又来做什么？"

朝雨看着他们的架势，五六个人，男男女女。她嘲讽地一笑："阿姨，我听说附近有新闻，就过来看看，没想到遇到你们。"

秦母忌惮着她的记者身份，恨得咬牙切齿："这是我和宁珊的事，你别多管闲事。"

"阿姨，宁珊是我朋友。"

秦母瞪着两人，不过仗着人多，今天她可不怕。她用力拍着门："陈宁珊，你出来！在里面当缩头乌龟算什么！今天我们就把话说清楚。"

许博衍抬手拉住她的手："有话好好说，您是长辈，何苦为难小辈？"

秦母冷哼："你又是什么人？关你什么事！"

这时候，门终于缓缓开了。宁珊披头散发地站在那儿，右手握着一把刀，屋外的人吓得倒吸一口气。

宁珊嘴角咧了咧："阿姨，您找我？"她幽幽地笑着。

秦母被她脸上的神色陡然吓住了："我要和你谈谈。"

朝雨刚想上前，被许博衍拉住了："等等。"

"不行，你没看出来吗，宁珊有点不对劲。"

"听听她怎么说。"

宁珊笑了，目光冷冷地看着秦母："阿姨，您要和我谈什么？"

"秦州这孩子傻，这些年把青春都耽误在你身上。别的我不说，你们既然要分手，秦州这些年给你买的东西呢？我们家过年给你的钱，你好意思还拿着吗？"

"呵呵呵呵——"宁珊的眼泪都要笑出来了，"那些钱啊——在您的儿子手里，我没拿过一分。"

"撒谎！怎么可能？"秦母一脸鄙夷。

"我和秦州认识五年，谈恋爱四年。如今我才明白，我全心全意的真心到最后喂了狗。"

"别岔开话题！"

宁珊握着刀，突然挥手，吓了所有人一跳："您要那些东西是不是？我给您拿。"她回身，从屋子里搬出一个纸箱。那里装满了秦州送她的东西——手机壳、围巾、手套……她都收着呢，其实都是一些不值钱的东西。

秦母看到纸箱松了一口气，心想着自己那个傻儿子，这些年竟然给宁珊买了这么多东西。

宁珊咬咬牙："好了，秦州的东西都搬走吧。"

秦母示意自己亲戚去搬过来："哼，以后别再来缠着我们家秦州了。走！"

"等等！"宁珊喊道。

秦母嘴角一抽，鄙夷道："怎么着？"

"秦州给我的东西，我都还给你们了，现在能把我买的东西还给我吗？"

秦母瞪大了眼睛，上回在派出所，她已经还了一条金链子了，回去后她还肉疼了一天。

宁珊看了一眼朝雨："朝雨,我说你记。"

朝雨连连点头："好。"

"油汀、塔扇、按摩椅、洗碗机、玉镯一个、金耳钉一对……"她一一报着,从四年前的第一件礼物慢慢到最新送出去的,"我给叔叔和您买的衣服就不算了,就当我做好事。"

秦母的脸色难堪到极点："那都是我儿子的钱。"

宁珊勾了勾嘴角："我刚刚给秦州打了电话,那就等您儿子到了我们再谈。"

秦母抬手就要打她,宁珊扬了扬手里的刀,往前走了一步:"我孤家寡人一个,你们要是想缺胳膊少腿,我奉陪到底!"

不多时,警察赶来了。宁珊笑着放下了刀,秦家的亲戚也赶紧走了。原以为宁珊是个软柿子,现在是兔子急了也咬人,他们可不想再蹚浑水。

秦母看着亲戚都走了,又急又气。她和警察说,这是家庭纠纷。

警察问宁珊："是吗?"

宁珊点点头："不是家庭纠纷,我可不是他们的家人。"

警察蹙着眉："你们要注意影响,这是妨害社会治安。"

秦母一听立马辩解:"警察同志,她是我儿子的前女友,上回带着人去打我儿子,我是气不过,今天上门来找她理论的。"

一旁的许博衍把事情缘由解释了一遍,警察了然。这种事遇多了,两个警察劝说了几句。

就在这时,秦州匆匆来了,跑得一头大汗:"妈,你怎么跑这儿来了?"

"秦州,她竟然和我要家里的东西——你说说,那些是不是你花钱买的?"

秦州的脸色瞬间僵住了,到底是真爱过宁珊,现在尴尬得无法面对宁珊:"妈,您赶紧回家吧。这事我会处理的,您就别管了。"

"不行,秦州,你别被这个女人给骗了。"

宁珊一言不发地看着他们母子的表演:"好了,警察同志也在,今天我们就算算,还欠什么,都一次性解决吧!"

秦州拧着眉,面露哀求:"宁珊,给我一个面子,不要和我妈计较了。"

宁珊撇过脸,真心不想再看他这张脸,现在看到他,只觉得和吞了苍蝇一样恶心："事已至此，算清吧！"

"宁珊——"

"秦州，我他妈告诉你，我以后再也不想看到秦家人！"

秦母立马拉过秦州："秦州，你看看这什么人啊，你是傻了！"她指着那个纸箱，"给她买了这么多东西，她还找人打你——她刚刚还让我把她买的东西还给她，那些东西不是你花钱买的吗？"

秦州闭了闭眼，面色痛苦："妈，宁珊买给你们的东西都是她自己花的钱，不是我！我说过很多次了。"

秦母："怎么可能？怎么可能？"

朝雨顺势问道："秦州，宁珊是不是把你爸妈给她的钱都给你了？"

秦州看了宁珊一眼，又看看秦母，点了一下头。

秦母一张脸白了几分，她咬着牙："你就护着这个小贱人吧！"

"妈！"秦州一声厉吼，"你到底还让不让我做人了？东西都是宁珊买的，她没拿咱家一分钱。"

宁珊呼出一口气，这些年她忍着秦母，也是看在秦州的面子上："秦州，今天我们把账算清楚。你送我的东西我已经如数还给你妈妈了，现在我的东西我要，就是破了，我也要！"

秦州红着眼看着她："回头我折现给你。"

宁珊看着秦州，心如死灰："上个月，你要买手机，我微信给你打了三千块。"

秦州面色一阵潮红："我明天就打给你。"

"从今以后，我们再无瓜葛。还有，请你管好你妈妈，如果下次她再到我家来，我这把刀不管她是人是猪，照砍不误。"

秦母心口一阵喘："你骂谁呢？"

秦州狼狈地把秦母拖走了，一场闹剧就这样过去了。

朝雨走到宁珊身旁，抱住她。

宁珊不禁大笑起来："朝雨，我现在好轻松啊！"

"好了，都过去了。"朝雨拍着她的肩。

宁珊闭上眼，忍住眼眶里的泪："我不难受，只是有些伤感。"

"你今天很棒。"让人心疼又让人佩服。

"谢谢你,谢谢你们。"

安抚好宁珊,朝雨和许博衍才离开。朝雨心情有些低落,许博衍也是第一次遇到这么蛮横无理的人。他们漫步在夕阳的余晖下,天边一团柔和的光泽,这一刻显得分外宁静。

朝雨望着远处,柔软的头发落在肩头。她微微歪过头,轻轻说道:"要不是遇到你,宁珊出了这事,我肯定不想交男朋友了。"

许博衍失笑。

朝雨突然想到了什么:"你和晓曦是不是以前认识啊?"

许博衍愣了一下:"我们小时候见过。"他的语气淡淡的,并没有太多的感情。

"我看到你们小时候的合照了。"

"那照片我没了,晓曦说要洗一张给我。"

晓曦,叫得这么亲密!他总是叫她全名,从来都没有叫过她小雨啊!朝雨踢了踢脚下的石子,闷闷地说道:"晓曦说她这周去你家了。"

许博衍停下脚步,脸上一闪而逝的阴郁:"事先我并不知道我父亲的安排。"

"什么安排?"朝雨傻乎乎地问道,后知后觉地又反应过来,"你们是在相亲?"

许博衍不禁失笑:"事出突然。"

她抬手戳了戳他的胸口:"你这个大骗子!你怎么不告诉我?"

"因为我和她根本不可能。"

"那要是你家人帮你介绍的女孩子看上你了呢?"

许博衍抿抿嘴角:"我没有那么多时间和精力。"

朝雨不满地哼哼:"许博衍,你们这都见家长了!"青梅竹马,她的竞争对手太强大了。万一许父给他施加压力呢?万一他的家人不喜欢她呢?朝雨心里戚戚然。

许博衍握住她的手:"好了,别瞎想,我的事我自己做主。还是说,你想去见我家人了?"

朝雨撇开眼:"谁想去见啊。"

"下周末和我一起去见一下我外婆。"

朝雨默了一瞬,答道:"下周末我要去看我奶奶,之前就说好了。"真是不巧。

许博衍不觉一笑:"刚刚是在吃醋?"

"谁吃醋啊?我只是想告诉你,你现在是我的男朋友,就不能搭理别的女孩子!要不然我也会亮剑的。"朝雨做了一个磨刀霍霍的表情。

许博衍哦了一声,只觉得好笑:"饿不饿?"

"饿。"

"想吃什么?"

她狡黠地一笑:"要不你给我下碗面。"这里靠着他住的地方,她突然很想去他的地方看看。

"先去超市买点东西,我那里没什么吃的。"

"好。"她挽着他的手臂。

正值下班时间,超市里人有些多。许博衍推着车,朝雨选了几样蔬菜,又买了一条多宝鱼。他拿了一包方便面,朝雨嫌弃地看了一眼,心里又有些心疼:"别老吃这些。"

许博衍失笑,应了一声。

朝雨又买了排骨:"晚上再做一道红烧排骨吧。"他好像爱吃。

"好。"买完食材,许博衍推着车朝着日用品那边走去。

朝雨问道:"还要买什么?"

"拖鞋,家里没有女士拖鞋。"

朝雨的心怦然一动,她认真地选了两双,一粉一蓝。

许博衍:"我有了。"

"这是一对啊,买两双还便宜呢!"她鼓着嘴巴,一脸的娇憨,"你穿多大码?"

起初不经意的相遇,没想到却是这么重要的人来临。

许博衍清清嗓子:"44码。"

朝雨瞄了一眼:"你的脚怎么那么大啊?我才36码!"她的脚放在他的脚边,对比了一下,他的鞋子对她来说像小船一样。

两人选好东西排了十来分钟的队,前面一对年轻的情侣,两人一直手挽着手，男生时不时地亲女生一下。要是朝爸看到这一幕，铁定要摇头直呼——不自重！不自重！

她回头看看许博衍，戳戳他的手臂，看他有什么反应。

许博衍怎么不知道她的小心思，压着声音道："非礼勿视。"

朝雨一脸的难以置信，强忍着笑意："怎么这么古板，你好像我爸。"

许博衍板着脸，推了她一下："到我们结账了。"

朝雨忍着笑，看着收银员一一扫码。许博衍突然从旁边的货架上拿了两个小盒子放在桌上，他声音清澈："一起结。"

朝雨扫了一眼："……你、你、你！"

许博衍一脸淡然，云淡风轻地说了一句："男朋友和老爸是不同的。"

朝雨："……"

这一路，朝雨跟在他后面，默不作声。怎么办，她还是有点紧张的。万一许博衍突然扑倒她，她该怎么办？

许博衍没想到小姑娘这么不经逗。进了门，他先去厨房把东西放好，拿了一瓶矿泉水给她。

朝雨打量着房间，两室一厅，单身男士住挺适合的。房子有些年代了，墙上的涂料都泛黄。木茶几上摆放着很多本书，都是他的专业书。朝雨翻开书，发现里面都做了密密麻麻的笔记。他的字迹苍道有力，字如其人。

电视柜上摆放着一个原木相框，她的目光下意识地被吸引过去了。那是他和他母亲的合照，照片上写着时间：××年六月三十号。

她情不自禁地拿起相框，指尖微微颤抖。许母穿着一件白色雪纺长裙，面对镜头露出一抹温和的笑意。

许博衍走过来："这是我十二岁时和我母亲拍的合照。"

朝雨重新把相框放好："阿姨她……很漂亮。"

许博衍笑笑："我母亲她很讲究穿着，最爱穿裙子，夏天时裙子能一个月不重复。冬天也是如此，习惯裙子配大衣。上幼儿园时，我们班同学都很喜欢她，他们很羡慕我。有时候因为她早上衣服换来换去，会害得我迟到。"

"阿姨很可爱。"朝雨感慨，眼角余光打量着许博衍，失去母亲，他一定很难受。

许博衍不再多说什么："我去下面条。"说完，他转过身。

朝雨迟疑了一秒，突然从他的身后抱住了他，双手紧紧地环着他的腰，脸贴在他的后背上。

许博衍没有想到这么突然："朝雨？"

朝雨吸了一口气，鼻子酸酸的："我要是早点认识你就好了。"早点来到他的身边，早点陪伴着他，"许博衍，你要好好的，开开心心的。以后，我会陪着你。"

许博衍内心大恸，神色变了又变。他突然想到母亲以前和他戏说的话。那时候他才上小学吧，母亲平时喜欢逗他："博衍，长大以后想找什么样的女朋友呢？"

"不知道。"

"那就找像妈妈这样的吧。老师有三个月假期，可以有很多时间陪家人。"妈妈揉着他的脑袋，柔声道，"博衍的女朋友，妈妈都会喜欢的。"

许博衍闭上眼，等妈妈生日，他带朝雨去见她吧，妈妈一定会喜欢她的。

他咽了咽口水："朝雨，松手吧，我被你抱得喘不过气了。"

朝雨慢慢松开手，目光又看向那张照片："晓曦说，阿姨是因为救人才意外身亡的。"

"嗯。"他转身，嗓音不自觉地沉了几分，目光定定地看着她的眉眼。

朝雨咽了咽口水，许久，声音才缓缓而出："如果有一天你遇到那个被救者，你会恨那个人吗？"她一直都有这样的疑惑，救人而亡的那家是不是恨死她了？

许博衍站在前方，脸色晦暗不明。他抿着唇角，整个人在灯影的笼罩下像一座肃然而立的雕像："不会。我不会恨，只希望那个被救者能好好活着。如果当初是我，我也会这么做。救人是良知，也是本能。"牺牲的人值得敬重，活下来的人也不要有太多负担，要加倍地幸福。因为他/她是代替两个人的生命活着。

朝雨勾了勾嘴角，有些话她不知道该怎么说。这么多年，父母一直怕她受影响，不肯告知她那位阿姨的身份，朝雨只知道她叫席溪，她甚至都记不得对方的长相。

她一直心心念念的席阿姨。

席溪，席哲。

许博衍的母亲也,因救人而亡。

这一切怎么会如此巧合?

朝雨的大脑浑浑噩噩的,分辨不清。她想告诉他,可是她怕……那是他的妈妈,她该如何面对他!

她欠了他一个妈妈,一个完整的家庭啊!

厨房里的水开了,水壶呜呜地叫着。许博衍大步走过去,灌水、洗菜、下面,动作麻利。

朝雨帮他打打下手,两人做饭,速度快了很多。朝雨蒸鱼,他烧排骨。

"你比我哥强多了。"

许博衍失笑:"平时不是吃食堂就是在外面吃,吃腻了。偶尔自己做,换换口味。"

朝雨心里突然涩涩地疼,他十多岁时母亲离世,父亲工作忙碌,这么多年他就这样一个人走过来了。

"把碗拿过来。"许博衍见她愣神,小姑娘又在想什么?

朝雨看到一旁的大海碗,青花边,她拿过去:"还要放点豆瓣酱,味道会更好。"

许博衍把面条盛好:"烫,我来端。"

简简单单的一句话,瞬间戳到朝雨的那颗小心脏了。她瓮声瓮气地说道:"许博衍,以后我给你做饭,我会炒菜,不会做的我再学。"给你做一辈子。

许博衍突然对上她的眼睛,澄澈干净。他的小姑娘,有一颗柔软而善良的心。

客厅那盏陈旧的白炽灯发出明亮的光泽。两人面对面地坐着,像家人一般。朝雨又倒了一点老干妈,碗里一片红油。许博衍微微讶然,没想到她这么爱吃辣。

朝雨解释:"不辣的,挺香。你要不要来点?"

"我不吃辣。"

"那你还买辣酱?"

"上次大熊他们过来买的。"他嘀咕了一句,"这么能吃辣,难怪脾气那么火爆。"

朝雨:"……"

许博衍吃完了,推开碗,从口袋里摸出烟盒和打火机,却始终没有拿出烟:"周四周五我要去一趟S市。"

"出差?"

他点头。

"那什么时候回来?"

应该是周五晚上。不过许博衍卖了关子:"还不知道。"

宁城和S市很近,一个小时的车程。

朝雨喝了一口汤:"你回来的时候我去车站接你好不好?"

他哪里需要人接啊?他促狭一笑:"也就两天不见,这么想我。"

朝雨嘴角抽了抽,暗暗骂了一句臭不要脸的!

那晚,许博衍送朝雨回家。

回去的路上,朝雨一反常态地安静,似有心事。

许博衍侧首:"好好走路。"

朝雨抬起头,忽而叹了一口气。

他问:"想什么呢?"

"总觉得人生变化无常。"

许博衍不觉一笑,多大的年纪,竟生出如此感慨。

"宁珊的事未必不是好事。你想想,如果她和秦州结婚后再出现这个情况,那时候她只会更痛苦。"

朝雨点点头:"今天谢谢你。"

许博衍抬手揉了揉她的头发:"和我不需要这样客气。上楼吧,回去好好休息。"

朝雨抬首看看楼上,家里的客厅灯还亮着。她拉了拉他的手:"不急啊,我爸妈这几天不在家。"其实她也不知道说什么,只是不想和他这么快分开,就想和他多待一会儿,怕以后没机会了。

朝雨的眼睛转了转:"你蹲下一点点,我想看看你的睫毛,为什么单眼皮还有长睫毛啊?"

"灯光这么暗,哪里看得清。"他还是稍稍蹲下来。

朝雨捧着他的下巴,咻咻一笑:"笨蛋!"说完,在他的嘴上落下一吻,随即转身连跑好几步:"我回家啦,你自己注意安全。"

许博衍站在那儿，摸了摸嘴角。

她站在楼道口，并没有离开，只是目送着他的背影，渐行渐远。

朝雨到家后，朝晖在客厅看球赛："别告诉我你们又加班了？"

"宁珊遇到点事。"

朝晖瞅着她："刚刚送你回来的那个人不是秦州吧？"

朝雨："……不是。"

朝晖清清嗓子："朝雨同学，请如实交代。"

朝雨知道瞒不过他，索性坦然交代："我男朋友啊。"

朝晖倒是没想到她这么直接："多大了？做什么的？哪里人？"

朝雨眼角直抽："哥，你是搞人口普查的吗？"

朝晖微微一笑，静静等待着。

朝雨坐下来，看了几眼电视。解说员撕心裂肺地介绍着比赛，她却什么都听不懂。

"他是宁城人，比我大五岁，姓许，许仙的许，叫许博衍。"最后一句话，她特意加重了语气。

"许博衍——"朝晖重复，似在寻思着什么。

朝雨点点头："哥——"

朝晖恍然："你们认识多久了？"

"六月份认识的。"

"时间也不长啊。"朝晖眉心微蹙，"你对他了解吗？"

朝雨咬着唇角，犹豫了半响，还是开口说道："哥，你想说什么？"

朝晖挑眉："你我之间，不需要试探。小雨，你想说什么直说。"

朝雨拿过遥控器，开了静音。她掐着掌心："你还记得当年救我的那位阿姨吗？"

朝晖神色肃然。

她勾了勾嘴角："我觉得这个世界挺小的，宁城也特小，我能在地铁碰到我多年没见的初中同学。我在想，我是不是也能遇到阿姨的家人。"

"小雨！"朝晖的声音瞬间绷紧了。

朝雨舔了舔干涩的嘴角，垂下眸子："每到夏天，我都会做梦，梦到那天的场景。我早已记不得阿姨的长相了，可我知道是她，那个感觉错不了。"

朝晖伸手揽着她的肩头，如同小时候那样，把她圈在自己的羽翼下："不要多想，都过去了。"

朝雨吸吸鼻子："阿姨的家人没有原谅我不是吗？这么多年，他们都不愿意见我们。"

"相见不如不见，他们也是怕见了彼此难受。"

朝雨摇摇头，双手捂住了眼睛："是吗？可是已经过了十六年了，阿姨的家人恨我！"

朝晖拧着眉："别再想这件事。有些事结局无法改变，你要好好活着，席阿姨的付出才有意义。"

朝雨暗暗吸了一口气："可是席阿姨的家人呢？我以后该怎么面对他们？"她的脸色早已苍白无力，"哥哥，你已经猜到了不是吗？"

电视里的画面一直在跳动着，比赛已经结束，赛场上的人在欢呼着，脸上满是兴奋与喜悦。

这一刻，偌大的客厅一片静谧。

"许博衍就是席溪阿姨的儿子，对吗？"朝雨眨了眨眼睛，双目直直地盯着他。

所有的相遇都是巧合，而这个巧合是否是冥冥之中的安排呢？

当年的意外是两家人心中永远的结。只是谁也没有想到，多年之后，朝雨又遇见了许博衍，而两人又在不知不觉间产生了感情。如果两家人知道，又会发生什么事？会不会反对两人在一起？朝晖陷入了沉思中，他不敢拿妹妹的幸福去赌。

夜深了，朝雨坐在窗边，手里把玩着悠悠球。就算上次许博衍教过她，她依旧不会玩。这个悠悠球款式已经有些年代了，不过保存得很好，几乎和当年一模一样。这些年一直都是由朝妈保管的，前段时候，朝雨拿了回来。她望着悠悠球，大脑不自觉地回想着当年的事。

那年六月底，学校期末考结束后开始放暑假。连着几天大雨，朝雨只能无趣地待在家中，写作业、看电视。她迫切地想要出去玩，可是朝妈不让。

有一天，朝妈在单位接到电话，朝爷爷因为路滑摔了一跤，大腿骨折，情况紧急。朝爸朝妈只好把她一个人丢在家中。朝妈临走前再三嘱咐她："小雨，一个人在家不要乱跑。"

朝雨在折纸飞机，闷声闷气地应了一声："知道了。"

"你乖，回来妈妈给你买烤鸭。"

朝雨想了想："我要吃冷饮。"

"好，不过要等天热了，妈妈给你买。"

朝雨举起了两根手指头："那我要两支，给哥哥留一支。"

"好，妈妈都答应你。我们走了。"朝妈亲了亲她的脸颊，出门了。

朝雨写了会儿作业，又看了会儿《西游记》，电视里正放着三打白骨精，她最不喜欢这一段了。以前都是哥哥陪她一起看，今年哥哥又去外地参加比赛，朝雨觉得自己突然变成了小可怜。

不一会儿门外有人喊她，是楼上的婷婷。朝雨打开大门，外面还有扇防盗窗。

"小雨，我们去楼下捉鱼吧。"婷婷已经穿上了胶鞋。

"我爸爸妈妈不让我出去。"

"就一会儿。天天捉到一条大鱼，有这么大——"婷婷比画着。

朝雨已经动心了，可还是犹豫着："那你等等我，我也穿胶鞋。要穿雨衣吗？"

"我不穿了。"

"我要是淋湿了，我妈妈会发现我出去了的。"

"那你穿吧。"

两个小丫头下楼，手拉着手来到马路上。这条路的积水已经漫到两边的台阶上，路上行人寥寥无几。

朝雨踩了几下水，一脸的笑容："婷婷，你小心。"哈，溅得婷婷一身水。

婷婷抹了一把脸："小雨，我们去前面。天天说那儿有鱼。我也要捉一条大鱼，让我妈妈给我做红烧鱼，晚上你也来我家吃鱼，好不好？"

"好啊。那我们一起去捉。"

两个小丫头玩得不亦乐乎，浑然忘记了平日父母的嘱咐。

雨越下越大，天也渐渐暗下来。暴风雨的速度又快又猛，顷刻间，路边一棵百年梧桐被吹倒了，大树连根拔起。

"婷婷，我们赶紧回去。"朝雨哭着说道。

两人蹚着水过马路，突然间朝雨一头栽进了水里，雨衣浮在水面，她挣扎着:"呜呜呜呜——"朝雨扑腾了几下,完全使不上力。

婷婷回到马路对面才发现不见了朝雨的踪影,她吓得瑟瑟发抖,大喊着:"小雨——小雨——"

风呼呼地吹着,又一棵大树倒了,砸在了一旁的轿车上,发出哐当一声巨响。

席溪这天提早出门接许博衍下课,风雨太大,她有点担心儿子等急了,早知道就不送培训班了。车子开到半路,因为积水,她只好停车下来走路。雨伞完全不管用,她的衣服已经全湿了。

当她隐约看到水里有个孩子时,她几乎没有思考,就吃力地蹚水过去。

雨水顺着她的脸颊流下,席溪把朝雨从水里捞起来:"小朋友——"

朝雨哇的一声大哭起来,吐了几口水,她害怕地叫了一声:"阿姨——阿姨,救救我——"

"别怕,别怕——"席溪抱着她,心里暗暗松了一口气,"没事了,没事了。"

大风骤起,路边的广告牌漫天飞舞,不知道砸到哪儿了,哐哐作响。

席溪把手里的盒子递给朝雨:"帮阿姨拿一下。阿姨抱你过去。"这是她准备送给儿子的生日礼物。月底就是儿子生日,她买了一个新的悠悠球给他。朝雨抽了抽鼻子,看着眼前的阿姨,紧紧地抱着她的脖子。

席溪一步一步艰难地往前走着,雨水早就模糊了她的视线。就在那一瞬间,又一棵大树杈被风吹断了,砸下来的时候,她根本没法躲避,只是下意识地抱紧了朝雨,把她护在怀里。

后背一阵闷疼,闭上眼时,她又看了一眼怀里的小丫头,真可爱。

她轻声念着两个名字:"剑峰、博衍……"

"阿姨——阿姨——"

雨淅淅沥沥地下着,等救援队赶来时,席溪已经没有了呼吸。

一个生命的逝去,一个家庭的悲痛。

朝爸朝妈满心愧疚,朝雨受到惊吓,他们最后带着朝晖去了许家,却没有见到席溪的丈夫,只看到许博衍。许博衍当时才上初中,如今却没了妈妈。朝妈哭了,她不知道该对这个孩子说什么。对不起?这三个字他们说不出口,太苍白无力。

许博衍披着白色孝布，静静地跪在那儿，脊背笔直，只是那一双红红的眼睛还是泄露了他的悲伤。

朝妈走过去，心疼地看着他。席溪是朝家的恩人，他们一辈子都会记得她的恩情。"孩子——"她轻轻喊了一声。

许博衍慢慢抬起头，以为她是妈妈的朋友同事，慢慢地朝她鞠躬还礼。

朝妈咬着唇角，哽咽难言。她说："你妈妈是个好人，你要好好的。"

许博衍哑声回道："谢谢阿姨，我知道。"

朝晖扶着朝妈，目光与许博衍相视。两个少年短暂地见了一面。

朝妈对朝晖说："你替你妹妹去给席阿姨磕三个头，谢谢她救了你妹妹。小晖，不要再和许博衍说话了。"

朝晖点点头，照着母亲的话去办了。

再后来，朝妈再想向席家那边致歉，席家人都拒绝了，席老太太不肯见。老太太就这么一个女儿，从小宠着长大的。女儿的选择，她敬佩，可是她接受不了这个结局。

老太太留言："这是席溪的选择，我们尊重她。希望你们的女儿好好活着，一辈子无忧无虑。至于我们两家人，不必牵挂，不必负疚。如此结局，皆是命。"

这是当年席老太太含泪说下的话，朝雨不知，却也明白了席家人对这件事的态度。

朝雨因为这场惊吓住院半个月。第一天，她就问了："阿姨怎么样了？"

朝妈给糊弄过去了，等到席溪入土那天，朝爸、朝晖也都来了，病房的气氛有些压抑。

朝妈郑重开口："小雨，有件事，爸爸妈妈想了很久，决定告诉你。"

朝雨眨眨眼："妈妈，什么事啊？"

朝妈扯了扯嘴角："那天救你的阿姨，她叫席溪，席子的席，溪水的溪。"

"席溪阿姨——"她小声念道，"妈妈，席溪阿姨的名字真好听。是雨水汇集成的小溪吗？"

朝妈深吸了一口气，是啊，真是巧。

"妈妈，你什么时候带我去看席溪阿姨啊？"

"小雨，席溪阿姨已经不在了。"

朝雨睁大了眼睛望着她,再看看朝老师,最后看向朝晖:"哥哥,妈妈在骗我。"

朝妈喊了一声她的名字:"朝雨——"

朝雨发疯一般捂住耳朵,一遍一遍地哭喊着:"我不听,我不听!妈妈,我以后听话,我再也不偷偷出去玩了,我再也不玩水了,我听你的话!我不要阿姨死,我不要阿姨死——妈妈,我听话了,我听话了。"

朝妈抱着她,轻轻地拍着她的后背:"小雨乖,妈妈都知道。席溪阿姨也知道,她要你好好生活呢,以后考上大学,做个有用的人。"

"真的吗?"

"是的。"朝妈拿出那个悠悠球,"这是席溪阿姨送给你的,让你好好保存。"

既然命运是这样的安排,那就把悲伤留给过去,把幸福交给未来,替逝去的人好好活着。

后来很长一段时间,朝雨每晚都会被噩梦缠绕,她会惊梦,会哭醒……

朝家每年都要去给席溪上坟,直到朝雨十八岁的时候,她提出以后独自去给席溪扫墓。

每次去上坟,朝雨都会和席溪说很多话,学校的事、她的考试成绩、她的同学,还有她哥哥……末了,她总会说一句:"席溪阿姨,谢谢你。"

谢谢你给了我新的生命。

谢谢你让我早早明白人生的意义。

当晚的事,朝雨和朝晖都默契地没有再提。而朝晖思前想后,决定私下和许博衍见一面。有些事,必须先说清楚,万一结局不完美,那么越早抽身,对两人的伤害越小。

第二天,朝雨醒来,见到坐在餐桌边上的朝晖,她如常地喊了一声:"哥哥——"声音如丝绒般悦耳。

朝晖翻着报纸:"没有早饭,一会儿你路上买点东西吃吧。"

朝雨揉着眼睛嘀咕了一句:"就知道是这样。"

二十分钟后,朝雨收拾好出门:"哥,我去上班了。"

朝晖笑笑。朝雨就是这样,不管发生多大的事,她都不会表露出来。这样的性格，谁也不能定论是好还是不好。

晨会上，高主任把最近的任务分配下去："朝雨负责城北拆迁后续，晓曦负责跟进雨花河治理报道……"

朝雨的眼睛原本还有些混沌不清，这会儿一下子清醒了。她下意识地掐紧了手，坐在对面的程晓曦看向她，对她微微一笑。

"今天的会就到这里，大家去忙吧。天热，你们出外时注意防暑。"

朝雨坐在那儿没动，为什么突然就换人了呢？报社历来的规矩，谁的工作没有做好，才会临时换人。

"朝雨，走了——"宁珊推了推她，"先出去再说。"

朝雨脸色一白，讷讷地问了一句："找谁说？"她俩心知肚明，这事已经没有转圜的余地了。

两人来到走廊上，宁珊忧心忡忡："你打算怎么办？"临时换人，确实让人心寒。

朝雨呼出一口气，目光幽幽地望着窗外："我想争取一下。"

宁珊苦笑："我想主任做这个决定前一定也考虑到很多。程晓曦这两年在社里不争不抢，但凡是有什么好机会都会有她，你还不明白吗？"

朝雨双手抵在窗台上："一直以来都是我在做这项工作，我比她有经验，比她熟稔。"

"这应该是程晓曦自己提出来的吧。"宁珊侧首望着她，"朝雨，以后还有机会的。"

朝雨咬了咬牙："机会都是自己争取的。"

宁珊落寞地说道："我刚来这里，就知道晓曦的背景。"

朝雨怅然，为什么程晓曦突然要做雨花河的报道呢？是因为许博衍吗？

宁珊拍了拍她的肩头："好了，别想了。下班有时间吗？秦州约我，陪我去吧，给我壮壮胆。"

朝雨渐渐敛起情绪。是的，她有不甘，现在也不能让别人看到。

办公室的气氛依旧，似乎谁也没有在意这个临时变动。

朝雨回到座位上，翻着电脑的资料，打开了文件夹，这是上回她和许博衍一起出去收集的资料。她一直都以为自己以后能跟进这个项目的。前两日她甚至还大言不惭地和高主任提了这事。关了文件夹，她靠在椅子上，一脸疲惫。有时候她还没宁珊看得明白，太自以为是了。

程晓曦突然走来："朝雨——"

朝雨微愣了一下。

"之前你不是搜集了很多雨花河的资料吗？我能不能拷一份。"

"还有一部分在我家里的笔记本里，晚上回去发你邮箱。"

"好的，那就麻烦你了。朝雨，以后有问题我再来请教你，可以吗？"

朝雨点点头。

"谢谢啊。改天我请你吃饭。"

"都是同事，不用这么客气。"朝雨心里恨得牙痒痒的，可是对着美女，她就是心狠不了。

程晓曦笑着离开了。

下班路上，宁珊听说了这事，气得骂她："你怎么这么软！她要你就给啊？她自己不能去找吗？就会捡现成的！那是你辛辛苦苦搜集的，你熬了多少个夜晚？平时别的事你挺机敏的，怎么在这上面就不能稍有点自我保护啊？职场如战场，她抢你工作的时候，也没考虑你的心情啊！"

朝雨蔫蔫的："这个给她也没什么，都是为了工作。"

宁珊顺了一口气："那也得看人的！给谁都可以，给她我不服！"

"行了行了，下回我坚决不给。到餐厅了，秦州已经坐那儿了。"

宁珊看了一眼，一段时间不见，秦州的头发还是长了一些，脸色也不是很好。

秦州也看到她们了，他站起来，动作僵硬，表情也很不自然："你们来了，要喝点什么吗？"

朝雨勾了勾嘴角："你们聊吧。"她指了指隔壁桌，"我坐那儿。"

宁珊坐下来："你说吧。"

秦州慢慢落座，搓了搓手："我给你点了一杯葡萄柚。"

这是宁珊最爱喝的果汁，可是现在她没心情："有话直说吧。"

秦州无奈一笑："宁珊，我们怎么突然就变成这样了？我感觉在做梦一样。"

"我已经醒了。"

"我知道现在再说什么都没有用了，我的家庭给你带来了这么大的伤害，我很抱歉。"

"我受不起。"她扯出一抹笑,"也犯不着道歉,每天不知道有多少情侣分手呢。"

秦州舔了舔唇角,知道再说什么都没有意义了。他慢慢从包里拿出一个纸袋:"这里面是三万块钱。我知道,这些年你给我爸妈还有我买了很多东西。我多加了一点,你拿着。"他又拿出了一个袋子,里面装着宁珊给秦母买的首饰。

宁珊接过来,也没有打开。四年多的感情,真是不值什么。能多给多少?放心,她不会不要的。"那就这样吧,我还有事,先回去了。"

"宁珊——"秦州叫住她,"以后你有什么打算?"

宁珊睨了他一眼:"秦州,别在我面前上演恋恋不舍了,我只会更看不起你。我一个人还养不活自己吗?再说了,本姑娘有颜有胸,以后肯定会找一个比你更好的。这个世界不是人人都是拿钱来衡量感情婚姻的。以后如若相见,就当作陌生人吧。"她微微一笑,笑容坦然,"如果我在宁城结婚,会请你来的。"

秦州:"……好。"

宁珊耸耸肩,管他信不信:"我走了。"

朝雨没想到宁珊这么速战速决,经历了这些事,宁珊在不知不觉间变了。

"宁珊——"

"我没事。陪我去把这些东西典当了。"她扬了扬笑脸,东西要了也没用,不如变现更实在。

典当好东西,宁珊傻傻地笑着:"真好。好像卸下了一个重担,再也不用担心了。每次去他家,比面试还可怕。"

朝雨默默听着。

"我准备休年假,然后再请半个月假。"

"去哪儿?"

"不知道,就想出去透透气。"

"这会儿大夏天的,去哪儿都热。"

"回家我怕爸妈担心,想等稳定了再告诉他们,他们一直以为我和老秦会结婚的。有时候想想自己挺不孝的,父母辛辛苦苦把我养大,我能陪他们的时间真是少得可怜，也给不了他们好的生活。"

"你已经做得很好了。"去年，宁珊给了家里十万块钱，让他们在县城里买了房。当时房价三千，陈家买了一套三室的，九十多平方米，一共三十多万。陈家父母一辈子种田打工，靠着微薄的收入供她和弟弟读书。宁珊是他们村里第一个大学生，她上大学的时候，村里还给了她五百块钱。上了大学后，她从大一开始各种兼职，毕业之后，她考到晨报，工作之余又接了几个公众号的编辑工作，这些年才攒了十万块。

朝雨以前看新闻，总会觉得很气愤，觉得这些女孩子不容易，父母在吸女儿的血。真正接触了，她才理解了，更多的是感慨与心疼。

两人去路边吃烧烤。

"朝雨，要不要鱿鱼？我再去拿点。"

"要，还有橙汁。"

"好。你手机响了。"

朝雨赶紧从包里拿出手机："是席哲，我先接个电话。"

席哲的伤养了几日已经好了，这几天一直没和朝雨联系。现在他的民宿已经准备开业了，想着约朝雨去走走："你下班了？那边怎么那么吵？"

"我和宁珊在外面吃饭呢。有什么事？"

"吃饭怎么不叫我？"

朝雨："……你有什么事啊？"

"宁珊的事解决了？"

"嗯。解决了。"

席哲心里恨得牙痒痒的，他被宁珊前男友打成那样，这一辈子都没面子。电话那端传来宁珊的声音，好像是说鱿鱼。席哲咽了咽口水："朝雨，我那民宿八月份开业，周末你和我哥有时间过来住两天，体验一下。"

"行啊。许博衍出差了，周末回来，我和他说一声。"

"那你们约时间。对了，宁珊要是有时间，可以叫她一起来玩。"

"行，那就谢谢席总慷慨了。不说了，我的烤鱿鱼好了。"

席哲听着嘟嘟的忙音，眼角直抽，就这么对自己人啊？

"小哲，在给谁打电话呢？"席奶奶在客厅喊道。

席哲穿着他的夹脚拖鞋走过去："奶奶，是我高中同学。"

老太太眨眨眼："男生女生？"

席哲："……女同学，名花有主了。"

老太太微微失落，问道："你哥这几天又忙什么了，怎么电话也不接？"

"我哥出差去了。"

"整天就是工作，也不知道找女朋友。听小欢（大姨）说，肖韵给她介绍的那女孩子，好像两人处得还不错。"

席哲翻了翻眼皮："这不可能，胡说八道的吧？"

老太太抬手打了他一巴掌："说谁呢？"

"我的意思是大姨肯定是误会了，我哥怎么可能会看上肖韵给他介绍的女孩子。"

"女孩子叫晓曦，说是你大姑以前挺喜欢她的。"

"我去！是程晓曦？"

"你认识？"

"小时候一起玩过。"席哲愕然，他小时候放假就喜欢去大姑家玩，见过程晓曦，两人年纪相仿，一起玩过躲猫猫还有过家家。这些年两人也见过几次面，只是没有深交。

"那姑娘人怎么样？"

"长得还不错。我和她不熟，不知道。"席哲转念一想，大姑父肯定不知道他哥有对象了，所以才会让肖韵给介绍的吧？而他哥那性格，自己的事肯定也不会和大姑父说的。误会就这样越来越深，估摸着父子俩这回又要生嫌隙了。

晚上，朝雨和许博衍两人微信联系。

许博衍和徐逸住一间屋，徐逸和女朋友在打电话，什么"亲爱的""老婆"从徐逸嘴里蹦出来，许博衍有些不适应。他低着头，给朝雨回信息。

朝雨：宁城今天热疯了。S市热吗？

许博衍：还好。多喝点水，少喝咖啡。

朝雨：你也是，少抽点烟。

不多的言语，每个字眼都透着对彼此的关心。

许博衍瞄了一眼指间的烟，抬手掐灭在烟灰缸里，回复道：掐了。

朝雨：【亲亲】

刚发完，朝雨又发来了一段三秒的语音。

许博衍没戴耳机，点开后，朝雨的声音响起来："许博衍，我想你了。"

我想你……我喜欢你……我爱你……

是的，她对许博衍的感情越来越深了。深到她有种恐慌，怕有一天，他们要是分手了她该怎么办？

许博衍走到窗边，拉开窗帘，看着夜幕下的S市，万家灯火，一片星光。突然之间，曾经缠绕着他的那种孤寂感消失了。

他的指腹滑到说话键上："朝雨，我也想你了。"温润的声音让夜晚更加醉人。

朝雨乐疯了，来来回回听了十几遍，确定这是他的声音。从他口中听到这句话，真是太不容易了。

好久，她回复了一个【抱抱】的表情。

许博衍嘴角噙着笑容。

徐逸打完电话，一转身看到许博衍正对着手机笑："许队，是不是朝记者啊？"

许博衍放下手机："我去洗澡。"

"别不好意思啊，我们可是打了赌的。"

"什么赌？"

"我赌你和朝记者有戏。"

"他们呢？"

"他们不看好你们。所以许队加油，我的一百块就靠你了。"

许博衍眯了一下双眸："你们平日里太闲了。"

第七章
真相大白

第二天,他们参加了S市某地区险要地段可视电话试点部署。

天热,大家徒步走了半天,所有人的衣服都湿了。可视电话可以让防汛指挥中心直接可视通讯,第一时间了解各险要处的防汛调度,更快地收集信息。

许博衍一路都在和S市防汛中心沟通,这次回去之后,宁城水务局也计划在偏远地区装上可视电话。

两天学习,大家收获颇多。

当晚,许博衍一行回到宁城。南站满是人,正值暑假,很多人带着孩子来旅游,人潮涌动。

许博衍四下寻找着,终于在出口看到那个熟悉的身影。短袖、短裤、夹脚拖鞋,一双又白又直的腿惹人注目,她也不嫌冷。

两个年轻的男生正在向朝雨问路线,朝雨耐心地解释着:"1号线到××站下,再转5号线到××站。大概四十分钟就能到吧。"

男生看着她:"你是学生吗?"

朝雨糊弄着:"是啊。"

"我是S大的学生,九月份大三,以后你来S市可以找我。"

朝雨偷着乐,看来她挺显小的。刚刚听别人喊她同学,她就觉得异常亲切,可是加微信还是算了吧。

"不方便。"许博衍肩上搭着双肩包一步一步地走来,说话间,他的手已经揽在朝雨的肩头,两人的关系不言而喻。

高个男生望着他:"你是?"

许博衍轻笑了一声:"我是她男朋友。"

朝雨一脸惊喜:"你这么快就出来了啊!"

她回头对那个男生说道:"你们要是再找不到就问问别人。玩得愉快!"她冲他们挥挥手,眼里再无别人。

朝雨挽着他的手,两人走进地铁里,下一班地铁还有四分钟。

她说着话:"不是说七点半吗,怎么提前半个小时了?幸好我来得早……"

想给你一个惊喜啊!许博衍睨了一眼:"你也不嫌冷。"

朝雨皱眉:"今天三十九度啊,室外估计都有四十二度了。"

"地铁里冷,穿成这样容易得关节炎。"

朝雨:"……你好像以前对我穿短裤就很有意见?"她上下打量着自己的腿,"我们办公室的人都夸我腿好看呢,又白又直。"

许博衍挑了挑眉,是好看,那也只能给他一个人看。

不一会儿车来了,周末这个点人还不少。

两人站在中间,朝雨扶着铁杆:"席哲昨天给我打电话,让我们有时间去他那个民宿玩。"

许博衍唔了一声:"明天就可以过去。"

朝雨抬眼看他:"你不累吗?不要休息一天?"

他笑了笑。

"那我和宁珊说一声,席哲也邀请宁珊了。"

许博衍拉着她的手。

这时候,一个中年男人向他们这边蹭过来。朝雨旁边是个穿短裙的女孩子,女孩子一直往她这边挤。起初朝雨没在意,就往许博衍旁边靠了靠。等她发完信息,抬头就看到中年男人的手正伸向女孩子的屁股。朝雨刚要开口,许博衍却一把抓住了男人的手:"你的手放错位置了。"

男人号叫:"你干什么?打人啊!救命啊!"

许博衍更加用力地扭着他的手:"打人?我看你确实欠打!"

男人发疯般挥舞着手,想挣脱离开,车厢的人连忙避开了。

朝雨举起手机,厉声喊道:"你个色狼!你要不要脸?我要把你爆微博上,看你以后还敢不敢!"

地铁快到下一站了,男人急着摆脱他们,许博衍却牢牢地抓着他,纹丝不动。

女孩子连声道谢:"谢谢你们。"她红着脸咬着唇角,艰难地说道:"这人跟着我有几站了。"

朝雨只能说一句:"以后注意安全。"

到了下一站,许博衍把那个人交给地铁民警,这事算是了结了。

朝雨微微叹了一口气:"你说如果刚刚那个女孩子没有遇到我们,她会不会反抗?"

许博衍知道她想什么:"有些女孩子胆小,不是每个女孩子都像你这样。"

"我怎样?"

"有正义感。"许博衍换了个词。

朝雨挽着他的手臂:"你是想说我胆子大吧。"她笑了笑,"我只是觉得有时候,遇到这种事不能一味地忍,如果情况合适的话,大声喊出来,这些色狼也就不敢动手了。"

许博衍瞧着她一张严肃的脸,沉吟道:"视情况而定,狗急跳墙,你要明白这个道理。"他知道她一身正义,眼里容不得沙子,不管是谁遇到这种事,她一定会冲出来。他只希望她能好好保护自己。

两人去了许博衍的住处,许博衍一回来就洗澡,朝雨盘腿坐在沙发上看电视剧。

许博衍洗好澡走过来,朝雨拍拍一旁的位置:"坐啊。"

"我一会儿送你回去。"

朝雨哦了一声,眉梢微挑:"还是要回去啊?那你刚刚在楼下怎么不说啊?早知道我就不爬上来了。"

他看了眼时间:"明天我先去接宁珊,再去接你。"

朝雨起身,站在沙发上,抬手抱着他的胳膊,一张脸贴着他的:"有件事我没有告诉你,刚刚你在地铁上太帅了!"她吧唧亲了他一口,"我的英雄。"

许博衍怕她摔下来,双手圈着她的腰。她俯瞰着他:"博衍,你再说一遍你想我了好不好?"

"不想了,你不是在我面前吗?"许博衍抬手拍了拍她的屁股,"下来。"

"你说!"她突然使坏,双腿灵机一动,圈住了他的腰,"你不说我就不下来。"像个耍赖的树袋熊。

　　许博衍身子瞬间一振。他的傻女友，真的没有发现他的身体越来越热吗？

　　许博衍顺势吻住了她，舌头寻着她的，攻城略地。他说道："你听好了，昨晚就想这样亲你。"

　　原来他真的很想她啊。

　　一个绵长的吻结束，朝雨喘着气，靠在他的胸口，感受着他的心跳。空气中弥散着他身上的香皂味，是舒肤佳柠檬味。

　　许博衍声音沙哑："明天不要穿短裤。"

　　朝雨唔了一声："这两天热啊，穿短裤凉快。"

　　许博衍的手慢慢转移到她的大腿上，一片细腻的肌肤，他掌心的老茧都怕划到她。他想到了以前在古文里看到一个词——肤若凝脂。"我可不想走在街上，别的男人的眼睛一直盯在我女朋友的腿上。还有，民宿那里蚊子多。"

　　朝雨微愣，惊愕了片刻，随即张开嘴，咯咯笑了起来："喂，都什么年代了，你是古代穿越来的吗？"她抬手捏着他的脸，"明朝的王爷还是清朝穿越来的贝勒爷？"她真是没想到，他三番两次鄙视她的牛仔短裤，竟是这个理由。

　　许博衍绷着脸，脸色有些不自然。

　　朝雨抬手捏着他的下巴："许博衍同志，请你与时俱进。"

　　她笑得身子摇摇晃晃，原本两条大白腿就勾着他的腰，这会儿动来动去，许博衍就是再有定力也经不起她这般靠近。许博衍掌心一片火热，双眸压抑着情绪："下来。"

　　她的手指依旧捏着他的下巴："你还没有告诉我，你是哪个朝代来的呢！"

　　许博衍浑身发热，这个小傻子却什么都没有发现。他勾了勾嘴角，往前走了一步。朝雨还没有反应过来，人已经倒在了沙发上，她惊叫一声："啊——"

　　许博衍压在她的身上，双目离她只有五厘米的距离，那双眸子泛着危险的气息，眼底全是她。

　　朝雨动了动，膝盖似乎碰到了什么。她往下一看，恰恰看到他那里："博衍——我——"她要怎么做！

　　许博衍深吸一口气，总有一天要被她磨死："你说怎么办？"

　　朝雨："……我不知道。"她讷讷地说道。她怎么知道这么容易就"擦枪走火"啊!

他扬了扬眉毛,一手撑在沙发上,另一只手抓住她的手:"你要负责。"

"负责?"朝雨蒙了。

许博衍慢慢拉着她的手往下移去,也是存心逗她。

朝雨眨了眨眼睛,当指尖碰到他的裤子时,她闭上了眼睛:"你要不要把裤子脱了?"

许博衍咬牙吸了一口气,不再压抑,俯身亲吻着她的脖子,火热的吻,满满的爱意。他的下身紧贴着她的腿间,朝雨的感官太清晰了,那里被顶着,她唯有抓着他的衣角。

"博衍,没关系的。你若是要——"她愿意给,因为是他啊,这一辈子,她早已认定的人了。

许博衍慢慢平复下来,趴在她身上喘息着。好一会儿,他的眸色渐渐清明:"我送你回去。"

朝雨的脸热烘烘的,眼角余光悄悄看着他:"我听宁珊说,那个憋久了伤身——"

许博衍望着她:"你知道就不要再撩我。"他瞪了她一眼,"抽个时间,我去见一下伯父伯母。"

朝雨抑制不住笑意:"你还真保守啊!"

"走了。"他拿起沙发上的钥匙。

朝雨一路都在偷着乐,不时偷偷打量着他,心想着明天去民宿玩,到时候可千万不能住一起,不然他会更难受的。

下车的时候,朝雨冲他眨眨眼:"席哲那里有很多花茶,明天过去,你可以多喝点,降火的。我回去啦。"

许博衍咬牙,明天他可不会轻易饶了她。

第二天早上,许博衍先去接宁珊,见宁珊带了一个满满的大包,他微微一愣。

宁珊诧异:"许队,你没带包吗?"

"带了一套换洗的衣服。"

宁珊哦了一声。从小事上就可以看出来,女人是个复杂的生物。

车子开到朝雨住的小区。天微亮，卖早点的师傅早早地就出摊了，一排早餐摊位整齐排列，小馄饨、煎饼、烧饼、油条，远远地就能闻到胡辣汤的味道，香气诱人。

朝雨背着一个黑色双肩大包，在牛肉锅贴店门口排着队。

许博衍停下车，走过去接过她的背包，心想着，她到底带了多少东西。

"你先上车等我。"

许博衍笑笑："好。"

不一会儿，朝雨拎着早饭上车，把早餐一一递给他们俩。

宁珊有些不好意思："许队，在你车上吃东西了。"小馄饨热乎乎的，满满的香气。

朝雨自己吃了五个锅贴就饱了，慢悠悠地喝着豆浆，看着许博衍吃早饭。许博衍有个特别好的习惯，就是不浪费粮食。

朝雨问道："味道怎么样？"

"还行。"锅贴讲究火候，不能太早或者太晚出锅，就看师傅的把握度。

"下回有时间，我们坐下来吃，蘸点醋、辣椒，味道更好。"

许博衍应了一声。

朝雨见他嘴角沾了一点汁，犹豫了一下："嘴巴上沾了汁了。"

他问："哪儿？"

朝雨顺手拿纸给他擦干净了："这里。好了，擦干净了。"

许博衍老脸一热，不自然地撇过去。

后面的宁珊突然有点饱了，单身狗被虐了。不过眼前这对硬汉配傻妞，越看越般配。

一个小时后，三人到了民宿。

朝雨在车上做着笔记，记录着出行路线。

城市飞速发展，越来越多的年轻人会选择周末两日游，去周边走一走，放松一下心情。席哲选的这个地方在山脚下，周边都是原生态景色。今天天气好，天湛蓝湛蓝的，像水洗过一般。

"席哲的眼光真好，世外桃源一样。他是怎么找到这个地方的？"

许博衍笑了笑："他大四就开始筹划搞民宿，当时选了好几个地方，这里是我建议的。"

朝雨冲着他竖起了大拇指——我男朋友眼光真好！

依山面湖的湖景山居民宿，院子墙边种满了不同品种的树，桃树、梨树，还有各种花草，放眼都是绿色，与别的颜色相互点缀着，赏心悦目。

民宿的名字叫"行乐"，取自"及时行乐"。这栋房子一共三层，楼下是娱乐空间，以水泥墙为主，楼梯和桌子都采用的铁艺装饰，配上木头，轻工艺和现代风混搭，自然又大气，是年轻人喜欢的风格。一楼有茶吧，两排玻璃瓶里装满了各种各样的花茶，很大一部分都是附近农民自己种的，来这里旅游还可以选购花茶。不得不说席哲很有生意头脑。大厅里还设立了一角书吧，七八平方米，两排书架上摆满了各类心灵鸡汤、旅游类书籍。

看得出来，这里的每一处都是匠心独具，用心设计的。

席哲知道他们到了，迎了上来："大家感觉怎么样？有意见赶紧提。"

朝雨拍着照片，不吝啬地夸赞："很漂亮。"

"那是，都是我亲自打造的，连灯罩都是我选的。我带你们参观一下。"

二楼三楼是房间，因为空间有限，只有八间房，顶楼晚上可以看星星。房间确实有些少，也是为了前来的人能安静地享受假期。

每间房子的装修设计都不一样。来这里的人寻求的就是放松，所以，装修就要抓住这个点。

朝雨问道："这里的房间多少钱一晚？"

席哲挑眉："你们猜，猜对了，下次来免费住。"

朝雨笑笑："一百九十九。"

席哲眼角抽了抽。

宁珊也加入了："二百九十九。"

席哲望着许博衍："哥，你觉得呢？"

许博衍敛了敛神色："每个房间的价格不一样，最贵是三楼东南那间，八百九十九一晚。"

那三人满脸诧异地看着他。

朝雨连忙问道："席哲，他说得对不对？"

席哲难以置信："哥，你是不是看到我们的价格表了？"

许博衍凉凉地看了他一眼，一脸嫌弃："我们晚上怎么安排？"

"三楼只有一间大床房，二楼有一个单人间，你们自己安排。不过我事先说一下,今天还有别人来,房间有限,大家挤一挤。"

"怎么挤?"朝雨和宁珊异口同声。

席哲目光在朝雨身上掠了一下:"你和我哥住,宁珊住二楼东边单人那间。"

宁珊点头:"那间我挺喜欢的。"

朝雨偷偷瞄了一眼许博衍,脸色渐渐发红。

席哲看着两人:"男女朋友住一间怎么了?"

没怎么了啊!朝雨抿嘴不说话。

许博衍问道:"还有没有房间了?"

席哲:"没了。你们都是免费体验!三楼那间是最贵的!早上窗子一开,对面一片花海。"

许博衍看一眼朝雨:"就住那间吧,我先把东西拿到房间。"

许博衍一走,朝雨瞪着席哲:"你是故意的!"

席哲耸耸肩:"节约资源。再说你们是男女朋友,住一间房怎么了?你们啊……要加油啊!"

朝雨咬牙:"席哲你可给我记住啊!"她红着脸走了。

席哲回头看着宁珊:"你的行李呢?我帮你送回房。"

"就一个包,放楼下沙发上了。"两人边说边下楼,"这里真好,周末放假或者小长假可以约朋友过来住住。"

"你要过来提前给我打个电话,我让前台给你留房间。"

宁珊莞尔一笑:"你平时不在这儿?"

"我和同学还合开了一家公司。"

宁珊点点头。她从朝雨那里听说过,席哲家境不错,父母都挺厉害的。虽然他是个不折不扣的公子哥,不过和他几次处下来,知道他人挺不错的。

"席哲,你和朝雨相处真奇怪,怎么说她也是你未来嫂子啊,你为什么老是怼她啊?"

席哲微愣,有些不好意思,便将"情书"的原委告诉了她。宁珊没忍住笑意:"难道剧情不该是,若干年后,你和朝雨在一起了吗?"

"别!我现在里外不是人。嘉行也不容易,暗恋修不成正果,最后变成苦果了。"席哲叹了口气,"我刚刚没告诉他们,嘉行一会儿到。"

宁珊还没见过石嘉行，不过对名字早就如雷贯耳了。她不禁感慨："朝妈从今年年初就去天鸣寺给朝雨求过姻缘，没想到她今年桃花就开了。看来改天我要去试试。"

席哲："……"女人真迷信。

楼上，朝雨站在床脚，雪白的被子整整齐齐地铺在床上，没有一点痕迹。南面一片玻璃墙，外面有一个露台，露台上摆着两把座椅，在这里喝茶挺合适的。

许博衍把衣服挂好，瞥了她一眼："收拾一下东西，一会儿去爬山。"

朝雨咽了咽口水："你——确定今晚我们一起睡？"

许博衍挑眉："你还有其他安排？"

朝雨握紧了拳头："那个……你……我……"

他往前一步，贴着她："什么？"

她心里有些紧张："你要是憋不住，别忍了。"

许博衍："……"

朝雨一本正经地说道："我昨晚百度上查了资料，那个……不好。"她失眠了大半夜，便在手机上查了查，也是为了他的身心健康。

许博衍走到她面前，指尖弹了一下她的脑袋。

"痛啊！"

"你是不是很想把我睡了？"

朝雨的喉咙像被什么堵住了，她举起双手，瓮声瓮气道："我发誓，我没有。"

许博衍眸光微转："别太激动，东西掉了。"

"什么？"朝雨下意识地弯腰看着脚底下，"没东西啊？"

许博衍凝视着他，缓缓抬手，指尖搭在她的肩头，朗声说道："带子歪了。"

朝雨望过去，就看到自己粉色的肩带歪出了肩头，她的脸唰地一下就红了。

许博衍笑盈盈地看着她："没事，都是自己人。"

磨磨叽叽后，两人来到一楼，远远地就看到宁珊和席哲坐在那儿说话，看样子两人聊得很开心。

宁珊回头看到他们:"朝雨,快过来,我刚泡的玫瑰花茶。"

朝雨喝了一口,水里带着淡淡的花香,很好喝:"不上山吗?"

席哲犹豫了片刻才说道:"再等一会儿,十来分钟吧,嘉行要过来,你们不介意吧?"

朝雨:"……"

许博衍凉凉地看了他一眼。

席哲连忙解释:"嘉行也是这里的老板,人多热闹,是不是?"

没人回答他。许博衍不动声色地放下杯子:"朝雨,我们先上山。"

朝雨问了一句:"宁珊,一起走吧。"

宁珊压着声音凑到她耳边说道:"许队吃醋了吧?这脸黑得和锅底一样。我还是不和你们一起了。"

朝雨:"……"

走在青石台阶上,朝雨边走边念叨着:"你别误会啊!嘉行和我们就是同学关系,就跟我和席哲关系一样。"

"不是给你写过情书吗?"

"你怎么知道?"朝雨诧异,"席哲这个大嘴巴。那他有没有告诉你,那封信是他递给我的。"

许博衍停下脚步,这个席哲还真没有说:"看来,你学生时代挺讨人喜欢的。"

"彼此彼此。"朝雨仰着下巴,"你不是也有青梅吗?"晓曦是为了他,才要接手她的工作的吧?

许博衍短暂地沉默,忽而一笑:"以后这里可以不用来了,体验一次就好。"

朝雨吐吐舌头:"我还准备冬天过来看雪呢。听雪饮茶,肯定别有一番滋味。"

许博衍一把拉住她的手,朝雨慢慢退后,身子抵在竹竿上。竹竿微微弯了角度,他的手揽着她的腰,目光沉沉:"我和晓曦也只是小时候认识,后来再无联系。"

朝雨舔了舔唇角,声音低了下去:"我看到你们小时候的合照了,你们以前关系很好吗？"

许博衍没有否认，他妈妈很喜欢晓曦，甚至打趣地说过，以后就让晓曦做他的老婆。看着他的表情，她明白了，抬手抚着他的脸："你不用解释，我都明白。我和你开玩笑呢。晓曦人漂亮，我们报社好几个青年才俊想追她的。"

许博衍微微一笑："她和你说了什么？"

"说了你小时候的事，你学习很好，还有提到阿姨了。"朝雨站直身子，她揪了一片竹叶，心里隐隐有些担心。如果他知道他妈妈因她而死，他会不会恨她、会不会放弃她呢？

他的嗓音略微低沉："我妈和我爸结婚后，一直秉持着男主外女主内，我们家也是非常和乐的一家三口。我妈总是将家里的事情处理得很好，不让我爸分心。而我爸确实一心扑在工作上，最后连我妈妈的葬礼他都在前线抗洪没回来。"

竹林幽静，空气里带着几分湿润，山里不时有风在徐徐吹动。

朝雨的眼眶微微湿润，连声音都哑了。

身后不远处传来了讲话声，还有不轻不重的脚步声。

"朝雨，我们可追上你们了。"席哲大咧咧地喊道。

朝雨回头，咧着嘴角："我们在等你们。"

石嘉行一身灰色的休闲装，朝着两人点点头，解释道："路上有点堵车，来迟了。"

朝雨回道："没事，反正今天休息。"

几个人边走边说着话。

石嘉行最近一直在忙着工厂搬迁的事，两个印染厂都要搬到别处去。

席哲问道："你叔叔这回不闹了？"

"我爸答应分家产，一个厂给他。但是排污许可证不给，就一个公用，以现在的政策，我二叔想办都办不了。"

"要是出了事，还得你们帮着擦屁股。"

"这也没办法。"石嘉行看了一眼朝雨，"什么时候帮我写篇软文宣传一下，广告费你照实开。"

朝雨笑道："好啊。"报社有这样的业务，大家私下里也会自己拉广告。

石嘉行又说道："其实这次搬厂也是响应政府政策，雨花河下半年就开始治理了。"

　　朝雨点点头，可惜她不能参与雨花河的治理的报道。

　　石嘉行继续问道："你们报社谁负责这个报道？"

　　朝雨侧耳："一个女同事。"她不想多说什么。

　　果然许博衍望向她："怎么没听你提过？"

　　朝雨牵牵嘴角："也是前两天刚定下的事。好了，出来就不要聊工作的事了。"她指着前方，"那边有池塘，我和宁珊过去看看。"

　　池塘里种了一片蓝莲花，有的开了，花瓣的颜色蓝中带紫，花蕊是鹅黄色，颜色鲜嫩，远远地看着就像一幅画。

　　宁珊摘了两朵："回去找个瓶子插着，应该可以放两三天吧。"

　　朝雨摘了一片荷叶。其实小时候她很喜欢摘荷叶玩，每到夏天总希望能自己去摘了顶在头上当伞。后来发生那事之后，她再也没有去摘过荷叶了。

　　"朝雨，你为什么没告诉许队采访的事？"

　　朝雨坐在一旁的石头上："既定的事，说了也是徒增烦恼。"

　　"你怎么了？上山后就感觉你情绪不对，因为石嘉行？"

　　她摇摇头："宁珊，如果你有一个秘密，你会把这个秘密告诉你爱的人吗？"

　　"看情况。秘密的话，不是摆在心里的吗？你有秘密啊？"

　　朝雨沉声开口，慢慢打开了潘多拉的盒子："你知道，我不会游泳，我怕水，其实是因为我小时候差点被淹死，不过幸好有个阿姨救了我。"

　　宁珊屏住了呼吸。

　　"而阿姨意外身亡了。"

　　宁珊表情一怔："你到底想说什么？那个阿姨是谁？"

　　朝雨低下头，声音闷闷的："是许博衍的妈妈。"

　　"天，怎么会这么巧！"

　　"是啊。我也不知道会这么巧，阿姨怎么就是他的妈妈。"

　　"你确定了吗？"

　　她点点头："你说我现在该怎么办？"

席哲看着石嘉行从池塘东边回来，步伐又大又猛，问道："你不是去找朝雨说话吗？怎么这么快就回来了？"

石嘉行脸色有些僵硬，动动嘴角："我有点累，先下山休息。"

席哲莫名其妙："怎么了这是？"他跟上去，"嘉行，你也看到了，朝雨和我哥……"

石嘉行脸色紧绷着："行了，你要说的，我都知道。"

席哲玩味道："朝雨这人表面看着无害，心里跟明镜似的。你对她怎样，她什么都知道，不然也不会一直避着你。"

石嘉行一脸烦躁："话这么多，担心我撬你哥墙角？"

席哲嘿嘿笑了两声："你撬不来。我哥看朝雨的眼神，那是装在心里了。"

石嘉行嗤笑："我是看出来了，我还看出来，你看陈宁珊的眼色不对劲。"

席哲正色道："胡说！"

石嘉行轻轻一笑："你自己心里清楚就好。"

席哲立马解释："宁珊挺不容易的，一个人在宁城，前些日子被她前男友家欺负，朝雨找我帮忙。"

"你甭和我解释。我累了，回去睡一觉。晚饭也不用叫我。"石嘉行落寞而走。

席哲摸了摸下巴，嘀咕了一句："撞邪了啊！"

爬完山，几个人慢悠悠地回到民宿，大家各自回房休息。

可能是刚刚和宁珊说了压在心底的事，朝雨这会儿心情好了很多，打开电脑开始写民宿软文。

许博衍洗完澡出来，看了她一眼："席哲给你多少广告费？"

朝雨正在琢磨字眼："他不是让我们免费体验两天一夜吗？"

许博衍擦着头发上的水珠，勾了勾嘴角，提醒她："两天一夜，回头你还要给他写反馈。"这免费的劳动力真是好忽悠。

朝雨恍惚抬头，仔细一想，愣愣地说道："席哲真是奸诈！"

"是你好忽悠。"

朝雨咬牙："奸商！"

许博衍掀起被子："朝记者，你继续。"

"你不帮我？"

"我已经提醒你了。"许博衍掀起被子，优哉地闭眼休息。

朝雨睨了他一眼，愤愤道："你就由着他糊弄我啊？"

他微微一笑。

晚饭前，宁珊过来敲门时，朝雨已经把软文写好了。她的工作效率一向很高，宁珊笑笑："席哲让我叫你们下去。"

晚饭在院子里烧烤。朝雨想拍几张照片，席哲兴冲冲地走过来："朝雨，听说你把广告文都写好了？"

朝雨摆弄着相机，突然看到镜头里的他，灵光一闪："别动——"

席哲定下脚步："怎么了？"

朝雨飞快地拍了几张照片。

"突然发现我的帅了？"席哲扬起下巴，眉目飞扬。

朝雨翻着照片，由衷称赞："帅，真帅！"她微微笑着，"好了，去吃饭吧。"

席哲被表扬了，心里万分受用，晚上对朝雨颇为照顾，积极地给她倒饮料、烤肉串。暗夜下，院中的草坪灯都亮了，灯光一片暖橙。

宁珊悄悄问道："你给席哲下蛊了？他这一晚上突然化身田螺姑娘，忙前忙后的。"

朝雨抿唇一笑，把自己的想法告诉她。

宁珊竖起了大拇指："我服了你。"

"先别说啊，一会儿吃完饭我回去修修图就发。"

"可以想象以后这里会有多热闹。"

两人私下偷着乐。勤劳的席哲还在烤鸡翅，忙得不亦乐乎。

许博衍走过去，拿起一个刚刚烤好的鸡翅。

席哲叫道："这是给朝雨、宁珊的，你要吃自己烤。"

许博衍抬了抬眼皮："朝雨是我女朋友，席哲，占用我女朋友的时间为你打免费广告，做人要厚道。"

席哲："……哥，鸡翅你拿走，我继续。"

许博衍轻轻一笑："下不为例。"

席哲："……"

晚饭后，朝雨以构思文案为由，回房休息，许博衍随之起身。

"哥，你不要回去打扰朝雨工作。你们都走了，就让我一个人收拾院子啊？"

许博衍笑笑："席哲，朝雨已经免费给你当苦力了。"

席哲："……你走吧。"

宁珊忍着笑意，明显这两人要合起来坑席哲："我和你收拾。"

席哲回头看着她："朝雨和我哥真是绝配。"

宁珊心里默默想着，一会儿你要是看到广告，估计要暴走了。其实，席哲还是挺单纯的。

朝雨把文章在微信编辑器上美化一下，增加了几张图片，把席哲那张放在最后，配上一句话：听说民宿老板还是单身哦。

景深的拍摄效果，照片中的席哲，长相绝不输给时下的小鲜肉。

她编辑好内容，再细细看了一遍，点击发送。

许博衍端着水过来，放在她的手边，看了一眼："照片不错。"

朝雨接过水喝了一口，满脸的狡黠："席哲长得还不错。"

许博衍幽幽道："我是说照片拍得不错，没说照片上的人。"

朝雨："……我也不喜欢这款的。"

许博衍噙着笑意："小哲估计有很长一段时间不会寂寞了。"

朝雨直乐。

微信公众号平时有一万多的阅读量，发完之后，朝雨主动分享到朋友圈，让周围的朋友帮忙转发。

【老同学开的店，八月开业，文章末尾有彩蛋。】

不一会儿，就有人给她留言——

【求介绍！求介绍！】

【八月一定光顾，就喜欢这种风格的民宿，还有要一睹老板俊容。[色]】

【老板颜值担当！】

【老板超像柏原崇[爱心][爱心]】

……

朝雨抱着手机，念着留言，眼泪都快笑出来了。

许博衍提醒她:"好了,一会儿笑得肚子疼。"

朝雨揉着肚子:"竟然有人说席哲像柏原崇!哪里像了!"

许博衍国内认识的明星就没有多少,更别说国外的了。

"阅读量一个小时已经两万了,你看席哲的魅力多大。"

许博衍抬手揉了揉她的头发,凝视着她的眼:"忙完了,我们说说别的。"

"说什么?"她敛了敛神色,依旧是一脸笑意,那双眼在灯光勾勒下显得分外明亮。

"雨花河治理,谁负责采访报道?"

一时间,朝雨的笑容僵住了。

许博衍从她的神色里猜到了什么:"你不说,我来猜——是晓曦?"

朝雨唯有轻轻嗯了一声来回应他。许博衍的脸色一变,朝雨竟然在他的眼底看到一丝嘲讽。她握住他的手:"是领导的安排。"

许博衍怎么会不明白?他刚毕业那会儿何尝没有遇到过这样的事?

"这件事我会去处理的。"

"你要怎么做?把晓曦换成我吗?"她摇摇头,"不要,这样不好。"

许博衍捏了一下她的耳垂:"你做得很好。"这些年他接触的记者中,她比任何一个都要认真。对他们的专业,她努力去学。

"你真要为我争取?"她犹豫着,"唉,这样会不会徇私了?"

许博衍抬手点了下她的额角:"朝记者,你脑补太多了。"

"那你还要晓曦报道啊?"

许博衍嗯了一声。

朝雨炸了,不可置信地瞪着他。

许博衍揽着她的肩头,为什么她最近这么患得患失?

"无论是谁来做采访,我还是我,这是我的工作,我配合。"他的职责,他永远都会全力以赴。

朝雨点头:"我也会做好我的工作。"她抓了抓他的掌心,小眼神里满是纠结,"你觉得晓曦漂亮吗?"

许博衍的嘴角带着莫名的笑意:"她很漂亮。不过——在我眼里你最好看了。而且还善良、勇敢。"

朝雨听了果然心花怒放,在他脸上吧唧亲了一口。

两人各自躺下，朝雨起先侧着身子对着床外，只是她睡不着，又翻过来："你睡了吗？"

许博衍正躺着，身上盖着薄被。

朝雨抬手摸着他的脖子，轻轻说道："我第一次看到你的那个晚上，你穿着橙色的工作服，听见你的声音，我的心头像被什么捏了一下，不知道为什么，我特别想看看你的脸。"她的手慢慢下滑，来到他的小腹，她看到过，那里有一道伤疤。她的手停在伤口处，指腹打着转。

许博衍的身子一紧，小腹动了动。

她问："这个伤怎么来的？"

许博衍睁开眼，望着天花板。黑暗中，他的眉心皱了一下："大三那年七月下大雨。当时情况比宁城今年严重了很多，晚上我们扛沙袋，三天没合眼，后来摔了一跤，石块划到肚子。"他一个人在医院住了一个星期。那时候席哲给他打电话，舅妈正带着他在国外旅游。他听着席哲欢快的声音，那刻，他真的很想他的妈妈。许博衍受伤的事也没有通知家里人，这个疤家里至今也没人知道。

"当时一定很疼吧？"她的声音泛着苦涩。

许博衍握住她的手："打了麻醉药，没感觉。"缝了八针，夏天，伤口不好恢复，老是发炎。医生说，如果再深一分，就伤到脾脏了。

朝雨掌心一热，手微微一抖，突然碰到了……许博衍身子一僵，全身的血液都往某处涌去。

房间里开着冷气，原本肌肤还有点微凉感，朝雨这会儿突然热起来，可能是晚上烤肉吃多了，这会儿口干舌燥。她咽了咽口水，猛地坐起来，床重重地晃了一下。

"我……我去喝水。"

话落，她整个人突然被压住了。

许博衍咬牙切齿："又想跑？"

朝雨没想到这回许博衍没轻易饶她，一场"搏斗"下来，两人浑身都是汗。

许博衍拥着她："去冲个澡？"

"你先去。"她想先冷静一下。豆腐都被他吃光了，虽然她也摸到了她心仪已久的胸肌,不过好像还是她吃亏比较多。

　　第二天早上,大家在一楼用餐。清晨一片安宁,空气中带着淡淡的水汽。
　　朝雨看到石嘉行坐在窗口,晨光洒在他的身上,虚虚实实。她落落大方地同他打了一个招呼。
　　石嘉行望着她,再看到她脖子上的青紫,眉眼里的情绪一闪而逝,最终化作一声僵硬的"早"。
　　六人桌的餐桌铺着精致的餐布,阳光铺洒在角落里。许博衍剥着手里的鸡蛋,朝雨一边翻着手机,一边随便吃几口东西。
　　"先吃早饭。"他把鸡蛋放到她盘子里。
　　朝雨笑着说道:"昨晚那条微信有十多万的阅读量。"她看了一眼盘子,"我不吃蛋黄。"
　　许博衍蹙了蹙眉,重新拿回鸡蛋,把蛋黄剥在自己碗里。朝雨笑嘻嘻地说了一声谢谢啊。
　　对面的石嘉行看着两人的互动,脸色没有多大的变化,问道:"你们今晚回去吗?"
　　朝雨点头:"明天上班,今晚得回去。"
　　"关于广告的事,我周二再联系你。"
　　"好啊。不过如果不急的话,九月份中旬刊登,时间正好。"
　　石嘉行凝思了片刻:"不急的。"
　　这时候,楼上传来一阵急促的脚步声:"朝雨!朝雨!"席哲头发都没有梳,顶着个乱糟糟的发型就下来了,真正是怒发冲冠。
　　朝雨吐了吐舌头。
　　席哲冲到她面前:"你为什么放我的照片?"
　　"宣传策略啊,你没看到这条的阅读量吗?"
　　"被你害死了!"席哲穿着个格子睡衣,还在睡梦中就接到他爸的电话。席父在电话里把他狠狠地批评了一顿,说他不务正业,做生意要出卖美色。
　　朝雨讪讪地说道:"我保证你这一年的生意都会非常火爆。"
　　席哲懊恼:"我以后还能来这里吗?我就知道天下没有免费的午餐,果然最后还是靠我!"

那边前台的小姑娘走过来，汇报道："老板，不知道怎么回事，昨晚上店里的电话打爆了，今年的房间已经预订满了。"

大家都笑了起来。

席哲瞪了她一眼："你们都串通一气坑我啊！"

许博衍慢悠悠地说道："提前帮忙审阅了一下。"

席哲吐血，一脸无奈："我刚被我爸骂惨了，明天得回去见他。"

朝雨讨好地给他倒了一杯水："席哲，说不定这次你能找到你的真命天女呢。"

席哲哼了一声："我谢谢你啊。"他说道，"我爸刚刚骂我，别整天和狐朋狗友在一起。我和他说了，这条广告是我未来嫂子做的。"

朝雨："……"

"你们也不用谢我，我也只是稍稍帮你拉了几个关注者。"席哲说完昂着头走了，心情顿时舒畅了许多。

朝雨欲哭无泪："席哲怎么这么幼稚！"

许博衍扯了嘴角："我舅舅很开明的，微信微博玩得比我熟。"

朝雨："……"

许博衍："先吃早饭。"

朝雨哪有心情吃早饭？她默默地咬了几口面包，想着如果见到许博衍妈妈那边的亲戚，不知道会是什么样的情景。她下意识地打了一个寒战，还是有些担心。

吃过早饭，大家计划去划船。各自回房间拿包时，许博衍的手机响起来，屏幕上显示着肖韵的名字。

肖韵从不主动给他打电话，他心头一紧。

"博衍，你爸爸刚刚晕倒了，我们刚把他送到医院。"肖韵平日说话柔声细语，许博衍第一次听到她如此不稳的语调。

"现在怎么样？"

"还在昏迷中。"

"我大概四个小时后能到。"

朝雨在一旁，问道："怎么了？"

"我爸出了点事，现在在医院，我得先回去。"

"我和你一起吧。"朝雨拉住他的手,"别担心,会没事的。"

许博衍报之一笑:"收拾一下东西。"

两人收拾好东西下楼,大家都在等他们。

宁珊一脸诧异:"你们要回去?"

许博衍解释了一下:"你们继续,我和朝雨有点事先回去。"

宁珊道:"我和你们一起走吧。"

朝雨摇摇头:"好不容易出来一趟,你好好放松。"她看了一眼席哲:"我把宁珊拜托给你了。"

席哲摆摆手:"行了,你们有事赶紧去忙。"

许博衍点头:"我们先走了。"

一路上,许博衍都没有怎么说话。朝雨也不知道该怎么安慰他,她的家庭一片和乐,父母还有哥哥从小爱护她,让她长在一个充满爱的环境里:"要不要打个电话问问情况?"

许博衍摇摇头:"不用了,有变化那边会给我打电话的。"他只是没有想到一向坚强的父亲也会有倒下去的时候。在他的印象中,父亲永远都是精力充沛、充满干劲的。每次出现险情,父亲总要第一时间赶去支援。小时候,每一次父亲要上前线,他也闹过:"爸爸,不要走。"

父亲临走前都会抱抱他:"博衍,你要记得,有国才有家。"他是一名军人,有他的使命和责任。他守护了千千万万的家,最后却丢了自己的家。许博衍小时候并不懂。长大了,懂了,却陷入了矛盾中。

两人赶到军区总医院,朝雨去停车,许博衍先上楼。

许剑锋抢救及时,现在已经转到病房了。许博衍大步走进去,就见肖韵坐在床沿的椅子上:"我爸他情况怎么样?"

肖韵呼了一口气,此时她没有了往日的精致,头发凌乱,脸色疲惫,一时间似乎老了很多:"心肌梗死,幸好抢救及时。"

许博衍抿着唇角:"您先回去休息,今天我在这里陪着。"他和肖韵交集不多,但是该有的尊重他都给她。

肖韵理了理头发:"那好,我回去收拾一下换洗衣服,晚上过来。"她欲言又止。

"阿姨,您有什么话可以直说。"

"博衍，有些话我知道我说可能不合适。这么多年来，其实你爸内心对你母亲一直心存亏欠。他也难受，只是他从来不说而已。好几次，我都看到他拿着你母亲的照片偷偷看着。"

许博衍收回目光，炯炯地看着她："我母亲已经去世，再说这些都没有意义，您也不必再说了。"

"你听我说完。你爸爸也不再年轻了，前些日子，他还和我说，他的白头发越来越多了。他老了，人越老越喜欢回忆往事，他对你母亲的亏欠就越深。不要再怨你爸爸了，其实他比谁都难受，因为那是他最爱的妻子。"

这么多年的隔阂，岂是三言两语能化解的？

门外传来几下声响，肖韵开口："请进。"

朝雨探身走进来。肖韵望着她："你找谁？"

朝雨憨憨一笑，心里犹豫着该怎么称呼她。她是许博衍的继母，可是这么年轻："我是许队的朋友，我叫朝雨。"

肖韵眼底有一闪而逝的惊诧："是朝阳的朝？"

朝雨一愣："是的，朝阳群众的朝。"

肖韵动了动唇角："谢谢你过来，你先陪陪博衍，我回家一趟。"

许博衍却开口道："阿姨，这里有我。"

肖韵看了一眼朝雨，不再说什么，拿起包离开了。

许博衍脸色稍稍缓和，问道："车子停好了？"

她连连点头："不好停。正巧遇到一个医生，请他帮忙了。"她打量着病床上的许剑峰，"伯父没什么事吧？"

许博衍的喉咙吞咽了下："心梗。"

朝雨心里一阵感叹，心脏剧烈地跳动着，紧张得掌心里都是汗，或者是心虚吧。许博衍看到她表情复杂的模样，拉了拉她的手。她回过神来，恍然道："这个病一定要注意休息，不能过度劳累。"

许博衍轻轻应了一声："你也回去休息吧。"

"没事，我再陪你坐一会儿。"

两人坐在一旁的沙发上，有一搭没一搭地说着话。

朝雨没想到会在这样的情况下见到许剑峰。细看之下，其实许博衍和许剑峰的五官并不太像，不过许父年轻的时候肯定也很帅气。

"你的眉毛像爸爸，别的都不像。"

许博衍轻笑了一声："我像我妈多一些。"

"是啊，你妈妈很漂亮。"说完，她恍惚地意识到什么，"你长得这么帅，都亏了阿姨。"

许博衍眉眼一变："我刚出生时都说我像我爸，后来渐渐长大，眉眼倒是越来越像我妈了——想不想看看我以前的照片？"

朝雨心抖了一下，面上却不动声色："想！"

许博衍掏出钱包，从钱夹里拿出一张小照片。朝雨拿过来，手指都在颤抖。

照片上，许博衍还是光头，肉乎乎的脸，穿着红色肚兜，他妈妈抱着他。

许博衍打趣道："我一周岁，舅舅拍的。"当时许剑锋没能回来，便没有一家三口的全家福。

朝雨喉咙哽咽，看着看着，眼前就模糊了。她低喃："阿姨她——"

许博衍吸了一口气："朝雨，都过去了。"

床上的人似乎醒了，口里一直念着一个名字："小溪——小溪——"一声又一声。

朝雨和许博衍皆是一怔，尤其是许博衍，他浑身僵硬着，脸色沉得吓人。

朝雨轻轻拉了拉他的手："叔叔醒了？"

许博衍敛了敛神色，大步走到床沿，弯下腰轻轻拍了拍父亲的肩头："爸——"

许剑峰慢慢睁开眼，好半晌，他的意识才恢复过来，看清了面前的人，眼底满是悲伤："博衍啊，你来了。"

许博衍说道："我去叫医生。"

"不用去了，我还好。"许剑峰拉住他的手，缓缓说道，目光从许博衍身上又转到朝雨身上。

朝雨和他的目光在空中交汇，她紧张地咽了咽口水，脸上有一闪而逝的慌乱："叔叔，您好。"

许博衍介绍道："我女朋友朝雨。"

许剑峰有短暂的失神，忽然间笑了："你好。没想到我们会在这样的场合见面。"

朝雨抿了抿嘴角："叔叔，您好好休养，以后我和博衍有时间就来陪您。"

许剑峰缓缓地点点头，满是感慨地问道："你阿姨呢？"家里只有他们俩，他突然发病，肖韵当时都吓坏了。幸好，救护车来得及时。

"回去拿东西了。大姨怎么不在家呢？"

"她女儿怀孕了，前两天就回老家了。"

许博衍倒是没想到大姨真的离开许家了："你们再找个人帮忙。"

许剑峰摆摆手，看向朝雨，扯出一抹笑："等我身体好了，你们常回来坐坐。"

朝雨点头："叔叔，您以后要多休息。工作重要，身体也重要。您要是有什么，博衍会很担心的。"

许剑峰心里恻然："好，我会的。"一场惊吓，醒来又有了惊喜。他说了一会儿话，精神不济，便打发两人回去。

许博衍送朝雨下楼，两人各有所思。一路沉默着走了十多分钟，一直出了住院部。

朝雨侧首："我自己打车回去。"

许博衍确实没有时间送她："到家给我发条信息。"

"你也照顾好自己。"她挥挥手，走进了人潮中。

许博衍一直站在那儿，直到她的身影再也看不见，他才转身上楼。

一个下午，许博衍都在医院陪着许剑峰。许剑峰睡了一会儿觉，醒来的时候看到他，眉眼浮着笑意："你怎么还没有走？"

许博衍怔怔地看看他，没说话。

"早上那会儿，我以为自己没救了。"

"您别这么说。"

"我想到了你妈，我怕没法和她交代。"

"我现在很好。"

"我又怕，自己到死也见不到你一面。我已经错过了你母亲最后的时刻……"

许博衍沉默了片刻，再开口时语气一片平和："爸，您好好听医生的嘱咐，工作上的事该放的放一放。不为您自己，也为肖姨想想。"

许剑峰一脸错愕："好好。我知道的。"

肖韵是下午三点过来的。一家三口都在病房，气氛微微沉闷。肖韵打了水，给许剑峰擦脸洗手。
　　许博衍将一切看在眼里，面色紧绷。他起身："我出去抽根烟。"
　　许剑峰随口说道："少抽点。烟这东西终究对身体不好。"
　　"知道。"他淡淡应了一句出了门。
　　许剑峰看着忙前忙后的妻子，喃喃道："辛苦你了。"
　　肖韵瞪了他一眼："老许，以后听医生的话行吗？"说着，她的眼圈红了。
　　"行。"许剑峰握着她的手，"我听。"
　　肖韵低下头："你说过你的后半生要陪我的，你不能食言。"
　　许剑峰这辈子对席溪食言太多次，他欠席溪的一生都还不了了。昏迷的时候，他梦到了席溪。梦里席溪还是和以前一样，穿着大长裙，一头乌黑的长发，浅笑盈盈。而他却不一样了，他老了，头发白了，腰也没有以前直挺了。
　　"小韵，我不会再食言了。"许剑峰紧紧地握住了她的手。
　　"说话算话。"
　　"我以军人的名义承诺。"
　　她扑哧一声笑了。
　　许剑峰微微笑着，又问道："博衍的女朋友你见到了吗？"
　　"嗯，来的时候匆匆见了一面。"
　　"怎么样？"
　　"什么怎么样？"
　　许剑峰笑了："博衍能带来，我就知道他是认真的。等我身体好了，抽个时间，两家见一面，把他们的事定下来，我也放心了。"
　　肖韵知道他的想法："好。"
　　"那就辛苦你了。"
　　"说什么话呢！"她犹豫了一下，"小姑娘是晨报记者。"
　　"那可真巧了，和晓曦一家单位啊。"
　　肖韵尴尬不已："晓曦那里回头我去解释一下。"
　　许剑峰叹了一口气："席溪喜欢晓曦，可终究是博衍和晓曦没有缘分。"
　　肖韵回道："只要博衍幸福就好。"

转眼到了周一，又是忙碌的开始。报社来了两个实习生，一男一女，男生叫钱璟，分在社会版，跟着朝雨；女生分在生活版，跟着程晓曦。

朝雨昨晚回去后就有感冒的迹象，早上起床，症状更明显了。宁珊给她拿来泡腾片："许队他爸情况还好吗？"

朝雨瓮声瓮气道："心梗，还好抢救及时。"

"幸好没事。"昨天回来的时候，席哲和她说了许家的事，尤其是许剑峰。她听着挺感慨的。不能说谁对谁错，都是命运弄人。

朝雨摸了摸鼻子："先去忙了。"

因为感冒，一上午她都处在浑浑噩噩的状态中。中午吃过饭，她在走廊里给许博衍打了一通电话。站在十一楼往下看，一排郁郁葱葱的梧桐树。阳光从梧桐叶的缝隙里照进来，一点一点铺在了林荫路上。

电话里，他的声音有些疲惫。昨晚他在医院里陪了一夜，人很累吧？

"叔叔怎么样了？"

"情况还算稳定。"

朝雨呼了一口气，心里说不上是什么滋味："那就好。今晚你还过去守夜吗？"

许博衍应了一声。

朝雨感叹："所以生二胎也挺好的。"两个孩子总会相互扶持一下，不用总是一个人扛着。

许博衍失笑："我们以后可以生两个孩子，一个男孩，一个女孩。"

朝雨脸一热："谁要给你生孩子了。"其实她很想，想给他一个完整的家，"不和你说了，我去忙了。"

前方几个同事走过来，程晓曦也在其中，她匆匆挂了电话。同事大姐问道："朝雨，最近是不是谈恋爱了？"

朝雨笑了一下，没有否认。

"我就猜到你最近有情况，一直瞒着我们啊！"

"下回有机会带他过来。"

"那我们可等着啊。"

程晓曦和她目光相视："朝雨，还没谢谢你，你发我的材料我都看了。"

"没事。你用得着就好。"朝雨又打了一个喷嚏。

"我那儿有药,对感冒特别有效,一会儿拿给你。"

"谢谢啊,我也回去睡一会儿。"

午休时间,办公室里稍许安静,只有电脑打字的声响。朝雨闭上眼睛靠在椅子上,享受着短暂的休息时间。睡了半个小时,实习生钱璟把她叫醒:"朝姐,接到电话,汉正路发生一起车祸,要我们立刻过去。"

朝雨惊醒,脸上还压着两道睡痕,她揉揉眼睛:"哪里?"

"南站高架桥那边。"

"你会开车吗?"她吃了药不能开。

"高三毕业就拿到驾照了,老司机了。"

朝雨把钥匙递给他,半个小时后,他们赶到现场。

两辆轿车相撞,后面一辆机场大巴车驶来时来不及刹车,又撞了上去。小轿车上的人受了重伤,已经被送往附近医院,还好大巴车上的旅客大都只是受了轻伤。

朝雨捂着嘴重重地打了一个喷嚏后,赶紧收集好材料,便加入救援。突然人群中有人喊她的名字,朝雨回头就看到了陈念,她灰白的裙子上沾了几处血迹,脸色惨白一片。

"朝雨,你来时开车了没有?"陈念怀里抱着个四五岁的孩子,手臂被玻璃划了一道,一直在流血。

小姑娘的眼角流着泪水:"姑姑,疼。"

朝雨连忙叫道:"钱璟,过来帮一下忙。"

陈念的手受了伤,只得把孩子交给钱璟。

很快,他们开车赶往附近医院。

朝雨和陈念都坐在后座,她打量着小女孩:"她是?"

"我哥的孩子。"陈念平静地回道。

朝雨心里有过几分怀疑,只是这孩子好像并不怎么像朝家人的长相。她从车里的储物箱里翻出两颗糖:"给——"

小女孩眨眨眼,舔了一下嘴角,又看向陈念。

陈念点头:"浅浅,谢谢阿姨。"

"谢谢阿姨。"浅浅接过来,剥了一颗,却先给了陈念。

陈念摇摇头:"姑姑不吃,你吃吧。"

朝雨问道："浅浅？"

"我叫浅浅。陈浅。"浅浅口齿清晰。

朝雨摸了一下她的头发，这头发怎么这么少？两根小辫子用彩色皮圈扎着，就是没几根毛啊。"你哥哥的孩子都这么大了啊，我哥还没女朋友呢！"

陈念轻笑："缘分没到。"

朝雨缓缓说道："我哥可能在等什么人吧。"

到了医院，陈念带浅浅去处理伤口，朝雨给哥哥打了个电话："哥，你在哪儿？"

"学校。"

"我在医院，遇到点事情，你过来一下。"

朝晖皱了皱眉："出了什么事？"

"手臂擦伤。你过来再说。"

朝晖合上书："抱歉，今天的会议先到这里。我家里出了点事，我要去一趟医院。"他看了看时间，"晚上在群里讨论结果。"

"老师，要不我送你。"

"不用。"朝晖匆匆赶到医院，来到外科，找了半天，都没有看到朝雨。他赶紧打她的电话："你在哪儿？"

"哥，我已经离开了，陈念还在那儿。对了，她身边还带着一个孩子。"

朝晖没再说什么，挂了电话。

当天晚上，朝雨买了一些水果，再去医院，一来想看看许剑峰的身体情况，二来就是看看许博衍了。

病房门虚掩着，里面传来了熟悉的说话声："许叔，我叔叔的同学是心梗方面的专家，回头让他给您瞧瞧。"程晓曦的声音一向温柔，语速又缓又慢。

"晓曦，有心了。"许父的话语里是藏不住的喜欢。

晓曦，小溪……还有这样的巧合啊。

朝雨停驻在门口，一时间也不知道该不该进去。这时候她的手机响起来，她连忙退后，一看是陈念打来的："朝雨，今天的事谢谢你，改天一起吃顿饭吧。"

"你们的伤怎么样了？"

"没什么大碍。"

"那我哥他……"

陈念的声音很平静："我们见到了。小雨,我这次回来是打算把宁城的房子卖了,带着浅浅走的。我哥他去世了。"

朝雨愕然。

"先不说了,浅浅在叫我。"

"陈念——陈念——"朝雨喊着,那端已经挂了。她看着手机屏幕,心思一转,她得去陈家一趟。

朝雨刚想走,许博衍已经寻了过来。他刚刚在房间听到了电话铃声,就知道她来了。许博衍拿过她手里的东西："怎么不进去?"

朝雨回道："刚接到朋友的电话,我得过去一趟,帮我把东西带给伯父。"

许博衍握紧她的手："不急,耽误不了多长时间,和我一起进去,一会儿再走。我今晚也回去。"

"别,我不进去了。"朝雨惶恐地不肯跟他走,"里面有人啊。"

"怕什么,有我在。"他无奈地摇摇头,牵着她的手走进去。

朝雨硬着头皮跟在他身后,病房里面坐着几个人,可不止程晓曦在啊。

"爸,朝雨来看您。"许博衍松开她的手,把东西放到一旁的桌上。

朝雨尴尬不已。众人都看着她,尤其是程晓曦旁边的一对中年夫妇。

"叔叔,您好些了吧?"

许剑峰点点头,对她报之一笑："好多了。谢谢你来看我。"他也不知道该说什么,儿子就是故意的,明知道程家人都在,他还把朝雨带过来。

朝雨看向程晓曦,微微一笑。程晓曦站起来,语气里满是惊讶："早知道你过来,我们就一起了。"

程母问道："你们认识?"

"我和朝雨是同事,今年的防汛专版就是她做的。"

众人都看过那期报纸,不由得点头。许剑峰也微微愕然,随之赞许道:"原来是朝雨做的啊。我看过,很专业,一看就知道做了不少功课。"

朝雨："叔叔,您谬赞了,是博衍提供的材料。"

许博衍一直站在她的身旁,背脊挺拔。朝雨眼角余光看了看他,嘴角突然浮起一抹笑意。原来,自己成了他的挡箭牌啊。

众人终于明白了，这两人是因为工作才相识了，人家心里各有所思。

许博衍这时候开口："爸，朝雨的单位还有点工作，我先送她回去。"

许剑峰摆摆手："去吧。"

许博衍牵着她的手，朝雨怎么挣脱都不管用。这都明目张胆地牵手了，两人的关系再明了不过。朝雨只觉得掌心热热的，她没有再看其他人的表情，可是能感觉到投注在她身上的目光有多灼热。

程父干干一笑："老许啊，看来你要请我们喝喜酒了。"

许剑峰笑着："一定一定。"

出了医院大楼，朝雨呼了一口气，用力挣脱了他的手。

"怎么了？"许博衍问道。

"你故意的。"朝雨愤愤说道。

许博衍扯出一抹笑："这样最直接，打消他们所有的念头。"

朝雨撇嘴："下回你自己解决，别拉我。"

"不会有下回了。"他沉声说道，"你爸什么时候回来？"

"八月中旬吧。"朝爸每年暑假都要带着朝妈出去玩一段时间。今年去的云南，朝雨和朝晖都挺不放心的。不过两人最近发来的信息，看得出来，两人玩得很开心。

许博衍抬手理了理她的头发："也快了。"他低下头，突然想吻她。

朝雨连忙避开："感冒，别传染给你。"

许博衍还是啄了一下她的嘴角。跟她在一起时，他的心情总会非常好。记者做多了，她给人乍一看那种干练的感觉，可接触久了，就会发现，她是小糊涂一个。他却越来越喜欢和她在一起的感觉。

朝雨捂着嘴巴，在晦暗的橘色的灯光下，她的两颊浮着淡淡的红晕。她说："后天我要去C市出差。那边有个读书活动。"

"一个人？"

"我们社会组，也算变相的一日游吧。"

"后天我也要开会。"

朝雨痴痴看着他："怎么觉得我们像牛郎和织女一样。"

许博衍半眯着眼，不疾不徐地说道："行了，周末我陪你去看电影。"

"好啊。说定了，你到时别食言。"

许博衍的手机又响了，是一串陌生的本地号码，前两天就给他打过电话，他当时忙没接到："等下送你回去，我先接个电话。"他按了接听键："你好——"

"你好，我是朝晖，朝雨的哥哥。"

一场意外的重逢，朝晖从医院把陈念和浅浅送回家。两人的话都不多，只有简单的几句问候。朝晖站在老房子那棵桑树下，徘徊许久，天色阴沉沉的，似有下雨的迹象。一向冷静自持的他突然烦躁起来。很多事从脑海拂过，他终于拨通了许博衍的电话："你什么时候方便，有些事我想当面和你谈谈。"

"明晚如何？"许博衍说了一个时间。

"可以。不要告诉小雨。"

"我明白。"

朝晖挂了电话，回头又看了一眼五楼的窗口，陈旧的门窗浮出模糊的光影。

时间在一分一秒地过去，曾经在生命中出现的人，却无法抹去。

朝晖想起了他们小时候的光景。

朝雨和陈念夏天到树下摘桑葚，下面的都被附近的孩子摘光了，桑葚树顶还挂满了一串串饱满的桑葚。朝雨总会拉着陈念在树下等着他放学归来。

陈念年级比朝雨高，懂事很多。每每朝雨嘴边和手上吃得都是深红色，身上的白裙子都染了色。而陈念总是吃得小心翼翼，生怕弄脏了衣服。她总是穿着别人的旧衣服，却非常爱惜。

陈家家庭困难，陈念的母亲在她几岁时就和她父亲离婚了。她还有一个哥哥，是附近出了名的小混混。大概是家庭的关系，她总是安静的，自卑，抑或是无奈。

朝晖从小就被父母叮嘱要照顾妹妹，对陈念也颇为关照。暑假的时候，他会给她们补课，陈念会带着作业到他家来。大夏天，他拿冰棍给她，小丫头总是躲闪着不肯要。无论他和小雨怎么劝，她都不吃。

那时候的夏天，小孩子总会缠着父母买冰棍吃，五毛钱一根，吃得满足又开心。

陈念怎么会不喜欢呢？只是她不敢贪心。

……

朝晖这些年在美国很少想以前的事。他不明白，那么乖巧的小丫头怎么突然之间就性情大变了。那是在陈念读高三的时候，朝晖已经大二。平时回来，他每次都要给她补补课，时间都是固定的。直到有一天，陈念不来了。他以为她家里有事，他当时匆匆回了校，心想下周回来再找陈念问问。只是他没想到没有下次了，陈念再也不和他联系了。

陈家搬家了，谁也不知道他们去了哪里。

朝晖以为，陈念过段时间就能回来。可是没有，她什么也没有交代，走了几年也没有一丝音讯。

大四毕业那段时间，他忙得昏天黑地，为去美国读研做准备。本以为不会再见陈念，没想到她突然又回来了。她还能笑着喊他一声："朝晖哥。"她平静地说着这些年的事，她没有再读书，四处打工。

没多久，一个染着黄发的男孩过来，她挽着男孩子的手臂："朝晖哥，那我回去了。"

他的小姑娘啊，来了，又走了。这一别又是几年。

今天在医院一个字都没有和她说，他也没问。她说浅浅是她哥哥的女儿，他信！反正他知道不是他的女儿。

浅浅长得像陈念，和她小时候一样，瘦巴巴的，头发又黄又少，像是营养不良。

朝晖敛了敛神色，转身走出了院子。等他回到家，朝雨也回来了，坐在沙发上写稿子，皱着眉敲打着键盘，他放下车钥匙走过去。

朝雨抬眼看着，见他木着脸，便试探地问道："哥，你吃过饭了吗？"

朝晖的语气没有什么情绪："没。"

"陈念没和你一起吃饭啊。"

"多少年没见了，我和她又不熟。"

朝雨："……"那你收着人家的照片做什么？

"下回有事直接打电话给警察。"

朝雨嘴角抽了抽："哥，你看到浅浅了吗？"

"嗯。"

"浅浅是不是你和陈念的女儿啊？"

朝晖抬手就敲了一下她的额头："整天乱想。"

朝雨捂着额头："那真可惜。其实要是的话，爸妈肯定高兴，直接升级爷爷奶奶了，这样也不会有人催你相亲了。"

朝晖睨了她一眼："忙完了早点休息。我先去洗澡。"

朝雨喊道："哥，我听说陈念她哥去世了。"

朝晖的脚步稍稍一顿："嗯。行了，我会处理的。"

第二天傍晚，许博衍如约来到附近广场的一家茶吧。茶吧安静，古琴声悦耳。

在侍者的引领下，许博衍来到包间。包间门一推开，两人的目光在空中相接，彼此点了点头。

朝晖开口："从单位赶来的？"

"刚下班了。"

"点了一壶毛尖，你想喝什么？"

"不用麻烦，就喝毛尖。"许博衍从朝晖脸上依稀能看到朝雨的影子，兄妹俩有四分像。

朝晖端起茶壶，给他倒了一杯热茶。茶水冒着氤氲的热气，带着淡淡的茶香味。

许博衍把紫砂杯端到面前，等茶凉却，微微抿了一小口，舌尖微微苦涩。

朝晖指尖摩挲着茶杯，缓缓开口："我们见过面。"

许博衍的目光沉如海底，没有一丝波动，却是那么澄澈坦然："我有印象。"接到朝晖的电话时，他就猜到朝晖见面的缘由了。

朝晖的嘴角浮出了几分笑意，从见到许博衍的第一眼，他已经放下了心中的担忧。

两人三言两语就揭开了多年的面纱。

"你什么时候知道的？"

许博衍指尖在桌面上敲了几下，这是他习惯性的小动作："回来没多久，同一天我和朝雨在墓园相逢。一开始只是感觉，我并不知道我母亲当初救的人是谁。"席、许两家人对这件事也会闭口不谈。起初，他根本没有想过这辈子还能与母亲救下的那个人有交集。

那天朝雨在他家见到他母亲的照片,脸色就不对劲了。他把所有的事串起来,自然想明白了一切——朝雨就是当年被救的小女孩。

世间任何事的安排都有它的奇妙之处。在你我不知道的时候,已经开启了另一段故事。

朝晖眉心一动:"你想过没有,你的家人会接受小雨吗?"席家长辈能平静接受吗?

许博衍勾了勾嘴角:"所有的事,我都会处理好。"

朝晖喟叹,心里更多的是感动:"这些年来,我们家也没有忘记过你母亲。尤其是小雨,在她心里,早已把你妈妈当作亲人一般。"

许博衍摸摸鼻子:"她一直没有放下。"

朝晖忽而一笑:"以后要靠你疏导了。"

他微微笑着,端起茶与朝晖碰碰杯子。

朝晖说道:"我爸妈要是知道你们的事,估计要吓一跳了。"

许博衍神色凝重:"伯父伯母那里烦请解释一下。"

"放心。小雨那儿你准备怎么办?"

"等过段时间,我会和她说清楚的。"

"这些年她都放不下你母亲的事,心里的结也只有你能解开。"他又笑道,"听说之前,你们有些不对盘?"

许博衍抚了抚额角:"她一开始有些嫌弃我的水平。"

"哈哈哈……"朝晖朗声一笑,"她就这样,每到夏天,哪里淹水,她就要发表意见。其实,我们都知道她是想到了席阿姨。"

许博衍抿着唇角:"我知道。"

人生苦短,很多事无法说清。谁欠了谁,谁负了谁……只要相爱的人能够在一起,能够幸福,人生还有什么过不去的?

夏天越来越热,六点的光景,太阳早已升上来,天边一片橙色光彩。

早上,报社一行人有说有笑地在大楼下等着大巴车。

朝雨和程晓曦站在一起,两人尴尬地沉默着。自从那天在病房里碰到,她们之间越发生分了。幸好,大巴车这时候来了。

朝雨看了一眼手机，没有信息与电话。难道他忘了她今天要去出差的事？

大家陆陆续续开始上车，朝雨勾了勾嘴角，把手机放到包里，上了车。

这时候前面有辆车开过来，那车鸣了两声。车门打开，一个熟悉的身影走下来。

大巴车上的人都看到了："朝雨，你家属来了。"

朝雨探身一看，连忙下车。

许博衍手上拎着一个袋子，里面装满了东西。他一步一步朝着她走过来，阳光洒在他的肩头。

朝雨望着他，她知道这位骑士是为她而来。

等他立于她身前，她细声问道："不是上午开会不来了吗？"

许博衍低着头，打量着她。她今天穿了条过膝牛仔破洞裤，上面一件蓝白相间的条纹T恤，背着双肩包，这样子确实像出去旅游。

"路上有点堵车，来晚了。"

她暗暗咬牙。口是心非的人真是……不可爱。

许博衍抬手抚了一下她的脑袋，叮嘱道："注意安全。这是零食，在车上和同事一起吃。"

朝雨有种感觉，上小学时爸爸给她准备出游的零食，让她和同学一起分享。她忍着笑意："我不在家，你要好好照顾自己。"

许博衍心中一暖，他甚是喜欢这样喋喋不休的她："好了，上车吧。"

车上的同事纷纷看过来，大家脸上满是惊讶，一脸看戏的表情。

朝雨的脸微微泛红，接过袋子，却勾着他的手，闷声说道："人多就不吻别了，等回来再补哈。"

许博衍面上不动声色，唇角却浮出一抹隐约的弧度："行了，赶紧上车。"

朝雨上了车，回头看他一眼，满眼的爱意。

他就站在那儿，身姿挺拔，目光柔和。

这一路大家都在讨论他们的事，问题一个接着一个："朝雨，你太不够意思了，没把我们当朋友，一直瞒着我们啊。"

朝雨连连告罪："姐妹们，是我的错，回头我请客。"

"你藏得够深的啊！领导让你去采访，你顺便找了个男朋友。"

"你是不是一开始就看上他了啊？许队是颜值和身材担当。"

"你们谁追的谁啊？"

大家你一言我一语地追问着，朝雨无力招架，只得求饶："当然他追的我好吗！"

"切！你刚刚那什么表情，明明一副舍不得走的样子，许队一出现，你的眼睛都直了。"

朝雨："……有那么明显吗？吃东西，吃东西。"

两个多小时后，到达书城，主办方派了工作人员来接待他们。

三十八九度的高温，也挡不住来看书的人，心品书店满满的都是人。

朝雨和钱璟一起行动。钱璟拍好照片，不一会儿过来说道："朝姐，我刚看到刘心武老师今天在这里签售。"

朝雨读书的时候很喜欢听刘心武老师揭秘《红楼梦》，听说他最近在揭秘《金瓶梅》。

"几点开始签售？"

"没注意。朝姐，你喜欢刘心武老师？"

"难怪来了这么多人，不知道能不能排到签名。"百家讲坛当初火了好几个文学大家，朝雨最喜欢的就是刘心武和易中天。

随着电子产品的广泛传播，纸媒这块越来越难做。书店也不仅仅只卖书，也做起了咖啡店、蛋糕店。心品书店是台湾一个商人创办的，文艺雅致，因而吸引了不少文艺青年。

朝雨和钱璟拍好照片，两人定好要用的照片之后，才十一点多。朝雨买了两本刘心武的书，还拿到了签名书，满足了她多年的愿望。

"朝姐，没想到你还是个迷妹。"

朝雨莞尔一笑："其实，我没有看过《金瓶梅》。"

钱璟报然："那你还来排队？"

"有时候买书也不是为了阅读，仅仅是为了满足心中的情结。因为当初喜欢的时候没有得到，长大了还是会心心念念。"朝雨把书装到包里，"下午自由活动，我去附近转转，你呢？有什么安排？"

钱璟犹豫了一下："朝姐，要不要我陪你？"

"不用了，你自己玩吧。我一会儿找家咖啡店，把稿子写好。"

"那行。"

"注意安全,五点半记得回来。"

"知道。"

朝雨读大学时,班级活动来的苏州,去了寒山寺和七里山塘。今天只有半天时间好像也来不及去别的地方,她便在书店一楼找了家咖啡厅写写稿子打发剩下的时间。

稿子写了一半,她的手机响起来,是程晓曦打来的。她有片刻的疑惑,程晓曦怎么会给她打电话?

"晓曦——"

"朝雨,你在哪儿?"

朝雨报了地址。

"那我一会儿来找你。"

"好。"

不一会儿,程晓曦找来了。朝雨问道:"要不要喝点什么?"

程晓曦摇摇头:"我不渴。你在写稿?你可真……"

朝雨合上电脑,对她笑了笑:"反正也没别的事。你怎么不和他们出去逛逛?"

程晓曦望着她,忽而一笑:"他们肯定不想和我一起。"

朝雨愣住:"……怎么会?大家都是同事。"

程晓曦勾了勾嘴角:"真是奇怪,你从到报社实习的那天起,大家就都很喜欢你。每次有活动,大家都愿意和你一组。"

朝雨一时间不知道该说什么,尴尬地喝了一口咖啡,思索片刻,开着玩笑:"可能是我性格比较活泼。"

程晓曦轻轻叹了一口气:"甚至连他都喜欢你……"

"朝雨——"程晓曦目光黯淡,"为什么会是你呢?"她落寞地一笑,"我只是想和你说说话。这些话我也不知道该和谁说。他刚回来的时候,我可高兴了。小时候,我叫他博衍哥哥,我和他一起玩娃娃家,我是妈妈,他是爸爸,席哲是客人。"谁想到,多年之后,她和他之间却生疏成这样。

她究竟是怎么错过了他?从情窦初开,她把所有的感情都投注在许博衍身上了。隔着千里远,她依旧时常想起他。

"晓曦,我知道你们是青梅竹马,你对他有感情,可是我真的很爱他。"

她对他并不是一见钟情，是什么时候喜欢上他的呢？

是他救下了掉下窨井的小男孩时，还是他在宁则救援时，或者是第一次他们在雨花路相遇……

时间不长，可是情谊早已深种。在她并不知道他是谁的情况下，她喜欢上了他。无关他是不是席溪阿姨的儿子，他只是他。当她知道他是席溪阿姨的儿子时，这段感情更加割舍不了了。

朝雨双手捧着咖啡杯，指尖摩挲着杯子身上的图案。

女人何苦为难女人呢？

朝雨看到程晓曦脸上满是失落，心里百转千回。可是她不能退缩，感情不能谦让。

程晓曦拧着眉："阿姨的名字叫席溪，她家里人都喊她小溪。我刚刚认识他们的时候，席阿姨就说我和她有缘。"

朝雨又喝了一口咖啡，苦涩的味道慢慢溶化到心里："他妈妈人肯定很好吧？"

程晓曦没想到她会这么说："席阿姨对我们院子里的孩子都很好，小时候她常给我们买零食，陪我们玩耍……可惜好人不长命。"

朝雨低下头，双手哆嗦了一下，突然感觉很冷很冷。她慌乱地起身："晓曦，我要去买些糕点回去。"

程晓曦顺口说道："一起吧。"

朝雨有种被噎住的感觉，闷闷地难受。

室外三十九度高温，仿佛行走在一个火炉中。苏氏糕点是远近出了名的，前面有十几个人正在排队。朝雨爱吃这些小点心，再加上她不想和程晓曦继续聊下去，宁愿冒着酷热来排队。

程晓曦也一言不发地站在她旁边，两人足足排了二十分钟。梅花糕、海棠糕、方糕都是常见的糕点。苏氏出名的还是松子黄千糕，松子的清香和焦糖的甜味交错着，来旅游的游客都会带些回去送人。

朝雨买了十盒，程晓曦什么也没有买，却帮她拎了一半。朝雨有些不好意思："谢谢你啊。"

程晓曦说道："许博衍不喜欢吃这些。"

朝雨一脸的汗："我爱吃，不是给他买的。"

程晓曦莫名地笑了一下："只要是你买的，他肯定会收下。"

朝雨："……"

就在两人说话间，一辆电瓶车风一般驶过，朝雨眼疾手快，扯了一把程晓曦，而她自己避之不及，跌坐在滚烫的地上，手中的糕点也撒了一地。瞬间，脚踝火辣辣地疼起来。

程晓曦吓得脸色苍白，过了十来秒才反应过来："你怎么样？撞到哪儿了？"

朝雨咬着牙，瞪了一眼骑车的年轻人："这是人行道，你怎么骑车的！"

小伙子也万分抱歉，又要送她去医院，又要赔医药费。朝雨哪有时间，便让他去附近药店买了一个冰敷袋，就让肇事者走了。

程晓曦扶着她回到店里，犹豫道："我陪你去医院检查一下吧？"

"来不及了。"她继续冰敷，"放心，我自己有数。只是扭到了，没有伤到骨头。"

程晓曦咬咬牙："你为什么要拉我？"

朝雨失笑："不管是谁，我都会拉的，这是人的下意识。"

程晓曦沉默片刻，轻声说了两个字："谢谢。"

许博衍正在开会，突然间打了个喷嚏，他摸摸鼻子。

大熊打趣道："队长，有人想你。"

许博衍继续翻资料，朝雨今天并没有联系他，看来玩得很开心。

徐逸也加入到话题中："一日不见如隔三秋。尤其是热恋中的情侣，一秒不见，度日如年。"

许博衍抬首，轻飘飘地来了一句："我看你们是太闲了。"

徐逸叹口气："这天天对着雨花河，我总觉得呼吸间都是一股子臭气。"

许博衍按着记号笔走到白板前，很快就画了一条河："上一次我去查看，发现了沿岸十一个排口全部被封堵，你们看下照片。"

徐逸收起了平日的吊儿郎当："应该是被堵的排污口导致了河水的黑臭。"

许博衍点点头："这十一个排口中，六个明排口可以顺着排口找到排污源头，剩下的五个难度很大。"

大熊："这些年都没有治理好，又岂是一朝一夕能把黑臭河彻底治好的？

队长,你是不是想到什么好办法了?"

许博衍凝思片刻:"我建议一口一案,每个排污口情况不一样,方案也会不一样。明天我们分队行动,现场查看后出方案。"

"好!"大家干劲十足。

"行了,大家去忙吧。"他把白板擦干净。

大熊好奇地问道:"许队,听说这回不是朝记者负责报道了?"

许博衍应了一声。

"为啥啊?"

"避嫌。"

大熊:"……"避什么嫌啊!现在局里上下都知道,水务局第一大帅哥被晨报小记者追走了。

许博衍的手机信息铃声响了一下,他拿起手机,是朝雨发来的:"等会儿来接我,七点十分左右,月牙路。"

哟,终于想到他了。

朝雨给许博衍发完信息,想着一会儿怎么和他解释,自己走路跌倒了?还是实话实说,为救你的小青梅自己崴了脚?

车子开到月牙路,刚好七点零五分。太阳还没有下山,大家各自打车回家,程晓曦也走了,估计是不想见许博衍吧。

钱璟扶着她下车:"朝姐,你还是去医院拍个片子,看看有没有伤到骨头。"

朝雨单脚跳着:"好的。"

许博衍的车停在一旁,看到她下车后还被人搀扶着,赶紧下车。朝雨看到他,冲他挥挥手,露出一口小白牙。

他大步走过去,眉心拧着:"怎么回事?"

"崴了一下,回去再说。"朝雨转头对钱璟说道:"回去记得发布稿子。"

钱璟却一脸憧憬地看着许博衍:"我看过关于你的报道。许队,你好。"终于见到真人了,他一脸敬仰。

许博衍微微一笑:"麻烦你照顾她。"

"朝姐是我师父。那我先回去了。"

朝雨失笑:"明天我可能会请一天假,辛苦你了。"

许博衍扶着她的手臂,问道:"又走路玩手机?"

朝雨真想狠狠捎他一下:"飞来横祸。"她咬咬牙,"我可是为了救你的小青梅才崴了脚,许大队长,求表扬。"

许博衍先是一愣,随即反应过来:"晓曦?"

"当时来了一辆电瓶车,骑得特别快,我拉她时没注意,崴了一下。"她云淡风轻地说道,却紧锁着他的表情,看你心疼谁!

许博衍拧了一下眉,双眸漆黑如墨,抿着唇角没说话,只弯身抱着她,是货真价实的公主抱。

"有人——"她暗暗叫着。

"没人认识你。"

一阵天旋地转后,朝雨双手抱着他的脖子,脸低垂着。这么大的人被公主抱,她还是有点不好意思的。

许博衍把她抱上车,细细查看她受伤的位置。脚踝肿起了一个拳头大小的包,他轻轻一捏,朝雨就叫起来:"痛——"

他冷着脸:"先去医院。"

朝雨见他黑着脸,连忙软下来:"已经冷敷过了,应该没伤到骨头。你别太担心。"

许博衍低垂着脸,嘴角轻轻嚅动:"幸好只是扭伤,如果……"

朝雨看到他的眼底深藏着浓郁的担忧,心里咯噔一下。他是不是担心她和他妈妈一样发生意外?朝雨喉咙一阵哽咽,抬手抚着他的脸:"真的没有事,你别担心。我发誓,我会好好照顾自己,不会让自己有事的。"她凑上去,吻上他的唇角,希望抚平他的不安。

许博衍无奈地叹了一口气:"小雨,我再失去不起了。"

朝雨内心大恸,紧紧握住他的手。如果可以,这辈子她都会陪着他,直到天荒地老。

天色渐渐暗下来,街上的霓虹灯一排一排地亮了,点亮了整座城市。

去医院拍了片子,医生检查后确定她的脚只要休养几日就没事了。朝雨立马露出喜气:"你看,我就说没事吧。"见他不说话,她扯了扯他的衣袖,"哎,你别生气啊!"

许博衍敛了敛神色："走吧。"

她嘀咕了一声："看完医生就没公主抱了？"

许博衍走了两步回头："你不是说你没事吗？"

朝雨："……"

许博衍站在原地伸出手，沉声说道："过来。"

朝雨委屈地站着不动。

他在心底叹了口气，往前走去，扶着她的手臂："这个星期别去上班了。"

"知道了。"也就两天就到周末了。

"要抱？"他问。

"扶着吧，我又不是小朋友。"

"我看你有时候连小孩子都不如，一点安全意识都没有。"

两人出了医院，许博衍送她回家。

车子停好了，许博衍下车去开另一侧的车门，朝雨的目光却定在前方停着的那辆车上。

许博衍见她不动，问道："怎么了？"

朝雨干干地笑了一下："我爸妈来了。不是说周五才回来的吗，怎么突然就提前了？"

许博衍抿唇一笑："真是巧。"

朝雨却为难了，她还没向爸妈坦白谈恋爱的事呢，突然间就把他带回去，万一把朝老师吓到了可不好。她转了转眼珠，堆着笑意："那个……我爸妈还不知道我谈男朋友呢。"

"嗯——"他的尾音微微上扬，眸光盯着她。

朝雨一脸歉意："再等等好不好？我得给他们一点心理准备啊。"

"要多久？"他绷着脸，看不出情绪。

朝雨竖起一根手指。

他问："一天？"

她瓮声瓮气："一个星期好不好？"

他有几分好笑，忍不住揉了一下她的头发，没好气地说道："幸好你没说是一个月。先送你上去。"

朝雨心里有些歉意，总觉得对不起他。

电梯直达十一楼，两人站在门口，走廊光线昏暗。许博衍把药递给她，嘱咐道："贴了膏药就不要碰水。"

"嗯。"她淡淡地应了一声。

"我回去了。"

她看着他进了电梯，电梯数字不断变化，表情渐渐沉下来。她该怎么告诉父母，她的男朋友就是席溪阿姨的儿子。

这时候大门突然打开，朝妈探身："朝雨，你怎么站在走廊不进来？我说我听见声音了，你和谁说话呢？"

"没，我刚在打电话。妈，你们怎么提前回来了？"

"你爸被狗咬了。"

朝雨一惊："爸现在怎么样了？有没有去打针？"

朝妈哎哟一声："你这腿怎么了？"

朝雨解释了一下。朝妈叹口气："你们真是亲父女，有难同当。过来看看，都肿成这样了。"

朝雨嘻嘻一笑："医生说没事的，休息两天就好了。"

朝妈心疼不已，免不了又说了一些话。一直等到朝雨洗完澡她才走："明天我做些吃的再过来。"

"你好好照顾爸爸，我自己叫外卖。"

朝妈瞪了她一眼，又是生气又是心疼。

小区里的路灯发出一片莹白的光，朝妈走到车旁，还未开门，就看到一旁有人，是个年轻的男人。借着光看清楚了他的长相，朝妈心想，这是新搬来的住户吗？小伙子长得还挺帅气的。

她笑了笑，也不知道结婚了没。朝妈收回视线，按了车钥匙。车灯亮了，她正准备走过去。

"伯母——"

她下意识地停了一下，疑惑着，这是在叫她吗？

许博衍灭了烟头，郑重地走过去。

朝妈一脸错愕："小伙子，你在叫我？"

许博衍点头："是的，伯母。"

朝妈温和地笑了笑："你是哪位？"是女儿的邻居还是她女儿的追求者？朝妈心里美滋滋地开始幻想。

许博衍抿了一下唇角："伯母，我是许博衍。"

许博衍——

这个名字她有多久没有听到了，可她从来没有忘记过。一瞬间，朝妈的脸色就变了，连声音都在抖："你是席溪的儿子？"

"是的。"

朝妈暗吸了一口气："你怎么在这里？你是来找小雨的？"天哪！这是怎么回事？

许博衍微微一笑："伯母，我们找个地方说话。"

"好。好。"朝妈一时间不知道该说什么。

两人去了附近一家面条店，过了饭点，这会儿店里人不多。朝妈眼睛一直没离开他身上，这孩子长这么高了。

许博衍给她倒了一杯水："伯母——"

"谢谢。"朝妈看着许博衍，感叹道，"你比小时候壮多了，也黑了不少。"

许博衍勾了一下嘴角："伯母好像没什么变化，朝雨和您很像。"

朝妈一时难言："这些年你好吗？自从你去了珞城，我们再也没你的消息了。"

"谢谢您的关心，这些年我很好。"

朝妈眼圈微红："现在是回来工作了？"

许博衍一一交代。

"那就好，那就好。"朝妈喟叹，"你和小雨是……"

许博衍定定地开口："我和她在一起了。"

朝妈手一滑，杯中的水洒了一半出来，瞬间蔓延到桌面上。许博衍拿过纸巾连忙擦拭着。

朝妈一脸歉意："抱歉。"

等擦干了水，许博衍这才解释："伯母，请您听我说。"

这是一个纯属巧合的故事，却让人莫名地感到温暖。

也许，这世间的巧合，都是为了弥补曾经的遗憾。

朝妈慢慢地消化着许博衍刚刚说的话，又是感动，又有些微哀伤："小雨这孩子，什么都不和我们说。"

"我和她还没有互相坦白身份，我知道她心里有顾忌。"

"小许，我现在也不知道该说什么。你和小雨……我从来没有想过……你和小雨谈恋爱，你们……哎哟，我不是在做梦吧！"朝妈既欢喜又忧伤，这两个孩子能相遇是缘分，能相爱更是难得。可是两人以后呢？许家和席家会有什么想法？

"小许，我真高兴。你这么出色，这么优秀，我也为你感到骄傲。你母亲有你这样的儿子，我想她在天之灵都能感应到的。"朝妈说得动容。

许博衍咽了咽口水："伯母，当年的事都过去了，您也不用再介怀。不管那天是谁，我妈妈都会去救的，不是朝雨，也会是别人。"

朝妈忍住泪意："前些日子，朝雨突然给我打电话要悠悠球，就是当年你妈妈给她的那个，我当时还疑惑，现在想来，她早就知道你的身份了。"

"悠悠球？"

"出事那天你妈妈买的，当时小雨拿着的。你妈妈出事后，小雨一直很内疚，我就骗她说悠悠球是你妈妈送她的，让她要坚强。小雨当时还小，一直当真了，宝贝得很。"

许博衍的喉咙哽住了："那是我妈妈提前为我准备的生日礼物，那年七月我要参加悠悠球比赛。"

朝妈怔然。

"我一直以为那个球丢了。"原来竟落在朝雨那儿了。

朝妈没忍住，还是落泪了，这泪更多的是幸福："刚刚我在家里听到门口的说话声，开门就看到小雨一个人在门口。"

许博衍无奈一笑："她不让我进门。"

朝妈："……小雨有时候就是想得太多。"

"伯母，小雨那里我会说清楚的。"不念过往，才是最好的选择。他会让她从那件事的阴影中走出来。

朝妈点点头，从刚刚的谈话中，她看得出来他是个有担当的男人。每个人都有每个人的缘分，小雨和他这辈子牵扯不断，也许是注定的。

朝妈和许博衍聊了两个多小时，晚上回去得迟，朝爸坐在客厅里着急地等着。一见她回来，他紧张道："怎么这么晚才回来？"

朝妈翘着嘴角，心里可高兴了，嘴里哼着黄梅戏。

朝爸单腿跳着："中奖了？高兴啥呢？"

朝妈瞥了他一眼，双手合十，嘴里念道："佛祖保佑！明天我要去天鸣寺还愿去。"

"到底是怎么了？"朝爸急了，"你别在我面前转来转去的，我头疼。"

搁平时，朝爸一说头疼脑热，朝妈立马紧张。今儿晚上，朝妈一脸淡定，好像没听到一样。朝妈神叨叨地说道："朝老师，你说席溪是不是在天上看着呢？"

朝爸浑身一冷，鸡皮疙瘩都出来了。他板着脸，严肃道："你中邪了！"

朝妈笑着："估计你也不会相信，你闺女啊，脱单了。"

"这不是早晚的事吗？"

"如果我告诉你，她对象是席溪的儿子，你信吗？"

"开什么玩笑？"

朝妈抿着唇角，目光清亮："晚上我见到他了，许博衍他回来了，你女儿和他早就认识了。"

朝爸一脸的不可置信，嘴还硬："怎么可能？你电视剧看多了吧？"

"我骗你做什么？我和小许聊了两个小时。"

朝爸拧着眉："你说真的？他们在谈恋爱？那他们彼此知道对方的身份吗？"

朝妈点头："知道啊。"

朝爸身子一僵："许博衍也知道小雨的身份？"

朝妈又点头。

朝爸嘴角十涩："这两个孩子是着魔了吗？这以后怎么办？"

朝妈也有些担心，现在她的首要任务是安抚自家老公："小雨并不知道人家什么都知道了。"

朝爸不只脚疼，头也疼了："这万一小许是回来报仇呢？"

朝妈："……"

朝爸内心戏满满的，平时八点档狗血剧看多了。他越想越担忧，女儿傻，平日里精明的老婆也变傻了？万一许博衍是回来报仇的呢？骗人骗心啊！

朝妈一巴掌直往他肩头拍去："瞎想什么呢？"

朝爸深陷其中，越想越多，表情凝重："上回我们看的那部电视剧不就是这样的故事吗？"

朝妈咬牙："你是被狗咬了腿，不是脑袋。小许不是这样的人，人家可阳光正气了。"

朝爸："看人不能光看外表，你怎么也变得这么肤浅了？"

朝妈："我看看时间，这周末就让小许到家里来。"

朝爸："你怎么能这么武断？"

朝妈瞪了他一眼："和你简直难以沟通。去洗澡，一身臭汗。"

朝爸："我一个人不方便，我受伤了。"

朝妈恶狠狠道："你的手好好的，自己洗。"

朝爸："……"

这时候朝晖回来，在门外就听到父母争吵的声音了："你们吵什么呢？"

"小晖，我和你说啊——"朝妈现在心情好，她迫不及待地想要告诉别人，脸上的笑意都藏不了，"你还记得许博衍吗？"

朝晖笑了笑："谁啊？"

"就是小雨救命恩人的儿子，你有印象不？和你差不多大。"

"怎么了？"

"我今天见到他了，小伙子真不错……我也没想到，小雨和他竟然在谈恋爱。你说巧不巧？"

朝晖莞尔一笑："巧！真是巧！"

"是啊！席溪在天有灵。"朝妈双手合十，"明天我去烧香。"

朝晖一脸惬意，看来他妈妈已经接受了。也是，他们一家人在心里觉得亏欠许博衍，许博衍成了朝家女婿等于半子，他爸妈还不掏心掏肺地对他好。

朝妈看着他的表情："小晖，你这是已经知道了？"

朝晖唔了一声："比你们早几天知道而已。"

朝爸立马出声，严肃地问道："朝晖，你说许博衍是不是回来复仇的？"

朝晖扑哧一声笑了："爸，其实您还是挺有想象能力的，不去写小说可惜了。"

朝妈也笑了。

朝晖继续说道："我和许博衍见过面，和他聊过。当初我也是有几分担忧，但是见过面之后,一点担心都没有了。他人很有责任感,应该就是我爸喜欢的那种类型。"

"我喜欢什么类型的?"

朝晖坐在沙发上,幽幽道:"他要是你班上的学生,肯定是班长。"

朝爸听他这么一说,心里有了底,但嘴上还是说道:"先见见人吧,还得再考察考察。"

"我忘了说了,这人啊,是朝雨自己追的。市里举办防汛培训班,没她名额,她硬要的。那天夜里下大雨,她半夜发烧,路上的水都淹到小腿肚了,许博衍给她背到医院的。"

朝爸张着嘴巴,喉咙被卡住了。

朝妈感叹:"小许这孩子和他妈妈一样善良。不说了,我明天去还愿。你们早点休息吧。朝晖,你扶着你爸去洗澡。"

朝爸:"……你妈疯了。"他板起脸来,"你晚上去哪儿?"

"出去吃个饭。"

"和谁?"

"一个朋友。爸,你要不要洗澡?"

朝爸恼羞成怒:"我不洗了。"

朝晖:"……随你高兴。"

晚上,朝雨躺在床上,给许博衍发信息:到家了吗?

许博衍没回她,因为此时他正在医院。

肖韵感冒回家休息,晚上他来陪护。其实医院有护士,他不来也没事。不过许剑峰到底是年纪大了,趁着生病,也想要儿子多陪陪他。

许博衍把手机放在沙发上,去洗苹果了。等他回来,许剑峰提醒他手机有信息。

他说:"削完水果再看。"他很有耐心,削苹果他习惯性地把苹果皮削成一根长条。这是席溪教他的,没想到这么多年他都没有改。

许剑峰也记得这个细节,只是他从不表露,接过削好的苹果咬了一口,还真甜。

许博衍擦干手拿起手机,是朝雨发来的,他回了一条。

朝雨还没有睡，很快又回了，让他好好休息。许博衍抿唇一笑。

许剑峰望着他，多久没在儿子脸上看到笑容了？他微微怔神，问道："在和朝雨发信息？"

许博衍放下手机，也敛起了神色："是的。"

许剑峰吃了半个苹果吃不下了，搁在一旁："之前我和你阿姨一直担心你，没想到我是多此一举。晓曦那孩子也不错，你母亲以前也喜欢她的。"

许博衍不动声色地听他说下去。

"这些年你没回来，晓曦每回见到我，都要问一下你的情况，她很关心你。"

许博衍挑眉："所以您就让她负责雨花河治理的报道。"

许剑峰脸色一僵，有些无奈："是我和老周提的，原想着给你们一点相处的机会。"

许博衍嗤笑一声。

"你也没告诉我你和朝雨在一起了，你要早点告诉我，我也不会这么安排了。"

"那您想撮合我和晓曦时问过我吗？"

"别这么和我说话，我是你老子。"许剑峰受不了他的嘲讽，情绪有些激动，"晓曦没错。这事我会和老周说的，让她别去了，免得受你的气。"

"不必了。工作归工作，这项工作也不是我一个人负责，她可以采访的人多得是，我会和她说清楚。"

"她是女孩子，你注意点措辞。"

许博衍默了片刻："我和您不一样。"

病房里突然就陷入了静默中，气氛压抑得让人喘不过气来。

许剑峰握紧了拳头，额角青筋暴起，克制着怒意："你是我生的！"

许博衍喉结滚了滚："我这辈子爱一个人就是那个人，无论生和死，唯有一人。"

许剑峰内心大震，他没有想到有一天儿子会和他说出这一番话："我对不起你妈妈。"许博衍从来没有对他再婚发表过意见，可许剑峰知道，儿子心里对自己失望了，"博衍，你恨我？"

许博衍摇摇头："我不恨您。我妈火葬，您没出现，我都没有恨过您。

因为保家卫国是您的首要责任。可我想问您，既然您娶了她，那您就该担当起做丈夫的责任。如果您不能做到，当初为什么要娶她？我妈也不用那么辛苦，忙着接送我……"最后出了意外。

许剑峰喉咙干涩发哑，这么多年，父子俩从来就没有开诚布公地谈过。席溪的意外是两人不可谈的话题，一碰就被扎得鲜血淋漓："你选择朝雨，因为她是你妈妈当年救下的小女孩？"

许博衍轻蔑地一笑："您想多了。"

许剑峰捂着胸口，愣怔半晌，艰难地说道："你还是像你妈妈多些，不像我也好。"他又笑了一下，眼底闪过欣慰之色，"朝雨那孩子也不错。和你外婆好好聊聊。"儿子完全没有考虑他的意见，但是老太太那里总是要顾及的。

许博衍拧了一下眉，没有再说什么。

第八章
互见家长

　　时间在忙碌中悄然过去了。七月底，许博衍去北京学习一周。回来之后，又是连着一周的加班。朝雨除了休息日，每天也在忙碌着。两人见面的次数少之又少，不见面，只好靠电话联系着。

　　转眼到了八月中旬，高温酷热的天气终于告一段落，天气渐渐转凉。

　　朝雨下班后，打包了几份晚餐来到许博衍单位。她现在已经熟门熟路了，进去的时候，大家还围着办公桌讨论。雨花河治理动工在即，这半个月他们天天都在加班。

　　她一进来，大家都笑了："嫂子，终于来了啊，我们等你半天了！许队这个工作狂，天天压榨我们。"

　　"就是就是，嫂子，你可得好好说说他。"

　　……

　　朝雨硬着头皮听着，脸皮也越来越厚。

　　许博衍走过来，接过她手里的东西分给大家，一边问道："工作忙完了？"

　　她点点头："你们什么时候下班？"

　　许博衍光明正大地拉着她的手走出办公室："今晚不回家，下周一开工。这方案还得再研究一下。"

　　两人走到走廊尽头。许博衍一直拉着她的手，摸到她手上的一个小伤口："怎么回事？"

　　朝雨没好意思说昨天做菜切伤手指："剪快递袋子时不小心划到了手。"

　　"我看看。"他撕开创可贴，眯眼打量着，伤口不深，已经开始结痂了。

　　朝雨连忙要抽回手："没事，不疼了。"

许博衍拿到眼前,认真打量:"下回别自己做菜了。"

朝雨赧然:"……"

他突然间低下头,吻了一下。

朝雨的目光和他对上,在昏暗的灯光下,双眸似含着星光。

许博衍笑了,一手捏着她的下巴,深深地吻住了她的嘴唇,不是浅尝辄止,而是舌头与她追逐游戏着。

许博衍叹息:"感觉好久不见的样子。"

"昨天不是才见过吗?"朝雨也是晚上过来,不过他加班,她先回家了。

"十分钟,一屋子人,你觉得我能好好看看你吗?"

朝雨红着脸,脸微微发烫,轻轻说道:"等雨花河动工后,抽个时间去见见我爸妈好不好?"

怎么不好呢?"你想好了?"

朝雨重重地点点头:"等你忙完,我有事和你说。"

"好。"他的声音里已然带着笑意。

"你不问问是什么事吗?"

"你说,我听。"他握紧她的手。

雨花河治理工作正式开启。周一上午九点整,动工仪式正式开始,市相关领导亲临现场。雨花河投了几十个亿,社会各界都异常关注。本地各家记者齐齐出动,都想第一时间发布新闻。

朝雨在办公室,她从微博上看到了宣传,却没看到许博衍的身影。

宁珊问了一句:"朝雨,其实你今天也可以去现场啊?"

朝雨笑了笑:"看看新闻也一样。"

现在办公室的人都知道许博衍和她的关系,不时拿她打趣,工作采访顺便找到了男朋友。这事也成了报社一大美谈。

"你就这么放心啊?不怕晓曦挖墙脚?"

"我信他。"只是她心里也在纠结着怎么和父母交代许博衍的身份,还有她怎么和许博衍解释她自己的身份呢?

宁珊见她面色沉郁,大抵猜到她在想什么了:"你也别太担心,找个机会,和许博衍谈一下。我想他会理解的。"

朝雨托着下巴："他会不会以为我对他的感情是报恩啊？"

"人家是白狐报恩，你是什么？"

"我是鲤鱼报恩啊，转发大锦鲤有好运的。"

"那也好，大鲤鱼赶紧给他生一窝小鲤鱼。"

朝雨被她说得脸红，上回在民宿两人住在一起，宁珊私下就问过她，两人到什么程度了。宁珊压着声音："许博衍这么能忍啊？"

"不和你说了，我今天得把嘉行的广告整理好。"

"我有点同情石嘉行啊，暗恋这么多年，最后还是这样的结局，真可惜。"

朝雨瞪了她一眼："我怎么听着你这说话的语气越来越像席哲了。"

"我哪里像他了？你别胡说，我原本就是这样啊。"

"你紧张什么？"

宁珊默默地叹了一口气，脸色暗了几分："我和他怎么可能？你不知道席哲的家庭吗？我是一朝被蛇咬十年怕井绳，轻易不谈了。"

朝雨拍拍她的肩头："老秦那种人毕竟是少数。"

"我知道了。你去忙吧，一会儿下班不是要去接你那位吗？"宁珊想到了那天，席哲送她回来，他对她的关心真的让她有些彷徨了。她不傻，席哲对她也许有同情，可是已经不是单单的同情了。

下午下班后，朝雨开车直接去了治理现场。

已到傍晚，夕阳的余晖洒满了天边。她停好车，沿路走过去。

路边几个孩子，三三两两地在游戏。小时候想快点长大，等长大了工作了，反而怀念起做学生的时代。她多看了几眼，越发羡慕七八岁的孩子，自由自在，无忧无虑。

现场还有几家报社的记者没有走，似乎想单独采访，程晓曦也在其中。晒了大半天，大家的脸色都有几分疲惫。

远远地看到许博衍，几个记者赶紧迎过去。

程晓曦站在最前面："我是晨报记者，能否耽误你们几分钟，我有几个关于雨花河治理的问题。"说话时，她微微喘着气。

许博衍对着徐逸说道："我先走，交给你了。"

徐逸开始回答记者的问题。

程晓曦眸色一变，转身就追上许博衍，重重地叫了一声他的名字："许博衍！如果今天是朝雨，她想要采访你，你会拒绝吗？"她不甘心，她也在努力工作，为什么等了一天，他还是视而不见？

许博衍敛了眉眼，抬手看了看时间，五点十分。他舔了舔干涩的嘴唇："徐逸全权参与雨花河治理，他什么都清楚，你想知道的他肯定能解答。"

程晓曦脸色一片惨白，不知道是气的，还是中暑了："那如果是朝雨呢？"

"没有如果，她今天不在这里，我不做假设性的问题。"

程晓曦惨淡一笑，幽幽说道："我在努力，我想把这次报道做好。你为什么连这个机会都不给我呢？"说着说着，她的身子软了下去。

许博衍眼疾手快，一把抓住了她的手臂，才避免她直接摔到地上。程晓曦明显是中暑了，许博衍只好把她扶到一旁。

"博衍哥哥，你为什么把我忘了——"程晓曦呢喃，声音里满是哀伤。

朝雨迎着太阳走来，远远地就看到了他们。等他们走近了，她才看清楚，原来是他和晓曦，两人姿势亲昵。她暗暗掐了一下掌心，问道："晓曦怎么了？"

许博衍回道："中暑了。"

朝雨一愣，赶紧从包里拿出水，还有风油精。

不一会儿，程晓曦慢慢清醒过来。再看到朝雨时，她的眸光彻彻底底没了一丝光泽。

朝雨："你好些了吗？"

程晓曦吃力地坐起来："谢谢。"

朝雨："这两天天热，记得多喝水。"

程晓曦转过眼睛，看着许博衍。许博衍说道："我让人送你回去。"

程晓曦抿着唇角，没说话，却是一脸委屈的表情。

朝雨总觉得自己来得不是时候。和许博衍上了车，凉气缓缓包围，她轻轻呼了一口气。侧头望着他，目光浅浅："你怎么把她气晕了？其实你答应她的采访，我也不会生气的。"

他的眉眼浮着笑意："确实有事。"

"那要是这次是我呢？你会答应吗？"

许博衍回答道："如果是你再说。"

朝雨勾了勾嘴角："最初的时候，你还不是拒绝我了吗？"他从来就不是一个假公济私的人。

她给他递了一瓶水，许博衍拧开，咕噜咕噜灌了半瓶。朝雨看着他汗湿的 T 恤，目光沉了几分。

许博衍拧上瓶盖，回头对上她恍惚的眸子："想什么呢？"

朝雨咽了咽口水，心口扑通扑通地跳着："想和你说一个故事。"

他问："什么故事？"

朝雨的指甲用力地掐着掌心，缓缓开口："有一个小女孩……"话还没有说完，不远处突然有孩子在大声地哭叫。许博衍立马解开安全带，拉开车门："等我回来再说。"

两个孩子落水，在水中扑通扑通地挣扎着，眼看着孩子就快没力气了，岸上的几个孩子急得哇哇直哭。

许博飞快地跑到河边，喊道："都站着，别乱动！"

几个孩子立马噤声："叔叔，快救救他们——"

许博衍立马跳进河里。

朝雨气喘吁吁地跑过来，许博衍已经抱起了一个孩子。这河的河岸高，下去容易上来难，他用力托起孩子："抓紧了。"

朝雨跪在地上，伸出手拉住了孩子的手。幸好孩子还有意识，知道拽着她。

许博衍喊道："再加把力气。"

朝雨咬着牙："过来帮忙。"那个最大的男孩子连忙过来，帮她一起拉。

终于救了一个孩子。

孩子吐了几口水，眼神迷迷糊糊的。

岸上的孩子突然喊起来："圆圆不见了！圆圆不见了！"

一眨眼工夫，刚刚还在水里挣扎的另一个孩子已经不见了。

许博衍游到原来那处，埋头扎进水里，在水中搜寻着孩子的身影。

朝雨握着拳头焦急地站在岸边，她真的很想去帮他，可惜，她不敢。

时间一秒一秒地过去，她从来都没有觉得时间过得如此艰难，像被千斤重的石头压着，沉得透不过气来。

许博衍在水里寻了半天没找到孩子，浮出水面透了一口气。朝雨大声喊道："你往下游看看。"

他又钻进水里,朝雨定定地盯着平静的水面,仿佛间又回到了儿时。其实当年被救的画面很多她都没有记住,只是靠着自己的想象力构建了一个画面。

有一句话怎么说的,历史总是惊人的相似。这一幕她好像见过。曾经席溪阿姨救她,今日许博衍又在救落水的孩子。

"圆圆——圆圆——"孩子尖叫着。

在她恍惚间,许博衍找到了那个孩子。朝雨哭着笑了,心上的石头终于落了一半。谢天谢地,终于找到孩子了!

许博衍游到岸边,托起圆圆,仰着头喊道:"拉他上去。"

孩子已经晕死过去。朝雨把孩子平放在地上,一连做了十几个心肺腹压,孩子都没有反应。

许博衍已经爬上岸来,他喘着气问道:"怎么样了?"

朝雨的声音微微颤抖:"没有呼吸了。"说着她又翻看了孩子的眼皮,"瞳孔放大。"

"我来。"许博衍又给孩子做了几下心肺腹压,孩子依旧没有一点反应。

朝雨用力咬着唇角,突然想到了什么:"博衍,把孩子倒背着,我们再试试!"

许博衍依照她说的做,朝雨用力地拍着孩子的背,每一下都用足了力气。

啪——啪——连着拍打了二十多下之后,朝雨筋疲力尽,突然间孩子猛地咳出了一口水。

孩子毫无力气地喊着:"疼……"

朝雨咧着嘴,终于如释重负地笑了:"许博衍,他没事了。"

随后,救护车赶来,两个落水的孩子被送往医院。孩子的家长赶过来,免不了对孩子一顿严厉的教育,又气又后怕。朝雨和许博衍站在一旁,两人面上冷静,心底却各有所思。

家长对他们千恩万谢,抹着泪说道:"太谢谢你们了,今天要是没有遇到你们,这俩孩子就没命了。"

朝雨抿唇没说话,她太理解他们的心情了。

许博衍回道:"孩子没事就好。"他抬手摸了摸圆圆的头:"好好养着,以后别皮了。你们好好休息。"

两人出了病房，走出医院大楼，天色早已暗下来。他们走到路边，站在一处空地相顾无言，享受着这一刻的安宁。

朝雨深深地呼了一口气，转身突然抱住了许博衍。他轻轻抚了抚她的头发，问道："吓到了？"

她不言，只是用力地抱着他。

"没事了。"他的手放在她的肩头，刚要动作，她却突然开口了："我小时候也被救过。"她的脑袋蹭了蹭他的胸口，像只依恋主人的小花猫。随后她慢慢抬首迎上他的视线，一阵沉默。朝雨的手慢慢松开，目光闪烁着，她决定说出来。在最后离开的时候，他却突然握住了她的手："我知道。"许博衍说。

他知道什么？朝雨微微勾了勾嘴角，声音很低，却足以他听见："我获救了，救我的人却没有那么幸运。"她低下头，不敢再看他。自从知道他是席溪阿姨的儿子后，每一次见他，她心里都充满愧疚。

朝雨吸吸鼻子，眼泪滴落："我从来没有告诉过你，救我的那位阿姨，她的名字叫……"

"席溪——"许博衍和她几乎同时念出了名字。

朝雨猛地抬头，一脸的不可置信。

许博衍抬手擦着她眼角的泪水："我知道，我都知道。"

朝雨的眼泪止不住，一颗一颗地落下来："对不起——对不起——我不是故意的。"

许博衍吁了一口气，双手紧紧抓住她的手臂，一字一字地说道："我从来没有怪过你。"

朝雨哭得伤心，仿佛把这些年积攒的眼泪都哭光了："对不起，我不能把你妈妈还给你了。"她欠他的太多了，可能这辈子都还不了。

许博衍把她拥到怀里，眼眶微红，一下一下地抚着她的背脊。月亮当空，皎洁的月光洒满了一地，温柔而缱绻。等她平静下来，许博衍正视着她的眼睛，开口道："那天即使不是你，也会是别人。"

救人还是自救，一念之间。

朝雨咬着唇："可是……"

"没有可是。你活着，活得幸福，我妈妈牺牲才有意义。你明白吗？"

他弯了弯唇角,"我问你,假若有一人,我为救人而……"

她猛地捂住了他的嘴巴:"不要说!我知道你的意思。"她摇摇头,"不要说!"

许博衍见她一脸紧张,拉住她的手:"我不说了。你也不准再想欠了我什么。你没有欠谁的。"

朝雨听话地点点头。

许博衍垂眸看着她:"这几年我不在宁城,你不是每年都去看我妈妈吗?比我孝顺多了。"

朝雨轻轻蹙眉,哭笑了一下:"谢谢你。"

许博衍摇摇头,微笑着牵着她的手,一步一步地往前走。其实,他该谢谢她才是。如果不是她的出现,他的生命不会像现在这样,有了生气,有了期待。

许博衍送她回到家,朝雨在楼下的便利店给他买了一套换洗衣服。

到了家,他先去冲了一个澡,换上了干净的衣服。出来的时候,朝雨正坐在沙发上,出神地看着腿上的盒子。她对他说道:"你快过来。"

他擦着湿头发:"什么东西?"

朝雨献宝似的打开了:"悠悠球,那天阿姨留下的。今天也该物归原主了。"

许博衍放下毛巾,拿过悠悠球。他小心翼翼地握在掌心,指尖都在颤抖。向来隐忍的他,这一刻眼眶里也闪烁着湿润的光泽。迟到多年的生日礼物,却在她这里看到了。他的声音沙哑,解释道:"这是那年我的生日礼物。"迟到了这么多年,母亲又送给他一份一生中最珍贵的礼物,那就是把她送到他的身边。

朝雨尴尬道:"后来知道你是席溪阿姨的儿子后,那次看到你玩悠悠球,我想这个球应该是阿姨送你的。"

许博衍轻轻一笑。

"你以前很喜欢玩悠悠球吗?"

"玩了很长时间,也参加过比赛。"母亲对他的教育很宽容,别的孩子忙着各种兴趣班补课时,因为他当时喜欢玩悠悠球,她从来没有强加要求。

朝雨沉默了片刻,问道:"你是什么时候知道这件事的?"

"和你差不多时间吧。"

朝雨鼓着嘴巴,拍了一下他的胸口:"你怎么都不告诉我?我担心了很久好吗？我怕你不原谅我，又怕你觉得我是因为席溪阿姨才喜欢你的。"

他略略沉吟："那么，是因为我妈妈吗？"

朝雨脸色郑重，老实地回道："因为你是席溪阿姨的儿子，我会更加爱你。"

许博衍淡淡地笑了，这个答案啊！

"你不要多想啊，我可不是来报恩的。"

他笑着，眼底一片坦荡："现在去见你爸妈的时机到了吗？"

朝雨弯着眉眼："时机已成熟，本周六上午不见不散。"她伸手捏着他的下巴，在他的额角亲了一下，"许博衍，你真的太好太好了。"何其有幸，能遇见你，让你喜欢上我。

许博衍看着她明亮的眸子，一时间说不出话来。他从来不相信怪力乱神之说，可是有时候命运的安排，让你不得不信。

那天晚上，他没回去。两人睡在一张床上，朝雨说着她的家、她的父母、她的哥哥。他耐心地听着，心里一片温暖。她说到她的高中，两次吐槽理科有多难，以至于她灰溜溜地从理科班转到文科班。知道她和席哲做过短暂的同班同学，他问道："为什么席哲过生日你会送他一双鞋？"

朝雨困倦地打了一个哈欠："高二开学时，席哲经常穿夹脚拖鞋来上晚自习。"

"记得那么清楚？嗯？"

"那段时间很累，因为理科成绩不好，我整个人都有些压抑。席哲和班上的几个男生每天嘻嘻哈哈的，他们好像一点都不会因为学习而烦恼。明明也不怎么努力，考试分数也能保持得很好。"

"席哲私下里可是找了家教的。"

"原来如此。天才毕竟是少数，学习还是靠自己付出的。可是对于理科，我付出再多努力都不行，我不喜欢啊。"

许博衍笑了几声，说道："不喜欢就不喜欢，快睡吧。"

许博衍第二天碰到周局，周局把他叫住，开门见山直接问道："我听说晓曦昨天下午在现场晕倒了。"

"天热，中暑了。"

"你这小子就不知道怜香惜玉啊,大热天的,挪个几分钟给她,也不耽误你的事。"

"采访的事我让徐逸接手了。"

"你呀!你爸也是为你好,想撮合你和晓曦。"

"他误会了。"

"你也不想想自己多大了,过了年,二十九了,你们队里那几个比你都小,都有女朋友了。"

许博衍咧着嘴角:"谁说我没有女朋友?"

周局一脸不相信:"真的?是那个小记者?"他也有所耳闻。

许博衍笑了笑,摸了摸鼻子:"这周六我去见她父母。"

"臭小子,动作也挺快的。"

转眼,到了周六。

一大早,朝爸和朝妈忙得叮叮咚咚,每个角落都不放过。朝晖穿着背心从房间里出来,打着哈欠:"爸、妈,这才六点。"

"朝晖,你赶紧洗脸,换换衣服,一会儿博衍就要来了。"朝妈理了理身上的裙子,崭新的,她从来没穿过。

朝晖往沙发上一坐,扫了一眼他爸,他倏地清醒了。朝爸穿上了衬衫西裤,头发梳得一丝不苟,好像还打了发膜。朝晖咽了咽口水:"爸,你这样子会不会太隆重了?"

朝爸拿着梳子刮了刮鬓角:"还好,还好。我那双新皮鞋呢?"

朝晖:"……"

朝爸见他一动不动,走过去,踢了他两脚:"赶紧洗脸换衣服。"

朝晖揉了揉眼睛:"我去叫小雨起床。"

朝爸连忙拉着他:"让她多睡会儿。"

朝晖恶狠狠地说道:"我是你们捡的吗?"

同朝爸朝妈一样,许博衍今天在穿着上也稍稍注意了,穿了件新T恤。

朝雨下楼接他时,嘴角挂着止不住的笑意:"大帅哥,你找谁啊?"

许博衍没理会她的打趣,去后备厢拿了烟酒,还有礼盒。

"不是说了让你别买东西的吗。"

"这是礼貌,帮忙拿着。"

朝雨嘻嘻一笑,很好奇:"紧张不?"

许博衍面色一愣,确实有点。他依旧挺直背脊:"再紧张,一辈子也就这一次。"

朝爸朝妈早已在门口等待了,两人一脸的笑意,十足的迎宾姿态:"小许,快进来。"

"伯父伯母,我是许博衍。"他沉声喊道。

朝妈看到他带来的东西,念叨:"以后别买东西了。"

朝爸接过去:"就是,人来就好了。"

朝晖倚在一旁:"欢迎!"

许博衍和朝晖相视,喊了一声:"大哥。"

朝晖很受用:"快坐吧。我妈收拾了一天,就等你来检查了。"

朝妈笑着:"小许,就当是你自己的家。"

五个人坐在沙发上,朝爸为了热闹气氛,特意开了电视,周末剧场正放着《天龙八部》,一九九七年港版的,只是现在谁也没心情看。

朝爸想到了以前的事:"那年高考,你是理科状元,物理满分,很厉害的。"

朝晖听得一愣一愣的:"爸,你连这个都知道。"

朝爸白了他一眼,眼底略有惋惜:"当年中考,我去招生,挺想把小许招到我们学校来的。"

朝晖忍不住笑了:"你不是早盼着博衍做你们的女婿吧?"

朝爸呵呵一笑,犹豫着问道:"听说你现在在防汛大队工作?"

许博衍坐得端正:"是的。"

"工作很辛苦吧。"

"习惯了。"

朝爸朝妈不免想到了他的母亲,心里一阵难受:"小雨、博衍,我们这辈子也别无所求,只希望你们能幸福。"

"伯父伯母,我明白你们的心意。当初选专业,并没有想到以后会干这行。等真正接触到这行,我发现我的选择没有错。"

朝爸朝妈连连点头:"我们相信你的选择。"

朝妈起身:"你们先聊,我们去做饭。"

朝晖自觉回了自己的房间。

朝雨冲许博衍微微一笑,带着许博衍去了她的房间。她的卧室不大,十多平方米,有一个飘窗,装修很简单,房间布置得很温馨。房子是学校分的,朝家四口人,后来把书房装成一间卧室,给朝晖住。虽说朝爸朝妈给朝晖和朝雨买了房,但俩人也常回来住,毕竟吃喝方便。

"我哥比我大五岁,加上他跳级,所以早早就上大学了,在家住的时间不多。"

许博衍点头:"以后我们买个大房子。"

朝雨不解。

"两个孩子都有房间。"

朝雨:"……你想得可真远。"

许博衍伸手抱着她,脸靠在她的肚子上:"谢谢你。"

朝雨摸着他的头发:"好啦好啦,乖宝宝。"

许博衍咬牙,顺势把她拉到怀里,吻住了她的唇。

朝雨吓得连忙抱紧他:"你!"

两人吻了一会儿,门上突然传来了几下敲门声。

朝晖清清嗓子:"妹夫,中午要喝白酒还是啤酒啊?"

两人连忙分开,朝雨尴尬得脸在滴血。

许博衍望着朝雨,询问她:"喝什么?"

朝雨瞪了他一眼:"随便。"

"那就不喝了。"

朝雨连忙说道:"我爸喜欢喝白的。"

许博衍挑挑眉,朗声回道:"大哥,喝白的。"

朝晖嘴角噙着笑意:"行。那你们继续。最好把门保险起来,爸妈今天比较激动,随时可能来找你们。"

许博衍老脸一热:"多谢。"

朝雨趴到床上不肯再动,真是丢脸丢到家了。

许博衍摸摸鼻尖,朝晖这个人看上去斯文儒雅,其实私下里恶趣味也挺浓的:"你哥教哪科?"

朝雨回道:"他是金融系的老师。"

许博衍笑笑："不知道他上课会是什么样？"

朝雨扑哧一声笑了："我哥是典型的闷骚，处女座的老师，做他的学生估计也挺惨的。不过，他也惬意不了多久了，我妈托了好几个阿姨在帮他介绍合适的对象。"

许博衍叹口气："也不容易。"他是深有体会。

朝雨抬手捏着他的脸："你是有经验的人，要不给我哥支几招？"

许博衍笑了一下："伯母是不是在做糖醋鲤鱼，我怎么闻到一股子醋味？"

朝雨不满地哼了一声："那天之后晓曦就病了，请了几天假。拈花惹草，许博衍，你真有魅力啊。"

许博衍声音含笑："朝雨小姐，请问下周六你有时间吗？"

"干吗？"

"本人郑重邀请朝雨小姐下周六到席家小坐。"

朝雨扑哧一声笑了，心里满是甜蜜，眉眼一片清亮，清脆地回道："可以！"

两人相视一笑，眼底全是爱意。

相遇不易，相爱更不易，他们更加小心翼翼地珍视着这份感情。

许博衍在朝家感受到了许多年不曾体验到的温暖，朝爸朝妈的教育方式张弛有度，一家人朋友般的相处模式，更显得这个家庭的和善友爱。朝爸在学校是严厉的教导主任，在家俨然变了一个人，事事顺着朝妈。

朝晖揉了揉眉心，轻飘飘地说了一句："怎么样？今天没被我爸妈的阵势吓到吧？"

许博衍把玩着手里的魔方："你们家氛围很温暖。"

朝晖挑眉："以后这里也是你的家。对了，偷偷告诉你，我爸之前一直臆想你是回来报仇的。"

许博衍看了一眼厨房里的三个人，不禁笑了笑："起初是不想搭理她的，也怕……后来还是没控制住。"

朝晖点头表示理解："小雨很执着的。"想了想，他还是问道，"你想好和家里怎么说了吗？"

"下周六我想带小雨去我外婆家。放心，我会处理好的。"

"你外婆身体还好吗？"他对席家外婆有些印象的，颇有大家长的威严。

"挺好的。只是左眼视力不好，为我妈的事哭多了。"

朝晖沉默片刻："外婆不容易，只是我也有几分担心。"

许博衍拧了一下眉："我会说服外婆的。"

朝晖没再说什么，希望这两人一切如愿吧。

当天，许博衍离开时，朝爸朝妈一直把他送到小区门口，眼里满是不舍。回去的路上，两人开始计划朝雨和许博衍的婚礼了。

朝妈："我们现在准备的话，能订到酒店吗？"

朝爸："好一点的酒店肯定来不及，我听老李说的，他儿子提前一年订的酒店。"

朝妈："回去我们赶紧订酒店，他俩可以先拍好婚纱照。"

朝爸："这倒是。"

朝妈："小雨，你和博衍最近抽个时间去婚纱店预约一下，国庆时可以去拍，天气不冷不热，就不要拖了。"

朝雨在两人后面，默默抬首望了望天空："你们看，今天的天好蓝啊。"

朝妈瞪了她一眼："你啊，早点结婚我也放心了。博衍这孩子成熟稳重，你们早点结婚，早点生孩子，我还可以帮你们带。"

朝雨差点呛住："妈，我才二十三岁，我可不想这么早就生孩子，最少也得二十六七才生吧。我得响应国家号召。"

"什么号召？国家现在都取消晚婚晚育假了。"

朝爸附和道："就是。"

朝雨："……"

朝妈念叨着："听我的没错，博衍也不小了，今年二十八，明年二十九当爸爸，这年纪刚刚好。"

朝雨无力望天，她妈是不是以为结婚和坐火箭一样神速发展啊："妈，他才是您亲生的吧？您不是找女婿，您是找媳妇呢。"

朝妈没好气地拍了一下她的肩头，正色道："从现在开始，你们抓紧时间。"

朝雨讷讷地说了三个字："知道了。"

后来，朝雨和宁珊聊到这次见家长的经过，她总结："感觉许博衍是他们失散多年的儿子。"

宁珊捧腹大笑，这话好像也没错。

朝雨忧心："宁珊，这周六我要去他外婆家了。"

宁珊也明白朝雨的担忧："没事的，你得相信许博衍啊。"

"可我有些不安。"

"不会有事的。要是他家人反对，你们可以……生米煮成熟饭，先怀个宝宝。"

"我们这个年纪生孩子太早了，工作才刚开始。"

"结婚生孩子和你工作不冲突啊！"

朝雨勾了勾嘴角："如果我要去非洲呢？"

"天！"宁珊没忍住，叫了一声。

"如果今年有机会去的话，我报名，早去早回。"

宁珊笑着打趣："只怕你家那位不同意。"

朝雨挑眉，眼底藏着狡黠："我有办法。不说了，我得抓紧时间出一趟浦南。"浦南拆迁的事一直僵着，他们以前去过几次。当地居民齐心协力和拆迁办对抗着，拉起了横幅就是不给拆。

"注意安全。"

这几天气温降了几度，室外没有七月份那样暴热，风吹在身上再也没有那种酷热感了。

钱璟和朝雨一起出来，他脖子上挂着单反，是他特意从家里申请资金购买的。这几天，他走哪儿都拿着，宝贝得很。

"朝姐，浦南拆迁的事，咱们要跟多久啊？"

朝雨也不知道："不知道，总要等双方条件达成一致。"

钱璟感慨："那几家狮子大开口，态度已坚决了。你说政府会满足他们的条件吗？"

朝雨略略沉思："大家都有底线，就看这条线在哪儿了。"

钱璟听了笑道："朝姐，我觉得你有时候说话一点不像你这个年纪。"

朝雨睨了他一眼："我这个年纪的是什么样？"

钱璟笑了笑："怎么说呢？你的外表看着挺软的，可是和你一起工作，就会发现你很拼命、对工作百分百的投入，有点老成……沉稳吧。"

朝雨嘴角抽了抽，且当这是表扬吧。

半个小时后,两人打车来到浦南。原本这里有几十户人家,都是独门独栋的二层楼房。如今已经有一批人拆迁搬走了,这一片地尘土飞扬,人烟荒芜。

几个当地居民见过他们,知道他们是记者,拉着他俩大吐苦水:"朝记者、钱记者,你们可要帮帮我们。他们这是要强拆啊!"

"这是要逼死我们啊!"

……

又是老生常谈的话,听他们说了半个多小时,朝雨和钱璟才走。两人找了一处地坐下来,各自沉默,若有所思。

朝雨心底突然一阵失落。大学老师给他们上的第一节课,就告诉他们,用心做新闻,实事求是。可是等他们真正工作时才发现,说起来容易做起来难。事实就是,真实的新闻有时候很难博得眼球。

钱璟喝了一口矿泉水:"朝姐,感觉这事解决不了了,这新闻稿该怎么写?"

朝雨抿着唇角:"暂时不发了。他们不是说给'近距离'打过电话了吗?"

"可'近距离'没来人啊。"

朝雨笑笑:"因为是烫手的山芋,谁也不敢接。走了,下班。"

工作是干不完的,明天不报道这个,还有别的消息。

下班前,宁珊又接到老秦的电话,她烦躁地接通:"老秦,你有完没完?"

"宁珊,晚上一起吃个饭吧。我……"

"要吃找你妈去吃!"

"宁珊,你别这样。"

宁珊没听他说话,直接挂了电话。

半分钟后,她的手机又响了,这回她看都没看,直接接通:"你脑子被门夹了吗?你存心恶心我是吧?我听见你的声音就恶心。滚!有多远滚多远!"她用力嘶吼着,气得脸色通红。

那端一片沉默,好半响才传来弱弱的一声:"宁珊,我是席哲。"

宁珊:"……"

席哲郁闷了:"你就这么讨厌我啊?"

宁珊连忙道歉:"不好意思啊,我听错人了。抱歉抱歉!"

席哲什么人，立马就猜到她是在骂她前男友。

他默不作声，宁珊越发内疚："席哲，你找我有什么事吗？"

席哲声音沉闷："你上回不是答应给我写用户体验的吗？"

宁珊早就把那事抛之脑后了，心里万分过意不去。白住了人家的房，答应人家的事忘得一干二净。

"我今晚就写，明天早上发你。"

席哲："不用那么赶时间，你有时间就写一下。"他那民宿哪里都完美，在他眼里似乎没什么需要改进了。

"不赶时间，我今晚就有空。"

席哲："要不你当面和我说？"

宁珊："……"

宁珊挂了电话，心里嘀咕着，席哲这也太认真了吧？不过他到底是老板，要亲力亲为。她赶紧打开文档，快速地写了一页反馈。下班后，她便坐车去了约定的地方。

同事大姐笑道："宁珊今晚不加班了？"

"有点事。"这些日子下班后，她都会自觉留下加班，大家都习以为常了。

"有情况了？"

宁珊连忙摆手，心里也是吓了一跳。她和席哲可没有可能："和一个朋友谈点事。"

同事大姐："车来了，快去吧。路上小心。"

路上有点小堵，她迟了十几分钟才到。席哲已经坐在那儿了，他穿着白衬衫、黑裤子，风度翩翩。

宁珊："不好意思，我来迟了。"

席哲浅浅一笑："我也刚到。"

宁珊从包里拿出那篇反馈递给他："你看一下。"

"都说不用急了。"

"你们的店已经很好了，这是我的一点看法。"

席哲快速地扫了一眼，有些漫不经心，看完将纸折好："辛苦了。你们最近很忙？"

"每天都一样。不过最近有个外出公干的机会，我在想要不要报名。"

"去哪儿？"

"非洲。"

席哲眼底有一闪而逝的惊讶："要去多久？"

"短则半年。"

"时间不短啊。"

宁珊点头："可惜不能和朝雨同行了。"

"她也要去？"

"那当然。"

席哲心里寻思着："也不一定吧？朝雨现在认识我哥了，舍不得走。"

宁珊好笑："这两者不冲突啊。"

"那如果是你，你男朋友不希望你去呢？"他盯着她的眼睛，前所未有的认真。

宁珊略略沉吟："没有这样的如果，我现在单身。"她笑着，嘴角的酒窝深陷，神态动人，"何况有双倍工资。"

餐厅里的音乐声突然搅得人有些心烦意乱，席哲的心沉了沉，也不再说这个话题了。

吃过饭，宁珊坚持要买单："免费在你那民宿住了两晚，我怎么好意思再让你请客。"

她很坚持，席哲这心里更堵了，第一次和女生吃饭让女生付钱。两人从店里走出来，各自沉默。商场的冷气打得足，宁珊瑟缩了一下。

席哲问道："冷吗？立秋了，早晚凉，要不要下楼买件外套？"

"不用麻烦了。"宁珊眼角余光悄悄打量着他，没想到他挺关心人的。正沉思间，前面正好有人走来。

真是狭路相逢啊！

秦母和一个二十多岁的女人一起，秦母脸上一脸的笑容，那是宁珊从来没有见到的。只是在看到宁珊后，她笑容稍稍一僵。宁珊转头对席哲说道："你先走吧。"

席哲看了她一眼："不急。"

前方，秦母已经朝他们走来了："真巧，你不是说回老家了吗？"

宁珊不想和她纠缠，抬脚就要走。秦母继续道："别急啊，既然遇见了，就说说话吧。"

宁珊勾了一丝笑容："我们之间没有什么好说的。"

秦母笑得得意："甜甜,给你介绍一下,这是陈宁珊,晨报记者,不光文章写得厉害,勾人的手段也很厉害的。"

宁珊脸色倏地一变,她刚想开口,席哲突然把她拉到身旁,以护着她的姿势挡在前面。他浑身透着冷气："您过奖了,宁珊确实厉害,可惜以前眼光太差,不然怎么就瞎了眼,找了之前那什么前男朋友。"

"你是她什么人?我和她说话关你什么事!"

席哲冷冷一笑,慢悠悠地从口袋里拿出一张名片。这是嘉行给他弄的,他们合伙开的公司,上面写着他的职务——嘉哲科技股份有限公司总经理。

"我是宁珊的男朋友,这是我的名片。如果今后再有人在言行上骚扰我的女朋友,我会让律师处理。"他微微一笑,笑容让人发寒。

秦母气得咬牙。

席哲拉着宁珊的手:"珊珊,走吧,我们该回家了。"

秦母深吸一口气,大骂道:"你别被她的外表给骗了。"

席哲停下脚步:"我乐意。"画外音:你管得着吗!

秦母这儿气得心脏病都要犯了,差点把那张名片捏碎了。这宁珊什么命,竟然找到这样的男朋友,条件比她儿子还好,再看看他儿子现在相亲的对象,都是什么人啊!

席哲一路牵着宁珊的手到了电梯口,宁珊慢慢抽回自己的手,掌心已经全湿了。她蹙着眉心:"刚刚谢谢你。"席哲望着她,眼里有几分心疼:"举手之劳。"

宁珊暗暗呼了一口气,幸好他只是帮她才说的那番话。只是那些话还是触及她内心深处,很暖。她的心扑通扑通地跳着,话语里微微慌乱:"我坐车回去,你路上小心。"

席哲默了几秒,突然开口:"宁珊,我刚刚说的话是认真的。"

如果有个又帅又有钱的男人向你表白,你会接受吗?宁珊在恍惚的一分钟里,认认真真地想着,她的心里已然有了答案——不会。她不知道席哲为什么喜欢她,不过这些都不重要了。经历了一些事后,从思想上她再也不是以前那个陈宁珊了。她笑着,仰着下巴望着他,长长地叹了一口气:"谢谢你,不过,我们不适合。"

席哲一愣:"你不用急着给我答案,我也不希望这事给你压力。宁珊,我们就这样当朋友。"

宁珊撇开眼,不忍再看他:"好。"

那天以后,席哲再和她联系,却怎么也联系不上她,只好给朝雨打了电话。

正是晚上八点,朝雨正陪着朝妈在商场买去席家的礼物。

朝雨接通电话:"席哲,什么事?"

席哲狡猾地打探:"听说你这周要来我家啊?需要帮忙直说。"

"在选礼物呢。"

席哲透露两位老人的喜好:"朝雨,我听说你们报社有去非洲支援的计划,你去吗?"

"暂时不去,怎么突然问这个?"

"我也有计划去非洲,如果时间合适,咱们一起走,去那儿了相互照应。"

"我不去,不过宁珊下个月去。"

席哲声音瞬间一紧:"她要去非洲?怎么这么突然?"

朝雨疑惑:"你这么激动做什么?关心她?"

"我就是好奇。怎么这么突然?"

"也不算突然吧,原本我们就有准备要去的。"

席哲应了一声:"我先挂了,周六见。"

"好。"朝雨总觉得哪里有些不对劲。

朝妈喊她:"小雨,你看看这两条披肩哪个颜色适合?"

"咖啡色吧,老人家用不鲜亮。马上天凉了,又可以当披肩,平时坐着也可以盖膝盖上保暖。"

"嗯,是不错,羊绒的暖和。"

母女俩一直逛到商场打烊。拎着礼物回去的路上,朝妈微微感慨:"小雨,我这心里还是有些担心。席家外婆年纪大了,你们同她好好说。"

"我知道。"

她和许博衍私下也谈过这事,他们比谁都希望能得到老人家的祝福。只是,万一呢?

到了周六，许博衍早上八点多来接她。朝雨特意穿了一件新的连衣裙，整个人明丽耀眼。可她还是有些紧张，问他："还行吗？"

许博衍微微打趣："你每次见我都没有这么穿过。"

昨晚上她试了好几件才选了这件鹅黄色的，素雅大方。第一次去见他外公外婆，她总希望给他们留下好的印象，希望他们能够喜欢她、接受她。

许博衍摸摸她的头，定定地回道："别紧张，你已经很漂亮了。"

他还是第一次夸她，朝雨的五官是属于耐看型的，越看越好看。她深深呼了一口气："昨晚上失眠了。"

他抬手摸着她的发顶，没想到她有这么大的压力。

"你和他们说了我的身份没有？"

许博衍无奈地笑笑："他们都知道了。"

就在前晚，他回了一趟席家。老太太一听他要带女朋友回来，高兴得不行："你啊真是个闷葫芦，什么事都闷在心里，不到最后不肯和我们说一个字。哎，你舅妈托人帮你介绍对象呢。"

许博衍憨憨一笑："让你们担心了。"

老太太抿嘴笑着："有照片吗？"

他打开手机，翻出他们的合照。老太太捧着手机细细看着："长得可真好看，这皮肤多白啊，眼睛也大。叫什么名字啊？"

许博衍下颌渐渐紧绷："她姓朝，朝代的朝，叫朝雨。"

"朝雨——"老太太念了一遍，"这名字有点耳熟，朝雨，我在哪儿听过啊。"

许博衍坐在沙发上，背脊挺直，双手紧握："外婆，我妈当年救下的那个小女孩，她叫朝雨。"

老太太又重复了一遍："朝雨——"声音越发平静。

她眯着眼，眼角纹路清晰，一道又一道。眨眼过去了这么多年，有些人她不去想，不代表她就忘了。原来，那个孩子都大学毕业了，还做了记者，还和博衍在一起了。这世界真是小啊。

窗外黑沉沉的，夜色也越来越静。

"外婆——"许博衍轻轻叫了一声，伸手握住了老太太的手。他慢慢开口，将这段时间发生的事一点不落地告诉老太太，"我知道，我妈的意外让您很伤心。其实那件事真不能怪朝雨,我真是……爱她。这几年,我也遇到过不少女孩子,不乏主动的,我一直以为我这辈子不会结婚,可是遇见朝雨,我的想法不知不觉变了。"

老太太缓缓转头看着他:"没事没事。外婆老了,可没有老糊涂。"

"谢谢您!"许博衍声音微微哽咽。

老太太轻轻拍着他的手:"你的生日也快到了吧,今年在家,叫上家里人庆祝一下。"

"好的。"

"时间不早了,早点去休息吧。"

许博衍把老太太送进房间,关上门时,他听见了一声叹息,轻轻的,充满了无奈。

朝雨一路紧张,一直在说话。快到的时候,她突然来了句:"我想喝星冰乐。"

"晚上回去买。"

"我现在就想喝,冷静一下。"

"忍忍。"

"许博衍——"

他失笑:"在。"趁着红灯间隙,他侧身吻了吻她的脸颊,"还有一条街就到了,别怕,我不是在吗?"

朝雨深呼吸了几口气,慢慢平复下来。等车子真正开到席家楼下,她便没有之前那么紧张了。

许博衍牵着她的手进了门。席家人都在,席哲大咧咧地喊了她一声:"哥、嫂子,你们来了啊!"

朝雨被这个称呼弄得脸红,看了他一眼,这时候还开玩笑。许博衍给她一一介绍,朝雨一一叫人。

朝雨看着席家外婆,七十多岁的老人,一头白发,气质灼灼:"外婆好。"

老太太失神地看着她,一时间思绪不知飘到了哪里。许博衍开口又喊了一声:"外婆——"

老太太如梦初醒:"快坐吧。"她眯着眼,"我眼睛不好,看不清楚,朝雨坐我身边来。"

朝雨乖乖地坐过去，心理和身体都很拘谨。此刻她的内心震荡，这屋里的人都是席溪阿姨的亲人，面对他们，她充满了愧疚。

老太太看着她，嘴里念叨："好，真好！一眨眼长这么大了。"她的眼圈红了，声音都在抖。

席母赶紧劝说道："妈，您看博衍和朝雨多登对。"

老太太忽然一笑，神色恍惚，终于还是说道："是啊，那天看到照片，我就说了。"

朝雨紧张地握紧手指，后背已经汗湿了一片。她感激地看着老人。

席母一直在维持话题和气氛："我听说，小哲和你也是同学？"

"我们高二做了一个多月的同学，后来我转到文科班了。"

席母笑着："那也是缘分。"

和席家人这次见面，氛围远远比不上朝家那次。朝雨看得出来，席家已经尽力了。大家的脸上会无意间流露出些许无奈。她知道，她的出现勾起了那深藏的哀伤。

席家人都很善良，愿意去接受她。

老太太对她也很好："聊了这么久，博衍你带朝雨去转转。"

席家舅妈说道："我去切水果，一会儿你们过来吃。"

朝雨如释重负地呼了一口气。

许博衍握住她的手："去我房间看看。"

她点点头。

席哲跟在他们身后，问道："你们准备什么时候结婚？"

朝雨心里想着事，有些心不在焉，一直没说话。许博衍看了一眼朝雨。结婚他也不急，她年纪小，等一年他也没关系。

朝雨坐在一旁的椅子上，泄了气一般，小声问道："外婆是不是不喜欢我呀？"

席哲轻咳了一声，这个话题他还是不参与的好："我妈好像叫我，我下楼看看。回见。"赶紧溜之大吉。

房间里只剩下了她和许博衍，朝雨一瞬不眨地瞅着他，等待他的答案。许博衍呼了一口气，抬手抚了抚她的发丝，都说头发软的人心也软："外婆年纪大了,每每想到我妈妈的事她都这样,不是针对你。"

朝雨伸手抱住他的腰,脸埋在他的肚子上。靠着他,她才有安全感。她喃喃低语:"我明白。"到底是自己奢求太多了。她怎么能贪求席家人一下子就喜欢她呢?能慢慢接受她已经是他们最大的努力了。

许博衍轻抚着她的后背:"想不想看我以前的照片?"

朝雨忙不迭地点头。

两人窝在房间里看了一个多小时的相册。朝雨一张一张翻看着,照片都是他和他妈妈的居多:"你小时候挺可爱的,像个小正太,就是有点严肃。"

许博衍抿抿嘴角:"可能男生都不爱拍照。"

"不过你的照片比我多多了。"

"我妈喜欢,有时间就拉着我去拍。"

朝雨心想,幸好席溪阿姨喜欢拍照,留下这么多照片可以回忆。难得翻到一张他们一家三口的照片,许父穿着军装,挺着背脊站在妻儿身旁,真是漂亮的一家三口。席溪头歪在许父的肩头,嘴角浮着浅浅的笑意,眼底的爱意不掩饰。

朝雨喟叹:"伯母一定很爱伯父。"

许博衍笑笑,没说什么。

"咦——这是晓曦吗?"她冲着许博衍挑挑眉。

"这张照片是晓曦给我的。"

"青梅竹马啊!"其实如果当年没有那场意外,如果席溪阿姨还活着,说不定他和晓曦就成一对了,这样的话也是一个好结局。

许博衍从她手中抽回照片:"胡思乱想。走,下楼去。"

朝雨莞尔:"有人在转开话题啊!"

许博衍由着她打趣。

离开席家前,老太太送了她一对玉镯子:"这是博衍妈妈留下的,现在我代替她交给你。"

朝雨心情复杂:"外婆——"

"好孩子,拿着吧。以后你们好好过日子。"

朝雨艰难地收下了镯子,她重重地咬了一下唇角:"外婆,我们会的。"

老太太会心一笑,眼神虚晃:"如果小溪能看到这一幕,她一定会很开心的。"

朝雨心头一紧，一时间说不出话来。幸好许博衍陪在她身边，他冲她勾了勾嘴角，给她一个笑容。

早知道这条路有多艰难，可她还是义无反顾地爱上他。既然选择了，那么就坚持到底，不枉相遇一场。

当天，朝雨回到家，朝爸朝妈都紧张地围上来询问着："席家外婆身体还好吗？"

朝雨喝了一口水，心中涩涩的，她又让父母担心了。她扯了一抹笑："都挺好的。外婆对我也很好。"

朝妈犹豫了一下："他们没说什么？"

朝雨默了一下，从手腕上褪下镯子："这是外婆送我的，您帮我保管好。"

朝妈扫了一眼玉镯，成色好，一点杂质都没有："既然给你了，你就自己收着。"

"我怕我弄坏了。"

朝妈见她脸色有些疲惫，心里有几分担忧："那我先帮你装着。你平时工作也不能戴，磕到哪儿，这镯子铁定碎了。"

朝雨勾勾嘴角："是呀。要是碎了，我可赔不起。"

朝妈苦笑："你这孩子说什么丧气话。早点休息吧。"

朝雨漫不经心地应了一声。

朝妈回到房间，朝爸问道："这是怎么了？不高兴啊！"

朝妈把镯子放到柜子里："席家人就是再宽容大量，一条命岂是轻易能过去的。"

朝爸紧张地问道："席家为难小雨了？"

朝妈摇摇头："有时候宁愿他们为难，也不要孩子内疚。算了，走一步看一步吧。"

朝爸也微不可闻地叹了一口气。

夜晚九点光景，城市的霓虹闪烁，灯光辉煌。这一晚，席家也是灯光通明。老太太和老爷子坐在阳台上，席父和席母在一旁陪着，四个人的表情晦暗不明。老太太望着前方，院子里的蔷薇花随风摇曳着。她问道："你们有什么想说的？"

席母看看自己的丈夫，席父清清嗓子："妈，顺其自然吧。博衍的脾性你也是知道的。"

老爷子摇着手里的蒲扇："怎么偏偏是她呢？"

"感情的事，谁能说得准。"

"博衍已经把话和我说明了，他喜欢那丫头。怪谁呢？这事只能怪老天。"这些年，她的心里一直愤愤不平，她的女儿还那么年轻，老天怎么就舍得要了她的命？

"妈，您也别多想了。我们总要看开点，博衍也不容易。"席父也是为难。

老太太没说话，起身站起来，她佝着腰，步履缓慢，一下子好像老了十多岁。走到客厅时，突然之间失了重心倒在了地上。

"妈——"席父席母惊恐地大喊。

老太太突然晕倒，救护车赶来时，人还在昏迷中。

许博衍接到席哲电话，心里突然有种不好的预感。

"哥，奶奶突然晕倒了。"

"怎么回事？"

"不清楚，我们还在救护车上，就快到医院了。"

"我马上过来。"他拧着眉，快速换好衣服，拿起车钥匙出门。

半个小时后他赶到医院，老太太还在手术室抢救。许博衍看着家人担忧的神色："舅舅，外婆怎么了？"

席父宽慰道："你外婆一直有心脏病史，别担心。"

许久，老太太从急救室回到病房，人还在昏迷中。

医生和他们说明情况："不要给病人太多压力，尽量保持平稳的情绪。"

"辛苦你们了。"席父回道。

医生离开后，大家静默片刻。许博衍握着拳头站在病房里，眉宇中夹杂着说不清的痛楚。

席母开口道："你们两个小的回去休息吧，今晚我在这里。"

许博衍摇摇头："舅舅、舅妈你们回去吧，外公一个人在家。"

席父刚想说不用，却看到妻子的眼神，他沉默了。

席母说道："今晚我和博衍守着，你们走吧。大家都在这儿，也帮不上什么忙。明天再来。"

席父点点头："好。"

夜深了，病房里一片安静，只留了一盏灯，微弱的光照亮着昏暗的角落。光线打在许博衍的侧脸上，他的神色晦暗不明，隐隐约约只看到他发红的眼眶。

席母压着声音，开口道："博衍，这是意外，你别多想。"

许博衍沉默片刻："舅妈，这回是我让外婆难受了。"

"不是你的原因。人老了，都会有不舒服的地方。"自从席溪去世后，她一直把他当自己的孩子，"这事暂时先别告诉朝雨吧，免得她担心。"

许博衍明白，朝雨要是知道外婆住院的事，心里肯定会很难受。

漫长的一夜终于过去了，天边露白，阳光渐渐洒满大地。许博衍一夜未睡，早上席哲过来，见他一脸低沉。席哲小心斟酌话语："奶奶这是年纪大了，老毛病。"

许博衍拧开矿泉水瓶盖，喝了一大口水。

席哲舔舔嘴角，实话实说道："昨晚爷爷发火了。"

许博衍身形一僵，抬着眼皮看了他一眼，眼底的无奈一闪而逝。

"爷爷也是担心奶奶，回头好好和爷爷解释一下。"发生这样的事，席家人个个都觉得糟心。

"上午你在这里看着点。"

"哥，朝雨那里怎么办？"

许博衍默了一瞬："暂时先不说。"

席哲了然。因为爱，我们遇到事时才会畏首畏尾，生怕让所爱的人受到伤害。

周一，天气闷热。因为是星期一，大家都有些提不起劲。

朝雨上交的稿子出了三处错，主任气得直拍桌子，这要是登上去了，报社得丢多大的脸："你是怎么了？要是身体不舒服回家休息去！"

朝雨一脸自责："抱歉，我这就去改。"

"谈恋爱了，工作也不能松懈，不然怎么给新人做榜样。"

"我知道,下次不会了。"

"不要再犯这么低级的错误了。"

朝雨很抱歉,从主任办公室出来,钱璟在门外等着她:"朝姐,是我的错。"

朝雨笑笑:"你写的稿子,我没检查出来错,就是我的错。赶紧去改了。"

钱璟:"已经改好发过去了。朝姐,你的脸色不好,是不是生病了?"

朝雨摇摇头:"可能这两天没有休息好吧。"她拍拍脸颊,让脸色多几分红润,"我去泡杯咖啡。"

茶水间。

朝雨撕开速溶咖啡袋,倒入杯中兑了水慢慢摇晃着。正好程晓曦捧着水杯走进来,朝雨让开位置。

程晓曦拧开水杯盖接水,水声清脆,很快一杯水就满了,两人相对无言。

朝雨开口道:"我先过去了。"

程晓曦突然喊住她:"朝雨——"

她回头对上她的眸子:"怎么了?"

程晓曦轻轻皱了一下眉:"我听我爸说,许博衍的外婆突发心脏病住院了。"

朝雨像被什么狠狠地打了一下,大脑一瞬间蒙了:"你说什么?"

那一瞬间,她的眼里涌过许多种情绪,担忧、震惊、不安,最后到无奈。

难怪昨天和他联系时,他的声音和平时不一样。外婆怎么会突然发病呢?周六不是还好好的吗?是不是因为她的出现外婆受到刺激才……她不敢深想,心一抽一抽地疼。

程晓曦轻声说道:"下班我准备去一趟医院,你要去吗?我们可以一起。"

朝雨脸色惨白,含糊地应了一声:"好。"

程晓曦拧着眉:"朝雨,你是不是不知道?"

朝雨慢慢恢复冷静,无奈一笑:"许博衍还没有告诉我。"

程晓曦默了片刻,说了一声:"抱歉,是我多事了。"

朝雨走到走廊,拨通了许博衍的手机,他在忙,半响也没有接通。她便发了一条信息:外婆怎么样了?

办公间热闹得很，大家有说有笑地说着去非洲 A 国的事。

同事大姐脆声说道："我前年去的，那边空气好，就是热得很。不过呢，靠着海，想吃海鲜自己可以去海边叉，很新鲜。"

"宁珊，你确定报名了？"

宁珊笑："这回就一个名额，大家可别和我争啊。"

众人附和着："知道。"

宁珊回头正好看到朝雨，问道："怎么了？"

朝雨勾了勾嘴角，扫了一眼她手中的表格："真准备去了？"

"万事俱备，只等出发了。"她的眸子清亮，已然从失恋中走出来了，"你的脸色怎么这么差？"

朝雨动动嘴角，突然说道："去非洲挺好的，换个环境，也当放松一下。"

"你怎么了？"

朝雨的大脑混乱得很："其实我也挺想去的。"

"你开什么玩笑！是不是出了什么事？"

朝雨连忙敛了敛神色："没事。我先去忙了，下午得请个假。"

宁珊欲言又止，朝雨不想说，她再问什么也问不出来。她们认识这么久，朝雨是个不善掩藏的人，她今天明显不在状态。

朝雨不止一次地想过她和许博衍的未来。她会给他一个幸福的家。她还想过以后要生一个孩子，最好是女儿，他一定是一个慈父。而她会尽量减少工作时间，多陪他和孩子。

只是现在她还能想吗？

一直到中午许博衍才得空，看到信息，他赶紧给她回了电话。

"朝雨——"他有些担忧，不知道她怎么突然知道这事了。

朝雨的声音嗡嗡的："你忙完了？"

"上午开会，手机静音。"他顿了顿，"外婆没事了，所以没告诉你。"

朝雨听着他的话，渐渐地眼前一片模糊："我下午可以去看看外婆吗？"她小心翼翼地斟酌着，怕去了又影响外婆的情绪。

许博衍心口微酸："我陪你一起去。"

"不用，你忙你的，我自己去。好不好？"朝雨用力地咬了咬牙。

"席哲在医院。"

"那我和他联系。先不说了，我还有篇稿子没写完。"挂了电话，她突然蹲下了身子，眼泪不受控制地一滴一滴落下来。

宁珊一直注意着她这边的情况，她轻轻走过来："怎么了？和许博衍吵架了？"

朝雨擦擦眼泪，眼睛红得像兔子一样："宁珊，帮我一件事。"

宁珊什么也没问，只回答说："好。"这就是朋友间的默契，在你需要我的时候，只要一句话，我便会出现在你的身边。

"早知道会让他们这么难受，当初我死也得控制住自己，不靠近他，离他远远的。"可是心哪是能控制得住呢？

"你不要给自己太多的负担。"

朝雨摇摇头，苍白的脸上掩饰不住的酸涩："我不能让他们再难受了，不能再伤他们的心了。"

宁珊不知道该怎么劝她："和许博衍好好商量，这不是你一个人的事。"

午后的阳光炽热，从玻璃上射进来，走廊的地砖上留下了一片斑斑点点，莫名地让人觉得有几分清冷。

许博衍给席哲打了一个电话，告诉他朝雨一会儿来。

席哲明白他的意思，让他放心，这里他会妥善安排的。他放下手机，轻轻叹了一口气。

老太太问道："你哥的电话？"

席哲嘻嘻一笑："是啊。奶奶您感觉好些了吗？"

"没事。"老太太一脸祥和。

"奶奶，您要快点好起来。我们都很担心您，还有朝雨……她一会儿过来看您。"

老太太皱了皱眉："让你们不要声张，怎么就告诉她了？"

"哪能瞒得住啊！"

"真是一点也不让我省心，扶我坐起来。"

"奶奶，您躺着别动了。"

"死不了。你去叫护士，帮我把镇痛针拔了。"

席哲没办法："奶奶，您不能这样。"

老太太坚持坐起来,一阵折腾,气喘吁吁的。

席哲紧张兮兮的,后背被吓得出了密密的汗:"奶奶,我哥和朝雨,您是怎么想的?"

老太太呵呵一笑:"你哥让你来问的?"

席哲摇头:"我哥的性格您还不知道吗?什么都闷在心里。您看他这个年纪,难得谈场恋爱,好不容易才找到一个女朋友,我知道您不会做坏人的。"

老太太沉默着,她是不想做坏人。可是心里那个坎怎么过呢?一见到朝雨,她就情不自禁地想到席溪。

一时间,她放不下,忘不了啊。

席哲握住老太太的手:"奶奶——"

"我知道你要说什么,顺其自然吧。"老太太拍拍他的手,"你也别整天在外面胡闹。什么时候能定下来?赶明儿等我出院,就和你妈一起帮你相亲。"

席哲嘀咕:"我有喜欢的人了。"

"人呢?在哪儿?"

"我是喜欢人家,可人家对我没意思啊!"席哲这两天试着和宁珊联系,宁珊每次都客气地转开了话题,以各种借口拒绝他的邀约。

"哟,还有你追不上的啊?你既是喜欢,就好好地和人家姑娘谈谈。"

席哲堆着笑脸:"您放心好了,回头我带她来见您。"

祖孙俩说了一会儿话,朝雨和程晓曦到了。朝雨手里拿着花,程晓曦手里拎着水果。席哲看着这画面,嘴角闪过一抹狡黠的笑意。

老太太冲两人和蔼地笑了笑。

程晓曦开口:"外婆,您身体怎么样了?"

"让你们担心了,老毛病了,年纪大了不中用了。"

"您可不老,我看着精神挺好的。"

老太太听了她的话很受用,目光又转到朝雨身上:"上班就不要过来了,我也没多大的事。"

朝雨咽了咽口水,一时间不知道该说什么:"外婆,不碍事的,我们工作都做完了。"老人越是这样和气,她的心越是难受,像被针扎了,密密麻麻地疼。

老太太摆摆手:"原就不打算告诉你们,平白让你们担心。"

席哲把医生说的话又转述了一遍:"医生也说没多大的事,不过平时得多加注意。"

程晓曦:"外婆,您平时也要注意控制情绪,不管遇到什么事,都不要太激动。"

老太太乐呵呵地笑道:"我会的。你们能来看我,我很开心。"

程晓曦:"以后有时间,我多去陪您。"

有席哲的插科打诨,这次探病,病房里一派和乐。一个小时很快就过去了,她们没有久留,怕打扰老太太休息。席哲将两人送到门外,朝雨开口道:"晓曦,我有些话想和席哲说。"

程晓曦勾了一下嘴角:"我先回去了。"

等她走后,席哲问道:"你们怎么一起来了?"

朝雨平静地道:"早上我从她那里才知道外婆住院的事。"

席哲突然无语了,尴尬地笑了笑:"你别多想,我们两家认识,她知道不足为奇。"

她笑笑:"外婆是因为我的关系才突然晕倒的吧?"她的声音轻轻的,却带着沉沉的哀伤。

席哲也感觉到了朝雨的忧伤,知道她心里不好受。在他的印象里,朝雨总是笑意妍妍,像盛开的向日葵,生机勃勃:"人老了,总会生病的。"

朝雨凉凉地说道:"你们都想瞒着我,是不想我心里有负担。我懂。"

"朝雨,别多想了,大姑的事过去这么多年了。"

"哪能轻易过去?"她抚着自己的胸口,"这里,我们谁也没有过去。"

席哲拧着眉头:"你准备怎么办?"

朝雨沉默着,目光幽幽地看着远方。天边一片蔚蓝,多久没有见到这样的蓝天了。

"我也先回去了。"

"我哥一会儿下班过来,你不等他吗?"

"不了,还有点工作没有做完,我先回报社。"

席哲看着她远去的背影,总觉得有些不安。走廊里一阵冷风吹过,他突然一个激灵,想了想,还是给许博衍打了一个电话。

第九章
出走他国

朝雨回到报社把手里的工作忙完,看到高主任还在办公室,她便敲门进去。

主任的办公室摆放着一个落地钟,指针走动间发出嘀答嘀答的声响。高主任手里拿着那张表格,已经看了两遍了,朝雨耐心地等待着。高主任推了推眼镜,沉吟道:"前几年大家都不愿意出去,嫌非洲生活清苦,再加上时局动乱,几乎没人肯去。现在倒好,你们一个个都主动要求去。"

朝雨面色平静:"您不是常说,咱们做新闻的不能怕苦。"

高主任失笑:"还在为这次专访的事不平啊?"

"没有。"

高主任寻思着:"这表格我先收着,你回去再想想,还没有到截止日期。"

朝雨咬牙,语气异常坚决:"我已经想得很清楚了。"

"和你家人商量了吗?你可知道,去了那边,这一年里想回来就不容易了。在那里会遇到什么,谁也无法保证。"

"我知道。不是我去,也会是别的同事去,谁去都会有危险。"

高主任被噎住了:"你先回去吧。三天后,再来找我。"

"好。我的选择不会变。"

朝雨回到家时天已经黑了,夜色深沉,凉意阵阵。她一时间不想回家,就坐在楼下的秋千上。

朝晖回来的时候就看到她坐在那儿,边上还有个七八岁的小女孩。他走过去,好笑道:"多大的人了,还和小孩子抢秋千。"

小朋友却说道:"叔叔,姐姐她腿受伤了,今天就给她坐吧。"

朝晖打量着朝雨:"腿扭到了?"

朝雨唔了一声。

朝晖从公文包里摸出一根棒棒糖,递给小朋友:"快回家写作业吧。"

小朋友咧着嘴角,露出笑容:"谢谢叔叔。"

朝雨晃着秋千,歪着头问道:"哥哥,你怎么会有棒棒糖?"

朝晖的脸上有一闪而逝的犹豫:"学生给的。"

"不会是暗恋你的学生吧,哪有送老师棒棒糖的?"

朝晖没理会她:"那你说说,你为什么不回家?"

朝雨默了片刻:"哥哥,当初你知道许博衍是席溪阿姨的儿子时,为什么从来不劝我放手?"

朝晖平视着远方:"那你会放手吗?"

朝雨认真地想了想:"当然不会。"

"和博衍吵架了?"

朝雨摇摇头。

"是他的家人……"到底是兄妹,朝雨不说,他却能完完全全地猜到她的心思。

朝晖手扶着秋千绳索,缓缓道:"两个人能不能在一起,有很多因素,最重要的就是当事人。有些事既成事实,又何必让活着的人不开心呢?"

朝雨唔了一声:"席家外婆因为见到我,当天晚上心脏病复发。"

朝晖眉心一紧。

"哥哥,我又差点害了他的外婆。"

"胡说!"他厉声道。

"要是外婆出了什么事,我死一万次都弥补不了。"朝雨落寞地说道。

朝晖伸手将她抱到怀中:"回去好好睡一觉,不要再想了。"

"哥哥,我怕。"朝雨咬着唇角,心疼得难受,每呼吸一下都难受。

这世上没有后悔药,如果有……当年,她一定好好待在家里;今年,她一定不去招惹许博衍。

又过了几日,许博衍的生日快到了。这些年如果家人不提醒,他根本不会记得每年生日这事。可是今年不一样，朝雨一直把日子记在心里。

许博衍是狮子座。都说狮子座的人热情、阳光、大方，其实，他是个阳光、心怀大爱的人。宁珊和她说过，狮子座的男生对爱情非常有责任感，一旦爱上了，那就是一辈子的爱。

朝雨早早就准备好了礼物，是她在陶艺馆做的一对杯子。杯子，一辈子。现在，她送不出手了。

晚上，她去了许博衍的宿舍，许博衍接过蛋糕，嘴角浮着笑意。朝雨打量着他，他穿着白T恤，灰色运动裤，透着居家的感觉。家里有种刚打扫过的感觉，很整洁："你这里比我哥那里干净多了。"

他摸摸鼻子，没说，下午刚刚打扫过。

朝雨笑吟吟地看着他："生日快乐！快许个心愿！"

许博衍失笑："算了。要不你帮我许？"

"哪有人帮忙许愿的？"朝雨嘟囔着，一边插着蜡烛。

"你不一样。"

烛光晃动，餐厅满是温馨。朝雨拗不过他，帮他就帮他吧。她闭上眼，十指交握，烛光闪动，她在心里许下了一个愿望——希望许博衍一生幸福。

即使这份幸福不是她给的，只要他幸福。许好心愿，两人一起吹灭了蜡烛。

朝雨笑着："又大了一岁。"

许博衍笑着："是啊，又老了。"

两人目光相视，情意绵绵。

朝雨拿出礼盒："礼物。"

许博衍见是小盒子，微微愣了一下："什么？"

"打开看看。"

他拆开包装纸，原来是男士手表，款式精致，一看就知道价格不菲。

"喜欢吗？我帮你戴上试试。"

许博衍望着她，那么杯子就不是送给他的了。

朝雨握着他的手，这双手温暖、有力，这款手表真心配他。如果以后，他们不在一起，他看到手表会不会想起她呢？

晚餐，朝雨特意给他下了一碗面条。她的厨艺不好，为了做好这碗面，她在家里也练了好几次，总算这回做出来的味道还不错。许博衍吃得干干净净。席溪在世时，每次他的生日，席溪都会给他下一碗面条加一个荷包蛋。这么多年后，没想到会是朝雨给他下一碗面条。

今晚，她就像个贤惠的小妻子，在厨房里忙碌着。命运还是用另一种方式来弥补了他生命中的遗憾。

许博衍站在门边，看着她洗完最后一个碗。他笑着："田螺姑娘，忙完了吗？"

朝雨没有看他，说道："你要是闲着，帮我把碗上的水擦干。"

许博衍过来帮忙，狭小的厨房顿觉拥挤："等我手里的工作忙完，九月份可以休年假，陪你去西安。"

九月份……如果申请批下来，那时候她就要准备去 A 国了。朝雨莞尔一笑："好啊。我们还能顺便去一下敦煌。"

他的目光落在她的脸上，一瞬不瞬。她说得那般美，连他都动心了："你是不是有什么话要对我说的？"

朝雨不明白："什么？"

许博衍把碗一个一个放好，不急不缓道："外婆这次住院是意外，不告诉你是怕你乱想。"

朝雨顺势双手搂着他的脖子，吻住了他的唇，甚至调皮地伸出了舌尖。许博衍身体一僵，手紧紧地握住了她的腰，她的腰很细很软。

朝雨咬着他的唇角，双眸水润，喃喃道："其实还有一份送给你的礼物，你要拆吗？"

"博衍，我爱你，很爱很爱。"她的表情动人而认真。不是因为你是谁的儿子，只是因为是你。

一阵天旋地转，两人回到卧室，他压在她的身上。他的床硬邦邦的，她难受得动了动身子。当褪却身上的衣物，两人裸裎相见的那刻，朝雨的心突然扑通扑通地跳动起来。

一黑一白，对比强烈。

他一手撑在床上，一手扶着她柔软的臀部："会有点疼。"他的声音沙哑，额角沁着汗珠，缓缓而下。

朝雨难受地唔了一声。

许博衍吻了吻她的唇:"那你要不要收回礼物?"

朝雨伸手抱紧他,定定地说道:"送出去的礼物怎么能收回来!"

他不想伤了她。第一次,终究要让她疼的。

朝雨的手紧紧地抓着他的背脊,一声一声念着他的名字:"博衍——博衍——"

半夜,朝雨被热醒了。她被他完完全全抱在怀里,好像抱着娃娃一样。朝雨轻轻拿开他的手,刚刚一动,他就醒了。

许博衍撑起身子:"怎么了?"

朝雨躺正:"热。"

他微微一笑,稍稍松开她,重新躺下来。

夜色安宁,卧室里一片温馨。即使不说话,一切都是那么的美好,因为她在,许博衍慢慢捉住她的手,放在自己的胸口:"还疼吗?"

朝雨没回他这个问题。因为今晚,她真的很疼,可是又很满足。她弯了弯嘴角,这种满足,好像是偷来的。她抬手搂住他的脖子:"喜欢这份礼物吗?"

他怎么可能不喜欢。他轻轻啄了一下她的嘴角:"朝雨,我们结婚吧。"

两个人在一起,所有的事尘埃落定,相爱的人值得祝福。

朝雨眨眨眼,声音微微哽咽:"好啊。"

一夜好眠。清晨的曙光从窗帘的缝隙照进来,朝雨迷迷糊糊睁开眼,刚一动胳膊,发现她被他圈在胸口。昨晚的一切渐渐浮在她的脑海里,两人那样激烈地缠绵着……她轻轻拿开他的手。身子像被拆卸后重新组装了一样,处处都疼。罪魁祸首睡得正香,真是不公平!朝雨气呼呼地捏了一下他的鼻子:"真是大坏蛋!"

许博衍早就醒了,笑了起来:"早——"

朝雨恼怒:"你醒了怎么不起床?"

他看着她那张红扑扑的脸,忍不住又吻了几下。朝雨连连避开:"快点起床,已经八点了。"两个人都不是爱睡懒觉的人,尤其是朝雨,她心里藏着事,想着今天要告诉他。

起床后,许博衍洗漱完先去楼下买早点,买了一大堆吃的,肉夹馍、馄饨、茶叶蛋……一瞬间客厅里香气四溢。朝雨坐在餐桌边，微微失神。

许博衍见她有些走神，问："想吃什么？"

朝雨微微一笑："怎么买这么多？"

他拿了碗筷回来，重新分装："快吃吧。"

朝雨鼻子一酸，心里想着以后还能不能吃到他买的早餐了。

许博衍看了她一眼："怎么了，没胃口？"

朝雨连忙低头开动，没胃口，可是很饿。吃完她还有话说呢。她默默地吃了一碗馄饨，又吃了一个茶叶蛋，终于吃饱了，她寻思着一会儿该怎么开口。

许博衍也吃完了最后一口小馄饨，见她在发呆，他说道："昨晚没睡好？"

朝雨摇摇头，眼神一变："我有件事想和你说——"

他挑眉，等着她开口。

朝雨咬咬牙，一时间该怎么说呢："我——我们分手吧。"

一瞬间，四周的声音都似静止了一般。许博衍眸子盯着她，一言不发，眸色越来越深。

"从外婆心脏病发开始，我就想了很久……"她低着头，不敢看他，声音嗡嗡的，"我怕，我不想你的亲人再因为我出事了。"

许博衍的手慢慢握紧，下巴紧绷。他硬声重复着："分手？"

朝雨点头。

许博衍表情一变："那昨晚算什么？"

朝雨默然。

"你抬头看着我。"许博衍一字一顿，声音凉凉的。

朝雨吸吸鼻子，眼泪吧嗒吧嗒地往下落。许博衍抬起她的下巴，逼迫着她："是报恩？因为我妈救了你，你就送了这份礼物给我？"

朝雨眼圈通红："不是这样。"

"那是怎样？觊觎我的身体，想睡我？"他恨不得狠狠地把她揍一顿。分手，她怎么敢说出口的！

"你明知道不是这样的。"

"我知道什么？你都要和我分手了，肯定不是爱我。"

"你怎么能这么说？我不是！我不想看到外婆还有你爸爸、你舅舅他们难受，我已经对不起他们了。"

"那你就要放弃我吗？我不会难受、不会伤心？"

朝雨咬着唇角。

"你不是说要给我一个家吗？你不是说要陪我一辈子吗？你要是食言了，对得起我妈吗？你不是记者吗，记者的责任心呢？"

朝雨摇着头："可我怕……"

"怕什么？不是有我嘛！"

朝雨不言不语。许博衍无奈地叹了一口气："分手的话不许再提，睡了我就想跑？始乱终弃啊，哪有这么便宜的事！"

她抽泣着，眼泪打湿了他的衬衫。许博衍还没见过这么傻的姑娘，分手前还主动献身。他的心里满是心疼，知道她心里那道过不去的坎。他小心翼翼地擦着她的眼泪，朝雨慢慢平静下来。

许博衍舔了舔嘴角："以后再也不准提分手两个字。还有没有别的要说的？"

朝雨摇摇头。

他哼了一声，问道："去 A 国的事呢？"

朝雨愣住了，不可置信地望着他："你怎么知道的？"

他原以为她今早会和他说去 A 国的事，没想到，她胆大，竟然提分手。"宁珊来找过我。现在还准备去吗？"

朝雨咬牙点点头。

许博衍胸口一闷："去之前，我们先领证。等你回来后，再举办婚礼。"

朝雨瞅着他。

"我不放心，怕你被当地部落酋长给拐跑了。"

朝雨扯了扯嘴角，差点破涕为笑。一大早就经历了伤与欢，朝雨别扭着，怎么也想不明白，自己先前那么痛苦纠结着的事，怎么就被他三言两语给化解了？

许博衍开着车，也不说话，给她思考的空间。小东西这会儿傻乎乎的模样，他还真有点儿担心。一会儿回家拿户口本，她能成功避开朝妈吗？不过要是朝妈发现了，他可不管了。趁着前方五十秒的红灯，他侧首说道："怎么不说话？"

朝雨嚅动着嘴唇："要不等我从非洲回来再领证？"

他挑眉："嗯——"尾音上扬。

朝雨鼓着嘴角："我妈要是知道我们领证了，她肯定不会让我去非洲的。"

许博衍心想，你还知道啊？他板着脸："你以为只有伯母不想你走啊？"

朝雨心想完了，又撞到枪口上了。

车子缓缓前行，又过了一分钟，许博衍开口："你是诚心让我这一年寝食难安。"

她小声嘀咕："不敢。"

许博衍不满地哼了一声："让我吃了上顿没下顿，狠狠伤了我的心，再重重伤我的身。"

她的脸涨得通红，暗暗骂了一句："不正经。"心里却盈满了一种莫名的味道，很甜，像棉花糖一般。

到了楼下，朝雨磨磨蹭蹭地下车："我上去了。"

他淡淡地应了一声，总要让她明白一些事。

朝雨在内疚中回到家。朝妈正在阳台上晒被子，手里拿着羽毛球拍。妈妈要是知道真相，一定会拿拍子抽她的。

"咦，你怎么回来了？今天不上班？"朝妈惊讶地问道。

"妈，我们家户口本你放哪里了？"

"要户口本做什么？"

"报社要的，给我们办什么证，估计下半年出国用吧。"

"出国？去多久？"朝妈去房间柜子里拿来户口本，"你可别一去就是大半年的，太长了。"

朝雨在心中喟叹，不是半年，是一年："知道，也不一定有我。不过要是有我，我是希望能去的。"先打好预防针。

朝妈把户口本递给她："行了，赶紧去上班吧。什么时候你和朝晖拿着户口本去结婚登记，我肯定在楼下放炮仗。"

朝雨眼角抽搐："妈，快了，您别急。"

"你和博衍决定什么时候结婚了？"

"不是！我是说我哥。我做妹妹的总不能抢在哥哥前面啊！"

朝妈瞪着她："你哥这边什么信儿都没有，给他介绍的女孩子他一个都没有去见。小雨，你说你哥会不会……"

朝雨一脸疑惑。

朝妈压低声音："你哥会不会喜欢的是男人？"

朝雨："……"

"要是这样，我怎么对得起老朝家的列祖列宗啊！"

"妈，您别瞎想，我哥怎么会呢？他有喜欢的人。"

朝妈眼前一亮："谁？"

"陈念姐。"哥啊，别怪我啊，我也是为了你们好。

朝妈愣住了："陈家那丫头？他们都多少年没见了。"

朝雨笑了笑："妈，您有时间可以旁敲侧击地问问我哥。我先走啦。"

朝妈这心啊七上八下的，陈家那丫头小时候挺讨喜的，只是陈家那样的环境，陈念的性格后来越来越孤僻，见着人都不怎么说话，朝晖会喜欢陈念？她不相信。可是只要儿子能结婚，陈念就陈念吧！儿子挑中的姑娘肯定是他喜欢的，只要不是男人，她都能接受。

朝雨拿着户口本，像小偷一般一路屏息下楼。见到许博衍，她露出开心的笑容："你看，拿到了。"

许博衍给了她一个"你很了不起"的眼神："伯母没怀疑？"

朝雨尴尬地吐吐舌头："我和我妈说单位要的。"

"以后不可以对我说谎。"他严肃地说道。

她连忙点头："放心，绝对不会！我们走吧，一会儿我妈要是下楼看到你的车，她肯定会怀疑的。"

许博衍慢吞吞地启动车子，心想朝妈怎么不下来呢，看到才好呢，看你还去不去非洲。

车子直接开到民政局，两人排队登记。

朝雨看着前后的情侣，脸莫名地红了。她才二十三岁啊，大学刚刚毕业一年，怎么这么早就结婚了呢？

不知不觉就轮到他们了。许博衍突然握紧她的手，让她感觉到他此刻的心情。他的掌心一片濡湿的汗水："到我们了。"

朝雨前所未有地郑重："嗯。"

签了字，盖了章，拿到了两个小红本。朝雨看着两人刚刚拍的照片，照片中，她腼腆地笑着，他也抿唇一笑，真好看。

许博衍看着她傻乎乎的模样，心想领证都能偷偷摸摸，真不是他的风格。从此刻开始，他是她的丈夫，她是他的妻子，小妻子。他会宠她、爱她、守护着她，一辈子。

拿到结婚证，两人的心情似乎也变了。他一路牵着她的手，听着她嘴巴说个不停。许博衍心想，是她真好。

"这样就是结婚了吗？"

"怎么有点不真实啊！"

"我都已婚了……"

……

许博衍停下脚步，低着头望着她。朝雨微微一愣："怎么了？"

他突然低下头，一手挑起她的下巴，吻住了那张喋喋不休的小嘴。朝雨惊讶地连忙躲闪，他忘了这是什么地方吗？这是民政局大门口，人来人往的，他太……厚颜无耻了！

"唔——唔——"

许博衍松开口，双眸沉如湖水。

"许博衍，你发什么疯啊？"朝雨气呼呼的，更多的是羞涩。

许博衍舔了舔嘴角，扬着眉毛："我亲我老婆，光明正大，怎么了！"

朝雨："……要亲回家亲嘛，人家都看着我们呢。"

他哼了一声："我老婆都要去非洲了，我回家亲谁啊！"

朝雨咬舌，真是小气的男人啊。不过她爱，深爱！

领证是在匆忙中决定的，还有很多事许博衍都没有准备好，比如求婚用的戒指。他驱车直接去了市中心的商场。

朝雨纳闷："要买什么吗？"

他回道："去商场一楼。"

等朝雨看到饰品专柜，恍然大悟，立马赔笑着挽着他的手。许博衍虽然对珠宝首饰不太了解，可是几个牌子还是听过的，带着她直接去了。

店员微笑着问道："两位有什么需要？"

许博衍直接说道："看看婚戒。"

"这里请。"店员一一介绍着,"这是我们家今年的新款,名叫一生一世。"

"一生一世",真是好名字。

朝雨细细看着,款式典雅,两侧一圈细钻簇拥着中间圆形主钻。

店员继续说道:"两圈细钻围绕主钻,如同恋人之间的相互关系,相知相守一生。"

"喜欢吗?"

朝雨抿唇微微一笑。

最终两人挑了这款,朝雨没想到这一枚小戒指竟然要近六位数的价格。许博衍将戒指戴到她的无名指上,握着她的手指:"朝雨,戒指戴上了,记住这不是梦,我们结婚了。"

朝雨抿嘴不说话,看着戒指阵阵出神。他抬起她的手,轻轻落下一吻,喃喃地叫了一声:"许太太。"

朝雨瞬间脸热,慢慢抬头对上他的眸子。她咬了一下唇角,柔声说道:"老公,我爱你。"

许博衍的喉咙上上下下,久久无法言语,许久化作一声:"嗯。"那一刻,他才知道,朝雨这一声,是他长久以来听到过的最动听的声音。

那一天,朝雨和许博衍都没有去上班。许博衍陪着她回去收拾了一些衣物,在她去非洲前,她要搬到他那里去住。

朝雨收拾着东西,犹豫地说道:"要不我还是住这里,不然我妈过来会发现的。"

许博衍目光幽幽地看着她:"有你这样刚结婚就让老公独守空房的吗?"

朝雨瞬间举手告饶:"我错了。"她那声老公之后,他现在说什么都要强调一下他的身份。已婚男人都会变幼稚吗?

拉上行李箱的拉链,许博衍走过来拎在手里:"还有什么东西要带的?"

朝雨摇摇头。

"走吧。"

朝雨默默跟在他身后,出门后还遇到楼下的邻居,对方问了一句:"和男朋友出去旅游啊?"

朝雨支支吾吾地嗯了一声。

"去哪儿啊？"

朝雨咬牙回道："非洲。"

"注意安全啊。"

"谢谢。"她赶紧拉着许博衍走了。

许博衍讪讪一笑："男朋友？"

朝雨咽了咽口水："非常时期非常对待。"

许博衍不禁摇摇头。

车子开到半路，朝雨才察觉好像不是回他那里："去哪儿啊？"

"回家。"他说道，声音里藏着暗暗的喜悦。

朝雨不解："不是这条路啊！"

"到了你就知道了。"他说。

十多分钟后，车子开进了一个小区。小区环境清雅，绿树环绕。

朝雨四下观望："你在这里买了房子？"

许博衍停下车，一手拎着行李箱："六楼。"

进了电梯，很快就到了六楼，他把钥匙递给她："开门吧。"

朝雨看着门上的号码601，她扭开了钥匙。装修完好的房子落入她的眼帘。走进去，偌大的客厅，精致的装修，简洁的风格，东西应有尽有。

"你什么时候准备的？"

许博衍放下箱子："前几年舅舅和舅妈以我的名义买的，原本我是想在你单位附近另买一套的，不过似乎等不及了。"他现在住的地方，毕竟只是一个宿舍而已。既然结了婚，他自然不愿意她住在那儿。

朝雨望着他，其实住哪里都无所谓，只要两人能在一起就好。

许博衍笑着："我很少来这里，都是舅妈布置的。看看家里还缺什么，一会儿我们去买？"

朝雨心里感念席家舅舅和舅妈对他的照顾："以后我们要好好孝顺舅舅和舅妈，还有外婆和外公。"

房子很大，卧室有四间，主卧宽敞，摆着一张欧式大床。许博衍从柜子里拿出一套干净的床套。朝雨眨眨眼，他是早有准备啊。许博衍脸色微红："唔，上次让阿姨准备的，以备不时之需。"

朝雨扑哧一笑，和他一起将床铺好。柔软的被子带着芬芳的洗衣液的味道，朝雨将床角的皱褶理平。以后，这里就是他和她的家。她望着他，眼含笑意。隔着一张床的距离，四目相视，许博衍伸手："过来。"

她乖乖地走过去，他抱着她坐在床上，轻轻吻了吻她的额角。朝雨靠在他的怀里："干吗？"

"去非洲的事，我还是之前的意见。你想去，我在国内等你。"一年而已。希望一年过去，她心里能放下那个枷锁。席家那边，他会去恳谈一次。"朝雨，我不在你身边，你要好好照顾自己。"

她眨眨眼："你一直在我心里。"

他笑笑："走吧，去超市。"

房子虽然一直没有人住，但平日舅妈一直请钟点工来打扫，家里非常干净，只是缺少烟火气。朝雨认认真真地选着东西，看到什么都要问一句："家里有没有啊？要不要买啊？"最后购物车堆得满满的。

他想，不久，他们的家会越来越有生气的。结账的时候，因为前面排着四五个人，朝雨漫不经心地看着收银台，眼睛突然瞄到了一盒小东西，又很快收回目光，用余光瞥了他一眼。见他没有反应，她暗暗懊恼，难道让她主动提吗？

许博衍嘴角抿着笑意："还有什么东西没买吗？"

朝雨连忙摇摇头。

前面一个人结完账，终于到他们了。东西一一扫码："一共二千八百九十八，刷卡还是现金？"

许博衍递上了自己的银行卡，随后又拿了几盒小东西丢进去。朝雨的脸瞬间红了，生怕人家看到她，连忙把东西装到袋子里。但是当看到手中的戒指时，她才恍然大悟——有什么关系，他们可是领了证的。

许博衍拎着两大袋东西，看着独自发愣的小妻子："小雨，回家了。"

回到家之后，两人开始归纳东西。等忙完了一切，朝雨出了一身的汗："真不容易啊。"

许博衍笑着："累了？"

"不累。"她的嘴角弯起了一抹笑容。怎么会累呢。他们一起收拾这个家，她不知道多开心。

许博衍理了一下她耳边的碎发："先去洗澡，我做饭。"

朝雨拉着他的手,他今天也辛苦了:"要不叫外卖吧?"

他扬了扬眉眼:"新婚第一餐就吃外卖?我很快就做好。"

朝雨倾身抱着他:"唉,有个会做饭的老公真好啊,我是捡到宝了!"她嘻嘻笑着,亲了他一口,"老公,加油!"

许博衍失笑,摇摇头,眼底却是满满的宠溺。柔和的光泽落在他的身上,落下了一片暖意。

晚饭后,两人有一搭没一搭地说着话。

他问:"明天去上班吗?"

朝雨点头。

"周六,我们一起去看看妈妈。"他口中的"妈妈"自然是指席溪。身份转变了,朝雨心中也满是感慨。她托着下巴:"可是真的不告诉两边长辈我们领证的事吗?"

许博衍扯出一抹笑:"我不介意告诉他们。"

朝雨咽了咽口水:"那还是不说吧,等我从非洲回来后再说。"她堆着笑意,一脸讨好。

许博衍叹口气:"好。"

"要不等我到了非洲再说?"

许博衍咬牙切齿:"行啊!到时候我去非洲接你回来。"

朝雨吐着舌头。

第二天早晨,她在他的怀里醒过来,他的手自然而然地搁在她的小肚子上,两人好像在一起多年的伴侣,完美地契合着。

她抬手摸着他的下巴,青色的胡楂儿微微扎手。许博衍没睁眼,一把握住她的手。谁都没有说话,静静地享受着这一刻的相伴。

起床的时候,许博衍突然拿出一个盒子,从盒子里拿出一条银色项链。他握住她的手,慢慢退下戒指,把戒指穿在链子上:"转身。"

朝雨抿着嘴角笑着,等他帮自己戴好了项链,再转身一把抱住他:"老公,你真是太聪明了。"她怎么就没有想到呢!

许博衍拍拍她:"这一年都不许摘。"项链长度刚刚好,戒指悬在她的心口上方。

"遵命！"她抿着嘴角，"等我从非洲回来，你帮我摘。"

他不说话，嘴角却溢出了一抹笑意。

吃过早饭，许博衍把她送到单位。朝雨下车时，一脸的不舍。身份变了，好像感情随之变得更深了。以前没有觉得，现在恨不得时时刻刻都能在一起。

宁珊从远处走来时就看到了许博衍的车，再看朝雨那副表情，忍不住打趣道："哟，舍不得啊？"

朝雨没说话。

宁珊继续道："要不转行吧。在一处上班，天天在一起。"

"坏人。"朝雨转身往前大楼走。

宁珊眼尖地看到她脖子后面的一块痕迹，没忍住笑了，跟上去问道："我说今天怎么这么依依不舍呢，原来——"她故意拖长了音调，等着鱼儿上钩。

朝雨果然上当了："什么？"

宁珊压着声音："你们那个了？"

朝雨心猛地一颤："你说什么啊？"

宁珊抬手点点她的脖子："好激烈。许博衍果然厉害。"她竖起了大拇指。

朝雨脸红得要滴血："别说了。"

宁珊望着她："老实交代，到底什么情况？"

朝雨一路轻声把昨日的事通通告诉了她："我们决定暂时先不告诉双方父母。"

宁珊瞪大了眼睛："我的天，你们这速度，佩服佩服！"

"没你的推波助澜吗？"朝雨给她一个白眼。

宁珊嘿嘿一笑："我不是担心你嘛。这样真好。可惜啊，还得等一年后啊，许博衍太不容易了。"

"你到底是哪边人啊？"

"我中间人啊。"宁珊窃笑，"恭喜啊。我为你们高兴。"

朝雨弯着嘴角："谢谢。"

两人有说有笑地上了楼。到了办公室，大家见她俩一脸喜色，好奇道："今天有什么喜事啊？"

宁珊清清嗓子："我们要有喜酒喝了。"

办公室瞬间就炸了："什么情况？宁珊你要结婚了？"

"NO！NO！NO！我可是单身美少女。"她推了一把朝雨，"是这位。"办公室瞬间就哄了起来，问题一个接着一个——

"我们许大队长求婚了？"

"结婚的日子定了吗？"

……

问题一个接着一个。

朝雨知道他们的性子，索性说道："结婚的话要等到明年。"

"明年春天？"

朝雨摇摇头："酒店都要提前预订，春天来不及。"

同事里结过婚的人都表示赞同。因为这个小插曲，办公室今天的氛围特别愉快。只有一个人，特别落寞。朝雨看了宁珊一眼："就知道不能告诉你。"

宁珊小声道："总要让人家知道许博衍现在名花有主了啊，也好断了心思。"

朝雨望着前方，程晓曦坐在那儿一动未动。单恋有时候真的很伤人。这时候，她又想起了石嘉行。她从没有想过，过了这么多年，他还会喜欢她。

宁珊叹口气："我明白这么做挺伤人的，不过感情的事容不得第三人。长痛不如短痛，她该清醒了。"

朝雨点点头："好了，去工作吧。"

上午朝雨又去找高主任表明了自己的决定，高主任挺诧异的："不是说男朋友求婚了吗？"

朝雨感叹办公室消息传播速度之快："结婚前不出去一下，我怕以后结婚我就走不了了。"

高主任笑道："是怕以后许博衍不同意？"

朝雨摇摇头："不是的，我想我要做什么他都会支持我。只是以后，我想把更多的时间和精力用来陪伴他。"

高主任咳了一声："你的意思是以后放弃工作回归家庭？我可不赞成啊。现在是新时代了，我想家庭和工作兼顾应该没有问题。"

朝雨微微笑着："我也是这么想的。所以，希望领导能批准我这次申请。"

高主任扫了一眼那张表格："下周会有结果。"

"谢谢主任。"她一身轻松地从办公室出来,却见程晓曦站在门口:"朝雨——"

朝雨向她点点头:"你也找主任?他在里面。"

程晓曦脸色黯淡无光:"可以聊一会儿吗?"

朝雨看着她,犹豫了片刻:"好。"

朝雨在走廊上的自动售卖机上买了两瓶矿泉水,她递了一瓶水给她。程晓曦愣愣地接过,好半晌都没有说话。程晓曦还是那副表情,唉,好像全世界都欠了她。朝雨扯了一抹笑意,没放在心上,咕噜咕噜喝了几口水。早上他买的牛肉锅贴,她一口气吃了八个,这会儿口干得很。想到他一脸笑意地看着她吃东西,朝雨的心不由得软了几分。

程晓曦捏着塑料瓶:"你们准备什么时候结婚?"

朝雨浅浅说道:"明年吧,今年来不及了。"

程晓曦勾了勾嘴角,笑容惨淡:"今年我知道他回来的时候,高兴得一个晚上没有睡。从第一次见到他,我就把他放在心上了。这么多年,我一直想着他、念着他,从来没有忘记过他。"程晓曦沉浸在自己的思绪中,"我从来没有告诉任何人这个秘密。大学的时候,学校里有男生追我,一个一个都被我拒绝了,甚至有人私下说我是蕾丝。呵呵……我妈妈、我小姨她们一次一次地提醒我可以谈恋爱了,可以找男朋友了。她们都很着急,我工作的第一年,家里开始安排我相亲,可是我不想去啊。这里——"她指了指自己的心,"这里已经装了一个人了,怎么还能爱上别的人。"

朝雨绷着脸,一言不发。程晓曦咬了咬唇角:"还记得去年我递辞职报告的事吗?"

朝雨恍然想起来,那是她刚来上班的时候,大家私下里都在议论这事。

"我是准备辞职去珞城的,我准备去找他。可惜……我妈妈不准。"她转身,眼角溢出了泪珠,"朝雨,你说要是那时候我去珞城找他,现在会是什么样?"她不止一次地想过,如果她去了珞城,去找许博衍,现在陪在他身边的人会不会就是她了呢?

朝雨的心被触动了,有几分心疼。喜欢了那么多年的人,最后只是一个无望的结局,着实让人可怜。

程晓曦哽咽着说道:"朝雨,我真羡慕你。"

朝雨拧着眉心看着她："我和他只是在刚刚好的时间相遇。"时间、地点的巧合，她的运气比她好点，也许真的是冥冥之中老天的安排吧。

"晓曦，希望你找到你的幸福。"她是真心的，"以前的我一直把自己困在一个枷锁中。席溪阿姨的事我一直都很内疚，知道他身份的那些日子，我也非常恐慌。我很怕，很怕失去他。我以为我很勇敢，在去席家那日，我才知道自己原来是个胆小鬼。外婆因为见到我心脏病发住了院……"她的声音颤了颤，"我知道那天你是故意告诉我的，其实我和他提了分手。"

程晓曦身体一震。

朝雨笑了笑："我说过给他一个家，却临阵脱逃了。我和他之间问题很大，就像隔着一个断崖，能走到一起，我心存感激。晓曦，你也可以的。这些年，你都没有和他接触过，你了解他吗？你喜欢他什么？也许你喜欢的只是心中那个美好的回忆。"

程晓曦抿着唇角，呵呵一笑："朝雨，没想到你的口才这么好。"

窗外的天，一片蔚蓝，风微微吹着，云朵儿慢悠悠地变幻着，人心也在时刻变幻着。程晓曦走的时候，留下一句话："我不会祝福你们的，至少现在。"

立秋之后，宁城的气温一降再降。

周六这天，许博衍和朝雨如期去了郊外墓地。天空微微飘着细雨，雾蒙蒙的。许博衍站在墓碑前，沉声开口："妈，我和朝雨来看您了。今天是来告诉您，我们已经结婚了。"

朝雨把手中的百合放下，轻轻握住他的手。许博衍喉咙上下滚动："您放心，我们都很好。过去的事，我们都放下了。"

朝雨动容："阿姨，您放心好了，以后我会好好照顾他的，一生都陪着他。"这一次，她没有再多说别的，简简单单的几句话，是她的承诺。

许博衍扯了扯嘴角："喊错了。"他的眼角溢出一抹难言的喜悦。

朝雨咬了咬牙："妈妈——"从此，她要改口了。

两人郑重地鞠了三躬，让母亲见证他们对彼此的承诺。他们相信母亲在那边都会知道的。

起风了，墓碑前的百合花随风摆动着，淡淡的香味飘在空气中，散发着淡雅的气息。

"妈妈，我们走了。等我从非洲回来再来看您。"朝雨轻声说道。

许博衍拉着她的手往下山走，她突然想到了上一次在墓园的相遇，嘴角浮着笑意："你知道吗，我以前来的时候，每次都会和席溪阿姨提到你。"

"哦？说我什么？"

朝雨望着他："我让席溪阿姨保佑，让我遇见你。"

"只是遇见我？"

朝雨咧着嘴角笑着："是的。只是单纯地想要遇见你、报答你，能为你做点什么。"

许博衍挑眉："你当时想报答我？"

朝雨停下脚步："看你需要什么。走啦，不是回去要和席哲吃饭吗？"

他拉住她的手，唇角拂过她的耳边："我现在什么都有了，就差你和我的孩子。"

孩子……朝雨身形一怔，红着脸道："等我回来好不好？"

他笑着："好。"

许下的承诺，等她回来，一一履行。

中午，席哲请客吃饭，他一口一个"嫂子"，叫得朝雨脸红。最后朝雨主动提出来："席哲，你还是叫我名字吧。"

"你得习惯啊。我可不能没大没小的，不然我哥又要训我了。"

许博衍端着茶杯抿了一口茶，幽幽说道："你们随意。"

席哲喏喏地说道："那就听嫂子的话了。小雨，有个事，我们商量下。"

许博衍咳了一声。

席哲嘻嘻一笑："小雨啊——"假装看不到他哥投射过来杀人般的目光，"我想追宁珊，你帮帮我。"

朝雨一时无言。许博衍凉凉地开口："你连个女生都追不到，好意思吗？"

席哲一脸挫败："宁珊软硬不吃，我没办法，我现在连她的面都见不到。小雨，你帮帮我。"

许博衍眉心直皱，厉声道："好好说话，叫名字。"小雨是他叫的吗？

朝雨恍然大悟："难怪宁珊突然要去 A 国呢，原来是躲着你啊！"

席哲的脸瞬间就拉黑了:"朝雨,你不用再强调了。我知道这事。"

朝雨抱歉地说道:"宁珊很有主见,她应该是考虑清楚了。"

"她怕什么?我又不是那个秦州。"

"女人一旦受过一次伤,自我保护力就会加强。你知道宁珊的家庭吗?"

"你什么时候也这么世俗了?我喜欢的是她,和她家有什么关系?"

"你不在意,可她在意啊。老秦的事让她怕了,一朝被蛇咬,十年怕井绳。何况,你的条件太好了。"席哲和宁珊都是她的朋友,她什么都不能做,只能帮他们把摆在眼前的问题分析清楚。

席哲挫败,神色渐渐暗淡下来,叹了一口气:"都怪那极品的一家人。"

朝雨也不知道宁珊什么时候能过了那个坎,但是她知道,现在宁珊不可能接受席哲的:"同志加油了。"

席哲落寞一笑:"没事,大不了就是等呗。我就喜欢她那样的,勇敢善良。"

许博衍嘴角浮着笑意,他这弟弟开窍了,懂得看内在美了。

席哲神采奕奕,他会一直在宁珊的前方等着她。

晚饭后,朝雨和许博衍回到家。因为席哲和宁珊的事,朝雨心中微微感慨,和许博衍说话时,她的手机响起来,拿起来一看,是朝晖打来的。

朝晖:"小雨,户口本在你那儿?"

朝雨:"是啊,我们单位要帮我换证。"

朝晖:"你在哪儿?我过去一趟。"

朝雨紧张地咽了咽口水:"哥,你要户口本做什么?"

朝晖笑了笑:"你做什么,我就做什么。"

朝雨:"……"她领证,难道他也要领证?"哥,你要结婚吗?你要和陈念结婚吗?"

朝晖反问道:"原来你骗走户口本是和许博衍领证去了。"

朝雨:"……"

朝晖:"放心,我暂时不会和爸妈说的。"

朝雨只得报了地址。

朝晖听到地址笑了一声:"我一会儿就来。对了,恭喜你们,替我转达给妹夫。"

妹夫……他叫得倒是顺口。朝雨咬牙切齿，她都忘了，哥哥就是一只狡猾的狐狸。

许博衍在一旁也听见了电话，他暗暗笑着，自己这位小妻子真是单纯，什么都藏不住，几句话就被人套出了话："怎么了？"

朝雨气得捶抱枕："我哥知道了，他一会儿过来拿户口本。"

"没事，我来和他说。"

朝雨呜呜直叫："我不怕大哥，我怕我妈！她要是知道我们领证还瞒着家里，肯定会打我的。"

许博衍不动声色地把她搂在怀里："等你到了A国我再告诉他们，这样他们打不到你。一年后你回来，他们的气也消了。"虽然他心里不舍，可答应她了，这事还是会顶下来。

她傻傻地说道："爸妈肯定会念叨你的，好像有点对不住你啊。"

许博衍笑道："那只能等你回来补偿我了。"

一个小时后，朝晖赶过来，他的脸上带着毫不掩饰的打趣。

朝雨压抑着内中的疑惑，再见哥哥，她突然有了几分羞涩。领证了，好像有什么不一样了。

朝晖打量着房子的布置，没有想到啊，妹夫动作倒是挺快的："恭喜了，博衍。"

许博衍眉宇间流露出几分喜悦："大哥，这件事还要请你暂时先保密。领证比较仓促，很多事我没有准备好。"

朝晖扯了扯嘴角："你们要我保密多久？"

"一年。"

朝晖摇着头，看向朝雨："你就惯着她吧！"

许博衍摸摸鼻子："没办法。"语气中却满是宠溺。

朝晖说了一句："你们啊，爸妈要是知道肯定要生气了。"

朝雨好奇地问道："大哥，你要户口本是准备和陈念姐结婚吗？"

朝晖微微笑起来："不然呢？我们学校最近可不帮我们办什么证。"

朝雨吐吐舌头："大哥，陈念姐答应你了？"她比较关心这个问题。

朝晖的表情有一瞬的复杂，把户口本装好："希望这回她能留下。"

朝雨简直有些不敢相信自己的耳朵:"大哥——"

朝晖轻轻拧了一下眉心,起身对两人:"我先走了,有事再联系。"

许博衍点点头:"一切顺利。"

朝晖会心一笑:"祝你们幸福。"

朝晖离开后,朝雨忍不住感慨:"看来我哥真的很喜欢陈念姐,不然他也不会单了这么多年。我以前怎么就没有看出来呢?"

许博衍笑:"你哥藏得那么深。"

朝雨抱着他的手臂,笑着:"不是你哥?刚刚你不是一直叫大哥的嘛。"

许博衍:"……"

朝晖拿了户口本就去了陈念家。陈念已经把行李打包好了,客厅里摆着两个大袋子,她准备明天就离开。

朝晖一进来,她顿时手足无措:"你怎么来了?"

他冷冽地看着行李箱,果然还是要走:"东西收好了?"

她点点头。

"浅浅呢?"

"去楼下朱阿姨家玩了。"

随后空气陷入沉闷中,好半响,两人都没有说话。

朝晖见她依旧是一副平静的姿态,他气得咬牙,一把握住她的手。

陈念慌乱的手失了力气,拿在手里的手机砰的一声落在地砖上:"朝晖哥——"

他更加用力,眼底藏着深深的无奈:"陈念——"

"朝晖哥——"

"我是疯了!这么多年了,陈念,你到底在逃避什么?你怕什么?"这么多年,除了妹妹,他最在乎的女生就是她了。

"朝晖哥,我不明白你在说什么。"陈念避着他的目光。

"你不明白?"朝晖突然大笑起来,笑中满是无奈。

陈念抿着嘴巴就是不说话。

朝晖慢慢抬起手,抚在她的胸口:"念念,告诉我,我在这里吗?"

她苍白着脸,身形一颤,定定地说道:"不在。"

"我再问一遍，在不在？"他的手一点一点在用力，如果可以，他恨不得把她的心挖出来看看。

　　陈念终于控制不住自己，眼泪一滴一滴地落下来。

　　朝晖再多的怒气也在顷刻间散去。他无力地松开手："哭什么？我伤心还没地方哭呢。"

　　陈念抬手捶着他的肩头："你总是欺负我！你总是这样！"

　　"念念——"他把她揽在怀里，"我回来了，你别走了。"

　　陈念哭了很久，眼泪慢慢浸湿了他的肩头。许久她的情绪才平静下来，那双眼湿漉漉的，却满是坚决："朝晖哥，我们不可能的。你是海归博士，我呢，只是高中毕业。"

　　朝晖刚要开口，她着急地劝阻道："这回你听我说完。"

　　朝晖的嘴角抿成一条薄线。

　　"我家的情况你都知道，我爸妈的事不说了，我哥……他吸毒，左右邻居都知道。他们不说，看我可怜，私下里大家都看不起甚至厌恶我们。我知道你对我好……"

　　"后面的话不要说了！"

　　她摇了摇头："让我说完，我怕以后我没有勇气再说了。朝晖哥，我们现在根本就是两个世界的人。"

　　朝晖扯了一抹笑："人活一世，不是为了别人对自己的看法。在我眼里你是个好女孩就行。"

　　"好女孩？"她笑着，"好女孩不会在十八岁时勾引你。"如果那次，不是朝妈突然回来，他们也许已经在一起了。

　　朝晖脸色沉下去，紧握着她的手："你以为只有你想勾引我？如果我不喜欢你，我会给你机会勾引我？再说，我为什么要给你补课？我学业也忙得很。"

　　陈念心头震动。

　　朝晖理了理她的头发："以前的事不要再提了。留下来，我们结婚。如果你不愿意在这里，我们可以去别的城市，在那里我们重新开始生活。念念，你要相信我。"

　　陈念一直摇着头："不要这样，不要这样。"

"念念，我是爱你的。"朝晖骄傲自负，这么多年，如果当初不是陈念故意和别人亲吻气他，他也不会气晕了头脑，两人白白错失了这么多年。

他拿出户口本："周一我们就去登记。你看，小雨二十三就结婚了。因为你，我二十八了还没有结婚。"

陈念惊讶："……你想结婚随时都可以找别的人——小雨结婚了？"

朝晖见到她一脸惊讶的样子，淡淡地说道："是啊。领证了，没告诉家里呢。你们啊，一个个太任性了。"

陈念沉默，心底有喜悦，有羡慕。儿时的玩伴结婚了，当初他们做游戏时，朝雨还说过以后给她做伴娘呢。

朝晖拉了拉她的手："怎么不说话？想什么呢？"

陈念微微扯出一抹清浅的笑容："没什么。"

她又这样，什么都不说，他怎么知道？朝晖没好气地说道："多大的人，又哭又笑，小狗上吊。"

这是他们童年玩的笑话。陈念听了，恼得直瞪他。他弯下腰捡起手机："刚刚我太激动了，回头我给你买新的。"

陈念："……"

朝晖若无其事："走了，去接浅浅，还有，搬到我那里去住吧。"

陈念沉默片刻，终于点头。

朝晖笑了："别想太多。我从美国回来，原本就想去找你的。"

陈念知道，怕是这一次，她真的走不了了。

去 A 国的名单宣布那日，报社一片哗然，谁也没有想到朝雨会去。

高主任拍拍桌子："这是好事。你们也要向朝雨学习，不畏困难，不畏艰苦。"

众人噤声不语，若有所思地打量着朝雨。A 国动荡不安，这时候能不去还是不去，总不能拿命开玩笑。

钱璟忍不住还是找朝雨问一下原因："朝姐，你为什么要走，不是都要结婚了吗？"

朝雨收拾着桌上的稿子："因为我怕以后没这样的机会了。"

钱璟叹了一口气："可惜，只有一个名额，不然我和你一起去。"

朝雨笑："好啊，以后有机会我们一起去。"

钱璟明知道这种可能性小之又小："那就说好了，我会记着的。"

两人相处时间虽短，不过感情不一般。朝雨对这个小师弟一直很照顾。几年后，中东爆发战争，钱璟亲赴前线，后来钱璟也成了国内出色的记者。当然这都是后话了。

名单出来之后，朝雨第一时间告诉了许博衍。下班后，许博衍来接她，两人一起去席家。

许博衍准时下班来到报社大楼时，朝雨还没有下来，他站在一楼大厅里。报社的同事对他早已熟悉得不能再熟悉，平日少不了在朝雨面前说一句许博衍。

许博衍和他们打了招呼。宁珊上前："朝雨还在上面。"

许博衍："刚和她通了电话。"

宁珊笑道："那我先走了。"

许博衍："再见。"

他一回头看到了程晓曦，礼貌地朝她点点头，一时间也不知道该如何开口。那天朝雨回去之后，把程晓曦和她说的话都告诉了他。许博衍微有歉意，不过终究什么都做不了。

程晓曦笑着："你来找朝雨吗？"

"嗯。"

"我都知道了，恭喜你们。"

"谢谢。"他依旧坦荡。

程晓曦望着他，久久不动，好像在透过他寻找什么。"那我先走了。"许博衍依旧站在那儿，程晓曦出大厦玻璃门的那刻，正巧看到朝雨从电梯里跑出来，许博衍接过朝雨的包。她掐着掌心，自己这是怎么了？不是说放下了吗，怎么还在意了呢?

朝雨一路跑过来，微喘着气："让你等久了。"她的头发随着动作飞舞着，头发又长长了些，风衣的腰带也随意地垂下来。许博衍拎起她的腰带，打了一个漂亮的蝴蝶结："走吧。"

车子驶入车流中。

朝雨和他说着去 A 国的事："宁城这次有五人过去，不过到了那边不一定能分在一个地方。"

"定下哪天出发了吗？"

"九月底走。"她瞅了他一眼，"今年不能陪你过中秋了。"

何止是中秋啊，接下来的新年，明年的元宵节、劳动节，她都不在。

许博衍想了想："下周告诉伯父伯母。"

朝雨唔了一声："你帮我说好不好？"

他沉默，专心开着车。

"老公——好老公——"

他侧过脸，似笑非笑："昨晚让你喊我怎么不喊？"现在喊迟了。

朝雨红着脸，慢吞吞地讷声道："你天天都要。"

席家外婆已经出院回家休养了，老人见到他们过来，脸上浮着慈祥的笑意，那是发自真心的。

"来啦？这两天工作忙吗？我看小雨比上回都瘦了，是不是在减肥啊？"

朝雨诚惶诚恐，大概是睡眠不足才瘦的："外婆，我没有减肥，只是最近工作有点忙。外婆您身体怎么样了？"

外婆笑着："好多了，让你们担心了。"

许博衍问道："今天的药吃了吗？"

外婆和孩子一般："不想吃，苦死了。"

许博衍拧着眉："我去倒杯水。"

外婆喊道："我不渴。"

"吃药。"

"这孩子一点也不可爱。"

朝雨窃笑着。外婆拉过她的手，细细看着她的眉眼。

朝雨猜到外婆有话要说，心里一阵紧张："外婆——"

"不要紧张，以后不要再有心理负担了，过去的事都过去了。"出院前晚，许博衍来医院陪她。她看得出来，这段时间，他的心情不好，每每来医院都在压抑着自己。甚至今年他回来都没有让家里人陪着他过生日。那天晚上，他把话说开了，也说绝了。那双和席溪相似的眉眼，满满的哀伤："外婆，请您谅解我。"

老人动容:"博衍,我都知道。我不反对你们,只要你们过得开心,我就开心。"她抱着他,就像他小时候那样,生怕他受到一丁点伤害。她介怀朝雨的身份,介怀席溪的意外身亡,可是她舍不得外孙再苦了。这孩子苦了十几年了,她能陪伴他多少年呢?二十年、三十年?可是朝雨不一样,她能更长久地陪伴着他。有什么比两个相爱的人的幸福更重要呢?尤其当她知道朝雨和博衍提出分手的事,她想明白了,那些过去,她不放下也得放下。

外婆握着朝雨的手:"下回不要再和博衍提分手了。"

"外婆,您怎么也知道了啊?"

外婆笑着:"博衍要是欺负你,你告诉我,我说他。"

朝雨红着脸:"他不会欺负我的。"

外婆咯咯一笑:"别护着他。你啊,工作要紧,平时也要注意身体。我盼着博衍结婚盼了好几年了,你们啊,早点生孩子。"

朝雨羞涩地低下头,想了想还是决定实话实说:"外婆,我们单位今年有个去 A 国的支援活动,这次有我。"

"你要去 A 国啊?"

"嗯。"

"那要去多久?"

"一年。"朝雨硬着头皮回道,眼角余光左顾右盼,心想着许博衍怎么还不回来啊。

外婆不说话了。怎么就要去非洲了呢?还去一年。她的外孙怎么这么可怜啊!

许博衍端着水杯走过来,让外婆先吃药。

朝雨小声地把刚刚的插曲都告诉他:"你快想想办法,外婆好像生气了。"

许博衍面带微笑,开口道:"去非洲是去工作,她没遇见我之前就定下来的。"

外婆:"不去行吗?"

许博衍好笑地摇摇头:"一年很快的。朝雨一回来,我们就结婚,好不好?"

外婆看着两人,终于点点头。

朝雨松了一口气。可以预想,未来一年,许博衍要顶着多大的压力。她朝他报之一笑，辛苦了！

过了两天，朝雨和许博衍一起回家。晚饭后，朝雨坦白要去非洲的事。朝妈气得恨不得拿球拍抽她："所以你那天回来拿户口本就是去办这事啊？"

朝雨没敢说实话："爸妈，我这是工作。"

朝妈："老朝你说说她！"

朝爸不愧是教导主任，足足训了她一个小时，许博衍想求情都不管用。最后朝爸总结："我们不是不支持你的工作，只是你在做决定前，能不能和家里人商量一下。你还没有结婚，凡事总要知会一下父母吧。"

许博衍看着她绷着脸，想反驳又不敢反驳的样子，他强忍着笑意。

朝雨低头表态："爸，我错了。以后我再也不会犯了。"

朝爸摆手："家规抄十遍。明天送到我学校。"

"爸——"

"说什么都没用。"这惩罚已经很轻了。

朝雨垂着脸颊，悄悄向许博衍比了一个"V"。

最后，那十份家规许博衍帮忙抄了五遍，朝雨才得以交差。不过朝爸朝妈心里还是气。尤其是朝妈，觉得自己生了个傻女儿。这刚谈恋爱就两地分隔，也不怕出什么幺蛾子。

日子就这样一天一天过去，距离去 A 国的日子越来越近，不舍之情也越来越深。

直到最后一天，朝雨看着日历上的数字，闷声道："时间怎么这么快啊！"

许博衍关了电视的声音："不想去了？"

朝雨无力地瘫在沙发上："想到我们有三百六十五天不能见面，我就难受。"

许博衍失笑："一年过得很快。"

朝雨抬手圈住他的脖子，像八爪鱼一般抱着他，脸在他胸前拱来拱去。想到明日离去，她的心头酸得难受。

他低着头吻着她的耳畔："我们可以视频，可以语音。唔，到时候我休假可以去看你。"

朝雨哽着喉咙说不出话来，寻着他的唇角吻过去。因为要分开，此刻，她只想更加靠近他。朝雨的手慢慢抚在他的脸上，摸着他的眉毛、鼻子……她嘀咕了一句："明晚我就摸不到了。"

许博衍失笑，由着她动手动脚："到了那边千万记住，不要一个人出行，知道吗？"

"嗯。"

"遇到事不要出头。"

"嗯。"

"也不要乱吃东西。"

"嗯。"

"那边疾病传染率高，千万要注意身体。"

"知道了，这些话你都说了好几天了。"她的眼泪啪嗒一下就掉了。真的到了这时候，她才知道，自己有多舍不得他。

他叹了一口气，低下头吻住她的唇："傻瓜。"

第二天，朝雨顶着黑眼圈出现在机场，一路都在打哈欠。朝爸朝妈，宁珊和席哲都来送行。

朝爸："小雨，照顾好自己。"

朝妈："要是待不下去早点回来。"

朝雨眼角抽了抽，目光却看向自家老公："那我进去了。"

他点头的一瞬拉住了她的手，往前一步，在她的唇角落下深深的一吻："照顾好自己。"

大家都在呢！

朝雨红着脸："你也要照顾好自己，按时吃饭，少抽点烟。"

许博衍微微一笑："好的。"

一旁的朝爸朝妈看着这一幕，默默不语了，保守的父母目光四处游移。宁珊和席哲却相视一笑。

安检时间到了，朝雨挥挥手，转身离去。她强忍着不再回头，不去看他们。也许这将是她人生最远的行程了。

大家一直看着她走进去。许久，席哲开口："等她明年凯旋，我们一起来接她。"

许博衍紧握的双手缓缓松开,他收回目光:"伯父伯母,我先送你们回去。席哲,你送一下宁珊。"

宁珊刚动动嘴角,那边,席哲看着她:"没事,顺路。走吧。"

宁珊:"那麻烦你了。"

回去的路上,席哲和宁珊一直沉默。席哲酝酿了半个小时,才开口:"我还以为你会去非洲呢。"

"朝雨不去的话,也许就是我了。"

席哲手一紧,嘀咕了一句:"幸好你没去。"

宁珊紧握着手。

席哲又问道:"还没吃早饭吧?你面前的格子里有饼干。"

宁珊随口打趣道:"你们男生也爱吃饼干?"

席哲默了一下:"上回看你吃,我就买了一点放车上了。"

宁珊立马闭嘴不说话了。

"唉,宁珊,我们处处吧,你总得给我次机会吧。"席哲狡猾,知道强迫不行,改成示弱路线。

"我们不适合。"

"那先试试,试一试,你真要觉得不适合,我们就做朋友。"

宁珊:"……你让我想想。"

飞机飞行了十几个小时,中间遇到了三次气流,抖得最厉害的时候,朝雨想到了最坏的结果。她害怕地闭着眼,心里一直在念着许博衍的名字。当飞机终于降落在A国的首都,机上的人都松了一口气,竟产生一种劫后余生的感觉。

下了飞机后,他们又转大巴车。支援的地方离机场很远,需要大半天时间。同行几人,三男两女,三位男士是宁城二院的外科医生,剩下的那位女士叫莫菡,是省台主持人。莫菡比朝雨大四岁,性格温柔。朝雨见到她,才明白什么叫江南美人。

记者和主持人,两人一见如故。

五个人在半路分成了两队,各自出发。朝雨、莫菡,外加周医生,三人一组。当地来接他们的工作人员已经到了。

"你好,欢迎你们。我是胡振。"胡振是美籍华人,三十多岁,作为联合国志愿人员,他已经在这里两年了。对于朝雨他们的到来,他表示热烈地欢迎,大家一一握手。

A国属于北非,位于地中海南岸。这个国家前几年经历战争与暴乱,至今没有恢复,最可怜的是无辜的百姓,战争在他们身上已经留下了深深的痕迹。疾病、贫穷、战火,从未停止,而他们也别无选择。

车子一路前行,道路崎岖,大家的五脏六腑都要被颠出来了。他们看到了远处空旷的大草地,看到凶猛的狮子,只是一点惊喜的心情都没有。

胡振的普通话不够利索,他说着这两年他在A国亲历的事:"这里的政局一直动荡不安。战火是免不了的,不过我们中国人所在的地方相对安全一些。有时候一转眼,刚刚还在你耳边说话的人转眼就没了。"

生命在这里太过脆弱了,大家的心不由得沉下来,被哀伤笼罩着。

到了傍晚,他们到达小镇。胡振再三叮嘱:"如果要出去,千万不要单独行动。找个人陪着,最好是男人。"

朝雨和莫菡分在一间宿舍。朝雨放下行李,赶紧给许博衍发信息。发完信息她才想起来,现在他们之间有六个小时的时差。现在国内已经是深夜了。莫菡从浴室出来,见她坐在那儿出神,问道:"想家了?"

"想我老公了。"朝雨脱口而出。

莫菡诧异:"你结婚了?"

"是啊。一个月前领的证。"

"那为什么还来非洲?你先生舍得啊?"

"总要出来的,不是这时候,也会是别的时间,还不如在没有孩子时早点出来呢。"

莫菡点头表示赞同:"看来你先生很支持你的工作,他很爱你。"两年前,她申请来非支援,只是最终无法成行。

这时朝雨的手机铃声响起来,她不好意思地笑着:"我接个电话。"

莫菡点点头:"去吧。"

朝雨来到屋外:"你还没睡?"

许博衍默了一秒,声音微微沙哑:"在等你的电话。"

朝雨心里一阵暖流流过，冲刷了她今天的疲惫。

"安顿好了吗？"

"已经住下了。对了，你知道莫菡吗？"

许博衍经常看新闻，自然知道："嗯。"

"这次她也来了，我们住在一起。"她挑着一些事和他说着，不知不觉就说了半个小时，"你想我了吗？"

许博衍此刻还在客厅，他闭上眼，另一只手揉了揉眉心："不想。"

朝雨咬唇："我想你了，很想很想。"她眺望远处。这里没有高楼大厦，没有霓虹灯闪，却有着最原始的景色，一片星空如海。

"不早了，你赶紧睡觉吧。等有时间我再和你聊。晚安——"她的喉咙滚了滚，差一点眼泪就要掉下来。

"晚安。"

朝雨呼了一口气，自己选的路跪着也要走完。听见他的声音，她已经忍不住想他了。她想以后尽量控制住自己少和他联系，这样思念就能减少几分。

就这样，朝雨他们开始了在非洲为期一年的生活。朝雨和莫菡在当地学校负责教课。初来乍到，很多地方让他们都无所适从。好在，他们几个的适应能力都很强。时间过得很快，他们慢慢熬过了半个月的适应期，渐渐习惯了这里燥热的天气，还有当地的食物。

这一天正好是周六，周医生要去宣传疾病防控知识，朝雨给他做助手。等忙完，半天时间都过去了，两人累得口干舌燥。周医生递给她一瓶水："辛苦了。"

朝雨接过来："反正休假没事。"

周医生见她脸色有些苍白，问道："最近没休息好吗？"

朝雨摸摸脸："总觉得有些累，估计是水土不服吧，过两天就好了。"

周医生："如果还不舒服记得找我。"

朝雨回去之后，莫菡还躺在床上休息，她亲戚来了，肚子疼得只能躺在床上。

朝雨给她带了饭菜，莫菡摇摇头："不想吃。"

"要不要让周医生看看？"

"老问题了,明天就能好。"

朝雨喟叹:"女人真的太可怜了。下辈子,我就当块石头吧。"说完,她恍然想到了什么——自己来到这里后,她的亲戚一直都没有来。

朝雨紧张地打开手机软件,查看上一次的日期。这一看不得了,她亲戚已经迟来半个月了。她的日期不准,有时候迟来一个星期都是有的,只是从来没有这么久过。不会这么巧吧?她不禁捂住了小腹。是怀孕了吗?她和他有孩子了?

小腹好像有什么在动一样,朝雨心底深处突然涌出了难言的喜悦。可一瞬间,她又拧起了眉头。如果她真的有了孩子,接下来该怎么办?一年的时间,怀孕后无疑她不可能待在这里的。此时,她的心情矛盾到极点。

"朝雨——朝雨——"莫菡连喊了她两声。

朝雨恍惚地应了一声。

莫菡关切地问道:"你是不是不舒服?"

朝雨摇摇头:"只是肚子有点不舒服。"

莫菡挣扎着坐起来:"你怎么了?"这个地方充满了危机,很容易感染上疾病。

朝雨的思绪还沉浸在"怀孕"的事中,她想周一还是去医院检查一下吧。现在先别说了,免得大家担心。

莫菡抓住她的手:"你的手怎么这么烫?发烧了?"

朝雨自己摸了摸额头:"好像没有啊,我喝点水。"

莫菡有几分担心:"朝雨,到底出什么事了?"

朝雨犹豫了片刻:"我的那个一个半月没来了。"

莫菡一阵惊呼:"你们没有做措施吗?"

朝雨红着脸,想到离开前的那几次,也是有可能的。

"如果怀孕,你肯定不能再留在这里了。"

朝雨没说话。

"你不会是还想留在这儿吧?"

"我想要这个孩子,又想做好这份工作。"

莫菡笑着:"以后还有机会再来的,这里的环境不容你留下。"

朝雨神色郑重。

莫菡明白了："别多想了，和你先生先打一个预防针。明天去医院检查一下。"

朝雨拿过手机，思量着该如何开口。

许博衍正在加班开会中。

"许队，你有什么看法？"

许博衍放下手中的笔，开口道："如果不采取雨污分流，所有的河道整治都是治标，只要污水没有集中处理，河道还是会反复黑臭。关键还是雨污分流。"

众人点头。

"这是个大工程，一年肯定完成不了。"

"那要多久？"

"至少三年。"

……

散会后，一位水利专家特意找他谈谈想法，两人又沟通了半个多小时，这时候他的手机铃声突然响起来。他看到来电显示时，嘴角不自觉地溢出笑容："不好意思，我妻子的电话。"

对方哑然："我们下次再联系。"真是没想到许博衍已经结婚了。

许博衍来到走廊，接通了电话："朝雨——"他们已经三天没联系了。

朝雨的声音微微沙哑："你在做什么？"

"加班。"说完，那边没有了声音，"你今天不是休息吗？"

朝雨舔了舔干涩的嘴角："没事，就是突然想你了。"

他笑笑："我最近很好。感冒了？"听着她的声音感觉有气无力。

朝雨听到他那边背景声有些嘈杂，她一手放在小腹上，慢慢开口："我好像怀孕了。"

许博衍的脚步霎时定住了，喉咙上下滚动着，声音陡然变了又变："你现在回宿舍，哪儿也别去。"

朝雨未曾听到他这么紧张的语调，她咬了咬唇角："昨天我才发现，我那个已经迟了半个月了。"

他们之间好几次都那么激烈，虽然他一直在做措施，可也不能保证完全安全。

许博衍一手扶着墙壁，脸上的表情缓和了一些。他嘴角勾着笑，声音里泛着愉悦："回来吧，我去接你。"

过了一会儿，他冷静下来，摸摸鼻子，难得一见的憨态："小雨，我很开心。其他的事你别管，安心照顾好自己。"他知道她心里的顾忌，"以后等孩子大了，你想出去工作我不会拦着你。"

"好。"她也笑了，"你也别太高兴，等我明天检查了再说。"她自己还有一丝不确定。

许博衍站在那儿，嘴角挂着止不住的笑意。是的，他很期待。自从两人在一起之后，他想过，一个家，他和她，还有一个孩子。他望着远方碧蓝如洗的天空，妈妈，你看到了吗？我和朝雨会幸福的。

许博衍回到办公室，一时间傻乎乎地坐在那儿。过了好半晌他才恢复理智。他打开电脑，查看去Ａ国的飞机票，最近的航班在两天后。

许博衍赶紧去找领导请假，周局听完他的话，端起茶杯又放下："你是说，你要去Ａ国接老婆？"

他露齿一笑："是的。"

"出了什么事吗？"

许博衍自然不方便透露朝雨"怀孕"的事："她身体不适，不能继续留在那里。"

周局点头，这种事也是常见的："那有必要你亲自去接人吗？她不是小孩子啊。"

许博衍摸摸鼻子，铮铮有声："有必要。"

周局笑着摇摇头："不是你舍不得，想把人叫回来吧。"

许博衍："……我是舍不得。"

"哈哈哈，看来很快我就要喝喜酒了。"

许博衍顺势说道："到时候还请您做我们的证婚人。"

"呵呵，好好好。去吧，赶紧回去收拾一下。"

这一晚，许博衍像个傻子一样，一个人坐在婴儿房。这间房里光秃秃的，什么都没有。当初装修的时候，舅妈和他说了，孩子的东西让他将来和老婆一起准备，这样才有意义。他想想，等她回来，他们要去买婴儿床，还有婴儿推车，还有孩子的衣柜。

他期望是个女孩，像她一样，活泼可爱。

镇上的医疗条件一般。给朝雨做检查的女医生和周医生相识，态度很温和："你不要太紧张。"

朝雨没有直接说自己怀孕的事，只是说月经推迟了。一番检查下来，女医生告诉她："血液检查没有问题。估计是你对这里的环境不适应，有点体虚。"

朝雨怔怔地看着她："不是……怀孕？"

女医生笑了一下："没有怀孕。估计你最近太过疲惫，内分泌失调。我给你开点药，坚持喝几天就没事了。以前也有像你这种状况的。"

医生的话让朝雨一阵眩晕，她的神色微微恍惚，声音闷闷的："原来是这样。"

"这种情况常有的，不要担心。"

朝雨慢慢站起来："谢谢你医生。"

"不客气，回去好好休息。"

莫菡在外面等着她，见朝雨出来，忙问道："医生怎么说？"

朝雨的脸色比哭还难看："莫菡，我没有怀孕。"怎么办？闹乌龙了！

莫菡一愣，随即反应过来："那也好，安心工作。熬过这一年，回去再生。"

朝雨唯有点头，可是她的心里突然间很失落。原来她这么想要孩子啊，还有，该怎么告诉他呢？他有多高兴她是知道的。

莫菡安慰她："没关系的。"

"只是让他空欢喜一场，我总觉得对不起他。"

"瞧你说的什么话，你先生不会在意的。"

朝雨一个人坐在破旧的木椅上，有多大的期望，此刻，她就有多大的失落。远处的空地上，孩子们正在游戏，嬉闹声响彻天空。那一张张笑脸，让她不禁幻想着自己和他的孩子。正在思索间，一个七八岁的黑人小姑娘跑到她身边："老师，你为什么一个人待在这里？"

"我在想一些事情。"

"是想你的家人吗？"小姑娘叫 Misha，先前因为感染病毒，被中国来的医生所救，因而对每一个来这里的中国人都异常亲切。

朝雨笑了笑："上次教你们的歌还记得吗？"

"记得。"Misha 清唱起来，"好一朵美丽的茉莉花，芬芳美丽满枝丫……"小姑娘中文一般，不过勉强还能听出来是《茉莉花》的旋律。

朝雨陪他们玩了一会儿，拿起手机走向安静的角落。她拨通许博衍的手机号，几乎没有等几秒，那端就接通了。她明白他有多焦急，有多渴望。可是，她又让他失望了。

"小雨——"他念着她的名字，隐隐地带着克制的激动。

朝雨尽量让自己的声音还是和之前一样，闭上眼睛，深吸一口气："博衍，我没有怀孕。"另一只空着的手紧紧地掐着掌心，指甲都掐到肉里了。

许博衍默了一秒，却问道："医生有没有说什么问题？"

她轻描淡写地说道："没什么大问题，就是内分泌失调。"

"没事就好。"此时许博衍一个人在办公室，隐隐约约听到她微微叹气的声音，"不高兴了？"

朝雨没说话，只听见自己紧张的呼吸声："就是觉得有些失落。好像别人告诉我，考试分数是一百分，等我拿到考卷，我却只得了八十分。"

许博衍失笑："在我心里你永远都是满分。"

"你什么时候这么会说情话了。哎呀，看来我们还是一年后见吧。"

"我订好机票了。"

"不，你别来。"她又羞又恼，觉得现在没脸见他，"我没事的。放心好了，这一年，我一定在这里好好干一场。"

许博衍笑道："期待你的表现，我在这里等你回来。"

朝雨闷声道："对不起，让你空欢喜一场。"

"傻瓜。"他知道她现在有多难过，"哭了？"

"才没有。"她擦擦眼角的泪水。

"唉，等以后宝宝出生，我一定好好揍他一顿，让他和我们开玩笑。"

"不行。"

"让我老婆哭了，不该打？"

朝雨抽着鼻子："不许打。"

"好，你说不打就不打。"

一个小插曲，朝雨的心情也好多了，她揉了揉红着的眼睛："下午还有课，我要先去准备了。"

许博衍唔了一声:"医生开的药记得按时吃。"

"知道了,许先生。"

听着她的声音,许博衍也稍稍放心了。等将来生了孩子,他可要揍他一顿,叫他让爸爸妈妈心情跌宕起伏。

【许宝宝:哼!爸爸坏!不喜欢爸爸了。】

乌龙这件事自此过去,朝雨全身心地投入到工作中,一眨眼时间就到了新的一年。

朝妈准备了满满的年货,不过今年朝雨不在家,少了一个人家里显得有些冷冷清清。她不免又叨唠起来:"小雨这去非洲了,我管不着,怎么朝晖放寒假也没个影呢?"

朝爸优哉地喝着茶,随便应付了一句:"他忙,不上课了,手里也有别的项目。"

朝妈:"总不能天天忙吧。前段时间不是说去S城了吗?你说他去干吗?"

朝爸:"……去旅游吧。"

朝妈差点把手里的辣椒酱砸他脸上:"我听说是去见陈念她妈了。"

朝爸:"哦。"

朝妈气得拍桌子:"你有没有在听我说话?"

朝爸连忙坐直身子:"在听啊,你继续。"

朝妈叹了一口气:"我也不管了。你打个电话问问,朝晖今年还回家过年不?"

朝爸:"孩子大了,有他的想法,你也别急,朝晖做事都有自己的主意。"

朝妈一脸忧伤:"这两个孩子就是太有主意了。我真是白养了这俩孩子,一个也没给我省心。"

刚说完,门外就传来几声敲响。朝爸笑呵呵地说道:"你儿子回来了。"

一开门,许博衍拎着礼物站在门口。

"博衍——"朝妈一脸欣喜,比看到儿子还开心,"快进来,今天外面都零下七八度,冷吧?"

许博衍走进来:"还好,不是太冷。"

"老朝,快去倒杯热水。"

"妈，不用麻烦了。"

元旦时，许博衍已经告诉了朝爸朝妈他和朝雨领证的事，随即也改口。当时朝妈气得恨不得飞到非洲把朝雨揍一顿，还好许博衍把两位长辈给安抚好了。不过这账朝妈是记下了。

朝爸热情地给女婿倒了一杯清茶："我一个学生昨天来看我，给我带的，味道还不错。"

许博衍喝了一小口："有些苦，不过味道很好，估计第二杯水味道会更好。"

朝爸点头："还是你懂。"

朝妈笑着："博衍，年夜饭你过来吗？"

"爸、妈，年夜饭我在席家，初一过来陪你们。"

朝妈弯着嘴角："那也行。到时候我多做几道你爱吃的菜。"

朝爸念了一句："明年小雨回来，到时候年三十我们两家一起过，怎么样？"

许博衍点头："小雨和我说，他们那里也会庆祝新年。"

朝妈撇嘴："她是乐不思蜀了。"

许博衍捧起茶杯抿了一小口，想到昨晚她在电话说了好几遍，想他了。

许博衍在朝家吃过晚饭，朝爸朝妈送他下楼。朝妈嘱咐："天冷路滑，你慢点开车。"

"爸、妈，你们赶紧上楼吧，外面冷，别冻着。"

朝爸朝妈一直看着他的车开出小区，才上楼。

朝妈感叹："小雨有福气。"

朝爸蹙眉："这是俩孩子的缘分。"

两人上楼正好遇到邻居，朝爸学校的同事："朝主任，刚刚送谁啊？"

朝爸一脸骄傲："我女婿。"

"哟，小雨都结婚了啊？"

"领证了，时间紧，等她从非洲回来就举办婚礼，到时候请你们喝酒。"

"恭喜恭喜啊。女婿做什么的啊？"

朝爸一脸骄傲地开始介绍自己女婿，做什么的、多大了、哪所大学毕业的，还是当年的市理科状元。

朝妈看不下去，这人有时候也挺不低调的，她也不等他，自己上楼去了。

A 国。

农历三十那天，中国的志愿者一起准备庆祝晚会，虽然不在国内，但这里过年的气氛也是有的。当地人还有别的国家的志愿者都一起加入。中国的农历新年传播得越来越广，有华人的地方，必然少不了庆祝。

朝雨和莫菡负责包水饺，两个人都是很少下厨房的人，这回包饺子倒是很有新鲜劲。

朝雨脸上沾了白花花的面粉："感觉把这辈子要吃的饺子都给包完了。"

莫菡也是第一次包饺子："没想到还挺有意思的。"

朝雨抬头看了看大厅，篝火都已经准备好了："等回去以后，可以在家尝试一下。"

莫菡问道："想家了？"

朝雨没有掩藏："第一次在外面过年，很特别。"她想爸妈、想许博衍，想着他那些年一个人在珞城到底怎么过来的。经历了这样的分别，她就想以后每一年，她都要陪在他身边。

莫菡笑笑，没说话。

"你呢？"朝雨很少听到莫菡说家里的事。

莫菡眉眼动了动，在夕阳的余晖下，楚楚动人："我毕业后一个人留在宁城，中间也有两三年没有回家过年，习惯了。"

习惯有时候很可怕，习惯了一个人生活、一个人看电影、一个人上下班，渐渐地我把你忘了。

天渐渐暗下去，篝火点燃，火光明亮，大家在欢歌笑语中吃着年夜饭。非洲这片热情洋溢的地方，歌舞表演是家常便饭。

朝雨和莫菡也一起合唱了一首歌。

hey jude, don't make it bad

take a sad song and make it better

remember to let her into your heart

then you can start to make it better

……

嗓音悦耳，让氛围更加柔和。随着歌舞表演，大家的兴致越来越高。来这里四个月了，他们第一次如此放纵自己，抑或是麻醉自己。没有战争，没有烟火。如果可以，时光如此，让世界每个角落的人们都享有着安宁与祥和。

朝雨喝着啤酒，嘴角带着盈盈的笑意。莫菡举着杯子："真是令人难忘的一个春节。"

晚宴结束后，朝雨扶着微醉的莫菡回宿舍。莫菡很少这样，今天估计太高兴抑或是想借酒来麻醉自己。朝雨拧了毛巾给她擦擦脸，带上门来到室外。

席家今年还是和往年一样，一家人聚在一起吃年夜饭。老太太换上喜庆的唐装，许博衍和席哲陪着她。

"朝雨在那边还好吧？"

"今晚也有庆祝活动。"

老太太笑着："去那边的人都不容易。"

席父赞同："小朝是个有责任心的好孩子，能吃苦，有大爱。"说着看了一眼席哲。

席哲抽抽嘴角："爸，您别看我，每个人的奉献方法不一样。我嫂子是巾帼不让须眉，我不和她比，我这每年都有捐助的。"

席父不禁皱了皱眉。

老太太打着圆场："明年你要是能把我的孙媳妇带回来，才是为我们席家奉献了。"

席哲狡黠一笑："明年我哥也要准备婚礼吧。"

这话题一打开，老太太和席母瞬间就把目光转到许博衍身上了。许博衍看了自家表弟一眼，不由得摇摇头。

饭后，席哲找了个理由要出去。宁珊今年没有回家，留在宁城过年，他买了一后备厢的烟火，准备和她去放。席哲看着许博衍："哥，我出去一下。要是他们问起我，就说我去找石嘉行了。我明早回来。"

许博衍抬抬眼皮："你们两个大男人放烟花？"

席哲差点吐血："我给宁珊买的，女生都喜欢这样，浪漫。"

许博衍摆摆手，转身回了自己的房间。今晚手机短信一条接着一条，可惜都不是他小妻子的信息。A国比国内早六个小时，难道她休息了？许博衍一直拿着手机。

当倒计时开始从十到零,新年的钟声敲响。他刚打开电话本,微信视频已经响了起来。

许博衍看着她的头像,嘴角浮起了笑意,点开了视频。她穿着白衬衫,外面套了一件深蓝色的针织衫,头发比上次又长了许多,眉眼含笑:"老公,新年快乐。我是第一个吗?"

朝雨看见了他的面庞,心头一动,连呼吸都停下了:"你是不是在等我啊?"

好像隔了几个世纪,她的声音漂洋过海传到他的耳边,像丝竹声一般悦耳。他应了一声:"傻瓜。"他一直在等她。

她笑了,彼此心照不宣。

可惜她不在,不然这一刻,他肯定要把她紧紧抱在怀里:"新年快乐。"他来到阳台,打开了窗户,风呼呼地吹着。

她说:"你在阳台啊,别冻感冒了。"

许博衍对着她说道:"穿着毛衣呢,送你件礼物。"

"什么?压岁钱吗?"

他笑着,慢慢举起手机,镜头对上了星空。夜空就像深蓝的大海,今晚的星星似乎比往常更多,星光照耀在每一个角落。他收回手机,沉沉地望着她。

朝雨:"今晚的星星真美!你们今天怎么样啊?外公外婆都还好吗?席哲呢?"

"大家都很好。席哲和宁珊去放烟花了。"

朝雨叫了两声:"没想到席哲这么浪漫。"

"你喜欢?明年我也给你买一车。"

朝雨咯咯直笑:"还是不要了,空气污染。我们和席哲又不一样。"

许博衍明白她的意思:"今晚开心吗?"

朝雨勾了勾嘴角:"开心。可是——"她顿了顿,"好想回家。才四个月,终于知道一年原来这么长。"

"还有八个月,再坚持一下。"

朝雨应了一声,突然期待地说道:"你把手机搁在耳边,我有话对你说。"

许博衍照做，屏幕贴在脸上，长时间的通话，电池热热的。

朝雨拿过手机，微微低着头在屏幕上亲了一下："感觉到了吗？我在吻你啊——许博衍，我爱你！"

你送我一片星空，我送你一个吻。大冷天，许博衍突然间感觉到掌心和后背都在冒汗，朝雨总会突然给他带来感动和惊喜。"博衍——博衍——"她叫着他的名字。

"我在。"他咽了咽口水。

她嘻嘻笑着。

许博衍说道："外公外婆还有舅舅舅妈给你准备了红包，等你回来我再给你。"

朝雨问道："他们有没有说什么？"在她离开后，他告诉了双方长辈他们领证的事，两边的父母就是再开明，也总会要念叨的。

"舅舅夸你了。"

朝雨眨眨眼。

许博衍从口袋里拿出一个大红包，在镜头面前扬了扬："我给你准备的。"

"我都多大人了，怎么还收红包啊！"

"给我的妻子，等你回来，一起给你。"

"嗯。"朝雨握着手机，站在那儿久久未动。她的手不由得握住了胸前的戒指，想他的时候，只要看到戒指，仿佛他就在她身边一般。

初一上午，许博衍去了朝家。让人意想不到的是，朝晖带女朋友回家了。朝晖大大方方地给两人介绍："我妹夫，许博衍；我老婆，陈念。"

许博衍看着大舅哥说话时嘴角暗藏的笑意，不由会心一笑："恭喜，大哥大嫂。"

陈念局促不安："许先生，你好。"

朝晖拉着她的手："自己人叫名字就好。"

陈念连忙抽开手："我去厨房帮帮阿姨。"

一声"阿姨"，许博衍倒是听出什么了。朝晖扯扯嘴角："她还有些不适应。"

许博衍诧异："大哥，你们不是在小雨出发前就领证了吗？"意思是这么久，大嫂还没有适应？"

朝晖拧了一下眉眼："你以为人人都像你和小雨那么幸运？陈念心里一时间很难适应的，我想等手里的项目完成后，和她一起搬到S市。"

许博衍不由得一愣。

朝晖拍拍他的肩："以后爸妈这里，你和小雨就要辛苦些了。"

"大哥，你说的哪里话。"朝爸朝妈待他如亲生儿子一般，照顾老人本就是儿女的责任。

两个男人相视一笑。少年时期的他们，谁都没有想到，十多年后，有一天，他们会成了一家人。

初二晚上，许博衍回了许家。

过年了，家里请的阿姨也回家了，许家只有两个人，冷冷清清的，怪不得肖韵平时喜欢把侄女留在许家。

这段时间许剑峰的身体恢复得还不错，气色明显好了很多。看到儿子回来，许剑峰瞬间打开了话匣子，说个不停。肖韵看在眼底，心里替他难受，悄悄去了厨房。

晚饭，许剑峰要喝点酒，说了两次："难得博衍回来，我们父子俩碰碰杯。就喝一点。"

肖韵才答应："医生说了不能喝，今晚就破例一回。"

肖韵无奈，给他倒了小半杯。许博衍心头突然有几分难受。

许剑峰乐呵呵地举起酒杯："我们一起干一杯。"这么多年了，他一直盼着，等儿子长大了，他和儿子喝酒畅谈，今晚终于得偿所愿。趁着肖韵去厨房，他偷偷倒了好几次。

许博衍喊道："爸——"

"嘘——别告诉你阿姨，不然她又要唠叨了。就今晚，你陪爸爸再喝一点。"

肖韵哪里没有看到，只是她舍不得说罢了。

后来许剑峰喝醉了，肖韵和许博衍把他送到房间。肖韵打了热水进来："我来吧，你爸就这样。以前一喝醉回来就睡觉。"

"阿姨，我来吧。"许博衍拿过热毛巾，轻轻擦拭许剑峰的脸和手。他的父亲不再年轻，已经有一大半的白头发。

肖韵别过脸去，心口一阵酸涩。人生的选择有时候根本无法说清对与错，但是既然选择了，那就继续往下走吧，说不定有一天就柳暗花明了。

晚上，许博衍没有回去，在家住了一夜。肖韵给他送去干净的床单，帮他铺床。

"阿姨，我自己来。"

"没事，我来弄。年前我和你爸逛商场，看中了这套，当时就想等你回家时给你换上。对了，你们那房子还缺什么吗？我现在工作减了大半，时间多，回头我帮你们看看。"

许博衍说了一声："好。"

肖韵手上的动作一僵，这孩子还是第一次没有拒绝她："明年的婚礼有什么打算吗？"

"我想等朝雨回来我们再商量。"

肖韵笑道："傻啊！你何不给她一个惊喜？什么都准备好，等她回来就进礼堂。"

许博衍微微惊讶，这个他真没有想到。

"博衍，你要是相信我，交给我好吗？"她殷切地看着他，眼底是渴望。她和许剑峰结婚，当时考虑到许剑峰的身份还有许博衍的心情，便没有举办婚礼。如今有这样的机会，她想试试。

"阿姨——"他顿了顿，"那就辛苦你了。"

肖韵眉眼弯起来："放心，阿姨保证朝雨会喜欢。可惜肖珈太大了，不然让她给你们做花童多好啊，不知道她愿不愿意给你们送婚戒。"

许博衍想象了一下肖珈当花童的样子，以那丫头的性格，不原地爆炸就怪了。

朝雨去 A 国以后，许博衍又恢复了单身汉的生活。下半年，单位又来了新的同事，女孩子私下不免暗暗打听许博衍的消息。加了他的微信，借着请教工作为名，想要加深联系。

那日，他在办公室，楼上新来的小姑娘又来找他："许队，我有个问题想请教您。"

大熊坐在那儿："许队什么都懂，有什么问题尽管问他。"

许博衍眸光冷冷地看了他一眼。

大熊装作不知，起身："我去隔壁一下，他们刚刚叫我有点事。"

小姑娘的脸红扑扑的，漂亮的眸子就看着许博衍。

许博衍不动声色："要不要喝水？"

小姑娘连连摆手："不用不用。"说话间她突然看到他桌上的照片。"许队，这是谁啊？"说着拿起了相框。

照片是前两天朝雨发来的她和学校孩子的合照，他打印出来，特意找了相框放在桌上。

"我妻子。"他的语气里带着不易觉察的温柔。

"你结婚了？"小姑娘要哭了。

"等她回来就办婚礼。"

小姑娘："……你太太真漂亮。这是在非洲吧？"到底是个机灵的姑娘，立马开始化解尴尬。

"是的，她是志愿者，十月份回来。"

"好厉害。"小姑娘由衷地赞叹道，"你们俩真般配。"

不一会儿，大熊回来："人走了？"

许博衍慢慢放好相框。大熊走过来，竖起了大拇指："这招厉害。"

许博衍目光落在朝雨脸上，九月了，陌上花开，可缓缓归矣。

还有一个月的时间，朝雨他们就要回国了，等他们离开，会有新的志愿者来接替他们。看着这片广袤的大草地，她竟有些不舍。

莫菌拿了瓶汽水过来："给。"

"谢谢。"

"真没想到一年的时间过得这么快，感觉我们才来不久。"

朝雨喝了一口汽水："希望这里越来越好，没有战争、没有疾病。"

"会的。"

朝雨笑着："突然想到了那句话——我的愿望是世界和平。"

莫菌举起汽水："来，为了世界和平干杯。"

两人大笑着，忽然砰的一声，剧烈的声响好像是从远处传来的。一瞬间，硝烟四起,灰尘漫天。朝雨和莫菡连忙蹲在地上,朝雨说道:"是东边那里。"

莫菡拧着眉:"是开战了,我们赶紧回去。"

两人赶回驻扎地,得到消息是当地反政府武装组织发起暴动。所有人都集合在一起,每个人的脸上都写满了担心。可现在情况混乱,他们只能在这里等待着。外面一片混乱,不时传来轰鸣声,夹杂着哭喊声。

这一刻,志愿者们什么也做不了。

不多时,有人跑进来:"外面已经打起来了。"

"那现在怎么办?"

"从现在开始,为了安全起见,我们谁也不要离开这里。"相对而言,这里还比较安全。双方再打,也不会打到这里来。

半个小时后,有人从外面冲进来:"有伤员送过来了!怎么办?接不接?"

所有人的表情都凝住了。

周医生拧着眉头,开口道:"这里的医疗用品并不多。"

大家沉默下来。

朝雨硬声道:"我们来这里的目的是什么?"她的声音不大,却每个字都深深地撞击着大家的心。

"救人!"

大门打开了,伤员陆续涌进来。有老人,有孩子,还有孕妇……他们像是抓着了最后的救命稻草,来到了这里。朝雨和莫菡帮忙做最简单的处理,这时候有个黑人男人抱着一个孩子冲进来,他哭喊着:"Help!Help!"

朝雨看到了那个孩子,大脑一瞬间失去了思考,那个孩子是 Misha,是她的学生,上午她们还在一起。

"Misha——"朝雨失声喊道。孩子的身上满是血迹,奄奄一息地沉睡着。

周医生赶过来,双手按着孩子的腹部。他的脸上满是哀伤:"对不起。"

朝雨的身子虚晃了一下。

她看着 Misha,这个小姑娘才七岁,她那么可爱与善良。她说等她长大了,要去中国。她们约好的。

孩子的手无力地垂在那儿。朝雨的眼圈通红,她用力咬着唇角,嘴里一股血腥味:"Misha——以后都没有战争了。"

所有经历过那一人的人，这一生都不会忘记那些画面。一个小小的生命原本才刚刚开始，却在炮火中离去了。他们难受、悲伤，却无可奈何。

活在一个和平的年代，真好。

A 国战乱的消息传到国内，国内家属的心都像悬在一条线上了。

朝妈看到新闻后，一紧张晕了过去。朝爸喂她吃了救心丸，赶紧给许博衍和朝晖打了电话，让他们回来一趟。

谁也联系不上朝雨，大家急得如同热锅上的蚂蚁。

许博衍十指交握，一言不发地坐在那儿。朝晖给他倒了一杯水："别担心。那丫头机灵得很，不会有事的。你一天没吃东西了，喝点水吧。"

许博衍松开手，揉了揉眼皮，哑声说道："已经过去十二个小时了。"

朝晖吁了一口气："没有消息也是好消息，她会和我们联系的。"

许博衍拿起手机，翻了翻网上最新新闻。A 国这次暴乱死亡人数达 67 人。看到这个数字，他深深地拧起了眉头。朝晖拿过他的手机："别看了。"

"大哥——"一时间，千言万语他都不知道该如何说下去。他闭上眼，神经一直紧绷着，头痛欲裂。

那天在机场，她靠在他的肩头，她说过："我会安全回来的。等我。"朝雨不会食言的。

时间静谧如画，空气中浮动着浓浓的哀伤。稀薄的光线从窗外打进来，笼罩在这一片小角落。朝晖恍然间看到许博衍眼角的泪花——这个铁骨铮铮的男人在哭。年少失母，难道还要再经历一次离别吗？朝晖撇开眼，看着远方。妹妹，如果你能感受到，快和我们联系吧。

第二天，许博衍如常去了单位。大熊他们几个今日也不再像往常一般嬉闹，大家的表情都很凝重。办公室一片寂静。

许博衍看着桌上的照片，嘴角不由得扯出一抹笑容。朝雨，你听到了吗？我会等你回来的，哪怕是一生。不论生死，我都会等你。

他开始搜索 A 国的信息，想找寻她的名字，抑或是图片都可以。大家担忧地看着他，谁也不知道该说什么安慰的话，唯有等待消息。

中午央视新闻终于传来了好消息：最新消息，A 国此次暴乱，我国志愿者无一人伤亡，现正组织紧急撤离。

大熊欢呼起来："没事了，太好了。许队——"

许博衍站起来，慢慢转身，双手紧紧地握成拳。

大熊看着他轻颤的背脊，眼睛一热——妈的，老子的眼泪都要掉下来了。

A国的战火已经平息，战争之后，这片土地上又一次留下的鲜血渐渐被洗刷和掩埋。原本平整的马路也已经毁了，坑洼不齐。朝雨站在路边，茫然地看着面前的一切。

"朝雨——"莫菡激动地喊道，"信号恢复了。"

朝雨摸出手机，连忙拨通了他的号码，只响了一秒就通了。

两人谁都没有开口说话，彼此听着浅浅的呼吸声。

朝雨眼前一片模糊，从哽咽到突然放声痛哭。

"小雨——"他哑声叫道，"你还好吗？"

朝雨抽噎着："我没事。"

"好，好，那就好。"许博衍机械地重复着。

"我——"她的话还没有说完，电话已经挂了，原来是她的手机没电了。

她刚刚想告诉他，她想他，很想很想。

许博衍握着手机，再打过去，语音提示已关机，他苦笑一下，没事就好。

第十章
一生之约

因为战乱，各国的志愿者必须紧急回国。

朝妈知道朝雨要回来，嘴里不断念道："菩萨保佑，菩萨保佑！"

朝雨他们回来的那天，相关部门派人去了机场，热烈欢迎他们的归来。莫菡看着人潮，不由得感叹道："一年而已，竟觉得这里有些陌生了。"

朝雨在人群中搜寻着某人的身影。莫菡打趣道："瞧你心急的，一会儿就见到了。"

朝雨抿唇一笑，突然看到了他。隔着那么多人，他望着她，目光缱绻温和。朝雨挥挥手，朝着他的方向跑过去。许博衍展开双臂，把她抱在怀里，两人亲密地拥在一起。"我回来了。"她贪恋地闻着他身上的味道。

"欢迎归来，我的小妻子。"许博衍克制着自己的激动，可沙哑紧张的声音还是泄露了他的情绪。

朝雨低喃："我很想你。"

朝晖走过来："好了，公众场合，你俩就不要再秀恩爱了。"

朝雨红着脸松开许博衍，许博衍却紧紧地握着她的手。

朝爸兴奋地说道："小雨，你终于回来了。"

朝妈也没忍住眼泪："瘦了。"

朝雨笑着："爸、妈，对不起，让你们担心了。"

许博衍拎过朝雨的行李箱，和她一起去和同伴告别。

莫菡的身旁有个高大英俊的男人，男人一直绷着脸在说话，莫菡没搭理他。

"莫菡——"朝雨喊道。

莫菡回头，看到她和许博衍，虽然看过照片，不过见到真人，她不由得在心里赞叹，朝雨和他真是天生一对。

朝雨介绍道："我先生，许博衍。这是莫菡，你知道的。"

莫菡和许博衍握了握手。

许博衍："久闻大名。"

莫菡："彼此彼此。"

莫菡身旁的男人一直冷着脸，朝雨都能察觉到那人似乎在压抑着暴怒。她开口道："莫菡，我们先回去了，以后再联系。"

莫菡笑着："结婚记得给我发请柬。"

许博衍朗声说道："一定。"

他们一走，莫菡拿过自己的行李箱。那个男人不悦地开口道："你怎么不介绍我？"

莫菡凉凉地看了他一眼："有必要吗？"

"有。"

"怎么介绍？我前夫？你不嫌尴尬，我还要脸呢。"

"你！"男人气得咬牙，一把握住她的手臂，用力地吻住了她的嘴角，"今天去复婚。"

莫菡掐着他腰上的肉，毫不心软。

朝雨回头时就看到了这一幕，她惊讶地张着嘴巴："天——"许博衍顺着她的目光看了一眼，拉着她的手赶紧出去。两人上了车，车子往市区开去。

朝雨好奇："莫菡从来没说过她的事，刚刚那个人是她男朋友？"

许博衍轻笑一下："不是。"

"你知道？"

"应该是她先生。男人无名指戴着戒指。"尤其是他和莫菡握手时，那男人明显不高兴。

朝雨："……观察细微啊。"

朝雨回来之后先在朝家待了一天，朝妈心疼地一直陪着她，连睡觉都要陪着。朝晖私下拍拍许博衍的肩头："同志，理解一下老年人，这两天辛苦了。"

许博衍无奈地勾了勾嘴角："我外婆那里，席哲说漏了嘴，外婆想见朝雨，明天我们得过去一趟,后天要去我爸那儿。"

"辛苦你了。来日方长,再忍忍。"朝晖说着,自己就笑了。

一旁的陈念瞪了他一眼,他乖乖地收起笑意:"婚礼准备得怎么样了?还需要什么帮忙?"

许博衍摸摸嘴角:"小雨这段时间在休假,还请大嫂帮忙,陪她去选婚纱。"

陈念笑着:"放心好了,不会让她发现的。"

第二天,朝雨才和许博衍回了自己家。一进门,她感觉走路都是轻飘飘的。

两人窝在沙发上,朝雨说着在 A 国的事:"刚到的时候,一个月没有吃到蔬菜,看到绿草就想到蔬菜。"

许博衍的手一直把玩着她的头发,见到真人,才感觉她变了很多。长发及腰,又黑又直。

"你不知道,我和莫菡都不敢提蔬菜名,就怕忍不住。"

他笑着,手滑到她的腰上,她瘦了很多:"战乱的时候,你们怎么过来的?"

朝雨吁了一口气:"当地人对中国人很友好,我们驻扎地并没有受到战火的波及。可是……"她断断续续地说着,"Misha 才七岁,很懂事的一个小姑娘,才那么小……"说着说着,她的眼泪落了下来。

许博衍把她抱在怀里:"好了,都过去了。"

"当时我在想,如果我可以救她多好,就像妈妈救我一样……"

许博衍用唇角堵住了她的嘴角,深深地吻住她,吞去了她要说的话。朝雨知道他在怕,抬手圈着他。

他一字一字地说道:"以后不要再说这样的话,我承受不起。我再也承受不起了。"

"我知道,我知道。"她听到了他的慌乱,连忙捧着他的脸,看到他微红的眼圈,她心疼得无以复加,不停地吻着他的脸,吻着他的眼睛,吻着他的鼻尖,"我在,我在。"

许博衍的身子渐渐热了,他的手游移在她的身上,他揉捏着她的柔软。

她轻吟低喘:"博衍——博衍——"

他迫不及待地扯下她身上的衣物,下一秒,冲进了她的身子里。

她喘息着。

"小雨,听到了吗?以后再也不许说那样的话了。"他深深地进去了,与她紧密相连。

朝雨眯着眼,浅浅地低诉着:"我爱你——"

这一刻,他们才感受到,他们是存在的。

"不管是何时何地,我都将永远和你在一起。"

这是在朝雨进入睡眠前,许博衍贴在她耳边的话。她没有力气去回复他,思绪晕晕乎乎的,如果此刻她清醒着,她会告诉他,她也是。不离不弃。

这一个夜晚,她靠在他的怀里,酣然入睡。

许久没有睡过这么踏实的觉了,醒来的时候,朝雨闭着眼,摸了摸身旁的人,他不在。

她扯了扯笑容,看了下时间,都八点了。起身去了客厅,发现他人在厨房。

朝雨静静地站在那儿,看着他忙活。她闻到了淡淡的手抓饼的味道,是她怀念许久的味道。

她拉开了玻璃门:"好香。"

许博衍回头看了她一眼:"醒了?快去洗脸,一会儿就可以吃了。"

朝雨张开手从他的身后抱住了他:"好香。"

许博衍笑道:"昨晚不是想吃的吗?稀饭和手抓饼。喏,刚刚下去买了一些蔬菜,你想加什么?"

朝雨瞄了一眼,有生菜、土豆、西红柿……有十来样品种。她的眼睛突然之间就有些酸,瓮声瓮气道:"我要生菜和土豆丝。"

"知道了,快去洗澡。今天要去看外婆。"

朝雨唔了一声,抱着他不肯撒手:"这一年让你担心了,以后都不会了。"

一个美好的清晨,窗外的鸟儿吱吱叫着。他们相拥在厨房,锅里的小米稀饭散发着浓郁的香味。

朝雨洗脸时,她看到了无名指上明晃晃的戒指。昨晚,他帮她拿下来,又戴回无名指上。从今天开始,他们的关系就要公之于众了。

许博衍的妻子,朝雨。

朝雨的先生,许博衍。

早饭后,两人开车去了席家。朝雨穿着一件中袖白色蕾丝连衣裙,端庄优雅。

外婆盼了一早上,终于见着了人,拉着她的手:"真是把我吓得心脏病都要犯了。"

朝雨一脸歉意:"外婆,让您担心了。"

"好在有惊无险。"外婆舒了一口气,"瘦了啊。"

朝雨笑着:"后面就补回来。"

外婆看着两人,问道:"证领了,婚礼你们俩准备什么时候办啊?"

朝雨连忙向许博衍求救,许博衍收到信息:"外婆,朝雨刚回来,工作上还有一些事要处理。婚礼不宜操之过急,明年吧。"

外婆想想也是:"说好的明年,你们可要抓紧时间。不然带着孩子参加婚礼,我也高兴,就怕到时候朝雨辛苦。"

朝雨的脸色瞬间就红了,支支吾吾:"外婆,我们会抓紧时间的。"她全然不知,她的婚礼早已准备得妥妥当当,只差她去挑选婚纱了。

许博衍偷偷向外婆眨眨眼,意思是您的演技真棒。

三天里,从朝家到席家,最后到许家,忙忙碌碌中,朝雨觉得她和许博衍如同老夫老妻一般。让她最高兴的是,当初他们偷偷领证的事,朝妈都没有骂她。

一天晚上,她还和许博衍得意扬扬地说着这事:"你看过去一年时间,我妈就是再生气都淡了。"

许博衍没说,朝妈这是没反应过来,等过几天,朝雨是免不了一顿说的。

"唉,明天就要去上班了。"

许博衍提议:"你可以休年假啊。"

"最近又没有什么事,休年假多浪费啊!"

许博衍扬起了眉眼,说了三个字:"选婚纱。"

"明年才办婚礼啊,至少也要五一吧,如果订不到酒店,婚礼估计还得延期。"

"这个你就不用担心,我们先选婚纱。"

"那好，有时间我让念姐或者宁珊陪我去。"

"找大嫂吧。宁珊和席哲前段时间在闹分手。"

朝雨诧异，难怪昨天席哲怪怪的："为什么要闹分手？"

许博衍摇摇头："小哲没说。"

朝雨想了想："估计是宁珊过不了她心里那关。"

许博衍吻了吻她的嘴角："别想了，先休息吧，明天你还要上班。"

不久，卧室里传来哼哼唧唧的喘息声："许博衍，你不是说睡觉的吗？"

"你睡你的。"

朝雨哭着喊着："你怎么这样啊？"

"你不是说以后都听我的吗？"某人勤勉耕耘，"小雨，我在努力让小坏蛋来啊。"

"呜呜呜……你这个大骗子！"

第二天，朝雨顶着黑眼圈来到单位。大家围着她，满是欣喜。

"朝雨，你变化好大。"

"哪里？就是瘦了一点。"

"不是。"同事认真地想了想，"是有女人味了。"

朝雨："……"

女同事们不由得笑了起来。

上午，她把在 A 国的所有材料都整理好，开始忙着她的个人小结。

宁珊端着咖啡走来："歇一会儿，把自己当拼命三郎啊。"

"怎么一上午都没有见到晓曦？"

"走了。"宁珊耸耸肩，"三个月前调到电视台去了。"

"做主持人？哪个频道？"

"不知道，最近新闻节目没看到她啊。"

朝雨略略沉吟："看来她还是没放下。"

"雁过留声，爱过的人怎么能轻易放下呢？"

朝雨顺势问道："你和席哲怎么样了？"

宁珊一时间慌乱起来，眸光闪躲："就那样啊，我们就是朋友。主任交给我的事，我还没有办好呢。"

"宁珊——"看着她火速离开,朝雨在心头叹了一口气。

但愿所有人都能幸福吧。

下午,高主任和另外两个领导找她谈话。朝雨将自己在 A 国的感受一五一十地告知他们。高主任感叹:"没有一个稳定的国家,百姓哪来的安稳。"

朝雨点头赞同。

"对了,朝雨,我们商量着和电视台准备一期节目,你们这批去 A 国的志愿者都会去。"

朝雨点点头:"那行。"

"还有啊,我有个建议,你要是有时间,可以出一本游记。"

朝雨眉心动了动,这个她想过:"我会考虑的。"

当晚,朝雨和许博衍回朝家吃饭,朝雨逗着陈念的小侄女浅浅。

小丫头乖乖地喊她:"姑姑。"

这孩子虽然是陈念哥哥的孩子,朝家人对她也是疼爱有加。现在上学都是朝妈接送,平日里朝爸负责浅浅的学习。

朝雨看着忙碌的陈念,说道:"念姐,浅浅和你小时候真像。"

朝妈回她一句:"侄女像姑姑。以后你哥和小念的孩子,可能还像你呢。"

朝雨笑着:"像我?"

朝妈睨了她一眼,突然想到了什么,抬手拧了一下她的耳朵。

朝雨号叫起来:"妈,你干吗?"

"我干吗!你这个小骗子,骗我户口本,偷偷去登记!谁教你撒谎的?浅浅,去把鸡毛掸子拿来!"

浅浅那双黑白分明的眼睛看着朝妈,可怜兮兮地说道:"奶奶,不要打姑姑了,会疼的。"

小丫头的求情都不管用,最后朝妈亲自去拿来鸡毛掸子,不打朝雨,她就觉得对不起自家女婿。

朝雨连忙跑了,来到书房:"妈要打我。"

朝晖正和许博衍下棋呢,头也没抬:"该打。"

朝雨躲在许博衍身后,拉着他的手:"你看,我耳朵都被她捏红了。"

许博衍闷笑一声:"我和你一起出去。"

朝妈挥舞着鸡毛掸子:"博衍,你让开,别护着她。"

朝雨回道:"妈,我都是大人了,咱们有话好好说成吗?"

"你过来!有胆子骗我了啊!"

"妈,我错了。博衍,救我!"

许博衍忍着笑意:"妈,领证的事是我主动提的。原本也是可以等小雨从A国回来,我们再领证。"他摸摸鼻子,"是我等不及。这事怪我。要打您就打我吧。"

朝妈不禁抿抿嘴角,女婿心疼女儿,她还有什么说的:"今天看在博衍的面子上,这事就算了。博衍老实,你可别欺负他。"

朝雨:"……喵——我真的是捡来的。"

许博衍揉揉她的耳朵:"这一顿说免不了的。"

朝雨吐吐舌头:"也是便宜我了。"

晚饭后,朝晖和朝雨各自回家。

朝爸朝妈看着空落落的房子,又心生感慨。盼着孩子结婚,可等孩子结婚了,也就意味着他们要孤单了。朝爸打趣道:"到底是孩子重要还是你老伴重要?"

朝妈哼了一声:"我未来孙子和外孙最重要。"

十点半钟,朝雨洗完澡,在客厅晾头发。头发长了每次洗头发就特别麻烦,还要等头发干。

许博衍拿着吹风机过来:"躺过来。"

她转身靠在他的腿上,他举着吹风机,轻轻地吹着她的头发。

朝雨享受着:"小哥,技术不错啊,哪里学来的?"

许博衍白了她一眼:"我的技术可不止这个。"

朝雨闭上耳朵,自动屏蔽某些人的某些带着颜色的话。

等吹好了头发,她捧着他的脸,仔仔细细地瞧着:"面具呢?你戴着的面具呢?"现在说一些话,脸都不红。

许博衍笑了笑,托着她的屁股坐在自己的大腿上,亲了她的眉眼:"你不是问我从哪儿学来的吗?唔……"他咬了一下她的唇角,低喃着,"自学成才。"

周末,朝雨和陈念去了本地一家私人定制的婚纱店。听说婚纱店的老板叫高希希,著名的婚纱设计师。

婚纱店装修华美,竟有上百套婚纱。店员浅笑盈盈,耐心地为她们推荐。

朝雨看中了一套抹胸长拖尾款式的婚纱,在陈念的鼓动下,她决定去试一下。

宽敞的试衣间,店员帮着她换上了婚纱,蕾丝细腻柔软,软纱层叠错落,梦幻高雅。她提着裙摆缓缓走出来:"怎么样?"

陈念目光一眨不眨地看着她:"很漂亮。"

朝雨被她说得有点不好意思。

陈念上前帮她理了理裙摆,一米五长的大拖尾,随着走动,漾起了柔和的弧度,像水波一般,让人瞬间变得仙气十足。

朝雨看着镜中的自己,甚至有点恍惚,这真是自己?

陈念赶紧给她拍了几张照片:"这套真好看,我要多拍几张照片,回去你们好好欣赏。"

朝雨笑道:"我估计在他眼里,婚纱只有颜色不同。"

陈念想想也是:"敬酒服你喜欢什么样的?"

朝雨想要中式的:"旗袍或者龙凤褂呢?"

陈念帮她挑选着:"龙凤褂估计妈妈会喜欢。"

"是啊,总要让她满意一回,我才能赎罪。"

"妈妈生气也是为了你。毕竟你们领证前双方家人都没有见过面,她觉得没有礼数。更多的是,她怕博衍家人对你会有看法。"

朝雨抿抿嘴角:"不会的。"

陈念叹口气:"那是他的家人宽厚。"婆婆在有些事上还是很讲究的,那天在她面前提到这事,婉转地提了一下,让她妈妈回来一趟,两家父母也算正式见一个面。她哥那事之后,家里亲戚早已避之不及,她哪儿来的亲戚?而她的母亲和他父亲离婚后,就再也不和他们联系了。也只是她哥出事时,母亲才露面,感情早无,她又该怎么提这事?

"念姐?"

"你试试这件呢。"陈念拿了一件大红色的旗袍给她。

"会不会太红了？"朝雨觉得自己压不住这个颜色。

"先试试。"

店员给她拿了小号，她换上后，在试衣间就咦了一声："拉链卡住了。"

陈念问道："要不要我进来帮忙？"她刚要进去，余光却看到走进来的许博衍。

许博衍向她微微一笑："大嫂。"

陈念指了指试衣间："她在里面。"

许博衍点点头："今天辛苦你了。"

陈念笑着："那我先走了。拍了些照片，一会儿就发你。"

"谢谢。"

朝雨的声音从试衣间传来："念姐，这件旗袍太短了——"

许博衍抬首，目光落在她的身上，一片火红，衬得她肤白如雪。阳光透过大片玻璃射进来，那张脸在阳光下显得格外柔和，眉宇间似染上了一种别致的韵味。

朝雨看到他也怔住了，心里竟会有一种羞涩感。

"是有点短。"他上下打量着。

朝雨有些无辜："我去换掉。"

许博衍忽而一笑，一步一步走到她的身前，拉住她的手，问道："这件是什么时候穿的？"

朝雨有几分尴尬，旗袍长度刚过大腿，一走一动都有走光的危险："敬酒服。"旗袍似乎有点小，压得她喘不过气来。

许博衍动动嘴角，压着声音："还不错。"

店员也附和道："您穿旗袍很好看。"

朝雨声音略低："我感觉有点小，太紧身了。"

店员笑着："旗袍就是这样，贴着身形设计的。您看胸围腰围，一分不大。"

许博衍点点头："不喜欢的话，再挑别的，这件我们可以留着拍照。"

朝雨唔了一声。

最后，在许博衍的帮助下，她选了一件及膝的旗袍作敬酒服。

店员说道:"许太太,您的婚纱改动大概需要三天时间,我们会给您送到家里,请您留个地址。"

朝雨在写地址,那边许博衍手里提了一个纸袋走过来。

他的脸色一片自然:"顺便把我的西装买了。"

朝雨扫了一眼,是白色的。真的很顺便,这前后才多久时间啊。

三天后,婚纱店就把改好的婚纱送过来了。朝雨拿到婚纱时有些难以置信,不由得称赞,私人定制就是服务好。许博衍听到,抿唇笑笑,帮她把婚纱小心翼翼地挂到衣柜里。

朝雨摸着白纱:"等办完婚礼,婚纱我要好好收着,以后等我们女儿结婚时送给她。"

许博衍嘴角露出一抹笑容,从身后抱着她。他希望能有一儿一女,只是他不能贪心。朝雨有事业心,且不说传媒这行,现在有多少女性大学后就去生孩子呢?他并不希望因为婚姻就束缚住她的事业心。

"明天记得去开年假条。"他再次提醒她。

朝雨歪着头:"中午肖姨约我出去吃饭,给我送了一套首饰,我去拿给你看。"她纠结着,也不能拒绝长辈的一番好意,可是这么贵重,她收了也有些彷徨。

许博衍看了一眼,一套玫瑰金的首饰,款式精致,确实很好看。

"收着吧。"他拿起了那个镯子,戴在了她的手上,真的很适合她,"他们的一片心意。"

这还未举办婚礼,朝雨已经收到了若干礼物。她见许博衍神色忽然之间有些落寞:"怎么了?"

许博衍叹口气:"我一直怨恨他,怨他负了我的母亲。其实想想,这些年他心里何尝不痛苦?我想我妈一定希望能有个人照顾他的。"

朝雨沉吟道:"换位思考吧,如果我当时在A国不能回来,我希望你能找到一个合适的人。"

"可我不会。"那时候他对她能回来是满怀希望,但也做了最坏的心理准备。如果她不能回来,那么他此生也将独身。

朝雨知道,她怎么会不明白呢?不是说情比金坚吗?有些感情是超越生和死的。

　　转眼到了国庆七天长假。朝妈早早就和她说了,假期她和席母约好了要一起去周边度假,让她别回家了。
　　朝雨是不想出去,就和许博衍宅在家里。只是让她奇怪的是,那几天,许博衍天天电话不断,好多次还去书房接电话。朝雨问他,他总是轻巧地转开了话题。
　　朝雨也没多想,趁着有时间,开始整理游记。
　　直到8号那天,天刚刚亮他就在叫她。十月里,宁城的气温降了好几度,不冷不热。朝雨裹着薄被睡得正香。
　　"小雨,醒醒。"
　　昨晚两人闹得比较晚,这会儿她满是困意。她缓缓睁眼,声音沙哑:"几点了?"
　　"六点半了。"
　　"还早,今天不是休假吗?我再睡一会儿。"
　　许博衍却坚持把她叫起来,他的眼睛像在发光,一直盯着她:"需要我帮你穿衣服?"
　　朝雨瞬间醒了:"做什么啊?"
　　他笑着抬手捧住她的脸,低头吻住了她的嘴角。
　　一吻结束,他才宣布:"许太太,今天我们要举行婚礼。"那醇厚的声音里含着无尽的喜悦。
　　朝雨:"……我是不是在做梦?"
　　"好了,七点化妆师到家里。"他捏了捏她的鼻子。
　　朝雨尖叫一声,一时间无法平复自己的心情,心扑通扑通地跳着:"你!你!你!"
　　他抬手揉着她的脑袋:"一切准备就绪。"
　　朝雨的手指揪着他的衣衫:"好像太快了,我还没有做好心理准备。"
　　"嗯?"他眉眼轻扬,似笑非笑,眼神如大海一般深邃,"许太太,不必害羞,一切有我。"
　　朝雨望着他出神,嘴角慢慢扬起了一抹笑容。她已是他的太太,他们已经领证有一年了。

"预谋多久了?"

"在你离开后不久。小雨,这段时间不长,可我已等待得很久了。"他握紧她的手,放在唇边轻轻落下一吻。

她七岁,他十二岁,他们的命运相连。

她二十三岁,他二十八岁,他们相遇。

她二十四岁,他二十九岁,他们结婚。

这一切不早不晚,只是刚刚好。

我爱的人是你,便是我此生最好的运气。

那天早上,一切都在按计划有条不紊地忙碌着。

宁珊和两个化妆师七点半准时敲响了大门。

宁珊满是欣喜:"Morning!"她给了朝雨一个满怀爱意的拥抱。

朝雨呼了一口气:"宁珊,你的胸压得我喘不过气了。"

宁珊哼了一声:"亲爱的,我们抓紧时间吧。"

许博衍站在一旁:"那就辛苦你们了。"

宁珊打趣:"请放心,保管让你看到天仙新娘。"

许博衍走到朝雨身旁,看着她的眸子:"爸妈他们商量过了,十点接亲。还有两个半小时,等我来接你。"

朝雨拉着他的手:"你要去哪儿?"

许博衍说道:"我回爸爸那儿。"

朝雨莞尔:"好。"一切都放下,才能释然。

许家早已把他的房间翻修重新装饰过了。肖韵想着,以后他们总要带着孩子回来,于是把隔壁的书房打通,房间大了一半。

许家的亲戚大清早都过来了,一家子人坐在客厅里,热热闹闹的,只等着他回来。

肖韵和许剑峰忙里忙外,脸上是掩不住的笑意。

许博衍一到家,肖韵就催着他赶紧去换衣服。得,许家这边也请了一个化妆师。

席哲穿着手工定制的黑色西装跟在许博衍身后,那头发梳得整齐一丝不乱。别人要是不知道，还以为他是新郎呢。

九点十分，许家这边整装待发。许博衍一袭白色西装，剪裁合体，举手投足间都是流光溢彩。

十六辆统一车型的轿车整齐地行驶在宽阔的大马路上。

十点整，婚车开到新房楼下，一阵热闹的鞭炮声随之响起。

楼上一片尖叫："新郎来了——新郎来了——"

朝雨端坐床上，纱裙铺散着放在红色的床单上，那样的美。

她的几个大学同学是早上赶来的，这样充满惊喜的婚礼，让她们更加兴奋，帮着藏好了朝雨的红鞋子，又想着晚上怎么闹洞房。

朝雨笑着："你们别过分啊。"

"不过分，只会更过分。谁让你最早结婚呢！"

房间门早就锁了，门口还有人堵着。

肖珈今天也来参加婚礼了，早上席哲来接许博衍时，特意把她带来了。席哲嘱咐她，要帮着许博衍。小姑娘乐呵呵地笑着，心想要多拿点红包。不过，等许博衍上来，她立马偏心了。

许博衍带着他的同事被堵在门外，几个壮硕的大男人，手舞足蹈："对你爱爱爱不完，我可以天天月月年年到永远……"

他们这一跳，在场的人都笑得弯下了腰。什么叫反差萌？大概就是他们这样。

朝妈捂着嘴巴："博衍跳得还真不赖。"

许博衍摸了摸鼻子："美女们，可以开门了吗？"

肖珈激动地喊道："开！开！哥哥，我给你开门。"可是别人拦着她，肖珈只好向朝雨求救："姐姐，你快帮帮哥哥啊！"

朝雨抿唇一笑，笑容在头纱下若隐若现，只见她点了点头。

新娘点头了，门一点一点打开，新郎西装笔挺地站在那儿，目光直直地落在他的新娘身上。隔着一层薄纱，四目相视，说不尽的缠绵与爱意。

他一步一步走到她的面前，把花交到她的手中："我来了。"

如约而来。

许博衍轻轻掀开薄纱，在她的眉心落下一吻。

朝雨什么也没有说，抬手理了理他的衣襟。

一阵哄闹。

"新郎,快找找鞋子。"

这是他们的家,他怎么会不清楚哪个角落好藏东西呢?

肖珈悄悄指了指衣柜,他走过去,果然找到了一只鞋子。

还有一只呢?许博衍环视一圈,单腿跪下:"朝小姐——"他的手慢慢探进她的裙摆里,果然那里藏着一只红鞋子。

朝雨的脸瞬间就红了。

许博衍虔诚地帮她把鞋子穿好,抱着她出了房间。

朝妈看到两人出来,强忍着泪。朝爸拍拍她的手,也是感慨万分,眼泪都要掉下来了:"我都没反应过来,小雨就结婚了。"

"我也是,一直盼着念着,真到了这个日子,我这心里还真舍不得。"

许博衍和朝雨一起拜谢两位长辈:

"爸妈,你们放心,我和小雨会幸福的。"

"爸妈,你们放心,我们一定会幸福的。"

朝爸朝妈扶起两人:"好孩子,从今天开始,你们就有了一个新的家庭。爸妈祝福你们幸福一生。"

这是他们的期望,也是席溪的期望。

婚礼继续中。

这一天,朝雨在感动中与许博衍举办了婚礼。她记得满厅的玫瑰与百合,香气怡人。她的同学、朋友、同事都来了。后来,她看到了请柬,每个名字都是他亲手所写,那一手漂亮的字,为请柬增添了亮点。

原来,早在八月前,他就已将请帖寄出,并拜托他们保密。

一切别有用心的准备,只是因为你。

婚礼结束后,闹洞房的人士一一离去,朝雨累得躺在床上一动也不想动。许博衍倒了一杯温水走进来,半抱着她喂她喝了大半杯:"先去洗澡。"

"先让我睡十分钟。"

许博衍帮她脱了婚纱,抱起她去了浴室。

整个洗澡的过程,她连眼皮都没有睁,完完全全交给了他。

许博衍精神奕奕,一点疲惫感都没有。朝雨转身靠近他,即使在睡梦中,她都贪恋着他身上的味道,浅浅淡淡的,让她莫名地安心。

早晨，朝雨在他怀中醒来，轻轻一动，他就醒了。她窝在他的肩头："没想到结婚这么累，幸好只有一生一次。"

他笑着："谁说的？"

朝雨抬首看着他。

许博衍的手放在她的小腹上："我们的女儿，也许还有我们的孙女。"

朝雨笑着咬了一下他的下巴。随即想到，回来一个月了，他们之间也没有做措施，她会不会有了呢？

她撑着手腕："起床吧，今天还要去见爸爸和肖姨。"

许博衍一把拉住她，让她趴在自己的身上，背着她去了洗手间。

两人去许家时已是正午，许家爷爷奶奶都在，朝雨有几分不好意思。肖韵却大咧咧地化解了她的尴尬："小雨，我要做藕夹，帮我一下忙。"

"好啊。"朝雨感激地跟着她进去。

厨房里，肖韵端了一碗汤给她："先喝点汤，昨天特意给你熬的。"

朝雨喝了一口就知道是滋补汤，脸有些发烫："谢谢阿姨。"

"客气什么，都是一家人。"

朝雨喝光了汤，开始帮肖韵打下手，她没想到肖韵厨艺这么厉害。

"做多了就会了。不会的，我都上网搜。下回你想做什么，我教你。"肖韵说着，不过也想到了什么，"我听说博衍会下厨。"

朝雨不好意思地点点头："我们在家吃饭，基本上都是他做。"

肖韵笑着："那也好，外面的东西到底不如自己做的。"

许家娶了新媳妇，一切都重新开始了。

十月里，原本许博衍计划是去巴厘岛度蜜月的，他早已计划好了一切，却没有计划过，他们的孩子会悄然而至。算算时间，还是她刚刚回国的那段时间怀上的。

她要做妈妈了。她轻柔地抚着小腹，这孩子来得真快。

"博衍，我们明天去告诉妈妈吧。"

许博衍知道她说的"妈妈"是席溪。他眼底溢出了笑意："好，听你的。"

朝雨怀孕的事没过多久就传开了，长辈们开心得都找不到北了。尤其是席家外婆，私下里和儿媳妇还感慨过，不相信命都不行。

席母附和："这是两个孩子的缘分。"

外婆乐呵呵的："算算,这孩子是明年六月预产期吧。"

"是的。"

"要不接家里来住?他俩肯定什么都不懂。"

席母没答话,年轻人都有自己的想法。

外婆又叹了一口气："估计博衍和小雨不想回来。"

"妈,我会多去看他们的。"

"这些年也是辛苦你了。"

"您说的什么话,博衍喊我舅妈呢。"

外婆心里明白,自己这个儿媳妇宽厚,是席家的福气。

怀孕后,朝雨一直坚持着上班,因为头三个月要保密,这事她并没有告诉同事。十一月,她去电视台录节目,见到了莫菡。

上次她们见面还是在她的婚礼上。莫菡不是一个人去的,当初去机场接她的男人陪着她来的。朝雨知道了那人的名字——姜洲,莫菡的前夫。只是,前夫陪着前妻参加婚礼挺奇怪的。

录完节目,两人约着去楼下喝咖啡。

"这家焦糖咖啡不错,要不要试试?"

朝雨摇摇头："估计这一年都不能喝了。"

莫菡看着她的小腹："几个月了?"

"两个月了。"

"真没想到,动作真快啊。"

朝雨喝了一口水,摸了摸肚子："现在还看不出来。"

莫菡感叹："有时候觉得你真勇敢。"

朝雨不解。

莫菡失笑："至少我在你这个年纪时,绝不会因为结婚怀孕放弃工作的。我周围的女同事几乎都是三十岁生孩子。"甚至还有人是丁克主义。

"不一样的。我是想给他一个完整的家,我欠他的。"

"你——"莫菡眼底闪过一丝诧异。

朝雨笑容温暖："这也是我想要的。"

说话间，她的手机响起来，许博衍正要来接她。

她接通电话："嗯，已经结束。不用上来了……算了，那你上来吧。我和莫菡在三楼。"

不一会儿，许博衍上来，和莫菡打了招呼。他看了看时间："晚上一起吃饭？"

莫菡摇摇头："晚上有聚餐。恭喜你们了。"

"谢谢。"

"我先上楼，晚上还有直播，咱们改日再约。"

送别莫菡，许博衍和朝雨下楼，一路他都护着她的腰部。朝雨说了很多次，让他不用这么紧张，可他每次都这么小心翼翼。

算了，随他吧。

两人从电梯出来，没想到在这里会碰到程晓曦。

估计程晓曦也没有想到过会在这里遇见他们，她扯了一抹笑容："好久不见。"

如今他们之间只剩下了礼貌疏离的招呼而已。

许博衍一直半搂着朝雨，程晓曦恍然怀疑着："你怀孕了？"

朝雨笑笑："是啊。才两个多月。"

程晓曦呢喃道："真好。恭喜你们。我先上去了，还有点工作。"

许博衍沉声说道："再见。"

有些爱情，就像吹过的那阵风，只是那一阵，此后再也不会来了。

程晓曦进电梯前又回头看了一眼。那对背影是那么温暖而柔和，让人羡慕。

许博衍牵着朝雨的手往停车场走去，一步一步，踩在地砖上。

立秋后，宁城一天比一天冷。她回头望着他，嘴角浮着浅浅的笑意。

他侧首，问道："冷不冷？"

她的手被他紧握着，暖意浓浓。

她摇摇头。

何其有幸遇见了你，和你一同走过四季。

番外
许家宝贝

【1】

朝雨于婚后第二年七月生下一个女儿,两个人早就想好名字,大名许蘅。

许蘅从出生就是外婆带得多。直到上幼儿园,朝雨和许博衍商量了一下,给她上了自己家附近一家幼儿园,走过去只要十多分钟。平时大多数时间父母接送,偶尔遇到父母加班再让外婆来接。

许蘅性格软萌,五官集合了父母优点,长相可爱极了,在幼儿园颇受小朋友的喜欢。可惜在九月刚刚上幼儿园那两周也闹起了严重的小情绪,每天一到幼儿园就开始哭,哭得朝雨心疼,朝妈恨不得把她带回家。

第一天上完幼儿园,家里的长辈都去幼儿园门口等着,生怕孩子在幼儿园受委屈。

小姑娘一出来,撇嘴说道:"明天我不来了,我不要上学,我要去上班。"

所有人都说,没事,多适应几天就好。结果一周下来,小姑娘不肯上学的情绪丝毫不改。

这日许博衍送她去幼儿园,路上小姑娘答应得好好的,今天不哭,爸爸下班给她买冰淇淋。许博衍同意了。到了教室,小姑娘抽抽鼻子,大大的眼睛里含着泪花,小委屈样真是让人看得心都软了:"爸爸,你要早早地来啊。"

许博衍强忍着:"好。"

"爸爸,你要记得买冰淇淋。"

"好。"

"爸爸,你带我走吧,我不要上幼儿园了。呜呜呜……"

许博衍叹息,这孩子到底像谁?

晚上他买了冰淇淋来接女儿，许蘅吃得开心。许博衍问她今天幼儿园学了什么，小姑娘说不出来。

"小吃货，怎么什么都不知道？"

"爸爸，妈妈说幼儿园就是来玩的。"

许博衍抬手擦擦女儿嘴角的奶油："回家别告诉妈妈，爸爸给你吃冰淇淋了。"

"嗯，这是我们的秘密。"

结果晚上，朝雨给她洗澡，询问她今天吃了什么、做了什么，小姑娘知无不言、言无不尽："爸爸买的冰淇淋好好吃。明天我不哭，还让爸爸给我买。"

朝雨微笑着把她抱回房间，哄睡了她。许博衍也洗完澡，走过来："睡了？"

"嗯。"朝雨关了灯，拉过他的手，"你不能老惯着她！女孩子怎么能这么娇气，她现在都知道讲条件了。"

许博衍无奈地一笑："等她适应了上学就不惯了。好了，累了一天，睡觉。"

"哼，许博衍你就惯着她吧。"

他吻着她的嘴角，吞下了她要说的话。

【2】

许蘅上幼儿园后，两边长辈都旁敲侧击，希望他们再生一个孩子。

朝雨才27岁，这个年纪生二胎，恢复得也快。她对二胎没有太多的感觉，周围也有人生，不过毕竟是少数。现在大多数年轻的夫妻都要忙着工作，一个孩子他们有时候都照顾不暇，何况两个？

她这天下班早，去接许蘅放学。

许蘅现在已经适应了幼儿园的生活，也有了玩得好的小伙伴。

"妈妈，我们班周子琦的妈妈给她生了一个小弟弟。"

"你也想要小弟弟？"

"不，我就不要了，我想要个哥哥。"

"这个，妈妈可没有这个本事。"

许蘅叹了一口气："所以我就不为难你了。"

"谢谢你啊!"

回家之后,朝雨把和女儿的对话告诉许博衍:"你说她到底像谁啊?"

许博衍摇摇头:"那就像我吧。"

朝雨哼了一声:"是你太惯她了。"

许博衍从她身后抱着她,她何尝不足呢?"你是想给蘅蘅生个弟弟或者妹妹?"

朝雨回头:"我随便啊。两个孩子有两个孩子的好,不过爸妈会很累。"

许博衍点点头。让他们俩自己带孩子,不太现实。

朝雨弯着嘴角:"你想再要个孩子?"

许博衍同她一样,关于二胎,也是抱着随缘的想法。考虑到她的工作,他并不是很想再要二胎。

朝雨说道:"你女儿不想要。"

"就是怕蘅蘅以后会孤独,我们老了的时候,或者我们不在了……"

朝雨捂住他的嘴巴:"不要说了。"有了孩子,总会想很多,想着孩子长大的一天,想着孩子结婚生子的以后……做父母的,总有数不尽的担忧。

"蘅蘅不会孤单的,有我哥家的淘淘,还有将来席哲的孩子。"

许博衍低下头,吻了吻她的脖子:"再生一个孩子,我们的二人时间更少了,还是不生了。"

这时候许蘅突然跑过来,抱着许博衍的大腿:"爸爸妈妈,你们每天都要抱一抱?"

朝雨连忙躲开许博衍,许博衍弯腰抱起女儿:"因为爸爸爱妈妈,妈妈也爱爸爸。"

"所以要抱一抱?"许蘅眨眨眼,"难怪我们班张子轩每天都想抱我呢,原来他爱我啊!"

许博衍板起脸来:"明早到幼儿园,你把张子轩叫出来,我要和他谈谈。"

朝雨:"……"

后记

写这篇后记时，正值圣诞节，阳光正好，让这个冬天也多了几分温暖。

这几年我出版的书，只有《顾盼生辉》和《我喜欢你很久了》写过后记，大概是出于对这两个故事的偏爱。2016年两本书上市，时隔两年，我也常收到读者发来的信息，对这两个故事的念想，借着《我的心上人》出版上市，便写了两篇番外。

我自然不能太过偏心，所以《我的心上人》这本也写了这篇后记。因为写这个故事时，是在一个特别的时间里。

《我的心上人》是我和编辑小小合作的第五本书，我想，那年她来找我，签下《顾盼生辉》时，我们都没有想过接下来会一直合作下去。大概这就是缘分吧！很喜欢编辑做的封面，从文案到封面，每次一看到封面，我都能被戳到。

很多读者和我提过，说我现在写的故事越来越偏现实了。我想随着年龄变大，从学校到社会，人会变，想法会变，所以我的故事也在变。当然，我会努力写出更好的故事来。

《我的心上人》是我出版的第八本书，一路走来，感慨颇多。我还是要感谢每一个陪伴我的人，过去的，现在的，将来的。

当然我也要感谢我自己，因为我的坚持，才走了这么多年。

未来还有一段很长的路要走，在梦想的路上，希望我们都要为自己加油，要"自恋"且自信。等到老的那一天，再翻开这些泛黄的书页，还能喝着奶茶或者咖啡，戴着老花镜，和身边的那个人讲述曾经看过的故事。也许那时候，会觉得很幼稚，可那是有关青春的最美的回忆，幼稚而甜蜜。

祝君安好！

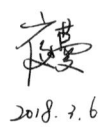

2018.7.6.